dtv

Das Ganze beginnt in einer Sommernacht: Die junge Quinta beschließt spontan, schon in der kleinen Kathedralenstadt Eyot auszusteigen, statt wie geplant nach Schottland weiterzufahren – ein Entschluß mit Folgen. Acht Jahre später führt Quinta eine etablierte Existenz als Geigenbauerin, hat eine Tochter und ein Verhältnis mit einem cholerischen Komponisten. Insgesamt ein durchaus respektables Leben – bis unvermutet Lydia auftaucht, eine Freundin aus der Vergangenheit. Vorbei ist es mit der beschaulichen Ruhe im Kathedralenstädtchen. Quinta stellt fest, daß sich hier einiges abspielt, was man beim besten Willen nicht fromm nennen kann – skandalös wäre eher das Wort. Die Klatschmäuler erleben ihre große Stunde. Und als dann erst der neue Bischof eintrifft, der ebenso wie seine Frau eine ziemlich bewegte Vergangenheit zu haben scheint, ist der Aufruhr perfekt.

Gally Marchmont lebt in England. Sie hat bereits eine Reihe von Romanen veröffentlicht.

Gally Marchmont

Seitensprung und Flötentöne

Roman

Deutsch von Brigitta Merschmann

Deutscher Taschenbuch Verlag

Von Gally Marchmont
sind im Deutschen Taschenbuch Verlag erschienen:
Ziemlich wilde Weintrauben (20134)
Ein begehrlicher Blick (20244)

Für James Hale

Deutsche Erstausgabe
März 2000
Deutscher Taschenbuch Verlag GmbH & Co. KG,
München

Titel der englischen Originalausgabe:
›Divine Comedy‹ (Hodder and Stoughton, London)

Umschlagkonzept: Balk & Brumshagen
Umschlagbild: © Stuart Bodek/Hodder & Stoughton
Publishers, London
Gesetzt aus der Aldus 10/11,5'
Satz: KCS, Buchholz/Hamburg
Druck und Bindung: C. H. Beck'sche Buchdruckerei,
Nördlingen
Gedruckt auf säurefreiem, chlorfrei gebleichtem Papier
Printed in Germany · ISBN 3-423-20318-8

Prolog

Wo in Gottes Namen bin ich hier bloß?

Quinta rieb an der Scheibe. Der Reisebus stand mit ausgeschaltetem Motor in einer Parkbucht. Zwei müde aussehende Fahrer in Uniform berieten sich in der Nähe eines Reklameschilds, das den Reisenden ans Herz legte, mittels der *Times* auf dem laufenden zu bleiben. Flüchtig glomm in der Dunkelheit eine Zigarette auf.

Quinta gähnte herzhaft und streckte sich, dann schaute sie auf die Uhr. Viertel vor zwölf. Schottland war noch längst nicht in Sicht; bis dahin lagen noch mehrere Stunden Fahrt vor ihnen.

Sie ging zum vorderen Teil des Busses und blieb in der Tür stehen. Sie fröstelte leicht. Die nördliche Luft war kühl, und Quinta war an die Milde südlicherer Breiten gewöhnt.

Einer der Fahrer blickte zu ihr hinüber.

»Wo sind wir hier?« fragte sie.

»In Eyot«, erwiderte der Mann. »Ist Ihnen die Kathedrale nicht aufgefallen, als wir die Brücke überquert haben? Mit den ganzen Scheinwerfern – 'ne richtige Festbeleuchtung. Hätte nicht gedacht, daß mal jemand fragen muß, wie dieser Ort heißt. Die Kathedrale kennt doch jedes Kind!«

Eyot, dachte Quinta. Vielleicht war es ja gar keine so schlechte Idee. Wenn sie ihre Spur bis zum Busbahnhof verfolgten und herausfanden, daß sie eine Fahrkarte nach Schottland gelöst hatte, würden sie bestimmt nicht darauf kommen, südlich der Grenze nach ihr zu suchen.

»Ich mache mir nichts aus Kathedralen«, erwiderte sie. »Könnten Sie mein Gepäck für mich rausholen?«

»Ihre Fahrkarte gilt doch bis Edinburgh.« Kopfschüttelnd bückte sich der Fahrer, um das Gepäckfach zu öffnen.

»Mir geht's nicht so besonders. Ich fahre lieber morgen früh weiter.«

Der zweite Fahrer warf ihr einen prüfenden Blick zu. »Sie sehen auch ganz elend aus. Schlafen Sie sich heute nacht erst mal richtig aus. Die Fahrkarte können Sie auch morgen noch benutzen, kein Problem, ich mach nur eben 'nen Stempel drauf. So, das hätten wir.«

Ein Quartier zu finden wäre sicher nicht schwer, da sie alle Voraussetzungen erfüllte – ordentlich angezogen, ordentliches Gepäck, offenbar nicht auf Drogen, kein abgerissener Freund im Schlepptau.

»In anderen Umständen, die Kleine«, bemerkte der erste Fahrer lapidar, als Quinta langsam davontrottete, gebeugt von dem Gewicht ihrer Reisetasche.

»Meinst du? Die Ärmste, dafür ist sie doch viel zu jung.«

»So was sieht man auf den ersten Blick. Ich jedenfalls – Margaret sah am Anfang auch immer so aus. Aber die Kleine schafft das schon. Die hat garantiert eine Familie, die sich um sie kümmert. Zehn vor zwölf, Mick, du mußt los.«

Quinta blinzelte, als sie vom Halbdunkel des Busdepots in das helle Licht trat, das die Flutlichter im näheren Umkreis der Kathedrale verbreiteten. Der Turm des Gotteshauses überragte die Dächer der umliegenden Häuser. Sie orientierte sich an den Scheinwerfern – erfahrungsgemäß lagen rings um Touristenattraktionen immer irgendwelche Pensionen oder Hotels. Ihre Absätze klapperten auf dem Kopfsteinpflaster der schmalen Gasse, die zur Kathedrale führte.

Das Schuhwerk eines Schulmädchens, dachte Quinta. Feste Treter mit klobigen Absätzen, die auf den polierten Holzfußböden einen Höllenlärm veranstalteten.

Die Gasse mündete auf die Grünfläche vor der Kathedrale. Dort blieb Quinta stehen und ließ ihre Tasche zu Boden gleiten. Ihr Blick glitt an den hohen Strebepfeilern hinauf zu dem imposanten Chor und dem Hauptturm. Das Licht der Scheinwerfer tauchte die Fenster des Mittelschiffs in nahezu überirdischen Glanz.

»Hallo, Gott«, sagte Quinta laut. »Erinnerst du dich noch an mich? Oder hast du mich schon komplett abgeschrieben?«

Tränen rannen ihr an der Nase entlang. Wütend fuhr sie sich mit dem Handrücken übers Gesicht.

»Ich glaube nicht, daß Gott momentan zu Hause ist«, ließ sich hinter ihr eine Stimme vernehmen. Quinta fuhr herum. Vor ihr stand ein hochgewachsenes, dünnes Mädchen, dessen dunkelbraunes Haar ein zwar asketisches, jedoch durchaus freundliches Gesicht umrahmte.

Quinta wurde rot. »Ich hab bloß rumgealbert.«

»Ich weiß«, erwiderte das fremde Mädchen. »Geht einem durch und durch, dieser Anblick, nicht wahr? Haut sozusagen voll rein, direkt in den Solarplexus. Geht's dir gut? Du siehst nicht so aus.«

Quinta brachte ein sauberes weißes Taschentuch zum Vorschein, bestickt mit blauen Großbuchstaben und Ziffern – ihr Nachname, gefolgt von zwei Initialen und der Anschrift einer Schule. Sie schneuzte sich ausgiebig, dann lächelte sie tapfer.

»Ich suche eine Pension«, sagte sie. »Möglichst preiswert«, fügte sie rasch hinzu.

»Die werden nicht gerade begeistert sein, wenn du so spät noch mutterseelenallein auf ihrer Türschwelle auftauchst – die Wirtinnen von Eyot, meine ich«, sagte das Mädchen. »Ich heiße übrigens Harriet.«

»Und ich heiße Quinta. Gibt es denn niemanden, der ein Auge zudrücken würde?«

»Vielleicht hast du ja Glück. Aber du könntest auch bei mir übernachten – falls es dir nichts ausmacht, auf dem Fußboden zu kampieren.«

Quinta blickte Harriet aus großen, runden Augen an. Sie zögerte, als ihr die eindringlichen Warnungen von Eltern, Lehrern und anderen Autoritätspersonen einfielen, die sie ihr Leben lang zu hören bekommen hatte.

»Danke, das stört mich nicht im geringsten.« Sie befand sich jetzt außerhalb der Einflußsphäre all ihrer früheren Mentoren, sie war ganz auf sich allein gestellt. Trotz aller Probleme baute dieser Gedanke sie auf. Als sie nach ihrer Reisetasche greifen wollte, kam Harriet ihr zuvor.

»Die trage ich erst mal, du siehst ja völlig kaputt aus. Ich bin kräftiger, als man auf den ersten Blick vermutet. Das macht das viele Training – Marathon, Geländelauf und so weiter.«

Quinta folgte ihr unter einem alten Steinbogen hindurch in eine schmale, verwinkelte Gasse. Allmählich wichen die malerischen Gassen den schnurgeraden Straßen einer viktorianischen Reihenhaussiedlung. Harriet blieb vor einem der Häuser stehen, stieß das Gartentor auf und schob Quinta hindurch.

»Jetzt müssen wir mucksmäuschenstill sein. Es wäre fatal, wenn wir Ma Hoodley aufwecken. Sie ist die Hauswirtin – eine krankhaft neugierige alte Schachtel.«

Auf Zehenspitzen schlichen sie in die enge Diele. Harriet schob einen Schlüssel ins Schloß der zweiten Tür, die den Weg zum Treppenaufgang versperrte, und ging dann voran nach oben.

»Das hier ist mein Zimmer. Die Matratze liegt unter dem Bett. Ich organisiere eben noch Bettwäsche für dich.«

Im Nu war sie wieder da, schob das Fußende der Matratze unter den Tisch und zog ein Laken auf.

»Ich erledige das schon – ruh du dich nur aus. Zum Bad geht's durch die Tür gegenüber. Die zweite Tür führt in das Zimmer von Jessica. Morgens darfst du sie auf keinen Fall stören, sie ist Nachtschwester und braucht dringend ihren Schlaf. Ich stehe morgen ganz früh auf – ich muß in die Bibliothek. Aber du kannst ruhig ausschlafen. Gegen elf bin ich zurück.«

Zehn Minuten später, als ihr schmerzgeplagter Rücken sich endlich entspannte, schloß Quinta die Augen und wartete auf die allnächtlichen Panikattacken. Doch nach zwei weiteren Minuten war sie zum ersten Mal seit Tagen tief und fest eingeschlafen.

1. Kapitel

»Tschüs, Mum.«

»Warte, Phoebe, dein Riemen hängt herunter.«

Quinta zog den Riemen des Schulranzens durch die Schnalle und beugte sich dann hinunter, um einen Kuß auf Phoebes wilde rote Haarmähne zu drücken. »Du hast dir die Haare gar nicht gebürstet!« begann sie, doch Phoebe war bereits die Straße hinunter entschwunden.

Quinta winkte dem Mann zu, der draußen am Auto auf Phoebe wartete. Er erwiderte ihren Gruß und rief: »Ich bin erst morgen abend zurück, du mußt Phoebe heute von der Schule abholen.«

»Nicht von der Schule«, rief Phoebe. »Ich gehe noch mit zu Louise. Hol mich bei ihr ab!«

Quinta nickte und winkte noch einmal. Das Telefon schrillte, und sie ging schnell ins Haus.

»Quinta? Simon hier. Ist Alban da?«

»Du hast ihn gerade verpaßt. Er ist schon auf dem Weg nach London.«

»Er wollte doch den Acht-Uhr-neununddreißig nehmen. Warum ist er denn schon so früh losgefahren?«

»Er bringt vorher noch Phoebe zur Schule.«

»Falls er dich anrufen sollte ...«

»Wird er nicht. Tut er nie.«

»Vielleicht tut er's ja doch. Sag ihm dann bitte, er soll sich bei mir melden, ja? Es geht um die Tagung. Ach, Quinta ... wenn Alban nicht da ist – kann ich nicht heute abend vorbeikommen?«

»Nein, auf gar keinen Fall. Heute ist Dienstag, und du kannst dienstags nicht kommen.«

»Auch wenn Alban nicht da ist?«

»Das tut nichts zur Sache.«

»Ich kann doch wenigstens auf ein paar Minuten vorbeischaun … ich könnte Phoebe beim Üben helfen.«

»Sie braucht keine Hilfe beim Üben, sie muß lernen, es allein zu machen. Nein, Simon – die Antwort lautet immer noch nein.«

Quinta legte den Hörer auf die Gabel und blieb kurz in der Diele stehen. Dann gab sie sich einen Ruck und trat durch die zweite Tür ins Innere des Hauses. Sie streckte den Kopf in Phoebes Zimmer, zuckte zusammen und zog die Tür schnell wieder zu. Kaffee, dachte sie, und ein rasches Frühstück, dann kann ich zeitig losfahren und den dicksten Verkehr vermeiden. Phoebes Besuch bei Louise nach der Schule verhieß überdies einen geruhsamen Ausklang des Tages.

Herrlich, dachte Quinta, als sie klappernd das Geschirr in der Spüle zusammenstellte. Und kein Alban heute. Nicht, daß sie die vereinbarten Nächte mit ihm als belastend empfand, aber ein unvorhergesehener freier Abend war doch ein Grund zur Freude. Zumal Alban als vollendeter Gentleman nie von ihr verlangte, ihn für eine ausgefallene Nacht zu entschädigen.

Alles in allem, dachte sich Quinta, als sie im Schrank nach dem Spülmittel kramte – alles in allem war es ein Glücksfall, daß sie damals zufällig auf Alban gestoßen war.

»›Gestoßen‹ im buchstäblichen Sinne«, hatte die nüchterne Harriet mit einem Blick auf ihre unübersehbare Beule bemerkt – die großherzige Harriet, die einen Job für sie aufgetrieben, ihr während der schweren Wehen die Hand gehalten und ihr in den Wochen nach der Geburt durch Erschöpfung und Depressionen hindurchgeholfen hatte. Und der herzensgute Alban, der sie als Haushälterin eingestellt hatte, als ihre Schwangerschaft zu weit fortgeschritten war, um weiterhin im Café Garibaldi zu kellnern, wo er mehrmals in der Woche aß.

»Ich kann aber gar nicht kochen«, hatte Quinta eingewendet. »In Hauswirtschaft war ich auch keine große Leuchte.«

»Ein hoffnungsloserer Fall als ich kannst du nicht sein«, erwiderte Alban. »Du hast ein fröhliches Gesicht, eine angenehme Stimme, und es würde mich gar nicht wundern, wenn sich herausstellt, daß du obendrein noch Köpfchen hast. Im Normalzustand, mein ich, wenn du kein willenloses Opfer deiner Hormone oder ständig halbtot vor Müdigkeit bist. Ich kaufe dir auch ein dickes Kochbuch. Italienische Küche. Ich bin ein großer Fan der italienischen Küche.«

Er war auch nicht schockiert gewesen, als er erfuhr, wie jung sie in Wahrheit war. Es gibt Schlimmeres, hatte er nur gesagt. Und er hatte gewartet, bis Quinta in allen möglichen Bereichen erwachsen geworden und Phoebe eine temperamentvolle Dreijährige war, bevor er sie in sein Bett einlud.

Quinta hatte sich ihm nicht verweigert. Aus Dankbarkeit. Aus Sehnsucht nach Zärtlichkeit, dem Wunsch, gehalten zu werden, wenn sie nachts weinte. Und um ihr körperliches Verlangen zu stillen: Alban war ein vitaler Mann, er hatte ein ansteckendes Lächeln und sinnliche, geschickte Hände. Außerdem aus freundschaftlicher Zuneigung. Aber nicht – wie Alban sehr bald erkennen mußte – aus Leidenschaft oder gar aus Liebe zu ihm.

Warum bin ich eigentlich nicht in ihn verliebt? fragte Quinta sich, während sie sich energisch an den Abwasch machte. Sie hatte es gern, wenn der Seifenschaum im Spülbecken dicke Blasen warf, und gab deshalb immer ein paar Spritzer zuviel hinein. Was Alban regelmäßig auf die Palme brachte.

»Eine sinnlose Verschwendung ist das!« ereiferte er sich dann.

»Ach, ist doch bloß Seife. Und das viele Papier, das du vergeudest, seitenweise hochwertiges Notenpapier? Das kostet ein Vermögen! Manchmal schmeißt du es schon in den Papierkorb, wenn nur eine einzige Note oben auf dem Blatt steht das nenn ich sinnlose Verschwendung!«

»Dabei geht es schließlich um Kunst«, schimpfte Alban. »Das Spülmittel dagegen – ich sage nur eins: Prasser eilen zum Bettelstab.«

Quinta stellte die Teller aufs Abtropfbrett, zerrte das Geschirrtuch unter Albans großer schwarzer Katze hervor und trocknete sich die Hände.

Die Liste – wo war ihre Liste? Dienstag. Heute war Dienstag, der erste Tag des Monats. Phoebe hatte sie mit ihrem Singsang geweckt: »Weiße Kaninchen, weiße Kaninchen, weiße Kaninchen.« Sie glaubte felsenfest an die Regel, daß in den nächsten dreißig Tagen etwas Aufregendes geschehen würde, wenn man am Ersten des Monats dieses Ritual befolgte. Hoffentlich nicht, dachte Quinta. Sie wünschte sich ein Leben, das in wohlgeordneten Bahnen verlief. Sicherheit und Beständigkeit. Bloß keine Aufregung und den damit verbundenen Streß.

Pflichtbewußt konsultierte sie ihre Liste für Dienstag, den Ersten. *Phoebe an den Abgabetermin der Bücherei erinnern.* Hatte sie das getan? Falls sie es verschwitzt hatte, war es jetzt zu spät. Sie würde es spätestens dann wissen, wenn Phoebes Lehrerin ihr wieder mal einen Mahnbrief schickte, in dem sie darauf hinwies, wie wichtig die wöchentliche Bibliotheksstunde sei ...

Phoebe zum Tee bei Louise eingeladen. Den Punkt konnte sie abhaken.

Alban in London. Schon geschehen.

Katzenfutter. Konnte sie auf dem Heimweg besorgen.

Der Wagen – um Quietsch- und Klappergeräusche unter Motorhaube kümmern. Nein, nicht heute, das hatte auch noch bis morgen Zeit. Sie suchte einen Stift und strich die Zeile aus.

Eigentlich ein ziemlich inhaltsloser Tag. Ein Routinetag.

Ein überpünktlicher Tag. Quinta traf eine Viertelstunde vor der gewohnten Zeit an ihrem Arbeitsplatz ein. Sie manövrierte den Lieferwagen unter dem Torbogen vor dem Laden hindurch und kramte in ihrer Tasche nach den Schlüsseln. Die Hintertür war bereits aufgeschlossen, ließ sich jedoch trotzdem nur schwer öffnen. Die Scharniere müssen geölt werden, schoß es Quinta durch den Kopf, als sie die Tür aufstemmte. Auf eine Liste damit!

Quinta liebte den Geruch, der ihr aus dem Laden entgegenwehte: Lack, Holz, Harz, Politur und Leim. Man hatte sich im Nu daran gewöhnt und nahm ihn dann kaum noch wahr. Deshalb atmete Quinta tief ein, um ihr tägliches High zu bekommen, bevor ihre Nase abstumpfte. Ihre Tweedjacke hängte sie an den großen Haken neben Gustavs Regenmantel. Es mochte zwar Sommer sein, aber nach Monaten feuchter Kälte ohne Sonnenschein war ein kühler Juni angebrochen. Undenkbar, ohne Mantel oder Jacke aus dem Haus zu gehen.

Gustavs Regenmantel hing schon an dem Haken, seit sie hier arbeitete. Er trug ihn nie. »Ihm reicht völlig, daß er da ist«, hatte Sam ihr erklärt. »Er denkt nämlich, daß der Mantel ihm das Flair eines richtigen englischen Gentleman verleiht. Dabei fühlt er sich schrecklich unwohl darin, ist ja auch überhaupt nicht sein Stil. Aber es beruhigt ihn, zu wissen, daß er da hängt. Hat übrigens eine Stange Geld gekostet.«

Quinta tastete sich durch den unbeleuchteten Flur. Vorsichtig mied sie die Holzstapel, die hier nur einen Durchgang von etwa fünfzig Zentimetern frei ließen. Besucher zeigten sich immer wieder erstaunt darüber, daß die erlesenen Musikinstrumente im Ausstellungsraum des zweiten Stocks aus solch unscheinbaren schmutziggrauen Holzklötzen entstanden waren.

Sam war schon da. Er zog die Rollos im Verkaufsraum hoch und sammelte die Handzettel ein, die ziemlich verloren in den mit schwarzem Samt ausgeschlagenen Schaukästen im Fenster lagen.

»Schalt schon mal das Licht ein, Süße«, rief er Quinta zu. »Ich geh eben kurz mit dem Wischlappen über die Scheibe. Die Staubmassen, die von draußen reinkommen – ich kann dir sagen!«

»Dieselbe Dekoration wie gestern?« fragte Quinta.

»Nein, Gustav hat eine Nachricht hinterlassen – wir sollen das neue Barockcello aus Deutschland ausstellen. Außerdem will ich da drüben die Schülergeigen aufreihen. Ein Mensch von der *Gazette* soll vorbeikommen und ein Foto machen. Sie bringen ein Feature über Schulmusik.«

»Dann lasse ich dich mal in Ruhe arbeiten«, sagte Quinta. »Kaffee?«

»Na logo. Obwohl ich ja noch gestern beim Friseur in einer Zeitschrift gelesen habe, daß Kaffee tödlich für den Teint sein soll. Von zuviel Koffein kriegt man dunkle Ringe unter den Augen.«

»Die kriegt man nicht von Koffein, sondern vom Leben«, erwiderte Quinta fröhlich. »Keine Sorge, Sam, dein Teint ist makellos.«

»Will ich ihm auch geraten haben, bei all der Mühe, die ich mir mit ihm gebe! Keinen Zucker bitte, ich bin auf Diät.«

Quinta brachte Sam seinen Kaffee, hob den Stapel Post auf, der soeben durch den Briefschlitz gefallen war, und ging nach oben. Dort stellte sie ihre Tasse auf die Werkbank, reckte sich gähnend und schaltete das Radio ein. Die Neun-Uhr-Nachrichten. Überschwemmungen, Seuchen, Hungersnöte. Leid, Leid und nochmals Leid. Ein neuer Tag, dachte Quinta und warf einen Blick auf ihre Liste. *Steg ersetzen, Nr. 4312; Riß im Korpus – Kostenvoranschlag schreiben; Schülercello, neue Wirbel fällig …*

»… der neue Bischof von Eyot«, sagte der Nachrichtensprecher im Radio. »Sein Vorgänger mußte nach Vorwürfen der Polizei zurücktreten.«

Quinta gähnte wieder und drehte am Sendeknopf herum. »… ein neues Werk von Harrison Birtwistle …« Diesmal hatte sie genug und schaltete das Gerät aus, das mit einem trotzigen Klicken verstummte.

Sams Schritte waren auf der Treppe zu hören. »Hast du eine dieser Miniaturgeigen hier oben? Ich bin sicher, daß wir eine haben, kann sie aber nirgends finden.«

»Da drüben.« Quinta band sich ihre große weiße Schürze um. »Eine Saite hat gefehlt.«

»Viel zu tun heute?« Sam blickte über ihre Schulter hinweg auf die Liste.

»Eigentlich nicht«, erwiderte Quinta. »Nur das Übliche.«

»Es wird höchste Zeit, daß du mit der Flickschusterei aufhörst und anfängst, selbst Instrumente zu bauen.« Sam blieb mit der Miniaturgeige in der Hand an der Tür stehen. »Du bist künstlerisch begabt, das hab ich gleich gemerkt. Überleg mal, wie froh Gustav darüber wäre.«

Quinta sah ihn überrascht an. »Das glaube ich eher nicht«, sagte sie. »Er hat mich eingestellt, damit ich Reparaturaufträge ausführe und Instrumente neu besaite. Er wäre wohl eher entsetzt, wenn ich anfinge, während der Arbeitszeit ehrgeizige Privatprojekte zu verfolgen.«

»Was wäre denn schon dabei?« Sam zuckte die Achseln. »Er selbst kann keine Instrumente mehr bauen, wegen seiner Arthritis. Und unten stapelt sich das Holz bis zur Decke und schimmelt nutzlos vor sich hin. Glaub mir, in Wahrheit hat er dich angeheuert, damit du für ihn einspringen kannst. Du Glückliche hast schließlich die erforderliche Ausbildung genossen. Er war ganz begeistert von deiner Diplomarbeit, hat er mir selbst gesagt.«

»Mir gegenüber hat er nie etwas in der Richtung erwähnt.«

»Was erwartest du? Nein, doch nicht Gustav! Soviel ist klar – wenn du dich damit begnügst, die Produkte anderer auszubessern und in Schuß zu halten, wird er dich wohl kaum davon abhalten!«

»Nein, aber er würde mich ganz gewiß davon abhalten, wenn ich mich an einer eigenen Violine oder einem Cello versuchen wollte«, wandte Quinta ein. »Du weißt doch, was für hohe Ansprüche er stellt.«

»Letztlich liegt die Entscheidung bei dir, Süße«, sagte Sam. »Niemand kann dich dazu zwingen. Aber du solltest dein Talent allmählich benutzen, sonst verkümmert es. Wenn du nicht bald selbst was baust, weißt du am Ende nicht mehr, wie es geht.«

Quinta runzelte die Stirn. »Es gibt sehr wenige Menschen, die dazu fähig sind, gute Instrumente zu bauen.«

»Ja, und wenn alle diese Einstellung hätten, gäbe es bald keine mehr. Du bist eben eine Frau, das ist dein Problem. Du denkst, mit der Geburt der kleinen Phoebe hättest du dein kreatives Potential ausgeschöpft. Aber ehe du dich versiehst, ist sie erwachsen, und dann ist sie auf und davon. Während du hier hängenbleibst und auf ewig Geigen zu fünfzig Pfund das Stück neu besaiten wirst. Na ja, es ist ganz allein deine Sache, Schätzchen. Vergiß, daß ich etwas gesagt habe.«

»Sam«, begann Quinta, aber er verschwand mit dem Ausruf: »Kundschaft, ich höre Kundschaft!«

Quinta machte sich gewohnt flink und sorgfältig an die Arbeit. Nach außen wirkte sie ruhig und gelassen, in ihrem Innern jedoch sah es völlig anders aus. Sie arbeitete gern und gut. Sie hatte eine vorzügliche Ausbildung genossen, und das College hatte sie wärmstens empfohlen. Dennoch war es reines Glück, daß ich diesen Job ergattern konnte, dachte sie sich. Eyot war berühmt für seine Musikalienhandlungen; Musiker und Händler aus ganz Europa und Amerika pilgerten hierher, um auszustellen, zu kaufen und zu verkaufen. Wer nach Eyot kam, um in einem der Geschäfte zu arbeiten, blieb zumeist auf Dauer, so daß nur selten Stellen frei wurden.

Gustavs Laden war zwar klein, hatte aber einen guten Ruf. Die Violinen und Cellos im Ausstellungsraum des zweiten Stocks waren alle vom Feinsten und jeweils ein kleines Vermögen wert. Trotzdem scheute Gustav sich nicht, auch Reparaturen anzunehmen. Er war klug genug, um zu wissen, daß die ambitionierten Eltern der kleinen Geigen- und Celloschüler für jedes neue Instrument ihrer heranwachsenden Lieblinge tiefer in die Tasche greifen würden – angefangen von chinesischer Fabrikware und Instrumenten aus Osteuropa über deutsche und französische Einzelstücke aus dem neunzehnten Jahrhundert bis hin zu Spezialanfertigungen im Werte von fünf- oder sechstausend Pfund. Und wenn aus den einstigen Amateuren schließlich Berufsmusiker wurden, erstanden diese eventuell noch kostspieligeres Handwerkszeug, oder empfahlen als Lehrer Gustav an ihre Schüler und deren Eltern weiter …

Quinta ging zur Tür und rief nach Sam, der kurz darauf am Fuß der Treppe erschien.

»Ist im Moment jemand im Laden?« fragte sie.

»Nein. Um diese Jahreszeit ist doch nie viel los, vor allem wenn Gustav ausgeflogen ist. Kann ich dir was helfen?«

»Ich muß die Drehbank hier verstellen«, sagte Quinta, »und die ist ziemlich sperrig. Könntest du mal mit anfassen?«

Ein Lächeln huschte über Sams solariumgebräuntes Gesicht. Wohlgefällig strich er über seinen hautengen Rollkragenpulli.

»Klar, mit Freuden, Quinta. Du weißt doch, wie sehr ich es genieße, meine Muskeln zu benutzen. So zahlen sich die ganzen Stunden, die ich mich im Fitneßcenter abrackere, endlich mal aus. Sag mir, was ich tun soll. Und danach steigt die nächste Kaffeepause.«

»Schon?« fragte Quinta überrascht. Die Glocke der Kathedrale schlug die halbe Stunde, und sie schaute auf ihre Armbanduhr. »Mensch, du hast recht, es ist schon halb zwölf!«

»Wie die Zeit fliegt, wenn man konzentriert arbeitet!« sinnierte Sam.

Gut dreihundert Kilometer entfernt, in Oxford, war es mit der konzentrierten Arbeit vorläufig vorbei.

»Schnell. Wach auf, wach auf!«

Lydia öffnete langsam ein Auge – und schloß es blitzschnell wieder.

»Es ist schon halb zwölf. Ich wollte nur eben auf Wiedersehen sagen. Ich muß mich beeilen, mein Zug geht um zehn vor zwölf. Wir sehen uns dann, wenn du in London bist. Du Glückliche – zuerst bringt Angus dich nach Hause, und dann geht's ab nach Griechenland, während ich den ganzen Sommer schuften darf. Ach ja, hier ist eine Nachricht von deinem schmachtenden Liebhaber, sie lag in deinem Fach. Tschüs!«

Die Tür fiel ins Schloß. Lydia schüttelte ihr Kissen auf und stopfte es sich unter den Kopf. Wie still es war! Die meisten Studentinnen ihres Jahrgangs waren schon abgereist. Die Prüfungen lagen hinter ihnen. Jetzt kamen nur noch die letzten

Bälle, die Abschiedspartys, die Versprechen, sich bald mal wieder zu treffen, die letzten Gurkensandwiches im Park, die letzte Kahnfahrt …

Lydia gähnte und schlug widerstrebend die Augen auf. Ein heller Sonnenstrahl fiel durch die halbgeschlossenen Vorhänge auf ein zerknittertes Häuflein Stoff – das gestrige Ballkleid. Lydia streckte die Beine aus dem Bett, setzte sich auf und schob sich herzhaft gähnend das Haar aus den Augen. Auf bloßen Füßen tappte sie zum Fenster hinüber, zog die Vorhänge auf und beugte sich hinaus, um über den Rasen hinweg auf den Fluß zu schauen und die Aussicht auf den Magdalen Tower zu genießen.

Das wird ein paradiesischer Sommer, dachte sie. Keine Vorlesungen mehr, keine Referate und Klausuren, statt dessen viele Wochen ungetrübten Glücks in Griechenland mit Angus. Über ihre berufliche Zukunft brauchte sie sich frühestens im Herbst den Kopf zu zerbrechen.

Als sie sich nochmals genüßlich räkelte, fiel ihr Blick auf den Umschlag auf dem Bücherregal. Angus, der Witzbold – schrieb ihr einen Brief, wo sie sich doch erst vor wenigen Stunden verabschiedet hatten. Vermutlich ging es um irgendwelche Einzelheiten des Griechenland-Urlaubs, die er noch geklärt wissen wollte – der alte Pedant!

Lydia ließ sich auf ihr schmales College-Bett fallen und riß den Umschlag auf. Draußen stimmte ein Vogel ein Lied an. Von einer Studentenclique, die auf dem Cherwell ruderte, drang lautes Stimmengewirr und Lachen herüber.

Nachdem Lydia den Brief zweimal durchgelesen hatte, saß sie eine Zeitlang still da, das Blatt auf den Knien. Dann griff sie traumverloren nach dem Paß, der auf der Kommode bereitlag.

Lydia Holbeck. Haarfarbe blond, Augen grau, Größe einssiebenundsiebzig.

Es klopfte. Lydia blieb auf dem Bett sitzen, ohne zu antworten. Die Tür ging auf, und Mrs. Ducat, eine der Hausdienerinnen, kam ins Zimmer gestapft.

»Sie sind ja doch da, meine Liebe! Sie sollten sich aber melden, wenn ich klopfe – obwohl Sie es normalerweise ja auch tun, wie ich zugeben muß. Sie haben Ihre Manieren eben nicht zu Hause gelassen wie manch andere junge Dame hier. Diese Miss Byng zum Beispiel. Ich mußte ihr richtig drohen, damit sie Vernunft annimmt. ›Wenn Sie so weitermachen, stecke ich Sie in einen Sack und ertränke Sie‹, habe ich zu ihr gesagt.«

Ihr Redeschwall brach kurz ab, als sie die reglose Gestalt auf dem Bett näher in Augenschein nahm. »Ist alles in Ordnung mit Ihnen? War wohl 'ne anstrengende Nacht, wie? Du liebe Zeit, was ihr jungen Damen so alles treibt! Als ich hier anfing, gab's so was noch nicht. Damals hatten wir noch richtige Damen hier. Na ja, ich bin nur gekommen, um Ihnen zu sagen, daß Sie am Telefon verlangt werden. Gehen Sie lieber gleich runter, sonst legt der Anrufer noch auf!«

Wie der Blitz schoß Lydia aus dem Zimmer, vorbei an Mrs. Ducat, die sich erschrocken an den Türpfosten drückte und neue Wehklagen über das Benehmen »ihrer jungen Damen« anstimmte.

»Hallo? Angus?«

Stille. Dann ertönte eine klare, kultivierte Stimme aus dem Hörer.

»Ich möchte mit meiner Enkelin sprechen – Lydia Holbeck. Ist dort denn niemand in der Lage, sie zu finden?«

Lydia ließ sich auf den harten Stuhl fallen, der neben dem Wandtelefon stand, und holte tief Luft. »Entschuldige, Großmama, ich hab jemand anders erwartet. Ich bin's selbst, Lydia.«

»Du klingst ja völlig erschöpft. Was hast du denn angestellt? Angus – ist das der junge Mann, den deine Mutter erwähnt hat? Dein Freund?«

»Nein, nein, bloß ein guter Bekannter, Großmama. Das heißt, er *war* mal ein guter Bekannter. Spielt keine Rolle. Ist alles in Ordnung? Mummy ist doch nichts passiert?«

»Nein, deine Mutter ist in Frankreich, wie du weißt. Deshalb ruf ich ja an. Ich habe ihr gegenüber meine Bedenken geäußert, daß du während ihrer Abwesenheit allein in eurem Londoner

Haus bleiben willst. Daraufhin hat sie mir erzählt, daß du mit einem jungen Mann nach Griechenland fliegst. Trifft das zu?«

»Nein«, erwiderte Lydia matt. »Das hat sich erledigt. Ich fliege mit niemandem nach Griechenland.« Sie hatte nicht die Energie, auf ihrem Recht zu bestehen, nach Griechenland zu fliegen, wann und mit wem sie wollte. Wozu sollte das jetzt noch gut sein? Verlorene Liebesmüh …

»Da bin ich aber heilfroh. Also, statt nach London zu fahren, mußt du sofort zu mir kommen. Wie ich höre, habt ihr die Maler im Haus. Da wäre es doch höchst unpassend, wenn du da bist, und zweifellos auch lästig für die Handwerker.«

»Nach Eyot? Ich soll nach Eyot kommen?«

»Ja, gewiß – was ist denn nur los mit dir? Du bist heute aber begriffsstutzig, Lydia. Ja, du sollst herkommen und eine Zeitlang bei mir bleiben. Ist schon ewig lange her, seit du mich das letztemal besucht hast. Vermutlich bist du nach den Examen und dem ganzen Drum und Dran ziemlich müde, also kannst du hier in aller Ruhe ausspannen und ein paar nette junge Leute kennenlernen. Nach der Zeit in Oxford mußt du wieder ins normale Leben zurückfinden. Und dann können wir uns auch darüber unterhalten, was du mit deiner Zukunft anfangen willst.«

»Aber Großmama …«

»Kein Aber. Ich freue mich schon auf dich.«

Lydia starrte auf den Hörer, aus dem das Freizeichen ertönte. Zögernd legte sie ihn auf die Gabel. Dann fiel ihr Blick auf den Text der kleinen Karte, die an die Schallisolierung geheftet war. *Spire Cabs – Taxis bei Tag und bei Nacht. Distanzen kein Thema.*

Sie griff wieder zum Hörer und wählte.

»Spire Cabs? Hallo, bitte schicken Sie einen Wagen zum St. Frideswyde's College. In einer halben Stunde etwa. Zum Bahnhof. Ja, am Pförtnerhaus, genau. Danke, tschüs.«

Eine Stunde später klopfte Mrs. Ducat erneut der Form halber an Lydias Tür und öffnete sie. »Na so was«, stieß sie vor Empörung bebend hervor. »Mir nichts, dir nichts ausgeflogen! Und sie hat nicht mal auf Wiedersehen gesagt oder sich bedankt.« Ihre scharfen kleinen Augen hielten Ausschau nach einer, wenn schon nicht persönlichen, so doch wenigstens materiellen Kompensation. Aha, wußte sie's doch, daß Miss Holbeck sie nicht enttäuschen würde! Nicht übel, dachte sie, als sie in den hinterlegten Umschlag spähte – nicht so wie diese Miss Byng, die ihr gesagt hatte, sie solle sich mit dem eher symbolischen Obolus Zuckerbonbons kaufen, als Medizin gegen ihr galliges Wesen. Eine bodenlose Frechheit!

Sie schaute auf den verschnürten Schrankkoffer, der in der Mitte des Zimmers stand. Den würde Ted nach unten schleppen müssen. Ihr Blick fiel auf den Adreßaufkleber: *Lydia Holbeck, c/o Lady Wray, 4 Cathedral Close, Eyot.*

»Oh, wie vornehm«, sagte sie halblaut, während sie sich daranmachte, Schubladen und Schrank nach zurückgelassenem Zeug zu durchsuchen. Ja, vornehm war sie in der Tat, diese Kleine, und auf ihre Art sogar ladylike, auch wenn sie diesen jungen Mann »zum Tee« einlud und die Tür abschloß – als wüßte nicht jeder, was sie trieben! O ja, ein Mädchen aus gutem Stall, dem man seine Herkunft anmerkte – das gab es heutzutage nur noch selten. »Aber faul«, sagte sie zu Mrs. Riley, als sie dieser im Korridor begegnete. »Ich hab noch nie eine Studentin gesehen, die so bequem war. In einem Stechkahn liegen und in den Himmel schauen, ohne ein Wort sagen zu müssen, während ein Verehrer das Boot steuert – so stellt sie sich das Paradies vor. Hat sie mir selbst erzählt.«

»Sie wird schon noch dazulernen«, erwiderte Mrs. Riley. »Sie wird nicht wissen, wie ihr geschieht, wenn sie sich nach der Zeit in Oxford in der rauhen Wirklichkeit zurechtfinden muß. Solange sie studieren, denken diese Mädels, das Leben besteht nur aus Büchern und Sex, und es ist ein entsetzlicher Schock für sie, wenn sie merken, wie die übrige Menschheit lebt.« Ihre Absätze klapperten dumpf auf dem polierten Holzfußboden, bis sie den Pausenraum der Hausdiener erreicht hatten: Wie wär's mit einem Täßchen Tee, meine Liebe?

»Schaut mal, da ist Lydia!«

»Unmöglich. Sie fährt doch mit Angus nach London.«

»Doch, es ist ihr Kontrabaß, da in dem blauen Koffer. Es muß Lydia sein! Ja, da drüben, auf dem Bahnsteig gegenüber. Lydia!« Das Mädchen rief und winkte. »Lydia! Was machst du denn hier? Wohin fährst du? Wo ist Angus?«

Verwirrt schaute Lydia sich um, bis sie die kleine Gruppe von Kommilitoninnen erspähte, die auf dem Londoner Gleis auf und ab hüpften. Sie hob kurz die Hand zum Gruß, dann umfaßte sie wieder den Hals ihres Kontrabasses.

Verspätet fuhr der Zug nach London in den Bahnhof ein und hielt mit quietschenden Bremsen vor den Fahrgästen. Die aussteigenden gesetzten Bürger wurden fast von Studenten überrannt, die fröhlich ihre Taschen und Rucksäcke in den Zug schleuderten. Ein Kopf erschien in einem der Fenster, dann noch einer.

»Lydia, sag doch schon, was ist passiert? Wo steckt Angus?«

Zum Teufel, dachte Lydia – Angus, Angus, ich kann diesen Namen nicht mehr hören. Mühsam riß sie sich zusammen.

»Ich fahre in den Norden«, rief sie. »Meine Großmutter ... Anruf ... familiäre Probleme.«

Der Rest wurde von dem Lärm des Zuges übertönt, der auf ihrem Gleis einfuhr. Hoffentlich hatten ihre Freundinnen im großen und ganzen mitbekommen, was sie sagen wollte.

Als der Zug anfuhr, setzten ihre Kommilitoninnen sich auf ihre Plätze.

»Was hat Lydia gesagt? Warum ist sie hier? Hat sie sich mit Angus gestritten?«

»Das kann nicht sein. Gestern abend auf dem Ball waren sie noch ein Herz und eine Seele. Geradezu ineinander verschlungen.«

»Vielleicht ist ihre Oma krank oder so – sie lebt doch oben im Norden, oder?«

»Ja, in einer Domstadt, glaub ich. Arme Lydia – wenn der Griechenland-Urlaub platzt – Angus wird stinksauer sein.«

»Vielleicht liegt ihre Oma im Sterben – Geld, Letzter Wille und so – ihr wißt schon.«

»Oder vielleicht hat Angus anderweitige Interessen«, bemerkte ein stilles dunkelhaariges Mädchen, das mit einem grellen Boulevardblatt in einer Ecke des Abteils saß. »Freddie sagt, er hätte ihn neulich abends in London gesehen, in einem Club – engumschlungen mit einem hübschen Mädchen. Lydia war's nicht, sie hatte dunkle Haare.«

»Arme Lydia, wie gräßlich!« riefen die anderen im Chor. »Von wegen Griechenland, o nein, Nordengland, und von ihrem schmachtenden Galan fallengelassen wie eine heiße Kartoffel. Furchtbar!«

Lydia, die von dieser Debatte über ihr persönliches Schicksal nichts ahnte, trottete über den Bahnsteig zum Dienstwagen des Schaffners. Er hatte vor der Tür Posten bezogen und beeilte sich, seinen Hoheitsbereich zu verteidigen.

»Tut mir leid, Miss, da drin ist kein Platz für dieses Ding. Es ist viel zu sperrig. Sie müssen es als Gepäck aufgeben.«

Ohne auf seinen Protest zu achten, hievte Lydia den Instrumentenkoffer in den Gepäckwagen. Dort lehnte sie ihn vorsichtig an zwei große Kisten und stellte zum Schutz ihre Reisetasche davor. Dem Schaffner schenkte sie ihr schönstes Lächeln und drückte ihm einen Geldschein in die Hand.

»Ich reise nie ohne«, erklärte sie. »In Eyot steige ich aus.«

Der Schaffner kapitulierte. »Geht in Ordnung, Miss«, sagte er. »Ich behalte den Koffer für Sie im Auge. Ein bißchen sehr groß, um ihn einfach auf dem Schoß zu halten, wie? Das ist vielleicht 'ne Mordsfiedel.«

Lydia lächelte ihm noch einmal zu und ging dann auf der Suche nach einem freien Abteil am Zug entlang. Fündig geworden, holte sie ein Buch heraus, ließ sich auf einen Ecksitz fallen und legte die Füße in Strümpfen auf den Sitz gegenüber.

Als der Zug anfuhr, lag das Buch jedoch ungeöffnet auf ihren Knien und ihr fielen die Augen zu.

So müde sie auch war, schlafen konnte sie nicht. Ohne etwas wahrzunehmen, schaute sie aus dem Fenster: Felder, Dörfer, Städte glitten vorüber. Der Zug hielt, Leute stiegen ein und stiegen aus, niemand störte sie. Hin und wieder spähte zwar ein Fahrgast zögernd zu ihr hinein und schaute begehrlich auf die leeren Sitzplätze. Doch ihr Anblick – ein hochgewachsenes Mädchen, das völlig starr und in sich versunken dasaß – schlug jeden potentiellen Eindringling in die Flucht. Sie gingen alle rasch weiter, um sich angenehmere Reisegefährten zu suchen.

Hinter Birmingham erschien der Kontrolleur und schob lächelnd die Tür auf. »Alle Fahrscheine, bitte.«

Als hätte ich einen ganzen Sack voll davon, dachte Lydia und kramte vergeblich in ihrer Tasche.

»Da liegt er, Miss«, sagte der Kontrolleur, aus jeder Pore Wohlwollen verströmend, als er sich bückte, um ihn aufzuheben. »Und Sie haben noch einen Brief fallen lassen.«

»Danke.« Lydia nahm den Brief an sich, als er auch schon pfeifend hinausging und schwungvoll die Tür hinter sich zuzog.

Sie drehte den Umschlag um und blickte auf die Anschrift in der vertrauten Kalligraphie – *Lydia Holbeck, St. Frideswyde's College.* Auf der Umschlaglasche das Wappen seines Colleges, darin auf dem Briefbogen der Text in seiner ordentlichen Handschrift, mit schwarzer Tinte geschrieben – *Liebe Lydia.* Nicht mehr »Hallo, mein Liebling« oder »Liebste Lydia«. Kein Abschiedsgruß à la »Ich liebe dich, Angus« oder »Für immer Dein A.«.

Nur *Liebe Lydia,* und am Schluß *Grüße, Angus.*

Ein Strahl heißer Wut durchfuhr sie und riß sie aus ihrer Benommenheit. *Grüße, Angus* – der Mistkerl!

Sie zwang sich, den Brief noch einmal zu lesen. Satzfetzen schwirrten durch ihren Kopf. *... im Moment eine zu große Verpflichtung ... die anspruchsvolle Stellung im Außenministerium ... eine zu intensive Beziehung ... eine Denkpause* *einlegen ... an meinen Gefühlen hat sich nichts geändert ... noch nicht bereit zu einer festen Bindung ...*

Hohles Gefasel, dachte Lydia. Dieser Erguß las sich wie die Aktennotiz eines Beamten, ganz und gar nicht wie der Brief eines menschlichen Wesens mit Gefühlen. Beim Eignungstest im Außenministerium hatte man wohl eine Hirnamputation vorgenommen oder aber ihn durch einen nicht-menschlichen Klon ersetzt.

Dann wurden ihre fiebrigen Überlegungen und ihr glühender Zorn überdeckt von Erinnerungen an sein vertrautes Gesicht, seine Hände, sein Haar, seinen Körper. Daran, wie es mit ihm im Bett gewesen war, wie sie sonntags mittags engumschlungen zum Perch, dem angesagten Pub, gegangen waren. An die ungezwungene, zärtliche Vertrautheit morgens beim Kaffee im Brown's, in seiner Wohnung, ihrem Zimmer. »Welch drangvolle Enge – als stilvolle Unterkunft kann man das hier beim besten Willen nicht bezeichnen! Aber wenigstens gibt es ein Bett, das reicht ja schon mal fürs erste.« Unerwartete Begegnungen in der Bodleian Library, Tee in kleinen Dörfern der Umgebung, Partys, Abende auf dem Fluß, Toast am Kamin an Winternachmittagen in seinem Quartier, seine Freunde, Dinner im Randolph mit seinen Eltern, heiße Knutschereien im Kino, nach denen sie so unbedingt wieder ins Bett wollten, daß sie das Ende des Films nicht abwarten konnten ...

Schluß. Aus und vorbei. Ganze zweieinhalb Jahre mit einem Federstrich, einem einzigen *Grüße, Angus* ausgelöscht.

Tränen nahmen ihr die Sicht. Erbost wischte sie sie mit der Faust ab wie ein Kind, das sich weigert, einen schmerzhaften Kratzer oder Bluterguß zur Kenntnis zu nehmen. Dann jedoch konnte sie sich nicht mehr beherrschen und ließ den Tränen freien Lauf.

Der Schaffner kam auf dem Rückweg pfeifend vorbei. Er steckte kurz den Kopf ins Abteil. »Nur Mut, vielleicht kommt es ja gar nicht soweit. Und falls es schon beschlossene Sache ist, lohnt es sich nicht, deswegen zu weinen, glauben Sie mir. An der nächsten Ecke wartet immer schon ein Besserer.«

Unbekümmert setzte er seinen Weg fort, während Lydia reglos auf ihrem Platz sitzen blieb und ihr Gesicht immer tränennasser und fleckiger wurde. Eyot – ich will nicht nach Eyot, was soll ich in Eyot? Ich will nach Griechenland, in die Sonne, ins Ausland. Hektisch schmiedete sie Pläne, die sie sogleich wieder verwarf – sie würde nach Ägypten fliegen, einen Job als Kindermädchen in Rom annehmen, in Südfrankreich Weintrauben pflücken …

Doch inmitten ihrer Tränenseligkeit mußte sie sich eingestehen, daß sie nichts von all dem tun würde, schlicht und ergreifend deshalb, weil es viel zu anstrengend wäre. Der Urlaub in Griechenland war eine wundervolle Idee gewesen, da sie immer schon mal nach Griechenland wollte und noch dazu in Begleitung Angus' – der verflixte Angus, ein Kenner des Altertums –, er würde ihr alles mögliche zeigen und erklären können, und das Allerbeste war, daß er die Reise komplett organisiert hatte. Überlaß das nur mir, hatte er gesagt.

Im nachhinein fiel ihr sein Widerstreben auf, ihr die Tickets auszuhändigen oder irgendwelche konkreten Angaben zu machen. Er hatte diesen Brief schon seit geraumer Zeit geplant, erkannte sie jetzt, zu feige, um von Angesicht zu Angesicht Schluß zu machen. Demnach waren die letzten Wochen, vielleicht sogar das ganze vergangene Semester eine einzige große Lüge gewesen. Sie hatte hingenommen, daß sie ihn vor der Abschlußprüfung seltener zu Gesicht bekam – er mußte schließlich lernen –, und sich ihrerseits in ihrem Zimmer vergraben.

Was nicht hieß, daß sie gepaukt hätte. Jeden Morgen war sie von guten Vorsätzen erfüllt aufgestanden. Um halb zehn wirkte der Stapel aus Notizen und Unterlagen, den sie durchzuarbeiten hatte, jedoch größer und abschreckender denn je. Um zehn Uhr saß sie dann glücklich und zufrieden in ihrem Lehnsessel, die Füße auf der Fensterbank, verschlang einen Apfel und schmökerte im soundsovielten Krimi.

Ihre Freunde waren beeindruckt. »Lydia büffelt rund um die Uhr. Sie wird mit Auszeichnung bestehen.«

Und die ganze Zeit über war sie felsenfest davon überzeugt, daß er in seiner Wohnung hockte und büffelte, bis ihm der Kopf rauchte, wild entschlossen, eine Abschlußnote zu bekommen, die seine Zukunft im diplomatischen Dienst sicherte.

»Du kannst mich mal, Angus, du Scheißkerl!« sagte Lydia laut, zum Entsetzen einer resoluten älteren Dame im geblümten Kostüm, die sich unvorsichtigerweise in ihrem Abteil niedergelassen hatte. Ihre Miene verdüsterte sich, sie warf Lydia einen vernichtenden Blick zu und marschierte schnurstracks von dannen.

Lydia schniefte ein letztesmal, schob sich das dichte blonde Haar hinter die Ohren und zerriß den Brief in tausend Stücke. Die Schnipsel warf sie anschließend aus dem Fenster. Sie flatterten davon, als der Zug in den schnörkelig-eleganten viktorianischen Bahnhof von Eyot einfuhr.

Lydia begab sich zum Gepäckwagen und kraxelte mit ihrem Kontrabaß die Stufen zum Bahnsteig hinunter. Dort hievte sie die Reisetasche auf eine Schulter und hätte mit dem großen, sperrigen Instrument um ein Haar eine Passantin k.o. geschlagen.

»Pardon«, sagte sie.

»Ich halte es für Sie, dann können Sie die Reisetasche richtig hochschieben«, bot die Frau hilfsbereit an. »Es soll doch nicht hinfallen. Keine sehr stabile Hülle für ein Instrument.«

»Danke«, sagte Lydia. Dann stellte sie die Reisetasche plötzlich ab und nahm die Frau genauer in Augenschein. Rundes Gesicht, fröhlich blitzende Augen, bauschiges kupferfarbenes Haar, das ihren Kopf umrahmte wie ein Heiligenschein.

»Ich kenne dich«, sagte Lydia langsam. »Du bist Quinta!«

2. *Kapitel*

Quinta stand stocksteif auf dem Bahnsteig. Mehrere Geschäftsleute, die mit ihren prallen Aktenmappen schon von weitem Tüchtigkeit und Effizienz ausstrahlten, stolperten in sie hinein. Finsteren Blicks enteilten sie zum Eyot-Lodge-Hotel, um dort in den Genuß ihres ersten Seminars der Tagung »Marketing heute« zu kommen: *Wie macht man älteren Mitbürgern Käse schmackhaft?*

Quinta schenkte ihnen keine Beachtung. Ein strahlendes Lächeln trat auf ihr Gesicht. »Lydia! Mein Gott, du bist ja noch hübscher als früher!«

»Zurücktreten bitte, die Türen schließen«, rief der Schaffner.

»Laß mich das tragen.« Quinta griff nach dem Kontrabaß. »Hier entlang. Ich muß noch ein Paket abholen. Es ist mit dem Zug gekommen, ich hab's selbst gesehen. Irgendwie müssen wir uns zum Paketschalter durchschlagen.«

Sie hat sich überhaupt nicht verändert, dachte Lydia. Noch genauso rund und gesund und proper, noch dieselbe übersprudelnde Energie. Wie lange war es her – sechs Jahre, sieben Jahre? –, seit sie plötzlich von der Schule verschwunden war, mitten im Schuljahr? Keine Erklärungen, eisern schweigende Lehrer, kein Brief, kein Wort von ihr.

»Was ist damals eigentlich passiert?« erkundigte sich Lydia, als sie sich hinter einer eigensinnigen dunkelhaarigen Frau anstellten, die den Empfang von Blumenschachteln quittierte und sich über Beulen und Risse in der Verpackung beschwerte.

»Als ich von der Schule ging, meinst du?« Quinta trat an den Schalter. »Lange Geschichte.«

Der düster dreinblickende Mann am Schalter wandte sich widerstrebend Quinta zu.

»Ein Paket für Gustav Porlock. Es ist mit dem Zug aus Oxford gekommen.«

»Der ist noch nicht abgefertigt. Sie werden sich ein Weilchen gedulden müssen.«

Quinta strahlte ihn an. »Oh, es liegt gleich da vorn, ich kann es von hier aus sehen. Ich muß es sofort mitnehmen, sonst regt mein Chef sich furchtbar auf und feuert mich am Ende womöglich noch. Er ist ein furchtbarer Tyrann, wissen Sie.«

Der uniformierte Mann zuckte die Achseln. »Bedaure, so lautet die Vorschrift. Die Sachen müssen erst abgefertigt werden.«

Sein Kollege, so schwarz und fröhlich wie sein Kollege grau und griesgrämig, trat neben ihn und zwinkerte Quinta und Lydia zu. »Gib ihr schon das Paket, Mann, ich erledige den Papierkram gleich. Sie brauchen bloß hier zu unterschreiben, bitte Miss.«

»Vielen herzlichen Dank«, sagte Quinta. »Wohin willst du, Lydia? Ich bin mit dem Lieferwagen hier.«

»Ist dein Chef wirklich ein Tyrann?« fragte Lydia neugierig, als sie Quinta nach draußen zum Bahnhofsvorplatz folgte.

»Ach, ganz und gar nicht! Und selbst wenn es so wäre – im Moment ist er sowieso in Amerika. Schnell, eine Politesse schleicht sich an meinen Lieferwagen ran!«

Lydia zockelte in gemächlicherem Tempo hinterher, als Quinta loslief und den Lieferwagen gerade noch rechtzeitig erreichte, um die Beamtin davon abzuhalten, einen Strafzettel zu schreiben.

»Es ist einzig und allein die Schuld der Bahn«, empörte sie sich. »Zwanzig Minuten maximal darf man hier parken, und dann hat der Zug eine halbe Stunde Verspätung! Komm, den Baß schnallen wir aufs Dach.«

»Ich kann auch zu Fuß gehen«, sagte Lydia. »Ich will zum Close, und bis da ist es nicht weit.«

»Alles ist weit, mit dem Ding da unter dem Arm. Wirst du erwartet?«

»Ja, von meiner Großmutter, aber ich hab nicht gesagt, mit welchem Zug ich komme.«

»Gut, dann fährst du mit mir.«

»Laß nur«, sagte Lydia. »Ich kann mir doch ein Taxi nehmen, kein Problem.«

»Viel zu teuer. Die berechnen eine Mindestgebühr«, wandte Quinta ein.

»Das macht nichts.«

»Ach ja, ich hatte ganz vergessen, daß du wohlhabend bist. Auch daran hat sich nichts geändert, wie ich sehe.« Ohne auf Lydias Protest zu achten, nahm Quinta den Kontrabaß an sich und hievte ihn zum Lieferwagen. »Unterwegs können wir ein bißchen quatschen. Du mußt mir unbedingt erzählen, wie es dir in der Zwischenzeit ergangen ist.«

»Ich hebe den Baß lieber selbst aufs Dach«, sagte Lydia. »Er ist schwer wie ein Sack voll Steine.«

»Ja, wahrhaftig kein Instrument für vollschlanke Zwerginnen wie mich«, witzelte Quinta. »Wirf deine übrigen Sachen hinten rein. Aber nicht auf den Sitz da, das ist Phoebes Platz.«

Quinta ließ den Motor aufheulen, dann fädelte sie den Lieferwagen schlingernd und hupend in den Verkehr ein.

»Wenn man kräftig genug auf die Hupe drückt, glauben die anderen, daß sie was falsch gemacht haben«, erklärte Quinta. »Sie fahren dann langsamer, und man kann in die erstbeste Lücke schlüpfen ...« Direkt vor einem riesigen Laster gab sie mit aufheulendem Motor Gas. Der Fahrer lehnte sich wüst schimpfend aus dem Führerhaus.

»So«, sagte Quinta ungerührt. »Um diese Zeit ist immer furchtbar viel Verkehr, weil die Leute ihre Kinder von der Schule abholen. Das müßte ich normalerweise jetzt auch tun, wenn Phoebe heute nicht ausnahmsweise noch zu einer Freundin mitgegangen wäre.«

»Phoebe?«

»Meine Tochter.«

»Dann bist du verheiratet?« fragte Lydia erstaunt. Eigentlich gab es keinen Grund, warum Quinta nicht verheiratet sein sollte. Sie sah aber irgendwie nicht so aus, und einen Trauring trug sie auch nicht.

Quinta lachte. Lydia erinnerte sich noch gut an dieses unverwechselbare Lachen, das früher Leben in die tristen Schulflure gebracht hatte – zum gründlichen Mißfallen der Lehrer natürlich, aber Quinta hatte sich nie von Lehrern einschüchtern lassen.

»Nein, ich bin nicht verheiratet.«

In halsbrecherischem Tempo bog Quinta von der Hauptstraße in ein Wohnviertel ab. Hier kostete ihr chaotischer Fahrstil zum Glück weniger Nerven, da kaum Autos unterwegs waren. Sie hielt vor einem hübschen georgianischen Haus und drückte auf die Hupe. Wenig später ging die Tür auf und eine kleinere Ausgabe von Quinta stürmte die Stufen hinunter. »Tschüs«, rief die Kleine lebhaft, als sie auf den Lieferwagen zurannte. »Tschüs, Louise! Tschüs, Mrs. Latimer!«

»Danke, Maria«, rief Quinta durchs Fenster. »Bis morgen, so gegen fünf.«

Phoebe kletterte hinten in den Lieferwagen. Sobald sie sich auf ihrem Platz eingerichtet hatte, spähte sie nach vorn, um Lydia in Augenschein zu nehmen. »Was ist das da auf dem Dach?« fragte sie. »Gehört es dir?«

»Du solltest eigentlich wissen, was das ist, Phoebe«, sagte Quinta, während sie im Rückwärtsgang die Einbahnstraße runterbretterte. »Ein Kontrabaß.«

»Gehört er dir?« wollte Phoebe von Lydia wissen. »Kann ich ihn mal ausprobieren? Ich würde gern Kontrabaß spielen. Ich spiele schon Klavier, und ich möchte noch ein anderes Instrument lernen, aber Quinta läßt mich nicht. Sie sagt, sie kann es sich nicht leisten.«

»Kann ich auch nicht«, sagte Quinta.

»Meine Klavierstunden kosten doch schon nichts, weil Simon kein Geld von dir nimmt.«

»Richtig, denn wenn er Geld dafür verlangen würde, könntest du auch keinen Klavierunterricht nehmen. Und jetzt halt mal die Luft an und erinnere dich an deine Manieren. Also, dies ist Lydia. Wir waren zusammen auf der Schule.

»Wart ihr Freundinnen?« fragte Phoebe, nachdem sie ihr rundliches Ärmchen über die Lehne gestreckt hatte, um Lydia brav die Hand zu schütteln.

»Na klar«, sagte Quinta.

»Wieso ›na klar‹? Die meisten meiner Klassenkameraden sind keine Freunde von mir. Ich hasse sie, ganz besonders diese gräßliche Michaela. Louise ist meine einzige Freundin. Die anderen können wir alle nicht ausstehen. Wir wollen an dieser blöden Schule nicht bleiben, und Louise hat gesagt, daß ihre Mum sie nächstes Jahr abmelden und statt dessen zur Cathedral School schicken will. Kann ich da nicht auch hingehen, Quinta?«

»Nein«, beschied Quinta sie lapidar. »Fang nicht schon wieder damit an, Phoebe! Ich kann es mir nicht leisten, und sie vergeben keine Stipendien an Mädchen, wie du sehr wohl weißt.«

»Warum spricht sie dich mit Quinta an?« erkundigte sich Lydia.

»Anfangs aus purer Frechheit, nur um mich zu ärgern – das ist typisch Phoebe. Später ist es ihr zur Gewohnheit geworden, obwohl sie manchmal auch Mum zu mir sagt. Mir macht es nichts aus. Ich glaube nicht, daß es mir sonderlich gefallen würde, Mummy genannt zu werden. Dabei muß ich immer an meine Mutter denken.«

Sie hielt unter dem Torbogen, der sich am Eingang zum Cathedral Close erhob. Eine schwarzweiß gestreifte Schranke versperrte ihnen den Weg.

Ein Mann in undefinierbarer Uniform trat widerwillig aus dem kleinen Glasbau auf der einen Seite.

»Kehren Sie wieder um«, forderte er sie auf. »Hier können Sie nicht durchfahren – es sei denn, Sie haben geschäftlich mit der Kathedrale zu tun. Der Parkplatz für Touristen liegt auf der Rückseite, ist allerdings um diese Tageszeit geschlossen.«

Quinta schenkte ihm ihr strahlendstes Lächeln. »Machen Sie schon auf, George«, sagte sie. »Tun Sie doch nicht so, als ob Sie nicht wüßten, wer ich bin. Und wenn Sie mich schon nicht erkannt haben – den Lieferwagen kennen Sie auf jeden Fall.«

Sie wandte sich an Lydia. »Wir gehen hier ständig ein und aus, weil wir uns um die Schulinstrumente kümmern. Er weiß ganz genau, wer ich bin, er stellt sich bloß stur. Guck dir sein Gesicht an – da wird einem ja die Milch sauer. Schau ihn dir nur an – so empfängt einen Mutter Kirche!«

George blieb unerbittlich. »Um diese Tageszeit, nach Unterrichtsschluß, können Sie unmöglich noch geschäftlich in der Schule zu tun haben. Von den Musiklehrern ist keiner mehr da. Die machen schon längst die Stadt unsicher.«

»Nein, nicht in der Schule«, konterte Quinta, »aber im Close. Dies ist Miss Holbeck, Lady Wrays Enkelin, sie ist zu Besuch da. Lassen Sie uns jetzt lieber durch, oder es gibt morgen eine Strafpredigt, daß Ihnen Hören und Sehen vergeht!«

Murrend gab George sich geschlagen, öffnete die Schranke und ließ sie passieren.

»Vor deiner Großmutter haben alle Respekt«, bemerkte Quinta, als sie langsam über das Kopfsteinpflaster rumpelten. »Die läßt sich von keinem was vormachen – eine echte Persönlichkeit.«

»Du kennst sie?« Lydia war überrascht.

»Lady Wray kennt doch jeder.« Phoebe hielt kurz in dem vergnüglichen Zeitvertreib inne, George durch das Rückfenster des Lieferwagens wilde Grimassen zu schneiden. »Vom Sehen, nicht persönlich. Sie ist sehr vornehm.«

»Phoebe, setz dich sofort richtig hin«, befahl Quinta. »Aber sie hat recht, deine Gran ist eine große Nummer hier in Eyot.«

»Große Nummer, dicker Brummer«, sang Phoebe.

»Das war nicht nur unhöflich, sondern auch albern.« Vor einem prächtigen, Ende des achtzehnten Jahrhunderts erbauten Haus trat Quinta heftig auf die Bremse. Sie kramte in der Tasche, die sie hinter ihren Sitz gestopft hatte, und fischte ein hübsches Notizbuch heraus. »Meine Telefonnummer«, sagte sie, während sie schrieb. Sie riß die Seite heraus. »Falls sich ein Mann namens Alban meldet, hast du nicht etwa die falsche Nummer gewählt. Das Haus gehört ihm.«

Sie schwang sich vom Fahrersitz hinunter. »Nimm du den Kontrabaß, Lydia, ich trage die anderen Sachen. Phoebe, geh du schon mal vor und läute – aber nicht gleich Sturm klingeln!«

»Wann gedenkst du zu heiraten?«

Lydia, die sich tief in das weichgepolsterte, herrlich bequeme Sofa gekuschelt hatte, war so baff, daß sie ihr Glas in einem Zug leerte.

»Ich sehe es nicht gern, wenn du so unmäßig trinkst«, sagte ihre Großmutter. »Nimm dich doch zusammen, Kind.«

Lydia konnte nicht sprechen, einmal vor Überraschung und einmal wegen der Limonenscheibe, die sie verschluckt hatte. Sie starrte ihre Großmutter an, die ihr gegenüber auf einem harten Stuhl ohne Armlehnen thronte.

Wie hält sie den Rücken nur so gerade? dachte Lydia. Und was hat sie nur davon?

»Du bist zweiundzwanzig«, fuhr Lady Wray unerbittlich fort. »Du hast eine abgeschlossene Universitätsausbildung, was sicher kein Nachteil ist, obwohl du die beste Gelegenheit, die du jemals haben wirst, einen guten Ehemann zu finden, vertan hast. So viele junge Männer auf einem Fleck, und neben den zweifelhaften Kandidaten von den staatlichen Schulen – die sich heutzutage ja überall eindrängen dürfen, selbst an den altehrwürdigsten Colleges –, auch etliche junge Männer aus guter Familie. Was ist denn nun mit diesem Angus?«

Von Lydias gewohnter katzenhafter Lässigkeit war nicht mehr viel übrig. »Es war bloß ein Bekannter, wie gesagt«, murmelte sie. »Nichts Ernstes. Er hätte sowieso nicht deine Zustimmung gefunden, er hat nämlich ein staatliches Gymnasium besucht.«

»Welches Gymnasium? Was hat er studiert? Welche Laufbahn wird er einschlagen?«

»Altphilologie und Philosophie. Er ist in den diplomatischen Dienst eingetreten.«

Lady Wrays Gesicht hellte sich auf. »In den diplomatischen Dienst? Nun, es gibt keine bessere Laufbahn für einen begabten jungen Mann. Das staatliche Gymnasium ist zwar ein Minuspunkt, wird aber kein Hindernis für sein berufliches Fortkommen darstellen, nicht heutzutage. Wo wohnt er denn?«

»Großmama, vergiß es, bitte. Wir waren locker befreundet, sind ein paarmal zusammen ausgegangen, mehr nicht.«

»Du kannst ihn ruhig hierher einladen. Ich hab gern junge Leute um mich.«

Lydia war eines klar: Wenn sie jetzt nicht widersprach, was dem bequemeren, für gewöhnlich von ihr bevorzugten Weg des geringsten Widerstands entspräche, würde sie später nur um so mehr Ärger und Probleme am Hals haben.

»Nein, Großmama«, erwiderte sie ungewöhnlich entschlossen. »Tut mir leid, wenn ich dich enttäuschen muß, aber Angus werde ich auf gar keinen Fall hierher einladen, geschweige denn heiraten. Im übrigen ist er für drei Monate nach Griechenland geflogen – zusammen mit seiner Freundin«, schwindelte sie. Wahrscheinlich stimmte es ja sogar, wer weiß? dachte Lydia bedrückt. Dabei hätte jetzt sie in seiner Begleitung mit der Fähre zu den Inseln übersetzen sollen, statt im kalten, steifen Salon ihrer Großmutter zu hocken und sich zu fragen, ob es zum Abendessen wohl schon wieder Fisch geben würde.

Es gab Fisch.

»Ich nehme möglichst oft Fisch zu mir«, erklärte Lady Wray. »Ich habe festgestellt, daß er meiner Verdauung sehr förderlich ist, und in meinem Alter muß man unbedingt auf seine Ernährung achten. Hör auf, dein Essen auf dem Teller herumzuschieben, Lydia. Damals, als du noch auf dem Internat warst, hattest du wirklich noch erstklassige Manieren. Wie ich sehe, hat dir die Zeit in Oxford gar nicht gutgetan.«

Sie betupfte ihren Mund mit der Serviette und bedeutete Lydia mit einem Kopfnicken, die Erdbeermousse aufzutragen.

»Und heb beim Gehen bitte die Füße hoch – und laß die Schultern nicht so hängen«, fügte sie gereizt hinzu. »Du siehst aus wie eine Stoffpuppe, bei der die Füllung herausgeplatzt ist. Halt dich doch mal gerade. Ich weiß, du bist sehr groß, aber dieser nachlässige Gang macht es auch nicht besser.«

Lydia führte einen Löffel Mousse zum Mund. Schlabberiger, schlonziger Brei, dachte sie. Wochenlang nur Brei und das Genörgel von Großmama – mein Gott, was für Aussichten!

»Dann bleib doch nicht«, sagte Quinta fröhlich, als Lydia sie anrief. »Fahr nach Hause, kauf dir ein Geländerad und mach eine ausgedehnte Tour zu den Bergwerken im Norden. Oder fahr mit dem Kanu den Amazonas hoch. Du brauchst nicht hier klebenzubleiben, du hast doch genügend Geld. Mensch, ich an deiner Stelle würde mich nicht mit der erzwungenen Fischdiät und der ewigen Krittelei abfinden.«

»So einfach ist das leider nicht«, erwiderte Lydia niedergeschlagen. »Aber heute abend muß ich unbedingt mal raus, um zu verschnaufen. Großmama bekommt ohnehin Besuch von ihren Freundinnen. Können wir uns nicht irgendwo treffen und gemütlich zusammen essen? Ich lechze nach anständiger Nahrung! Du bist selbstverständlich eingeladen.«

Den Hörer in der Hand, lehnte Quinta sich gegen den Türpfosten in der Küche und griff nach ihrer Liste.

»Abends gehe ich so gut wie nie aus dem Haus«, erklärte sie. »Wegen Phoebe. Einen Babysitter kann ich mir nur selten leisten. Außerdem ...« Sie hielt inne. »Offengestanden ist es für Fremde eine wahre Tortur, auf Phoebe aufzupassen. Sie legt es darauf an, den Babysittern das Leben zur Hölle zu machen, und meist hat sie mit ihrer Taktik Erfolg. Du siehst also ...«

Lydia hatte ihr schon anbieten wollen, auch den Babysitter zu bezahlen, aber das war offenbar nicht die Lösung. »Was ist denn mit diesem Alban – kann der sich nicht um Phoebe kümmern?«

Quinta lachte. »Nein, das wäre ihm gegenüber nicht fair. Sie kriegen sich jedesmal in die Haare, und Phoebe bringt ihn unausweichlich in Rage. Dann schläft sie nicht ein, weil sie so aufgedreht ist. Ich weiß, es hört sich blöd an, aber warte nur, bis du eigene Kinder hast – vor allem wenn sie wie Phoebe sind. Manchmal nimmt eine Freundin sie mir abends ab. Mit Pauline legt sich niemand an, wirklich niemand, aber das muß ich lange im voraus planen. Tut mir leid, Lydia – ich würde mich wirklich zu gern mit dir treffen.«

»Dann komme ich eben bei dir vorbei«, schlug Lydia vor. »Aber ich muß unbedingt was zwischen die Zähne kriegen, ich habe Heißhunger auf Fleisch. Ich bringe was mit, am besten Steaks ... Mag Phoebe Steak? Nein? Macht nichts, wir können eine Packung Fritten aufbacken, die ißt sie doch bestimmt, oder? Ich war als Kind ganz auf wild auf Fritten. Halb acht, paßt dir das? Wie lautet die Adresse?«

Quinta beschrieb ihr den Weg.

»Klingt kompliziert«, sagte Lydia, »aber ich werd euch schon finden. Und dein Alban? Soll ich für ihn auch was mitbringen?«

»*Mein* Alban ist er eigentlich weniger«, erwiderte Quinta. »Er wird vermutlich ohnehin nicht da sein, und wenn er zurückkommt, verzieht er sich garantiert sofort in sein Studio. Er ist ein Nachtmensch, meist arbeitet er bis in den frühen Morgen und pennt anschließend bis mittags durch.«

Das fand Lydia gar nicht übel. Ihr fiel es äußerst schwer, immer so früh aufzustehen. Das Frühstück wurde bei ihrer Großmutter schon um halb neun serviert. Gleich an ihrem ersten Morgen in Eyot hatte sie verschlafen und damit die gebieterische Aufforderung ihrer Großmutter, pünktlich am Frühstückstisch zu erscheinen, mißachtet. Hinterher hatte sie sich gewünscht, sie hätte diesen Fehler vermeiden können. Alles in allem war es nämlich weniger beschwerlich, sich rechtzeitig aus dem Bett zu hieven, obgleich sie gut eine oder zwei Stunden Schlaf mehr hätte gebrauchen können.

»Mir ist schleierhaft, wie du in Oxford zurechtgekommen bist«, hatte ihre Großmutter sie gemaßregelt. »Du mußtest doch sicherlich an Vorlesungen und Seminaren teilnehmen. Ich weiß noch, wie sich deine Mutter während ihres Studiums ins Zeug legen mußte.«

»Das liegt daran, daß sie Naturwissenschaften studiert hat«, erklärte Lydia. »Genau deshalb habe ich das Fach gewechselt und Geschichte statt Physik belegt. In Physik mußte man stundenlang im Labor hocken, bis zur totalen Erschöpfung. In Geschichte dagegen konnte man auf die meisten Vorlesungen gut verzichten, so sterbenslangweilig waren die Dozenten. Da ging's schneller und war bedeutend einfacher, ihre Bücher zu lesen. Die haben alle Bücher geschrieben. Und die Seminare fingen immer relativ spät an, jedenfalls meine.«

Lady Wray war entsetzt. »Das kommt alles nur von deinem Vater – diesen Hang zur Trägheit mußt du von ihm geerbt haben. In meiner Familie sind alle sehr fleißig. Es ist grundfalsch, etwas nur deshalb zu tun, weil es der Weg des geringsten Widerstands ist. Wo bleibt da die Herausforderung, wo bleibt dein Stolz?«

Lydia setzte ein liebenswürdiges Lächeln auf, während sie ihre Gedanken schweifen ließ. Ermahnungen – ob Ermahnungen ihrer Mutter, ihrer Direktorin, ihrer Tutoren oder auch ihrer Großmutter – ließ sie prinzipiell an sich vorbeirauschen.

»Aus dir wird nie etwas, Lydia, wenn du nicht endlich begreifst, wie wichtig es ist, sich einzusetzen.« Ihre Großmutter sah sie scharf an. »Ich glaube, du hast kein einziges Wort mitbekommen.«

»O doch, alles, Großmama«, erwiderte Lydia höflich. »Du hast ganz recht, ich sollte wirklich ehrgeiziger sein.«

Da ihre Großmutter sie nur skeptisch anblickte, wechselte Lydia rasch das Thema.

»Heute abend gehe ich übrigens aus. Quinta und ich wollen zusammen essen.«

»Wer ist Quinta?« erkundigte sich ihre Großmutter mißtrauisch. »Ich dachte, du kennst hier niemanden.«

»Ach, eine alte Schulfreundin. Ich bin ihr zufällig am Bahnhof begegnet.«

»Sie war zusammen mit dir in Grisewood? Ist sie verheiratet?«

Lydia dachte kurz nach. Wenn sie verneinte und die liebe Großmama von Phoebe erfuhr, würde sie an der Freundschaft kein gutes Haar lassen. Wenn sie jedoch bejahte, würde Großmama davon ausgehen, daß irgendwann ein pflichtgetreuer Ehemann auf der Bildfläche erschien – ein Mann von der Sorte, die ehemalige Schülerinnen von Grisewood für gewöhnlich bevorzugten.

»Ihr Mann ist drüben in Ostasien«, improvisierte sie.

»Warum hat sie ihn denn nicht begleitet?« Junge Ehemänner, die sich ohne ihre Frauen im Ausland herumtrieben, waren Lady Wray höchst suspekt. Sie wußte nur zu gut, wozu das oft genug führen konnte. »Ist er bei der Marine?«

»Marine?« Lydia wußte im ersten Moment nicht weiter. Sie zupfte an der Borte eines der mit Stickereien überladenen harten Kissen herum.

»Hör auf, das Kissen zu malträtieren, Kind. Ist der Mann dieser Quinta bei der Marine? Du bist neuerdings sehr zerstreut, Lydia, reiß dich bitte zusammen.«

»Nein, nein, er ist nicht bei der Marine. Quinta ist wegen … wegen ihrer Tochter hiergeblieben. Sie hat ein kleines Mädchen, das die Hitze nicht vertragen kann. Und die Insekten – da drüben wimmelt es von Insekten, sie sind einfach überall. Und von gefährlichen Schlangen.« Sie schaute ihre Großmutter an, die alles andere als überzeugt wirkte.

»Und die Tollwut grassiert dort«, fügte sie hinzu. »Quinta und ähm … Claudius wollten kein Risiko eingehen.«

Lady Wray schüttelte den Kopf. »Ich habe mehrere Jahre in Asien gelebt, als mein Vater damals nach Indien versetzt wurde. Es hat mir nicht geschadet, nicht im geringsten. Heutzutage macht man viel zuviel Aufhebens um die Kinder. Die Folge davon ist, daß sie sich viel zu wichtig nehmen – ein fataler Fehler. Claudius, sagtest du? Welch ausgefallener Name. Auf welcher Schule war er?«

»Ich weiß nicht genau. Rugby, glaube ich.«

»Na, das ist ja hochinteressant«, sagte Lady Wray. »Etliche Verwandte meiner Freundin Sybil waren in Rugby, vielleicht kennt sie diesen Claudius.«

»Nein, es war gar nicht Rugby ... ähm, laß mich überlegen. Nein, es war die Schule, die dieser Spion besucht hat. Der Name fällt mir nicht mehr ein.«

Lydia fühlte sich in die Enge getrieben. Sie würde sich einprägen müssen, was sie zusammengedichtet hatte, um sich nicht zu widersprechen. Und sie würde Quinta instruieren müssen, für den Fall, daß diese irgendwann zufällig ihrer Großmutter in die Arme lief. Aber hoffentlich ließ sich das vermeiden. Lydia hatte das Gefühl, daß die beiden sich nicht besonders gut verstehen würden.

»Der Spion? Welcher Spion?«

»Ähm, leider ist mir sein Name entfallen, aber er war an dieser Schule in Norfolk. Der Schule, die auch Claudius besucht hat.«

Zu ihrer Erleichterung verlor Lady Wray bei der Erwähnung von Norfolk jegliches Interesse. In Norfolk gab es keine renommierten, altehrwürdigen Schulen.

Sie ist ein Relikt aus dem vorigen Jahrhundert, dachte Lydia, mit ihrer Besessenheit von guten Schulen. Mann, sie hätte die armseligen Produkte einiger der besten Schulen Englands sehen sollen, denen man in Oxford begegnen konnte. Eines stand für Lydia jedenfalls fest: Sollte sie jemals heiraten und Kinder haben, würde sie diese nie und nimmer auf eine Eliteschule schicken.

3. Kapitel

Quinta geriet fast in Panik bei dem Gedanken an den bevorstehenden, so ganz und gar ungeplanten Abend. Da Alban auswärts essen wollte, hatte sie ein bescheidenes Menü geplant: Hühnersuppe nach Hausmacherart. Es war eigentlich ihr Abend für die Lektüre der neuen Ausgabe der Monatszeitschrift *Strad*. Außerdem mußte sie noch Namensschildchen in Phoebes neue Wäsche einnähen.

»Fang endlich an zu leben!« schimpfte Alban, als er im Kühlschrank nach einem Stück Käse suchte. »Wer will sich schon den Bauch mit Hühnersuppe vollschlagen? Das ist doch was für alte Weiber und Invaliden.«

»Ich dachte, du wolltest auswärts essen«, sagte Quinta. »Wenn du den ganzen Käse verputzt, haben wir nichts mehr, bis ich am Freitag einkaufen gehe.«

»Auf dem Empfang werden nur Häppchen serviert, und dazu gibt es literweise billigen Wein – du weißt ja, wie das ist. Lieber sorge ich vor, damit ich später nicht aus den Schuhen kippe. Ich weiß sowieso nicht, warum ich mir das antue – die Leute sind stinklangweilig, und ich habe einen miesen Tag hinter mir. Wenn ich die Partitur nicht bald fertig kriege, werden sie mir den Laufpaß geben, und dann sind wir alle obdachlos.«

Phoebe stand vom Tisch auf und reckte sich. »Puh«, sagte sie. »Du behauptest jedesmal, daß wir bald kein Dach mehr über dem Kopf haben, und es passiert nie. Außerdem bist du selber schuld. Wenn du Noten zu Papier bringen willst, solltest du sie dir zuerst ausdenken und dann einfach aufschreiben. So machen es richtige Komponisten nämlich.«

Alban musterte sie gereizt. »Ihr habt wohl mal wieder den Oxfam-Laden ausgeräumt, wie?«

Phoebe trug eine zugegeben etwas eigenartige Kombination aus einem Rock, der aussah, als wäre er aus einem alten Teppich gefertigt, einer dicken gelben Strumpfhose und einer Jacke aus verblichenem Samt.

»Der Rock ist todschick. Er stammt aus Louises Verkleidungskiste. Mir gefällt er jedenfalls.«

Alban inspizierte das arg ramponierte Übungsbuch, das auf dem Tisch lag. »Wenn das deine Hausaufgaben sind, bist du morgen dran.«

»Bin ich nicht. Wir kriegen nie Hausaufgaben auf. Ich mache bloß fertig, was ich in der Schule schon angefangen habe.«

Quinta seufzte. »Mathe, vermutlich.«

»Kann sein«, sagte Phoebe überlegen.

»Und warum hast du die Aufgaben nicht in der Schule gelöst, so wie alle anderen?«

»Weil es so langweilig ist.«

»Ich finde die Aufgaben reichlich primitiv«, sagte Alban konsterniert. »Bringt man den Kindern heute denn gar nichts mehr bei?«

»Die Zeiten haben sich eben geändert, Alban«, gab Quinta zu bedenken. »Heutzutage gilt im Gegensatz zu früher fast alles als relevant.«

»Relevant – diese Aufgaben? Na ja. Im übrigen hat sie es völlig falsch verstanden. Sie soll das hier nach Gruppen sortieren, und sie hat die Kaninchen mit den Bären in einen Topf geworfen!«

»Wieso denn nicht?« Phoebe entwand ihm das Buch. »Die Kaninchen und die Bären gucken ganz genauso, das sieht man doch gleich. Sie sind intrissante Tiere. Alle anderen sind langweilig.«

»Interessante Tiere«, berichtigten Quinta und Alban im Chor. »So, und jetzt geh und laß dir ein Bad ein, Phoebe«, fuhr Quinta entschlossen fort. »Und keine Widerrede bitte – heute ist Donnerstag, und donnerstags ist dein Badetag. Unumstößliche Regel.«

»Ich hab noch kein Abendessen gekriegt!«

»Heute wirst du ausnahmsweise mal nach dem Baden essen. Ich bekomme Besuch von einer Freundin, und sie bringt etwas mit.«

»Die Dame mit dem Kontrabaß?«

»Lydia, ja, genau.«

»Gut. Die mag ich nämlich. Na gut, ihr zuliebe gehe ich ein Bad nehmen.«

»Wer ist diese Lydia?« fragte Alban argwöhnisch. »Ich kenne keine Lydia, oder? Ist sie die Mutter einer Schulkameradin von Phoebe?«

»Nein, sie ist gerade erst nach Eyot gekommen. Sie ist zu Besuch bei ihrer Großmutter, Lady Wray. Wir sind zusammen zur Schule gegangen, ich habe sie jahrelang nicht gesehen, und dann stand sie plötzlich im Bahnhof vor mir.«

Alban schüttelte den Kopf. »Gefährlich, den Kontakt mit Personen aus der Vergangenheit aufzufrischen.«

»Ach, geh schon endlich zu deiner Party«, sagte Quinta verärgert. »Sie ist meine Freundin, und alle Menschen haben Freunde. Was ist denn Pauline, wenn nicht eine Person aus meiner Vergangenheit?«

»Pauline ist leider nur allzu gegenwärtig«, entgegnete Alban. »Sei nur vorsichtig, mehr verlange ich gar nicht. Und du mußt dich um Phoebes Ausbildung kümmern – diese Mathematikaufgaben sind geradezu lachhaft.«

»Da sind mir bedauerlicherweise die Hände gebunden. Sie liest viel, also lernt sie wohl auch was. Diese Aufgaben für Babys geben sie ihr, weil sie schwierigere Kopfnüsse anscheinend nicht knacken kann.«

Alban schaute wieder in das Buch und prustete los.

»›Intrissante‹ Gesichter, da hat sie allerdings recht. Eins kannst du mir glauben, Quinta – wenn du nicht dafür sorgst, daß sie eine anständige Ausbildung bekommt, dann wird sie mit achtzehn immer noch Bären und Kaninchen sortieren.«

Alban goß sich einen Becher Milch ein und kippte ihn in einem Zug hinunter. »Eine Unterlage für meinen armen

Magen«, sagte er, griff nach seinem zeltartigen Tweedmantel und stülpte einen schwarzen Filzhut auf seinen Kopf, der schon bessere Tage gesehen hatte. »Wenn wir Glück haben, wird uns der Sommer irgendwann vielleicht doch noch mit seiner Anwesenheit beehren. Dann werden wir uns hoffentlich nicht mehr vermummen müssen wie mitten im Winter!«

Er streichelte Quinta an der Schulter. »Genieß den Abend. Ich werd's auch tun, weil heute Gott sei Dank Donnerstag ist. Küß mich – mmm. Bis später dann.«

Lydia überquerte bereits die dritte Brücke. Wo war sie nur? Sie mußte sich verirrt haben. Quinta hatte nichts von diesen ganzen Brücken gesagt, als sie ihr den Weg beschrieben hatte.

»Ich habe überhaupt keine Erinnerung mehr an Eyot«, hatte Lydia zu ihrer Großmutter gesagt, bevor sie aufbrach. »Ich werde mich ganz bestimmt verlaufen. Vielleicht sollte ich den Stadtplan mitnehmen.«

»Du brauchst doch keinen Stadtplan«, widersprach ihre Großmutter. »Wenn deine Freundin wohnt, wo du sagst, ist es kinderleicht zu finden. Behalte nur immer im Hinterkopf, daß das Zentrum von Eyot – hier, wo die Kathedrale steht – auf einer Insel im Fluß liegt. Drüben am Ostufer befindet sich der neuere Teil der Stadt. Dort liegt das Schloß, in dem jetzt die Universität untergebracht ist, und auch der Bahnhof.« Sie zeigte zum Fenster. »In dieser Richtung, am Westufer, befinden sich das Bischofspalais und die Altstadt. Dort wohnt deine Freundin, am Fulke Place.«

Lydia war nicht klüger als zuvor. Doch der Stolz verbot ihr zuzugeben, daß sie noch nie Osten von Westen hatte unterscheiden können.

»Du gehst den Close runter, an der Südseite der Kathedrale entlang – die Seite mit dem großen Standbild –, dann überquerst du die Brücke und gehst geradeaus weiter, bis du …«

Ihre Worte klangen Lydia noch in den Ohren, als sie sich jetzt auf dem schwachbeleuchteten kopfsteingepflasterten

Platz umsah. Auf einer Seite stand eine kleine Kirche, deren klimpernde Glocke die volle Stunde schlug, umgehend gefolgt von dem dröhnenden, ehrfurchtgebietenden Geläut der Kathedrale.

Welche Uhr wohl richtig geht, fragte sich Lydia. Im Zwielicht des bewölkten Abends flammte überraschend eine Laterne auf und beschien das Schild mit dem Namen einer der schmalen Gassen, die vom Platz abzweigten. Aha, da war es – Fulke Place Nummer 15, Manor House, das Herrenhaus. Wie konnte dies ein Herrenhaus sein? Lydia blickte auf eine schmucke Front aus dem achtzehnten Jahrhundert – das genaue Spiegelbild aller anderen Häuser in der Straße. Sie drückte auf die große Messingklingel und hörte kurz darauf dumpfe Schritte und gedämpftes Kreischen.

Die schöne holzgetäfelte Tür schwang auf, und Quinta stand vor ihr.

»Hallo«, sagte sie. »Komm rein.«

Lydia war auf einen prächtigen Korridor gefaßt, schwarzweiße Bodenfliesen, eine Wendeltreppe. Statt dessen erblickte sie nur eine weitere Tür wenige Schritte hinter der ersten. Uralt, massiv, abweisend. Quinta schloß die Haustür und stemmte die dicke Holztür auf.

»Wie eigenartig«, begann Lydia, dann hielt sie verblüfft inne. Vor ihr erstreckte sich ein mit Steinplatten ausgelegter Durchgang, der unter einem Torbogen hindurch in einen Kreuzgang führte. Dort ergoß sich aus Dutzenden kleiner Stabfenster Licht in den Innenhof. Über den Steinbögen verlief zu beiden Seiten eine hölzerne Galerie, die von stämmigen Säulen wie aus Kandiszucker abgestützt wurde.

»Allmächtiger!« Mehr brachte sie nicht heraus.

Quinta grinste. »Ich hab dich bewußt nicht vorgewarnt. Es ist so beeindruckend, daß man es unbedingt spontan auf sich wirken lassen sollte, findest du nicht? Das Haus ist ursprünglich elisabethanisch, aber im achtzehnten Jahrhundert wollte man um jeden Preis Schick demonstrieren, mit der Zeit gehen, deshalb hat es damals eine neue Fassade verpaßt bekommen.

Wahrscheinlich war dann nicht mehr genug Geld für einen kompletten Umbau da – zum Glück.«

Sie ging durch den Kreuzgang voran und öffnete eine weitere Tür mit massiven Beschlägen. »Hier entlang. Paß auf, daß du dir nicht den Kopf stößt.«

Während Lydia sich noch die Stirn rieb, wo sie gegen den Türsturz geprallt war, schaute sie sich blinzelnd um. Es war ein reizendes Zimmer, langgestreckt und mit niedriger Decke, von mehreren Lampen erhellt, deren Schirme mit dicken Quasten geschmückt waren. Vor den Fenstern zum Innenhof standen drei unterschiedlich geformte Sofas mit fuchsienrotem Muster auf beigem Hintergrund, bedeckt mit dicken, weichen Kissen in kräftigem Rosarot mit breiten Goldtressen und noch mehr Quasten.

Auf einem dieser Sofas saß Phoebe, umgeben von Büchern. Sie starrte Lydia grimmig an, als müsse sie sich erst davon überzeugen, daß sie auch die richtige war.

»Hast du deinen Kontrabaß mitgebracht?« fragte sie schließlich.

»Nein.« Lydia wand sich unter dem prüfenden Blick der Kleinen. »Der ist zu groß, um ihn ständig mit mir herumzutragen ...«

»Magst du Katzen?« fuhr Phoebe mit dem Verhör fort.

Lydia blickte in die Richtung, in die sie zeigte. Auf dem zweiten Sofa thronten eine gewaltige schwarze Katze und ein noch gewaltigerer Kater, die sie beide aus gleichgültigen gelbbraunen Augen beobachteten. »Ja«, erwiderte sie. »Ich mag Katzen. Sind das deine? Die sind aber groß!«

»Sie sind riesig«, sagte Phoebe voller Stolz. »Eigentlich gehören sie Alban, aber sie sind lieber in unserem Teil des Hauses, weil wir sie füttern. Was ist denn in der Tasche da?« fügte sie hinzu und heftete den Blick auf die braune Tragetüte in Lydias Hand.

»Ach, nur das Essen.«

Quinta, die eine Zeitlang verschwunden war, erschien in dem Durchgang am anderen Ende des Zimmers.

»Hier ist die Küche, Lydia. Phoebe, konzentrier dich auf dein Buch und laß Lydia in Ruhe.«

Sie nahm Lydia die Tüte ab. »Achte gar nicht auf sie, sie ist grad in einem schwierigen Alter«, raunte sie ihr zu.

»Bin ich nicht«, meldete Phoebe sich nebenan zu Wort.

»Ohren wie ein Luchs«, sagte Quinta. »Schau mal, ich hab Hühnersuppe gekocht ...«

»Nein, danke. Da drin ist Steak – ich hab doch gesagt, daß ich was besorge. Bloß keine Hühnersuppe, nichts Flüssiges, Schlonziges, Schlabbriges, kein Brei, davon gibt's bei meiner Großmutter mehr als genug. Wenn das so weitergeht, werden mir mangels Benutzung noch sämtliche Zähne ausfallen!«

Sie ließ sich auf die Sitzbank am Eßtisch fallen. »Erst mal muß ich ein bißchen verschnaufen. Diese Stadt ist ganz schön anstrengend! Anscheinend kann man sich hier nur zu Fuß fortbewegen.«

»So kommt man am besten vorwärts, zumindest im Stadtzentrum«, meinte Quinta. »Deine Großmutter hätte dich doch herbringen können – ach nein, sie hat ja Gäste.«

»Mhm. Eine ziemlich finstere Truppe. Sie treffen sich regelmäßig zum Bridge.«

»Eine von ihnen ist bestimmt Sybil Stixwould«, bemerkte Quinta. »Das kann gar nicht anders sein, die beiden sind die dicksten Freundinnen.«

»Sybil – und wie weiter?« fragte Lydia.

»Stixwould. Sie ist Witwe. Vor ungefähr tausend Jahren war ihr Ehemann hier Dekan. Sie ist eine Nachbarin deiner Großmutter, stolze Besitzerin einer hübschen Villa am Close. Viel zu groß für sie, aber sie will das Haus nicht aufgeben. Sie gibt Flötenunterricht an der Schule. Bevor sie in den Klerus einheiratete und zur Frau Dekanin wurde, hat sie in einem Londoner Orchester gespielt. Jetzt hat sie überall ihre Finger drin: in ihrem Viertel, in der Kathedrale, in der Schule. Sie ist schon weit über sechzig, aber putzmunter. Groß, füllig, nach außen ruhig und sanft, aber das Äußere kann ja bekanntlich täuschen. Bei ihr muß man immer auf der Hut sein, sie ist eine echt harte Nuß!«

»Ich glaube nicht, daß ich ihr oft begegnen werde«, sagte Lydia hoffnungsvoll.

Quinta wickelte das Paket aus, das Lydia auf den Tisch gelegt hatte.

»Lydia, das ist doch viel zuviel Fleisch! Du meine Güte, auch noch Filetsteak – das muß ein Vermögen gekostet haben!«

»Es ist ordinär, über Geld zu sprechen, wie meine Großmama immer sagt.« Lydia gähnte herzhaft. »Tut mir leid, das kommt von der vielen frischen Luft. Ich werde gleich schon wieder munterer, nachdem ich mir ein schönes saftiges Steak einverleibt habe.« Unter schweren Augenlidern warf sie Quinta einen Blick zu. »Und wenn ich mir die Bemerkung erlauben darf, du siehst auch aus, als könntest du eine ordentliche Portion Rindfleisch vertragen.«

»Ich esse sehr gut«, verteidigte sich Quinta. »Die Hühnersuppe hab ich bloß deshalb zubereitet, weil Alban ausgegangen ist. Ich habe keine große Lust, für mich allein zu kochen. Wenn Alban hier ist, schlemmen wir richtig. Er vertilgt Berge von Essen.«

»Wie sieht er denn eigentlich so aus?« fragte Lydia interessiert. »Ist er dick?«

»Ganz im Gegenteil! Er ist hager, fast schlaksig und gehört zu den Männern, die nie zunehmen, egal wieviel sie in sich reinstopfen. Der Glückspilz. Er sagt, er verbrennt mehr, weil er kreativ arbeitet. Muß wohl stimmen, denn körperlich betätigt er sich eher selten.«

»Klingt, als wäre er ein Mann nach meinem Geschmack«, sagte Lydia anerkennend. »Er arbeitet kreativ? Was macht er denn? Warum wohnst du hier? Ich meine, lebst du mit ihm zusammen?«

»Nicht richtig.« Quinta machte sich an der Spüle zu schaffen. »Ich bin eine Art Haushälterin, aber wir sind auch befreundet.« Sie warf einen kurzen Blick ins Nebenzimmer zu Phoebe.

»Aha«, sagte Lydia, wandte ebenfalls den Kopf und schaute durch den Türbogen. »Ist er … Phoebes …?«

»Nein, nein«, sagte Quinta. »Ich kümmere mich um den Haushalt, kaufe ein, koche und so weiter, und als Gegenleistung überläßt er uns für eine symbolische Miete einen Teil des Hauses. Das Haus ist sehr groß. Ich zeige dir den Rest später.«

»Zahlt er dir denn auch ein Gehalt?«

Lydia wußte gern genau über die Lebensumstände anderer Bescheid. Vor ihren Freunden und Bekannten machte ihre Bequemlichkeit halt. Das Leben der anderen erschien ihr zumeist viel interessanter als ihr eigenes.

»Nein. Ich habe einen Job. Ich möchte nicht nur im Haus festhängen, und außerdem brauche ich ein volles Gehalt. Kinder kosten viel Geld.«

»Sie baut Geigen«, rief Phoebe von nebenan.

»Ich repariere Geigen«, stellte Quinta richtig.

»Ja, aber du kannst auch welche bauen. Das hat Sam gesagt, und Alban meint das auch, und ich weiß es sowieso, weil du die Geige gemacht hast, die in der Werkstatt hängt.«

Lydias Augenbrauen schnellten in die Höhe. »Geigen? Ist ja 'n Ding. Wie bist du denn darauf gekommen?«

»Ich war auf dem College.« Quinta griff nach einer schweren gußeisernen Pfanne, die neben anderen Töpfen und Pfannen an einem stabilen Haken von einem Deckenbalken herabhing. »Sind das Fritten? Eine herrlich bequeme Art zu kochen! Und obendrein auch noch alle möglichen exotischen Beilagen. Ich weiß, wo du die her hast!«

»Ich will kein Gemüse.« Phoebe erschien im Durchgang. »Aber von den Fritten nehm ich was, und Fischstäbchen. Drei Stück. Aber richtig schön knusprig!«

»Verzieh dich wieder, Phoebe«, sagte Quinta. »Du hast mich nach dem Geigenbau gefragt, Lydia. Die Ausbildung hab ich gemacht, als Phoebe noch klein war.«

»Ja, ich erinnere mich, daß du immer gut in Kunst und im Handwerken warst. Und du hast auch selbst Geige gespielt, nicht wahr?«

Quinta nickte, während sie im Kühlschrank nach Phoebes Fischstäbchen kramte.

»Ich mach erst mal Phoebes Essen fertig, wenn es dir nichts ausmacht.« Sie legte die Fischstäbchen auf den Bratrost und leckte sich die Krümel von den Fingern.

»Spielst du denn noch?« Lydia griff tief in die Tragetüte. »Sieh mal, die hab ich auch noch besorgt.«

»Oliven!« rief Quinta. »Dicke schwarze Oliven! Wunderbar. Nein, früher habe ich ab und zu Viola gespielt, aber jetzt habe ich nicht mehr die Zeit dazu.«

»Als ich klein war und noch nicht so lästig, hat sie mit Alban zusammen musiziert«, sagte die allgegenwärtige Phoebe. »Er macht sich immer lustig über sie und erzählt blöde Witze. Weißt du, was an einem Kleinwagen, in dem zwei Violaspieler sitzen und der von der Klippe ins Meer stürzt, nicht stimmt?«

»Phoebe!« rief Quinta verärgert.

»Nein«, erwiderte Lydia. »Sag's mir.«

»Hinten ist noch Platz für zwei andere Violaspieler.« Phoebe kugelte sich vor Lachen über ihren eigenen Witz.

Lydia stimmte ein. »Ist Alban Musiker? Du sagtest doch, daß er kreativ arbeitet.«

»Er ist Komponist. Ein ziemlich berühmter sogar.«

Lydia machte große Augen. »Alban? Heißt das etwa, er ist Alban Praetorius?«

Quinta nickte. »Du hast also von ihm gehört.«

»Und ob. Er schreibt großartige Filmmusik – hat er nicht mal den Oscar gewonnen? Außerdem ein paar sehr bekannte Konzerte, sehr anspruchsvoll. Aber ich hatte angenommen daß er in London lebt, nicht hier oben in diesem elenden kleinen Kaff.«

»Seine Familie kommt aus Eyot«, berichtete Quinta. »Er hat zwar auch eine Wohnung in London, aber hier kann er besser arbeiten. Behauptet er zumindest.«

»Mach mal die Weinflasche auf«, sagte Lydia. »Ich brauch jetzt unbedingt was. Großmama sagt immer, daß ich zuviel trinke, sobald ich in ihrer Gegenwart auch nur an einem Glas nippe.«

»Da liegt der Flaschenöffner«, erwiderte Quinta. »Phoebe, komm, dein Abendessen steht auf dem Tisch. Du darfst beim Essen lesen, ausnahmsweise. Im Kühlschrank steht kalte Milch.«

»Wetten, daß sie nicht richtig kalt ist.« Phoebe kam mit der Katze und einem Buch unter dem Arm herein. Die Katze plazierte sie behutsam neben sich auf die Bank. »Und danach muß ich wahrscheinlich ins Bett, damit ihr beide in Ruhe quatschen könnt. Ihr werdet stundenlang quatschen, das weiß ich jetzt schon. Was gibt's zum Nachtisch?«

»Du kannst dir eine Banane nehmen.«

Phoebe hatte ihr Essen im Nu verputzt. Belustigt sah Lydia ihr zu, während Quinta zwei Gläser Wein eingoß und anschließend Töpfe und Geschirr für die von Lydia mitgebrachten Köstlichkeiten bereitstellte.

»Ich bin fertig«, verkündete Phoebe und rutschte ans Ende der Sitzbank.

»Dann ab ins Bett mit dir«, befahl Quinta. »Eine halbe Stunde darfst du noch lesen.«

»Schmusen«, bettelte Phoebe und preßte sich an sie.

»Los, geh schon. Ich komme in einer halben Stunde und decke dich zu.«

Lydia schaute dieser Szene wohlwollend zu. »Wie schön, eine so anschmiegsame kleine Tochter zu haben.«

»Oft ist sie alles andere als anschmiegsam.« Quinta ließ sich auf eins der Sofas fallen. »Dann gleicht sie eher einem Alligator oder einem Stachelschwein.«

»Wie alt ist sie eigentlich?«

»Acht.« Quinta trank einen Schluck von ihrem Wein und schloß die Augen.

»Acht!« Lydia richtete sich abrupt auf. »Wie alt bist du denn dann, Quinta?«

»Sechsundzwanzig.«

Lydia starrte sie an. »O nein, das stimmt nicht – das kann

nicht stimmen. Ich bin zweiundzwanzig, und du warst nur eine Klasse weiter als ich.«

»Du hast recht«, gab Quinta zu. »Aber für die Leute in Eyot bin ich trotzdem sechsundzwanzig.«

Lydia runzelte die Stirn. »Das heißt, du hast Phoebe mit fünfzehn bekommen.«

»Genau.«

»Quinta, wach auf.«

»Ich schlafe nicht, ich entspanne mich nur.«

»Wie um alles in der Welt hast du es geschafft, mit fünfzehn Jahren, noch dazu an unserer Schule, schwanger zu werden?«

»Ich bin doch gar nicht mit fünfzehn schwanger geworden.«

»Das hast du doch gerade selber gesagt.«

»Nein, ich bin mit vierzehn schwanger geworden.« Quinta öffnete ein Auge. »Schockiert?«

»Quatsch, nein, so was kommt vor. Ich möchte bloß wissen, wie du das ausgerechnet an dieser Schule zustande bringen konntest. Und warum du schwanger geworden bist.«

»Ich hab mich eben verliebt – Hals über Kopf und bis über beide Ohren. Er war nicht abgeneigt, und ich war zu naiv, um an irgendwelche Vorsichtsmaßnahmen zu denken. Sonst hätte ich mir wohl auch nur gesagt, daß er sich schon darum kümmern wird. Und in dem Alter habe ich nicht im Traum daran gedacht, ihn darauf anzusprechen. Nicht, bis es zu spät war.«

»Also nur eine einzige Nummer, und du bist gleich schwanger geworden. Ist ja doch irgendwie unfair.«

»Wer hat denn was von einer einzigen Nummer gesagt? Es ging eine ganze Weile … na ja, ein paar Wochenenden lang. Ich hab zum Beispiel vorgeschützt, daß eine Cousine einen Ausflug mit mir machen wollte. Wieso die Schule mir geglaubt hat, kann ich auch nicht sagen. Mich hat sonst nie irgendein Verwandter abgeholt.«

Quinta seufzte. »Ich persönlich hätte immer so weitermachen können. Auf so etwas Schönes wollte ich nicht verzichten, und ihm hat es offenbar auch Spaß gemacht.«

Lydia stand vom Sofa auf und ging in die Küche. »Wird allmählich Zeit, daß die Steaks in die Pfanne kommen. Willst du deins lieber blutig oder durchgebraten?« rief sie Quinta zu.

»Nicht gar so blutig, bitte.«

»Dann lasse ich deins ein bißchen länger drin als meins. Ich mag es, wenn es noch so richtig schön trieft«, fügte Lydia genüßlich hinzu. Sie erschien im Türbogen. »Warum war denn dann Schluß?«

»Ach, umständehalber«, sagte Quinta. »Und dann wurde ich krank – so glaubte ich jedenfalls.«

Morgens nach dem Aufwachen hatte sie sich so komisch gefühlt, daß sie sich keinen Rat mehr wußte und zur Krankenstation ging. Sie bat um eine Medizin gegen Übelkeit: ja, ich hab mich übergeben, Schwester, ja, klar, ich hab hinterher saubergemacht ...

Ein Arzt in mittlerem Alter, düster dreinblickend, vorwurfsvoll. Dann die Hausmutter, ihre Klassenlehrerin und zu guter Letzt sogar die Direktorin. Quinta war überzeugt, daß sie Leukämie hatte, da zunächst niemand daran dachte, ihr zu sagen, was los war. Die Direktorin demonstrierte angelerntes Mitgefühl. Von ihren Versprechungen eingelullt, hatte Quinta ihr die Wahrheit gestanden.

Einer der Gärtnergehilfen, ein irregeleiteter Sechstkläßler von der nahe gelegenen Jungenschule – damit, das war Quinta nun, im nachhinein, acht Jahre später klar, hätte die Direktorin sich abfinden können. Nicht aber mit der Wahrheit.

Sie war rasend vor Zorn, beschimpfte Quinta als Lügnerin, als Schlampe, als kleines Ungeheuer, das es nur darauf anlege, sich Aufmerksamkeit zu erschleichen. Dann bekam sie es mit der Angst zu tun, es könnte vielleicht doch die Wahrheit sein, und gab Quinta die ganze Schuld. Sie mußte ihn verführt, ihm den Kopf verdreht haben, zweifellos war es nicht das erste Mal, daß sie so etwas tat. Der Ärmste wäre ruiniert, ein angesehener Mann mit Familie ...

»Wie bitte?« fragte Lydia. Sie stand mit dem Salzstreuer in der einen und dem Pfefferstreuer in der anderen Hand wie vom Donner gerührt da. Dann schwenkte sie in einer theatralischen

Geste den großen hölzernen Pfefferstreuer durch die Luft. »Es sollte alles ganz allein deine Schuld sein? Wie hat sie sich denn das zurechtgelegt?«

»Phoebes mutmaßlicher Vater, so sagte sie, sei erwiesenermaßen ein ehrenwerter Mann. Ich hingegen wäre durch und durch verdorben. Schluß, aus.«

»Und wie ging's dann weiter?«

»Meine Eltern kamen, und sie steckten alle die Köpfe zusammen. Dabei gelangten sie zu dem Schluß, daß ich ihnen ein Lügenmärchen aufgetischt hätte. Ich hätte diese ungeheuerlichen Anschuldigungen nur zu dem Zweck ersonnen, irgendeinen pickeligen Jüngling zu schützen.«

»Und wie reagierte der Typ?«

»Er wußte seit einer ganzen Weile von meiner Schwangerschaft. Oh, er war sehr schlau. Er sagte, ihm sei bereits aufgefallen, daß ich unwohl aussähe, und er hätte mich schon darauf ansprechen wollen, schließlich sei er ein verheirateter Mann, der selbst Kinder habe ...«

»Aha!« rief Lydia. »Er war also verheiratet. Hattest du das vorher gewußt?«

»Nein, das war ein zusätzlicher Schock für mich. Dadurch wurde alles natürlich noch viel schlimmer. Er hielt damals Vorträge am Cuthbert College. Erinnerst du dich noch an diese Gastvorlesungen? Sie haben uns immer im Pulk dorthin verfrachtet.«

Lydia nickte.

»Da war seine Frau natürlich nicht dabei. Ich hatte ihn nie danach gefragt.«

»Und was hat er dazu gesagt, daß er der Vater sein sollte?«

»Er gab sich betroffen, spielte den verantwortungsbewußten, toleranten Erwachsenen. Er könne gut verstehen, daß ein junges Mädchen sich eine so phantastische Geschichte ausdenke, um ihren Freund zu schützen. Er persönlich habe moralische Bedenken gegen Abtreibung ... aber wenn meine Eltern es unter diesen Umständen für geraten hielten ... Sie überschlugen sich alle förmlich vor Mitleid mit ihm.«

Wütendes Zischen erscholl aus der Küche, als Lydia reichlich Wein über die brutzelnden Steaks goß.

»Paß auf«, sagte Quinta warnend. »Steck nicht das Haus in Brand.«

»Ich weiß genau, was ich tue.« Lydia war außer sich vor Empörung, ein höchst ungewöhnlicher Zustand für sie. »Wie konnte er nur!«

Quinta lachte. »Ach, du weißt doch genau, was für ihn auf dem Spiel stand, Lydia. Er mußte sich aus dieser schmutzigen kleinen Affäre herauswinden, ohne dabei seinen makellosen Ruf zu beflecken.«

»Wie alt war er denn?«

Quinta zögerte. »Dreiundvierzig«, sagte sie dann.

Lydia ließ die Schüssel fallen, die sie in der Hand gehalten hatte. Das Porzellan zersprang auf dem Fußboden in tausend Stücke.

Quinta stand schnell auf. »Keine Sorge, es war keine besonders wertvolle Schüssel.« Sie griff nach Schaufel und Besen.

»So ein Mist! Verdammt noch mal!« Lydia ging in die Hocke, um eine Scherbe aufzuheben, die unter dem Tisch gelandet war. »Tut mir wirklich leid, Quinta, aber du hast mir den Schock meines Lebens versetzt. Dreißig Jahre Altersunterschied, du warst minderjährig – und er konnte nicht mal ein Kondom benutzen!«

Quinta kippte die Scherben in den Mülleimer und zog sich wieder auf das Sofa im Nachbarzimmer zurück.

»Irgendwann mal hab ich ihn doch noch nach Kondomen gefragt – obwohl ich der Wahrheit halber hinzufügen muß, daß ich im Grunde nicht wußte, was das überhaupt ist. Aber einige der Mädchen an der Schule waren erfahrener, und ich hatte mal mitbekommen, wie sie darüber geredet haben ... Er sagte, sich mit Kondom zu lieben sei ungefähr so, als wolle man sich einen Schokoriegel mit Verpackung zu Gemüte führen.«

Lydia kam herein, starrte Quinta sprachlos an und brach dann in schallendes Gelächter aus. Die Pfanne in ihrer Hand zuckte wild hin und her. Quinta nahm sie ihr schnell ab, um das Abendessen zu retten. Dann prustete sie ebenfalls los.

Sie bekamen es gar nicht mehr mit, als Alban das Haus betrat. Er fand sie sich vor Lachen kringelnd auf dem Fußboden vor.

»Was zum Kuckuck …« Sein Blick fiel auf die Steaks. »Die werden kalt ungenießbar sein … Warum hockt ihr gackernd wie die Hühner mit der Pfanne auf dem Fußboden? Gib schon her.«

Er nahm die Pfanne an sich und blickte auf die beiden Frauen hinunter. »Sie müssen Lydia sein – guten Abend. Alban Praetorius. Quinta, steh doch endlich auf! Wollt ihr mich nicht in den erlesenen Scherz einweihen, der euch buchstäblich umgehauen hat?«

»Schokoriegel …« Mehr bekam Quinta nicht heraus.

Alban hob eine seiner buschigen Brauen. »Ich verstehe die Pointe zwar nicht, Quinta, aber …«

»Die kannst du auch nicht verstehen, Alban«, sagte Quinta und riß sich mit Mühe zusammen. »Die kannst du nicht verstehen.«

4. *Kapitel*

Als Quinta aufstand, musterte Alban sie mißtrauisch. »Ich hab dich noch nie so lachen sehen.«

»Ich hab auch schon sehr lange nicht mehr so gelacht.«

»Etwa achteinhalb Jahre, vermute ich mal«, sagte Lydia, die ebenfalls aufstand und ihren Rock glattstrich. Sie warf Alban einen spöttischen Blick zu. »Haben Sie was dagegen? Früher hat Quinta sehr viel und gern gelacht. Als sie noch jünger war, an der Schule.«

»Sie hat hier wahrhaftig genug zu lachen, das können Sie mir glauben«, erwiderte Alban steif.

Er musterte Lydia kühl. »Allerdings hat sie sich noch nie so völlig gehenlassen.«

Lydia betrachtete ihn wohlgefällig. Du lieber Himmel, dachte sie, Quinta ist zu beneiden!

Er hob die Brauen und wies mit dem Kopf auf die Pfanne in seiner Hand. »Ihr wolltet gerade essen, nicht wahr? Bevor euch der Witz, den ihr nicht mit anderen teilen wollt, dazwischengekommen ist?«

»Stimmt«, erwiderte Lydia. »Und zwar Steaks, wie Sie sehen. Geben Sie her, ich stelle sie noch mal auf den Herd. Warum essen Sie nicht mit uns? Es ist mehr als genug für alle da. Der Rest ist im Kühlschrank.«

Alban inspizierte das Paket mit dem Fleisch, das Lydia im Kühlschrank deponiert hatte. »Es tropft – reichen Sie mir mal den Lappen da. Mein Gott, davon würde ja eine ganze Armee satt.«

»Mengen kann ich nicht besonders gut abschätzen«, räumte Lydia ein, »aber ich finde, Steak paßt immer.«

»Na gut, ich habe ohnehin nur drei widerliche kleine Pastetendinger hinunterwürgen können. Simon kommt auch gleich noch. Er ist nur eben aufs Klo gegangen.«

»Simon?« fragte Quinta. »Hat er auch an der Besprechung teilgenommen?«

»Na klar. Schließlich ging es doch um die Restaurierung der Orgel.«

»Simon ist der amtlich bestallte Organist der Kathedrale«, erklärte Quinta an Lydia gewandt. »Albans Bruder.«

»Dann schmeiß lieber noch ein paar Steaks in die Pfanne«, schlug ihre Freundin vor. »In der Tüte da ist noch Wein, Alban. Warum machen Sie nicht noch eine Flasche auf?«

»Wie alt sind Sie?« fragte Alban und warf ihr einen mißbilligenden Blick zu.

»Zweiundzwanzig. Wieso?«

»Reine Neugier.«

»Sei nicht gar so taktlos, Alban«, schaltete sich Quinta ein. »So viele Freunde habe ich nicht, daß ich es mir leisten könnte, sie von dir vergraulen zu lassen.«

»Nur schade, daß es mir nie gelungen ist, Pauline zu vergraulen«, bemerkte Alban.

»Wer ist denn diese Pauline?« fragte Lydia.

»Eine Art Freundin von mir«, sagte Quinta. »Sie meint es nur gut.«

»Oje, das läßt Schlimmes befürchten.«

»Wir haben uns kennengelernt, als Phoebe noch klein war. Pauline hat einen Sohn im selben Alter, die beiden waren zusammen in einer Spielgruppe. Ich habe ihr leid getan, weil ich eine alleinerziehende Mutter bin und so weiter. Seither überschüttet sie mich mit guten Ratschlägen und Tips – vermutlich betrachtet sie mich als eines ihrer Wohltätigkeitsprojekte. Sie ist mit einem Anwalt verheiratet und spielt eine aktive Rolle im Gemeindeleben von Eyot.«

»Klingt verdächtig nach Schreckschraube«, meinte Lydia.

»Das ist sie auch«, sagte Alban.

»Hier, dein Lappen, Alban, und dann öffne die Weinflasche und laß Simon rein«, befahl Quinta. »Ich kann hören, wie er mit dem Türriegel kämpft. Der klemmt wohl mal wieder. Ich muß Öl auf meine Einkaufsliste schreiben.«

Sie gab ihm einen freundlichen Schubs, und er warf Lydia einen säuerlichen Blick zu.

»Lady Wrays Enkelin, sagten Sie? Hm, das merkt man. Lady Wray ist ja eine Mountjoy – eine gefährliche Sippe.«

»Unsinn«, sagte Lydia lachend.

Simon schwieg zunächst, als er später an diesem Abend mit Lydia den Platz überquerte. »Quinta hat recht«, sagte er dann, »es ist besser, wenn ich Sie nach Hause bringe. Heutzutage ist man ja nirgends mehr sicher. Obwohl Sie sich bestimmt zu wehren wissen.«

»Ich freue mich immer über Gesellschaft«, erwiderte Lydia höflich. Sie warf ihm einen verstohlenen Blick zu. Warum war er plötzlich so deprimiert?

»Sie kennen Quinta wohl ziemlich gut.«

»Das würde ich nicht gerade behaupten. Der Kontakt ist abgerissen, als sie damals die Schule verlassen hat.«

»Glauben Sie, daß Alban in sie verliebt ist?«

Lydia musterte ihn erneut. »Das kann ich wirklich nicht beurteilen. Ich dachte, es handelt sich bei den beiden eher um eine geschäftliche Abmachung.«

Er brach in gekünsteltes Lachen aus. »Eine geschäftliche Abmachung, ja, das ist genau der richtige Ausdruck. Nur schließt dieses Geschäft ein, daß sie zweimal die Woche die Nacht mit ihm verbringt, und zwar immer dienstags und donnerstags.«

»Heute ist Donnerstag«, bemerkte Lydia zuvorkommend.

Simon seufzte. »Ich will jetzt noch nicht nach Hause«, sagte er. »Gehen wir doch noch auf einen Sprung ins Horatio's, ja? Das ist eine Weinbar, hier entlang ... Was ist mit Ihrer Großmutter? Erwartet sie Sie zu einer bestimmten Zeit zurück?«

»Ich habe meinen eigenen Schlüssel«, erwiderte Lydia steif. »Und was ist mit Ihnen? Wohnen Sie am Close?«

Simon verzog das Gesicht. »Ja, natürlich. Im Haus des Organisten, einer der feinsten Adressen am Close, Eigentum der Kirche. Die Kanoniker würden mich nur zu gern ausquartieren – in ihren Augen ist es eine viel zu elegante Unterkunft für einen bescheidenen Musiker –, aber das geht nicht.«

»Und warum nicht?«

»Weil zwei blöde Orgeln in dem Haus stehen, eine unten und eine oben, sozusagen mein Handwerkszeug. Es würde ein Vermögen kosten, sie hinausschaffen zu lassen, und wo sollte man sie sonst unterbringen? Kanonikus Holigost, ein kleinkarierter Bilderstürmer, meint, wir sollten sie verkaufen. Moderne Kirchenmusik müsse schlichter sein, weniger auf die Orgel ausgerichtet. Also steckt den Organisten in eine winzige Bauernkate und drückt ihm ein Tamburin in die Hand …«

»Brauchen Sie denn gleich zwei Orgeln?« wollte Lydia wissen.

»Nein, natürlich nicht. Das hat nichts mit mir zu tun, die Orgeln waren schon da, bevor ich kam. Meine Frau kann die Dinger auch nicht ausstehen. Sie sagt, andere Männer brächten ihre Arbeit auch nicht mit nach Hause, warum ich unbedingt die Ausnahme sein müsse? Gegen das Geld, das ich an meinen Schülern verdiene, hat sie allerdings nichts einzuwenden. Ich unterrichte zu Hause. Geht ja schließlich nicht an, daß die kleinen Monster in der Kathedrale Krawall machen. Das würde nur die Touristen vergraulen. Aber ich knöpfe ihnen eine ordentliche Stange Geld ab. Man hält mich für einen der besten Organisten von ganz Europa, können Sie sich das vorstellen?«

»Ich bin davon überzeugt, daß Sie es sind«, sagte Lydia. Was um alles in der Welt war mit ihm los? Offenbar litt er an einem massiven Minderwertigkeitskomplex, oder unter Liebeskummer – war er etwa auch scharf auf Quinta?

»Ob ich scharf auf sie bin?« Simon hob die Stimme, was einen liebenswürdigen älteren Herrn mit Brille, der nach einem Abend im Club nach Hause ging, vor Schreck zusammenfahren ließ.

»O ja, so könnte man es durchaus bezeichnen«, fuhr er bitter fort. »Man könnte auch sagen, daß ich hemmungslos, wahnsinnig in sie verliebt bin. Man kann es ausdrücken, wie man möchte, aber sie will nichts mit mir zu tun haben, jedenfalls nicht so, wie ich es mir vorstelle. Und zu allem Übel schläft sie mit meinem eigenen Bruder!«

Hoffentlich bricht er nicht noch in Tränen aus, dachte Lydia.

»Ich bin nicht betrunken, wissen Sie, nur völlig am Ende. Und ich will noch nicht nach Hause zu meiner Frau und den Kindern, also gehen wir in die Weinbar, damit ich mich beruhigen kann, ja? Wir können uns ja noch ein bißchen über Quinta unterhalten.«

Er schob eine kleine schwarze Tür auf, und schon standen sie in einem stockfinsteren Vorraum.

»Vorsicht«, sagte Simon. »Da sind Stufen.«

Ein Lichtstrahl drang von unten durch die Dunkelheit und beschien die Treppe. Lydia ging seitlich hinunter. Unten angekommen, wurde sie von einem rundlichen kleinen Mann mit olivbrauner Haut begrüßt, der sich heftig schwitzend und dennoch frohgemut die Hände rieb.

»Mr. Simon, freut mich sehr, prima, prima! Hereinspaziert, hereinspaziert, fast niemand da heute abend, nur Freunde. Setzen Sie sich doch hierher, an die Bar. Wer ist denn die nette junge Dame?«

Sein Blick glitt an Lydia hinab, als er sie geschäftig zu dem breiten hölzernen Bartresen führte, der sich an einer Seite des Kellers entlangzog.

»Eine Freundin. Einen Krug Wein mit zwei Gläsern bitte, Horatio, und ein großes Glas Orangensaft. Mit viel Eis.«

Lydia hatte sich schon gefragt, ob sie Simon nach Hause zu seiner Frau und seinen Kindern würde tragen müssen, aber zu ihrer Überraschung konsumierte er nur ein einziges Glas Wein.

»Trinken Sie den Rest aus, ich halte mich an den O-Saft. Wenn ich noch mehr Wein trinke, bin ich morgen früh schlecht gelaunt, und das können die Jungs nicht ausstehen.«

»Die Jungs?« fragte Lydia. »Sind alle Ihre Kinder Jungen?«

Simon sah sie kurz verwirrt an. »Meine Kinder? Oh, nein, nicht die – die müssen mich schon so nehmen, wie ich bin. Nein, nein, die Chorknaben, die Jungs von der Kathedrale.«

»Ach ja, natürlich«, sagte Lydia. »Wie dumm von mir!«

»Ach was«, wehrte Simon ab. »Wenn man in die Welt der Kathedrale eingebunden ist, vergißt man nur allzu leicht, wie klein sie ist und wie wenig sie mit der Realität zu tun hat. Man vergißt, wie unwichtig sie jedem erscheint, der ein normales Leben außerhalb dieses winzigen Universums führt.«

»Das würde ich so nicht sagen«, wandte Lydia ein. »Vielleicht denken die Leute nicht oft darüber nach, aber bestimmt hat die Kathedrale eine große Bedeutung für sie. Hier in Eyot und auch außerhalb. Nicht dieselbe Bedeutung wie für Sie natürlich, aber es ist ja schließlich auch Ihr Job. Denken Sie an die Millionen von Menschen, die jährlich eine Kathedrale besichtigen oder gern Kirchenmusik anhören.«

»Ach ja? Und wann haben Sie das letzte Mal einen Gottesdienst in einer Kathedrale besucht?«

»Gerade am Wochenende«, sagte Lydia selbstgefällig.

»Ja, weil Lady W. Sie mitgeschleift hat. Sie können nicht unter ihrem Dach wohnen und sich sonntags vor der Messe in der Kathedrale drücken. Und davor? Na los, legen Sie die Karten offen auf den Tisch.«

»Vor einem Jahr«, erwiderte Lydia. »Na schön, ich geb's zu, normalerweise mache ich einen großen Bogen um alle Kirchen. Ich war zur Hochzeit einer Freundin in der Christ Church eingeladen … in Oxford. Wirklich süß.«

»Süß?!«

»Ja, die Christ Church Cathedral, mein ich. Sie ist winzigklein … aber Sie kennen ja bestimmt sämtliche Kathedralen Englands aus dem Effeff.« Lydia runzelte die Stirn. »Der Gottesdienst war ganz und gar nicht süß, sondern gräßlich, total trocken. Hörte sich an, als ob jemand aus einer Broschüre der Post vorläse. Und erst die Kirchenlieder! Einfach schrecklich. Ich gehe jede Wette ein, daß diese Ehe nicht von Dauer sein wird.«

»Da haben wir's.« Simon überließ sich wieder seiner düsteren Stimmung. »So denken die jungen Leute von heute. Und hier sitze ich, mit meinen fünfundvierzig Jahren, und habe mein ganzes Leben in Kathedralen zugebracht. Und wozu das alles?«

»Wirst du auf deine alten Tage etwa sentimental, Simon?«

Welch schöne Stimme, dachte Lydia. Samtweich. Sie drehte sich zu dem Sprecher um und blickte in ein spöttisches dunkles Augenpaar.

»Hallo, Titus«, sagte Simon. »Zurück aus Deutschland? Komm, setz dich zu uns.«

»Danke, Simon, aber ich bin mit einer Freundin hier. Noch mal dasselbe bitte, Horatio.«

Neugierig beobachtete Lydia, wie Titus an seinen Tisch zurückkehrte. Seine Geliebte? Die Frau, die ihn mit einem strahlenden Lächeln erwartete, mußte mindestens fünfzehn Jahre älter sein als er, etwa Mitte vierzig. Sie wirkte zwar exotisch und elegant, das schon, aber nicht mehr jung.

Simon folgte ihrem Blick und hob leicht die Brauen. »Titus hat schon wieder eine Neue. Er sammelt die ausgefallensten Frauen.«

»Ist sie seine Tante? Oder eine Freundin seiner Mutter?«

»O nein, nein, bestimmt nicht! Titus hat eine Schwäche für ältere Frauen. Er findet sie wohl weniger anstrengend oder auch einfach nur sexy. Keine Ahnung. Jedenfalls scheint er ausgesprochen glücklich zu sein, im Gegensatz zu anderen hier anwesenden Personen.«

»Hat er auch mit der Kathedrale zu tun?«

»In gewisser Weise schon. Manchmal singt er dort im Männerchor. Er ist ein Baß, und zwar ein sehr guter. Hauptberuflich ist er an der Universität tätig.«

»Als Dozent?«

»Nein, ich glaube nicht. Er arbeitet mit irgendeinem Professor zusammen, einer Koryphäe in einem ziemlich abseitigen Fachgebiet. Hochintellektuell, das Ganze.«

Titus findet mich nicht attraktiv, dachte Lydia. Nicht die

Spur. Er hat kaum Notiz von mir genommen, und Simon geht es nicht viel anders, das merkt man deutlich. Simon ist ganz offensichtlich von Quinta besessen, so wie Alban. Dabei ist Quinta nicht unbedingt eine Schönheit: ziemlich mollig, überhaupt nicht aufgestylt, sie flirtet nicht mit den Männern … Also woran lag es? An ihrer Lebendigkeit, schätzte Lydia, ihrem ausdrucksvollen Gesicht, ihren raschen, entschlossenen Bewegungen …

Lydia wünschte von ganzem Herzen, daß Angus sie nicht fallengelassen hätte, daß sie noch mit ihm zusammen wäre, Teil eines Paares, das sich im Mittelpunkt des Geschehens befand. Sie wollte keine Zuschauerin, keine Außenseiterin sein.

Nicht, daß sie es darauf angelegt hätte, einen der beiden Männer auf Biegen oder Brechen für sich zu interessieren, nein, das war's nicht. Ich kann die Männer nur einfach nicht verstehen, dachte sie bedrückt.

»Sie fühlen sich nicht wohl, ja?« Horatio taxierte sie mit seinen scharfen Augen. »Machen Sie sich keine Gedanken wegen dieser Menschen, die leben alle in ihrer eigenen Welt. Sie sind neu hier in Eyot?«

Lydia nickte.

»Dann brauchen Sie sich erst recht keine Sorgen zu machen. Sehr bald werden Sie Freunde finden, Leute in Ihrem Alter kennenlernen. Junge Leute, die ein einfaches, unkompliziertes Leben führen.«

Lydia erwiderte sein Lächeln. Es war unmöglich, anders zu reagieren, soviel Gutmütigkeit strahlte er aus.

»Tut mir leid«, sagte Simon. »Ich bin kein besonders angenehmer Gesprächspartner. Gehen wir.«

Sie kamen an Titus' Tisch vorbei, und er hob freundlich die Hand zum Gruß. Als sie die Tür erreicht hatten, rief er Simon noch etwas zu.

»Irgendwelche Neuigkeiten von unserem frischgekürten Bischof?«

Verwundert blieb Simon stehen. »Ja, sein Name wurde vor ein paar Tagen bekanntgegeben, hast du es nicht … ach nein, du warst ja im Ausland. Hatte ich schon wieder vergessen. Er heißt Lennox-Smith und kommt aus Cambridge. Kennst du ihn?«

Ein seltsamer Ausdruck trat auf Titus' einnehmendes Gesicht. Nein, Überraschung ist es nicht nur, dachte Lydia. Er ist zwar erstaunt, aber auch erfreut.

»O ja, und ob ich ihn kenne«, sagte Titus, dessen ungekünsteltes Lächeln sein Gesicht aufleuchten ließ. »Ein ...« Er zögerte. »Ein interessanter Mann, äußerst kompetent, so heißt es. Seine Familie kenn ich übrigens auch.«

»Dann hast du uns anderen ja was voraus.«

Titus wandte sich wieder seiner Gefährtin zu, und Lydia folgte Simon zu dem dunklen Treppenaufgang.

»Gute Nacht, Mr. Simon – gute Nacht, hübsche Dame, kommen Sie bald mal wieder!«

»Ein ganz lieber Kerl, unser Horatio«, sagte Simon. »Er verpfeift mich nie, und auch keinen anderen, und dabei hätte er so einiges zu erzählen, das steht mal fest. Oh, mein Gott, apropos verpfeifen – schnell, tun Sie so, als ob Sie sich das Schaufenster ansehen. Oh, Mist!«

»Mr. Praetorius«, ließ sich eine dröhnende Frauenstimme vernehmen. »Sie sind aber noch spät unterwegs. Ich dachte, die Besprechung sollte gegen neun zu Ende sein. Evie erwartet Sie längst zu Hause.«

Da ihm jeder Fluchtweg abgeschnitten war, wandte Simon sich ihr halbherzig lächelnd zu. »Guten Abend, Marjorie. Ist es denn nicht gefährlich, wenn Sie zu dieser fortgeschrittenen Stunde allein draußen spazierengehen?«

»Ich gehe nur eben mit dem Hund Gassi.«

Simon bemerkte erst jetzt, daß Marjorie mittels einer Leine, die allem Anschein nach aus einer Angelschnur bestand, mit einem widerspenstigen Basset verbunden war.

Welch ein häßlicher Vierbeiner, dachte Lydia, als sie seine rotgeränderten, wäßrigen Augen sah.

Er beschnüffelte einen Laternenpfahl, dann hob er das Bein. Lydia beobachtete, wie der dünne Strahl auf Simons

Schuhe zielte, und schob ihren Begleiter sanft zur Seite. »Aufgepaßt!«

Marjorie musterte sie abfällig von Kopf bis Fuß. Eine Sirene, sagte sie sich. Hat es vermutlich auf den armen Mr. Praetorius abgesehen.

Simon schaute nach unten. »Danke, Lydia, ich hätte es nicht bemerkt. Marjorie, dies ist Lydia, die Enkelin von Lady Wray. Lydia – Mrs. Jessop, eine Stütze unseres Kathedralenfördervereins.«

Marjorie blickte sie mit neuem Interesse an. »Ich hörte bereits, daß die liebe Lady Wray Besuch von einer jungen Verwandten hat. Sie kann ja so gut mit jungen Leuten umgehen.«

»Ich sorge nur eben dafür, daß Lydia wohlbehalten zum Close zurückkommt«, erklärte Simon. »Da ich ohnehin denselben Weg habe – ich wohne ja auch dort«, fügte er überflüssigerweise hinzu.

»Ich weiß«, sagte Marjorie verwirrt. Er benahm sich ja noch merkwürdiger als sonst – aber diese Musiker waren einfach ein sehr eigener Menschenschlag. Sie wandte sich ihrem Haus zu. Sie würde Evie schnell anrufen und ihr Bescheid sagen, daß Simon auf dem Heimweg war. Bestimmt war sie schon krank vor Sorge um ihren Mann.

Zwei Gestalten marschierten über den Steinfußboden der Kathedrale. Obgleich der Juni sich mittlerweile seinem Ende näherte, sorgte der graue Himmel dafür, daß nur spärliches Licht durch die weltberühmten Buntglasfenster fiel. Später würde die Kathedrale für die Touristen ausgeleuchtet sein, jetzt jedoch, am frühen Morgen, war sie von wabernden Schatten erfüllt.

Ein Küster kam aus dem Chorraum, wünschte den beiden Frauen mit gedämpfter Stimme einen guten Morgen und verschwand in einer Seitenkapelle.

Ihre Schritte hallten in der Vierung wider, als sie aus dem

Dunkel des mittelalterlichen Mittelschiffs traten, das Grab von Königin Ethelburga umrundeten und zielstrebig auf die kleine Holztür zusteuerten, die neben dem Eingang zum Kapitelsaal eingelassen war. Die Tür ging knarrend auf und fiel dann hinter ihnen ins Schloß.

»Und? Hat sie sich tatsächlich schon Sorgen um ihn gemacht?« fragte Daphne. Sie schniefte, als sie nach einem Stück Steckmasse aus Schaumstoff griff und ein Messer hineinbohrte.

»Eher verärgert, würde ich sagen.« Marjorie kappte entschlossen einen glücklosen Stengel und schüttelte ihn dann kräftig. »Wirklich eine wunderschöne Farbe. Ein erstklassiger Blickfang. Wo bleibt eigentlich Wyn? Heute morgen ist sie aber spät dran!«

»Von wegen«, sagte Wyn, die in diesem Moment mit einem großen grünen Eimer bewaffnet das Blumenzimmer betrat – *knarz, krach*. »Ich war als erste hier, da habe ich mich gleich an die Arbeit gemacht. Wer ist verärgert?«

»Du hättest aber auf uns warten sollen, meine Liebe«, rügte Marjorie. »Es geht nichts über Teamarbeit, wie du weißt.«

»Evie Praetorius«, sagte Daphne. Sie stöpselte den Kessel ein und holte eine Flasche Milch aus ihrer Tasche. »Simon war gestern abend noch spät unterwegs, sagt Marjorie. Sie ist ihm draußen begegnet – er war in Begleitung einer jungen Frau. Einer sehr jungen Frau!«

»Ja, aber da war nichts dabei, Daphne, das hatte ich dir doch bereits erklärt. Er war übelster Laune. Kann weder für sie noch für irgend jemanden sonst einen angenehmen Gesellschafter abgegeben haben. Es handelte sich übrigens um die Enkelin von Lady W., die gerade ihr Studium in Oxford abgeschlossen hat, Wyn.«

»Ihre Mutter ist die zweite Tochter von Lady Wray, die Schlaue, die Ärztin ist«, warf Daphne ein, um Wyns Gedächtnis auf die Sprünge zu helfen.

»Hat sie auch einen Arzt geheiratet? Die Mutter des Mädchens, meine ich?« fragte Wyn.

Marjorie und Daphne blickten sie verwirrt an. »Nein, wieso?«

»War nur so'n Gedanke. Ärztinnen heiraten doch in der Regel Ärzte. Andere Männer lernen sie ja wohl kaum kennen, bei dem furchtbar langen Arbeitstag. Ausgenommen die Patienten natürlich, aber die sind ja krank.«

»Denen geht's vermutlich auch irgendwann wieder besser, wenn der Arzt was taugt.«

»Ja, aber meint ihr nicht auch, daß es ziemlich unangenehm sein muß, jemanden zu heiraten, den man kennengelernt hat, als er ernsthaft krank war oder gar auf dem Operationstisch lag ...«

»In diesem speziellen Fall stellte sich dieses Problem nicht«, unterbrach Marjorie. »Mr. Holbeck – der Schwiegersohn – war Architekt.«

»Ist Architekt«, berichtigte Daphne. »Er lebt ja noch.«

»Ja, und zwar im Ausland«, ergänzte Marjorie. »Er ist mit der Köchin durchgebrannt«, erklärte sie an Wyn gewandt. »Du weißt nichts davon, da es sich zutrug, lange bevor du nach Eyot gekommen bist. Er war ein sehr nachlässiger Mensch. Ich frage mich, ob seine Tochter wohl nach ihm oder nach ihrer Mutter geraten ist.«

»Mrs. Gridlock, die bei Lady W. putzt, behauptet, sie sei faul«, sagte Daphne und goß Wasser in drei Tassen mit Instantkaffeepulver. Sie stellte den Kessel ab und holte ein kleines Fläschchen aus ihrer Tasche. »Meine Tropfen«, sagte sie. »Ein neues Heilmittel, damit meine Nase nicht mehr ständig läuft.«

»Bleibt nur zu hoffen, daß es auch wirkt«, sagte Marjorie. »Dieses Geschniefe tut dir gar nicht gut, meine Liebe.«

Knarz. Die Tür ging auf, und Kanonikus Feverfew, der jüngste und neugierigste der Kanoniker, spähte herein. »Guten Morgen, die Damen.«

»Kommen Sie nur rein«, forderte Daphne ihn auf. »Trinken Sie eine Tasse Kaffee mit uns. Wir haben gerade welchen gekocht.«

»Ah.« Kanonikus Feverfew schloß behutsam die Tür hinter sich. »Danke, danke, ich hätte sehr gern ein Täßchen. Vor allem, wenn Sie zufällig welche von diesen köstlichen Ingwerplätzchen dahaben ...«

Wenig später kaute er schon genüßlich. »Ich bin nur vorbeigekommen, um zu fragen, ob Sie sich schon Gedanken über den Blumenschmuck für die Weihe des neuen Bischofs gemacht haben. Der Dekan hat das Thema gestern zufällig angeschnitten.«

»Ja, und wir haben für nächste Woche ein Treffen angesetzt, um ein Koordinationskomitee zu bilden«, sagte Marjorie. »Ich gehe davon aus, daß ich wie gewohnt zur Vorsitzenden gewählt werde.«

»Gut, gut. Ich hab dem Dekan schon gesagt, daß unsere Damen garantiert alles im Griff haben.« Er nahm sich noch ein Plätzchen. »Darf ich? Mmm, lecker. Irgendwelche Neuigkeiten?«

»Lady Wray hat Besuch von ihrer Enkelin. Sie hat gerade ihr Studium in Oxford absolviert«, berichtete Marjorie.

»Aha, aber wie Sie vielleicht noch nicht wissen, meine Damen, kommt auch der Enkel von Mrs. Stixwould über den Sommer nach Eyot. Er hat hier oben ein Projekt, sagt sie.«

Die drei Frauen stießen langgezogene zufriedene Seufzer aus.

»Adam«, sagte Marjorie. »Natürlich. Moment – wie alt ist er jetzt gleich ...«

»Achtundzwanzig«, sagte Daphne.

»Genau richtig«, meinte Marjorie.

»Ich dachte mir, daß es Sie interessieren würde.« Kanonikus Feverfew stand auf und fegte die Krümel von seiner schwarzen Soutane. »Nun ja, ich muß jetzt wieder an die Arbeit. Dies ist eine hektische Zeit für uns, eine sehr hektische Zeit.«

Marjorie und Daphne stießen Seufzer reinen, unverfälschten Entzückens aus, während sie Eimer, Blumenständer und dicke Sträuße aus Grün einsammelten. Wyn folgte ihnen, als sie das Blumenzimmer verließen. »Sybil Stixwoulds Enkel«, sagte sie. »War der es nicht ... Na ja, gab es da nicht einen kleinen Zwischenfall, als er in Eton war? Ich meine ...«

Marjorie blieb jäh stehen. »Es ist nicht besonders nett, auf derlei Gerüchte anzuspielen, Wyn, das müßtest du wissen. Es handelte sich um ausgesprochen böswilligen Klatsch, und außerdem ist er jetzt älter und reifer, und all das liegt weit hinter ihm. Darüber hinaus glaube ich nicht einmal die Hälfte von den Horrorgeschichten, die über Jungeninternate kursieren. Dort kann unmöglich eine so lockere Disziplin herrschen, wenn man bedenkt, daß Eltern derart viel Geld bezahlen müssen.« Marjorie stellte schwungvoll ihre Metalleiter auf. »Ich arrangiere das Grün«, sagte sie gebieterisch.

Sie und Daphne arbeiteten in gleichmäßigem Rhythmus – das heißt, Marjorie gab die Befehle, und Daphne reichte ihr gehorsam dicke Büschel Grün hinauf, gefolgt von den langstieligen Lilien, kombiniert mit Rosen und flaumigem Frauenmantel mit winzigen Blüten.

»Das wird Kanonikus Feverfew gefallen.« Daphne trat zurück und legte den Kopf auf die Seite, um die Zusammenstellung zu bewundern. »Sehr hübsch, Marjorie, aber schieß nur nicht übers Ziel hinaus. Wir müssen noch Platz für das Schmetterlingskraut lassen.«

»Ich bin mir sehr wohl bewußt, daß wir noch Platz für das Schmetterlingskraut brauchen«, erklärte Marjorie majestätisch. »Komm, Daphne, reich mir noch ein paar Blumen, dann kannst du schon mal mit dem Aufräumen beginnen. Immer hübsch sauber bleiben, das ist doch unsere Devise, oder? Und dann schauen wir uns mal an, was Wyn gemacht hat, bevor wir uns dem Altarschmuck zuwenden.«

Wyn summte vor sich hin, als sie ihren Eimer zur Chorschranke trug. Ihre Entwürfe hatten nichts von der steifen Förmlichkeit, die Marjories alles andere überragendes Meisterwerk auszeichnete. »Wie ein Stück unverbildete Natur«, bemerkte Kanonikus Feverfew im Vorbeigehen. »So lebendig, so erfrischend. Und welch herrliche Rosen!«

»Ja«, sagte Wyn. »Die stammen aus meinem Garten.

›Sleeping Beauty‹.« Sie prustete los. »Diese Sorte eignet sich nicht zum Mauerblümchen. Die bleibt lieber im Bett.«

»Wie bitte?« fragte Kanonikus Feverfew.

Wyn sah ihn unschuldsvoll an. »Die Rosen«, erklärte sie. »›Sleeping Beauty‹. Eine Hängepflanze, wissen Sie.«

»Verstehe, verstehe.« Kopfschüttelnd ging Kanonikus Feverfew seiner Wege.

Hoheitsvoll nahm Marjorie das Arrangement in Augenschein.

»Sieht recht hübsch aus«, sagte sie. »Aber bitte nicht zu wild, Wyn, meine Liebe. Vergiß nicht, daß wir uns auf heiligem Boden befinden. Ich glaube nicht, daß ungezähmte Natur etwas in einer Kathedrale zu suchen hat.«

Wyn fügte noch einen üppigen Zweig Grün hinzu.

»Wohnt der Bruder von Mr. Praetorius nicht in der Nähe der St. Kentigern's-Kirche?«

»Ein ausgesprochen seltsamer Mensch«, sagte Marjorie geringschätzig. »Wenn auch sehr angesehen in seinem Bereich, wie man hört. Ja, er wohnt dort in der Nähe. Das Haus gehörte früher Lucy Praetorius, bevor sie ins Ausland ging.«

»Und hat er nicht eine Untermieterin – nun ja, so sagt man zumindest?«

»Ja«, bestätigte Daphne schniefend. »Die mit dem eigenartigen Namen – Quinta. Blutjung, viel jünger als Alban Praetorius.«

»Sie ist in der Tat sehr jung«, meinte Wyn. »Ich habe mir sagen lassen, daß Mr. Praetorius – unser Mr. Praetorius – oft dorthin geht.« Sie hielt inne. »Ungewöhnlich anhänglich für einen Bruder.«

Marjorie und Daphne holten beide tief und befriedigt Luft.

»Evie ist im Augenblick viel unterwegs«, sagte Marjorie. »Sie interessiert sich für religiöse Erweckerkreise. Außerdem nimmt sie an Bibelstunden für Frauen teil, habe ich gehört. Und gestern abend habe ich unseren Mr. Praetorius in der Nähe von St. Kentigern's getroffen.«

»Hm«, machte Daphne vielsagend.

»Aber er war doch mit der Enkelin von Lady Wray zusammen«, bemerkte Wyn.

»Hm«, machte Daphne wieder.

»Vermutlich werden wir darüber bald noch mehr zu hören bekommen«, sagte Marjorie. »Aber jetzt kommt, Mädels, der Vormittag ist schon halb um. Wo sind wir nur mit unseren Gedanken!«

5. Kapitel

Die altmodische viktorianische Türglocke klimperte, als Lydia den Laden betrat.

Quinta blickte vom Verkaufstresen auf, wo sie in einem dicken Wälzer blätterte und sich alte Drucke von Violinen ansah. »Hallo, Lydia. Ich dachte, du hättest gesagt, daß du nie so früh aus dem Haus gehst.«

»Tu ich auch nicht, wenn es sich irgendwie vermeiden läßt, aber Großmama hat ihre eigenen Vorstellungen davon, wie lange man im Bett bleiben sollte. Bis sieben Uhr ist es wünschenswert und der Gesundheit zuträglich. Von sieben bis halb acht, bei einer Tasse Tee, in hauchzartem Porzellan serviert – sehr gemütlich, wie ich zugeben muß –, so eben noch zulässig. Aber danach verwandelt sich das Bett in einen unzuträglichen, unziemlichen, ja geradezu unanständigen Ort.« Sie gähnte. »Anschließend taucht Mrs. Gridlock auf. Ihren scharfen Augen entgeht nichts. Ich glaube, sie ist eine Spionin. Nein, ich werde mich wohl nie ans Frühaufstehen gewöhnen können. Meine Ma ist genauso wie ihre Mutter, steht im Morgengrauen auf und sprüht dann schon vor Energie. Schrecklich!«

Quinta grinste. »Na, dann warte erst mal, bis du Kinder hast. Die sind alle früh auf den Beinen und verlangen von dir, daß du den Morgen aktiv mit ihnen gestaltest.«

»So entzückend Phoebe auch ist, der Gedanke an eigene Kinder jagt mir Angst ein. Lieber werde ich Tante.«

»Ach? Ich wußte gar nicht, daß du Geschwister hast.«

»Hab ich auch nicht. Ich meinte im übertragenen Sinne.«

»Ich bin schon Tante«, sagte Quinta. »Aber meine Neffen und Nichten fallen mir kaum zur Last. Sie sind größtenteils erwachsen oder leben ganz woanders.«

»Du bist die Jüngste, nicht wahr?«

»Ja, mit Abstand. Nummer fünf, die Nachzüglerin. Meine Eltern hatten schon zwei Jungen und zwei Mädchen – die perfekte Familie. Sieben Jahre später kam dann noch ich hinzu. Ein großer Fehler, wie meine Mutter zu bemerken nie müde wurde. Sie versuchte mich übrigens vor meiner Geburt loszuwerden. Es hat bloß nicht geklappt.«

Lydia blickte entgeistert. »Woher weißt du das?«

»Das hat sie mir eines Tages selbst gesagt, als ich ihr noch mehr auf die Nerven fiel als gewöhnlich.«

»Ich kann mich kaum an deine Eltern erinnern«, sagte Lydia stirnrunzelnd. »Dabei muß ich sie in der Schule doch gesehen haben ...«

»Nicht unbedingt. Normalerweise sorgten sie dafür, daß andere Eltern mich zu Beginn des Schuljahres zum Internat mitnahmen und am ersten Ferientag nach Hause brachten. Zur Zeugnisvergabe erschienen sie nie. Ich glaube, mit meinen Brüdern und Schwestern sind sie liebevoller umgegangen. Als ich zur Welt kam, hatten sie dann wohl das Gefühl, sie hätten ihr Soll erfüllt.«

»Wie furchtbar!« Lydia dachte daran, welche Anstrengungen ihre Mutter auf sich genommen hatte, um ihr ihre Liebe zu zeigen. Trotz ihres aufreibenden Jobs hatte sie immer wieder die lange Fahrt zum Internat angetreten, ob am Wochenende, um sie zu besuchen, oder um Theateraufführungen oder sportlichen Wettkämpfen beizuwohnen. Während ihr Vater, der stets unangekündigt auftauchte, sie in feine Restaurants einlud oder nachmittags an den Fluß entführte, wo sie gemeinsam dem süßen Nichtstun frönten. Wenn ihr Vater da war, schien immer die Sonne, dachte Lydia. Zumindest hatte sie es so empfunden. Arme Quinta, für sie hatte die Sonne nicht oft geschienen. Jedenfalls nicht, was ihre Eltern betraf.

»Sind sie denn wenigstens zu den Schulfeiern gekommen?«

»Ja, da fühlten sie sich aus Gründen der Imagepflege verpflichtet, Präsenz zu zeigen.«

»Gab dein Vater sich ziemlich steif? Ein soldatischer Typ? Ich bin fast sicher, daß ich ihn einmal gesehen habe.«

»Ja, und meine Mutter sah aus, als ob sie auf einem Botschaftsrasen aufgewachsen wäre. Riesige, grauenhafte Hüte. Eine eiskalte Frau.«

Quinta sprach, ohne daß man ihr eine Gefühlsregung anmerkte. Für sie schien dieser Teil ihres Lebens abgehakt zu sein.

»Ich hatte eine Tante. Zu ihr fuhr ich hin und wieder in den Schulferien. Sie gab sich aus einer Art Pflichtgefühl heraus mit mir ab, vermute ich, weil sie eigentlich nie wußte, was sie mit mir anfangen sollte. Sie starb, als ich zehn war, und das war's dann, es sei denn, daß mich mal eine Freundin zu sich nach Hause einlud. Meine Eltern waren davon nicht besonders begeistert. Sie befürchteten, daß sie die Freundin später auch zu sich einladen müßten, was ihnen furchtbar lästig gewesen wäre.«

»Siehst du sie manchmal noch?« fragte Lydia.

Wie eigenartig. Quinta schien nicht im mindesten verbittert. Es war, als erzähle sie von einer anderen Person, von einer anderen Familie. Etwa so, wie man von einer flüchtigen Bekannten berichtet, mit einem gewissen Interesse, aber ohne innere Beteiligung.

»Nein, ich habe sie nicht gesehen, seit ich hier lebe. Irgendwann haben sie mich aufgespürt – übrigens weiß ich nicht, warum sie sich die Mühe gemacht haben. Der einzige, dem etwas an mir lag, war mein ältester Bruder, George. Er war auf seine Art ganz in Ordnung. Als ich Phoebe erwartete, steckte er gerade mitten in einer schwierigen Scheidung, sonst hätte er mir vielleicht geholfen. Oder auch nicht – letztlich spielt es keine Rolle. Sie haben mich zwei Tage nach meinem sechzehnten Geburtstag gefunden, was ein großes Glück war.«

»Wieso denn das?«

»So konnten sie mich nicht zur Rückkehr zwingen. Mit sechzehn bist du für die Behörden nicht mehr interessant. Du giltst als erwachsen, deine Eltern können dich rauswerfen, wenn sie wollen – oder du kannst deinen eigenen Weg gehen. Ich wage mir nicht vorzustellen, was meine Eltern getan hätten, wenn sie mir eher auf die Spur gekommen wären. Vermutlich hätten sie mich in ein Heim gesteckt.«

Lydia schüttelte den Kopf. »Es heißt ja, daß man seine Kinder nicht lieben kann, wenn die eigenen Eltern einen nicht geliebt haben. Aber bei dir hat man nicht den Eindruck, daß Phoebe dir gleichgültig ist.«

»Sie bedeutet mir alles«, sagte Quinta leidenschaftlich. »Ich gebe ihr all die Liebe, die ich nie bekommen habe. Sie mag zwar keinen Vater haben, aber auf Liebe braucht sie deshalb nicht zu verzichten.«

»Macht es deinen Eltern denn gar nichts aus, daß sie ihre Enkelin nie zu Gesicht kriegen?«

»In gewisser Weise wohl schon. Nach der Scheidung hat Georges Frau das Sorgerecht für ihre gemeinsamen Kinder bekommen, und sie läßt meine Eltern nicht in ihre Nähe. Mein zweiter Bruder hat nie geheiratet, er war immer schon ein überzeugter Einzelgänger. Eine meiner Schwestern ist nach dem Studium nach Kanada ausgewandert und hat jeglichen Kontakt zu meinen Eltern abgebrochen. Da nützt es ihnen nicht viel, daß sie verheiratet ist und Kinder hat. Meine zweite Schwester ist kinderlos geblieben. Sie und ihr Mann halten es für grundfalsch, Kinder in diese grausame Welt zu setzen.«

»Also würden deine Eltern Phoebe schon gern sehen.«

»Am liebsten möchten sie sie sogar zu sich nehmen. Sie haben angeboten, ihre Ausbildung zu finanzieren – unter der Voraussetzung, daß es ihnen überlassen bleibt, das geeignete Internat auszusuchen und Phoebe die Ferien bei ihnen verbringt.«

»Keine gute Idee«, stellte Lydia nüchtern fest.

»Nein«, sagte Quinta ebenso nüchtern. Dann lachte sie. »Was mich betrifft, leben sie praktisch auf einem anderen Planeten, deshalb können sie mir nichts mehr anhaben.«

Sie schob sich eine widerspenstige rote Locke aus der Stirn

und hob fragend die Hände. »Und was führt dich heute morgen hierher?«

»Eine gerissene D-Saite«, sagte Lydia.

»Aha, ein geschäftlicher Besuch. Für deinen Kontrabaß?«

»Ja.«

»Soll sie die volle oder Dreiviertellänge haben?«

»Die volle Länge.«

»Hmm ...« Quinta bückte sich und zog eins nach dem anderen die Schubfächer am Tresen auf. »Hier müßten eigentlich welche sein – nein, nur Reinigungstücher für Oboen und Schwämme für Fagotte.«

»Da drüben vielleicht?« Lydia zeigte auf einen Schubladensatz, der mit den Namen verschiedener Saiteninstrumente beschriftet war.

»Ja, natürlich«, sagte Quinta. »Du mußt schon entschuldigen, Lydia, aber normalerweise arbeite ich nicht hier im Laden. Sam ist nur eben ein Paket abholen gegangen.«

»Sam? Jung? Groß? Muskulös? Sieht nicht zufällig blendend aus?«

Quinta schüttelte gespielt verzweifelt den Kopf. »Du sagtest doch, du hättest gerade eine unglückliche Liebesaffäre hinter dir und den Männern abgeschworen. Nein – Sam ist zwar jung, aber er ist ein ganzes Stück kleiner als du und extrem schlank. Aber fit, ja, das muß man ihm lassen.«

Lydia verlor das Interesse. »Groß müssen sie schon sein. Riesinnen wie ich fühlen sich an der Seite kleingeratener Männer nicht so wohl!«

»Ich weiß nicht«, sagte Quinta. »Viele kleine Männer sind doch sehr dynamisch. Richtige Energiebündel.«

»Eben. Äußerst anstrengend«, ergänzte Lydia.

»Sam ist sowieso« – Quinta zog die nächste Schublade auf – »nicht an Frauen interessiert.«

Lydia beugte sich über den Tresen und schaute auf die Bündel rechteckiger Umschläge, die in der Schublade lagen. Sie streckte den Finger aus. »Da, die Saiten von Pirastro. Genau die brauche ich. Kostenpunkt?«

»Hetz mich doch nicht so«, sagte Quinta. »Hier lassen wir uns immer Zeit. Getreu dem Motto ›Gut Ding will Weile haben‹.« Sie zog einen Taschenrechner zu sich heran. »Inklusive Mehrwertsteuer …«

»Ich gebe dir einen Scheck. Und Kolophonium brauch ich auch noch.«

»Du bist eine echte Nervensäge, Lydia – jetzt muß ich eine neue Rechnung schreiben!« beschwerte sich Quinta. »So, bitte sehr. Welche Sorte benutzt du?«

Lydia beugte sich über die kleinen Schachteln mit grünem und bernsteinfarbenem Kolophonium. »Sieht aus wie eines dieser Allheilmittel aus der Apotheke«, bemerkte sie. »Gestern abend auf dem Heimweg haben Simon und ich einen Typ von der Universität getroffen. Titus heißt er, sieht umwerfend aus. Kennst du ihn?«

Quinta schüttelte den Kopf. »Ich kenne kaum jemanden in Eyot.«

»Sie spricht die Wahrheit«, sagte Sam in der Tür, bevor er sie sorgfältig hinter sich zuzog. »Du hast alle Schubfächer durcheinandergebracht, Quinta. Man kann dich hier nicht allein lassen!«

»Tut mir leid, Sam. Lydia, Sam.«

Er schaute Lydia ernst aus seinen großen braunen Augen an. »Bist du eine Freundin von Quinta?«

»Ja.« Lydia zeigte auf das Kolophonium, das sie haben wollte. »Das hier, Quinta.«

»Den Rest übernehme ich«, sagte Sam. »Geh du nur wieder nach oben zu deinen Instrumenten, Quinta. Und biete deiner Freundin eine Tasse Kaffee an. Ist doch 'ne angenehme Abwechslung, daß du mal Gesellschaft hast. Wird auch Zeit!«

»Sam ist außerordentlich kontaktfreudig«, erklärte Quinta, während sie in der Werkstatt die Kaffeemaschine einstöpselte. »Setz dich lieber nicht dahin, Lydia, da klebt Leim drauf.«

Lydia entfernte sich von der Werkbank und ließ sich statt dessen auf einem Hocker nieder.

»Du lebst schon acht Jahre hier. Da müßtest du doch inzwischen halb Eyot kennen und massenhaft Freunde haben. In der Schule hattest du immer Freundinnen wie Sand am Meer.«

»Stimmt. Aber die Zeiten haben sich eben geändert. Wenn man ein kleines Kind hat, kommt man einfach nicht mehr so unter Leute. Am College hab ich's zwar noch versucht, aber es war schwer, alles unter einen Hut zu kriegen. Ich war zu müde und hatte zu wenig Freizeit, um Freundschaften zu pflegen. Viel Zeit für mich hab ich immer noch nicht, einmal wegen des Jobs, zum andern weil ich mich um den Haushalt kümmern muß, aber in erster Linie natürlich wegen Phoebe. Ich kenne zwar die Eltern einiger ihrer Klassenkameraden, aber die halten mich für einen Freak.«

»Alban muß doch hin und wieder Freunde einladen, eine Party geben oder so.«

»Eher selten. Er hat ja die Wohnung in London, da geht er auf die Piste und trifft sich mit seinen Freunden. In Eyot arbeitet er, und wenn er arbeitet, ist er äußerst ungesellig. Klimpert bis drei Uhr morgens auf dem Klavier herum.«

»Ich dachte, um drei Uhr morgens läge er bei dir im Bett.« Lydia warf Quinta einen Seitenblick zu.

»Manchmal. Erst geht er ins Bett, dann steht er wieder auf und macht sich an die Arbeit.«

»Simon gefällt es gar nicht, daß du mit Alban ins Bett steigst.«

»Das geht Simon nicht das geringste an«, sagte Quinta aufgebracht. »Er ist ja bloß eifersüchtig auf Alban, eifersüchtig auf seine Musik und auf sein Haus, und auf mich, weil er mich als Albans Eigentum betrachtet. Einfach lächerlich – wahrscheinlich unbewältigte Kindheitstraumata. Vermutlich geht es immer noch darum, wer die Porridge-Schale mit den Häschen drauf kriegt. Dabei ist Simon auf seine Art nicht weniger erfolgreich als Alban. Er hat eine nette Familie und genießt großes Ansehen in der Gemeinde – und er muß sein Talent nicht so verschleudern wie Alban.«

»Verschleudern?«

»Indem er Filmmusik, Musik fürs Fernsehen und solche

Sachen schreibt. Rein kommerzielle Auftragsarbeiten. Dafür gibt's das dicke Geld. Heutzutage gehen fast alle ernsthaften Komponisten diesem Nebenerwerb nach, aber in Simons Augen üben sie damit Verrat an der Kunst. Er könnte denselben Weg einschlagen, hält es allerdings für unter seiner Würde. Außerdem ist er zu faul dazu. Nach so vielen Jahren im Dienst der Kirche wird man eben bequem.«

»Und warum ist er dann eifersüchtig auf Albans Musik?«

»Simon schreibt Kirchenmusik. Wie hieß es noch gleich in dieser humoristischen Geschichte der Musik, die ich gelesen habe? ›Im britischen Musikleben wimmelt es nur so von zweitklassigen Komponisten sentimentaler Kirchenlieder und Hymnen.‹ Simon befürchtet, daß er in der Masse dieser zweitklassigen Komponisten untergehen könnte, während Albans Stücke in allen großen Konzertsälen der Welt aufgeführt werden. Alban ist berühmt, er hat sich international einen Namen gemacht.«

»Ja, sehr berühmt«, sagte Lydia zerstreut und ließ den Blick durch die Werkstatt schweifen.

»Was suchst du?« erkundigte sich Quinta.

»Etwas zu essen. Ich sterbe gleich vor Hunger. Hast du irgendwelche Kekse da?«

»Ja, sie sind da drüben im Schrank versteckt.«

»Warum versteckt?« fragte Lydia, während sie die Dose holte. »Klaut Sam Kekse?« Sie schraubte den Deckel ab und blickte hinein. »Schokoladenkekse, mmm, lecker.«

»Nein, ich klaue keine Kekse«, sagte Sam, der den Kopf durch die Tür steckte. »Quinta, Sylvester Tate hat angerufen. Er hat Probleme mit dem Stachel und läßt fragen, ob wir die Reparatur übernehmen können. Er kommt im Laufe des Vormittags vorbei, so gegen elf.«

»In Ordnung«, erwiderte Quinta. »Ich schaffe schon mal ein bißchen Platz. Nicht nur für das Instrument, auch für ihn«, fügte sie an Lydia gewandt hinzu. »Sylvester ist ein Hüne, und er sieht gern bei den Reparaturarbeiten zu. Er sorgt für sein Cello, als wäre es sein Baby.«

»*Der* Sylvester Tate?« fragte Lydia.

»Ja, der«, bestätigte Quinta.

»Er wohnt in einem Dorf nicht weit von hier«, warf Sam ein. »Mit Gabriel Jay, dem Violinisten.« Er goß sich eine Tasse schwarzen Kaffee ein. »Wo ich schon mal hier bin«, sagte er und entfernte die Dose aus Quintas Reichweite.

»Sam macht sich Sorgen um meine Figur«, erklärte Quinta lachend. »Übrigens ein aussichtsloser Kampf, Sam, und das weißt du auch.«

»Schau nur, wie schlank und fit deine Freundin ist.«

»Ja, und selbst wenn ich mich zu Tode hungern und jede Woche an einem Marathonlauf teilnehmen würde, sähe ich nicht so aus wie sie. Ich bin ein anderer Typ. Außerdem ist Lydia nicht fit. Sie ist so zur Welt gekommen.«

»Stimmt«, sagte Lydia. »Als alte Frau werde ich keinen einzigen Muskel mehr haben und ganz und gar bewegungsunfähig sein. Andererseits fordert es einen ganz schön, Kontrabaß zu spielen, ganz zu schweigen von der Rumschleppe-rei.«

»Deine Saite und das Kolophonium liegen unten auf dem Tresen«, sagte Sam. »Hast du schon bezahlt?«

»Nein. Ich gebe dir einen Scheck, bevor ich verschwinde.«

Quinta tauchte einen Pinsel in eine schwarze, übelriechende Flüssigkeit und griff zu einer Minigeige. Sie bestrich sie geschickt mit der Paste und hielt sie dann in die Höhe, um die Wirkung zu begutachten.

»Du meine Güte, wie winzig die ist!« staunte Lydia. »Eine Violine für Zwerge. Wer um alles in der Welt spielt darauf?«

»Es ist eine Violine für Kinder«, erwiderte Quinta. »Noch längst nicht das kleinste Modell. Nach der Suzuki-Methode fangen sie unglaublich früh an, wenn sie kaum dem Kinderwagen entwachsen sind.«

»Du lieber Himmel!« sagte Lydia. »Machen sie das denn freiwillig?«

»Nein. Es ist eher eine Beschäftigungstherapie für ihre Mütter.«

»Nimmt Phoebe Geigenunterricht? Ach nein, sie hat mir ja erzählt, daß sie Klavier spielt.«

»Wenn sie älter ist, kann sie noch ein anderes Instrument lernen. Falls ich es mir bis dahin leisten kann. Und falls sie es dann noch möchte. Bei einem Lehrer oder allein. Der Dreh- und Angelpunkt der Suzuki-Methode ist, daß Mutter und Kind zusammenarbeiten. Auf Kinder wie Phoebe ist sie nicht zugeschnitten. Sie würde mir die Geige bei den ersten Takten von ›Twinkle, twinkle, little star‹ vor die Füße schmeißen.«

»Klingt nach Streß«, meinte Lydia. »Phoebe scheint ein sehr vernünftiges Kind zu sein.« Sie nahm ihre Tasse und brachte sie zur Spüle. »Hast du auch ausgetrunken?«

»Nein, noch nicht«, sagte Quinta. »Ich mag Kaffee lieber, wenn er schon ein wenig abgekühlt ist. Abzuwaschen brauchst du nicht.«

»Jedem das Seine, wie es so schön heißt«, bemerkte Lydia träge. »Quinta, hier hängt ja alles voller Listen!«

»Mhm. Arbeitspläne, Reparaturaufträge, Bestellungen – das Übliche eben.«

»›Bibliothek, Katzenfutter, M & S wegen Slips‹«, las Lydia laut vor. »›Montag, Alban in London; Phoebe 16.15 Uhr Sporthalle; Klavier 18.30 Uhr; Maria anrufen.‹ Kommt mir nicht so vor, als ginge es um Arbeit. Und was ist hiermit – ›Igel, Dachse, Füchse‹ …«

Quinta grinste. »Ich glaube, das hat mit irgendeinem Schulprojekt von Phoebe zu tun.«

»Lebst du etwa nach Listen?« Lydia war entsetzt.

»Ja. Ich bin von Natur aus chaotisch. Wenn ich nicht alles bis ins kleinste Detail durchplane und zeitlich aufeinander abstimme, kriege ich nie was geschafft.«

»Planst du auch das Essen im voraus?«

»Ja, und was Phoebe jeden Tag anzieht, Albans Termine und in welchem Turnus ich zu Hause die einzelnen Zimmer putze, und meine Arbeit hier natürlich … wenn es erledigt werden soll, muß es auf einer Liste stehen.«

Lydia war zutiefst beunruhigt. »Ich glaube nicht, daß die

Psychologen das für gesund halten würden, Quinta. Wo bleibt da die Spontaneität?«

»Die gibt es bei mir nicht«, sagte Quinta fröhlich. »Mir fehlt die Zeit für Spontaneität. Ich hasse alles Unvorhergesehene, und ich habe festgestellt, daß man es ausschalten kann, indem man Listen anlegt. Sämtliche Eventualitäten sind irgendwo auf einer Liste berücksichtigt.«

Sams Stimme wehte zu ihnen herauf. »Kannst du dich mal eben um einen Kunden kümmern, Quinta?«

»Komme schon!« rief Quinta und nahm ihre große Arbeitsschürze ab.

»Dann werd ich mal bezahlen und mich auf den Weg machen«, sagte Lydia. »Ich habe heute morgen nämlich auch eine Liste – Einkäufe, die ich für Großmama tätigen soll. Natürlich nur Grundnahrungsmittel. Sie würde mir nie eine Aufgabe übertragen, bei der man eigene Entscheidungen fällen muß.«

Quinta ging neugierig nach unten. Der Mann, der im Laden wartete, drehte sich um.

»Na, hallo«, sagte Lydia, die in Quintas Kielwasser folgte. »Das ist ja Titus! Der Mann, dem ich gestern abend begegnet bin, Quinta. Ich hab dir von ihm erzählt«, erklärte sie.

Er runzelte die Stirn. »Ach ja, Sie waren mit Simon Praetorius zusammen, nicht wahr?«

»Genau. Und Sie waren mit einer älteren Frau zusammen«, fügte Lydia frech hinzu. Aber er nahm schließlich auch kein Blatt vor den Mund.

Erstaunlicherweise lächelte er. »Ja, richtig.«

»Wie kann ich Ihnen behilflich sein?« fragte Quinta. Ich kann verstehen, warum Lydia ihn toll findet, dachte sie sich.

Normalerweise glaubte Quinta sich vor männlichem Charme gefeit. Ihr war gleichgültig, ob Männer sie attraktiv fanden oder nicht. Kurz und gut, sie war an ihnen nicht interessiert, und das Interesse, das einzelne Vertreter des starken Geschlechts an ihr zeigen mochten, war ihr nur lästig. Das fand Sam zutiefst beunruhigend. »Du bist so jung, Quinta, so anziehend«, hatte er einmal zu ihr gesagt, »den Männern läuft bei deinem Anblick förmlich das Wasser im Mund zusammen. Das Leben, das du führst, ist völlig unnatürlich. Da bleibt doch jeglicher Spaß auf der Strecke.«

»Oh, ich genieße mein Leben durchaus, auf meine Art«, erwiderte Quinta. »Ich habe genug zu tun, durch Alban ist für männliche Gesellschaft gesorgt – was kann man sich mehr wünschen?«

»Zügellose Leidenschaft, hemmungslosen Sex«, konterte Sam prompt. »Deinem Leben fehlt das Feuer. Du mußt mal loslassen, die Kontrolle verlieren können, dich von Lust und Begehren überwältigen lassen.«

»Ach ja? Und wer kümmert sich um Phoebe, während ich mich ›überwältigen‹ lasse?«

»Phoebe – immer dreht sich alles nur um Phoebe. So gut ist das für sie übrigens auch nicht. Damit nimmst du ihr die Luft zum Atmen. Du mußt ihr zeigen, wie man sein Leben richtig genießen kann. So bist du ihr kein gutes Vorbild.«

»Und mit wem soll ich mein Leben ›richtig genießen‹?« fragte Quinta, die allmählich sauer wurde.

»Mit jemandem, der in deinem Alter ist«, sagte Sam. »Such dir einen maskulinen jungen Mann mit einem phantastischen Körper. Die Beziehung mit Alban tut dir nicht gut. Wenn ihr euch liebt, schwirren ihm Viertelnoten im Kopf herum, und hinterher verzieht er sich sofort, um sich mit anderen rhythmischen Bewegungen zu beschäftigen, die ihn viel mehr interessieren. Das ist doch kein Leben, Quinta. Dafür ist Sex viel zu wichtig!«

Quinta lachte. Sie mußte zugeben, daß Sam mit dem Bild, das er da entwarf, der Wahrheit ziemlich nahe kam, wenngleich er die sentimentalen Anwandlungen ausgelassen hatte, von denen Alban vor der körperlichen Liebe regelmäßig überkommen wurde. Tief im Innern war Alban ein Romantiker, was er allerdings nur selten zeigte, und schon gar nicht nach dem Sex. Dann hatte er nur noch seine Partituren im Sinn. Ich bin ein Ventil für seine Kreativität, dachte Quinta. Welch deprimierender Gedanke.

Wie jung sie noch ist, dachte Titus. Aber sie hat durchaus ein interessantes Gesicht, das mit den Jahren noch an Reiz gewinnen würde. »Ich wollte Notenblätter für die Kathedrale abholen«, sagte er. »Eine Bestellung von Simon Praetorius.«

Welch umwerfende Stimme! Und wie charmant er war. Ich wette, er hat einen phantastischen Körper, dachte Quinta, ehe sie zur Besinnung kommen konnte. Sams Einfluß, sagte sie sich kopfschüttelnd.

»Notenblätter? Das ist eigentlich nicht mein Gebiet«, erwiderte sie höflich. »Sam?«

»Ich weiß, ich weiß«, sagte Sam. »Aber heute morgen hast du hier unten herumgekramt, und seitdem ist nichts mehr am gewohnten Platz. Das Paket mit den Notenblättern lag abholbereit auf dem Tresen.«

»Ach, das! Ich hatte mich schon gefragt, was wohl drin ist, weil nichts draufstand. Es liegt auf dem Stuhl da drüben.«

Lydia schrieb ihren Scheck aus und reichte ihn Sam zusammen mit ihrer Karte. »Titus singt in der Kathedrale«, sagte sie zu Quinta, als sie sich an ihr vorbeizwängte. »Und Sie sind Wissenschaftler und arbeiten an der Universität, nicht wahr? Das hat Simon mir jedenfalls erzählt.«

»Ja«, bestätigte er, während er das Rechnungsformular unterschrieb. »Chaosforscher«, fügte er dann hinzu.

»Wie bitte?« fragte Quinta.

»Mein Fachgebiet. Chaosforschung.«

»Dann werden Sie sich mit Quinta nicht verstehen«, bemerkte Lydia. »Ihr Leben ist ein einziger, nicht enden wollender Kampf gegen das Chaos. Ist es nicht so, Quinta?«

»Schon möglich«, erwiderte ihre Freundin. »Das Chaos«, sagte sie nachdenklich. »Fällt das nicht eher unter die Sparte Poesie als unter die Wissenschaft? Sie wissen schon, Milton, die Hölle?

›...wo die alte Nacht
Sich mit dem Chaos die Herrschaft teilt,
In immerwahrendem Anarchentum ...‹«

Titus hob die Augenbrauen. »Poesie? Gott behüte! Wenn ich ein wenig mehr Zeit hätte, würde ich versuchen, Ihnen zu erklären, worum es dabei geht. Aber leider hab ich's eilig. Vielen Dank.«

Quinta drückte sich platt gegen den Tresen, um ihn passieren zu lassen. Ein beunruhigender Mann, dachte sie.

Lydia war anderer Meinung. »Hm, ziemlich arrogant, der Typ. Das sollte man ihm nicht durchgehen lassen!«

»Zu alt für dich«, konterte Sam. »Zwar nicht so alt wie Alban« – er warf Quinta einen vielsagenden Blick zu – »aber dennoch zu alt.«

»Und er interessiert sich normalerweise nur für ältere Frauen«, ergänzte Lydia. »Eine echte Herausforderung, meint ihr nicht auch?«

Um Punkt elf betrat Sylvester den Laden.

»Pünktlich wie immer.« Sam ging ihm entgegen, um die Tür für ihn aufzuhalten.

»Hallo, Sam«, sagte Sylvester. »Du siehst abstoßend gesund aus. Wenn du soviel Zeit darauf verwenden würdest, deinen Geist zu schärfen, wie auf deine körperliche Fitneß, würdest du ganz erstaunliche Resultate erzielen.«

»Mein Körper ist aber ausbaufähiger. Ich bin kein Künstler, so wie du. Soll ich das Cello für dich nach oben tragen? Quinta ist in der Werkstatt.«

»Nein, ich schaff's schon allein. Glaub mir, ich habe dieses Ding schon steilere Treppen als diese hier hochgeschleppt.«

Quinta empfing ihn mit einem strahlenden Lächeln. Sie hatte Sylvester sehr gern.

»Na, kleine Quinta, was fangen wir denn jetzt mit diesem widerspenstigen Stachel an?« Sylvester öffnete den Instrumentenkasten und holte sein Cello heraus. Mit einer seiner riesigen Pranken hielt er es auf der Werkbank fest, während Quinta den Stachel untersuchte.

»Er ist stark gelockert. Ich kann erst mal versuchen, ihn wieder festzuschrauben, aber letztendlich muß er wohl ausgewechselt werden.«

»Das ist aber ärgerlich«, klagte Sylvester. »Ich hab das Cello erst kürzlich zu Scroll and Bridges geschickt, um einen neuen Stachel anbringen zu lassen. Was haben die sich dabei gedacht?«

»Schlampige Arbeit«, sagte Quinta nüchtern. »Heutzutage kann man sich auf diese Londoner Firmen einfach nicht mehr verlassen.«

Sylvester brach in schallendes Gelächter aus. »Hast du es darauf abgesehen, dich endlich mal an einem richtig guten Cello austoben zu können?«

»O nein«, erwiderte Quinta würdevoll. »Oder doch, ja, aber wir haben hier mit vielen guten Cellos zu tun, wie du sehr wohl weißt.«

»Ja, ihr habt da ein hübsches Barockcello im Schaufenster stehen.«

»Aber es fällt nicht in deine Periode, nicht wahr?«

»Heute strebt jeder nach Authentizität, das ist der allgemeine Trend. Ich meinerseits halte mich nicht daran, jedenfalls nicht so sklavisch wie die überzeugten Puristen. Die stimmen ihre Instrumente sogar einen halben Ton tiefer, verzichten auf den Stachel und all so was. Blinde Fanatiker, so wie alle Bekehrten, die sich auf Äußerlichkeiten versteifen und darüber das Wesentliche, nämlich die Musik, vergessen. Reine Effekthascherei. Bei den meisten, jedenfalls.«

Er zwängte seinen wuchtigen Körper zwischen Werkbank und Spülbecken. »Was ist das hier an der Wand? Gefällt mir.«

Quinta schaute auf. »Oh, das ist meine Diplomarbeit vom College.«

»Der geschnitzte Kopf gefällt mir. Hast du ihn von einer Violine aus dem achtzehnten Jahrhundert kopiert?«

»Der Entwurf stammt von mir. Ich mag bizarre Gesichter.«

»Du überraschst mich. Im Leben eines so ordentlichen Mädchens sollte kein Raum für Bizarres sein.«

Sylvester lachte dröhnend, dann beugte er sich zu der Minigeige hinunter, die Quinta an einen Ständer gehängt hatte, und schüttelte sich.

»Ich wette, die hier klingt grauenhaft. Ein verliebter Kater wäre gar nichts dagegen.«

»So eine Geige würde man nie des Klangs wegen kaufen, da hast du recht«, sagte Quinta, ohne aufzuschauen. Sylvester sah ihr eine Zeitlang schweigend beim Arbeiten zu.

»Warum baust du eigentlich keine Instrumente?« fragte er anerkennend. »Dazu wurdest du doch ausgebildet.«

»Fang du nicht auch noch an!» Quinta verdrehte die Augen. »Sam liegt mir schon andauernd damit in den Ohren. Einmal fehlt mir die Zeit, und außerdem, wer würde schon kaufen, was ich herstelle?«

»Wenn das Produkt es wert ist, mit Sicherheit sehr viele Leute«, entgegnete Sylvester sachlich. »Was für ein absurder Gedanke! Wenn jeder diese Einstellung hätte, würde nie irgend jemand irgend etwas machen. Wärst du ein Mann, würdest du dich von solchen Selbstzweifeln nicht lähmen lassen, sondern einfach dein Ding durchziehen.«

»Wäre ich ein Mann, würde ich höchstwahrscheinlich meine Tochter auch nicht allein aufziehen müssen.«

»Was hat denn das eine mit dem anderen zu tun?« wollte Sylvester wissen.

»Zeit«, sagte Quinta, »Hingabe und Energie. All das braucht man, um kreativ zu arbeiten, ob nun als Handwerker oder als Künstler.«

»Phoebe wird irgendwann einmal erwachsen sein, und du wirst immer noch Saiten an mikroskopisch kleinen Violinen aufziehen. Was dann?«

»Dann werde ich vielleicht den vielbeschworenen Neuanfang wagen.«

Sylvester schnaufte ungläubig. »Blödsinn. Wie auch immer, es hat keinen Sinn, jungen Leuten zu sagen, wie sie ihr Leben gestalten sollen. Du wirst deine eigenen Fehler machen und es auf die harte Tour lernen müssen, so wie wir alle. Paß mal auf, am Samstag abend findet in der Midwinter Church ein Konzert statt. Ich spiele dort, neben ein paar unmaßgeblichen anderen Musikern. Zwei Eintrittskarten habe ich mitgebracht, eine für dich und eine für Phoebe. Sie sind ein Geschenk von mir, es kostet dich also keinen Penny.«

Quinta war gerührt. »Sylvester, das ist wirklich lieb von dir, aber …«

»… aber du kannst nicht kommen«, beendete Sylvester den Satz für sie. »Na, das ist ja nichts Neues, aber diesmal lasse ich nicht locker. Wenn du nicht kommst, um mich spielen zu hören, werde ich dich zur Strafe nie mehr an meine Cellos ranlassen. So!«

Quinta schenkte ihm ihr bezauberndstes Lächeln. Rings um ihre funkelnden Augen kräuselten sich zahllose Fältchen. »Das ist ja Erpressung!«

»Ganz genau. Es ist ein Konzert mit anschließendem Büffet. Für unser leibliches Wohl ist bestens gesorgt, da Lily für Speis und Trank zuständig ist. Für erstklassiges Essen ist somit garantiert. Da hast du endlich mal Gelegenheit, neue Leute kennenzulernen und mal richtig aus dir herauszugehen. Und obendrein dient alles einem guten Zweck, denn die Einnahmen gehen an den Fonds für die Restaurierung der Orgel in der Kathedrale. Nach dem Motto, daß wir zum Wohle der Gemeinde alle an einem Strang ziehen müssen und so weiter und so fort – obwohl ich persönlich Orgelmusik auf den Tod nicht leiden kann. Man muß Klempner sein, um diese Dinger spielen zu können, kein Musiker.«

»So«, sagte Quinta, nachdem sie den Stachel ein letztes Mal fest angezogen hatte. »Und wenn du das nächste Mal zu Scroll and Bridges gehst, verlangst du einen Preisnachlaß. So schluderige Arbeit ist geradezu sittenwidrig.«

Sylvester überprüfte den Stachel und ächzte befriedigt. »Gut. Sag Gustav, er soll mir die Rechnung schicken. Also sehen wir uns am Samstag?« Er klatschte die Karten auf die Werkbank.

Quinta schüttelte den Kopf. »Nein, Sylvester. Es mag zwar einem guten Zweck dienen, aber da ich die Karten nicht bezahlt habe, trage ich ja wohl kaum bei zu …«

»Gleich reißt mir aber der Geduldsfaden«, schimpfte Sylvester. »Und das wäre sehr schädlich für einen Mann von meiner Statur. Denk doch zur Abwechslung auch mal an andere Leute.«

»Welche anderen Leute?« fragte Quinta, die sich auf die Fersen hockte, um den letzten Verschluß des Cellokastens zuschnappen zu lassen.

»Zunächst mal würde ich mich darüber freuen. Nummer zwei, deine Phoebe würde ihren Spaß haben. Und noch etliche andere Leute würde dein Erscheinen beglücken, ein bißchen Schwung und Freude reinbringen.«

»Phoebe würde sich wahrscheinlich unmöglich benehmen.«

»Na und? Wenn man sich mit acht Jahren nicht schlecht benehmen kann, wann dann? Nein, mach kein so erschrockenes Gesicht, ich glaube keineswegs, daß Phoebe sich danebenbenehmen wird. Wieso, ist das gewöhnlicherweise der Fall, wenn ihr zusammen ins Konzert geht?«

Schweigen.

»Du kannst mir nicht in die Augen sehen«, stellte Sylvester fest. »Soll das etwa heißen, daß du noch nie im Leben mit ihr im Konzert warst?«

»Na ja, eigentlich … Ja, stimmt, noch nie.« Quinta fühlte sich in die Enge getrieben. Sie hatte Phoebe nicht zwangsweise zur Musik bringen wollen, schließlich erlebte sie oft genug, wie Mütter ihre gänzlich desinteressierten Sprößlinge gegen ihren Willen zu diesem oder jenem Kulturevent mitschleiften. Sie kamen in den Laden und brüsteten sich lautstark damit. »Daniel begleitet uns seit seinem zweiten Lebensjahr ins Konzert. Sicher, er ist ein hochmusikalisches Kind, im Grunde also ein Ausnahmefall, aber jedes Kind kann von einer Musikausbildung profitieren …«

Außerdem war es erschöpfend, mit Phoebe zu öffentlichen Veranstaltungen zu gehen. Furchtbar, wenn das Angebot von Anfang an ihren Unwillen erregte und sie keinen Hehl aus ihrer Meinung machte! Aber fast noch schlimmer war es, wie auf glühenden Kohlen zu sitzen und darauf zu warten, daß sie endlich die Bombe platzen ließ.

Sylvester baute sich vor ihr auf. »Dafür solltest du dich wirklich schämen. Von Simon Praetorius weiß ich, daß sie musikalisch begabt ist, also raff dich auf, Quinta, und geh endlich mal ein Risiko ein. Ob mit oder ohne Phoebe – es ist höchste Zeit, daß du dich aus deinem Schneckenhaus hervorwagst und dir deinen Platz an der Sonne eroberst.«

Mit diesen Worten verschwand er. Der Raum wirkte leer und kahl, wie jedesmal, wenn er gegangen war.

»Charisma – das ist das ganze Geheimnis«, erklärte Sam, als sie mit ihren Sandwiches auf der Bank im Hof saßen. Die blasse, wäßrige Sonne mühte sich ab, durch die Wolkendecke zu brechen. Quinta war zutiefst deprimiert.

»Na, na, Kopf hoch«, sagte Sam. »Im Moment braut sich irgendwas zusammen, das spüre ich ganz deutlich. Uns steht ein wichtiges Ereignis ins Haus, etwas, das uns alle aus der Lethargie reißen wird. Gott sei Dank, muß ich sagen. Wir brauchen unbedingt ein bißchen frischen Wind, sonst versauern wir hier noch alle.«

Lächelnd fuhr Quinta sich mit der Hand durch die dichten Locken. »Ach, und was wird das sein? Warum sollte unser Leben in einem Jahr nicht noch in genau denselben Bahnen verlaufen wie heute? Wir beide sitzen hier, unter einem bewölkten Himmel, und es hat sich nicht das geringste geändert, außer daß wir ein Jahr älter geworden sind.«

»Nein, es wird kein Stein auf dem anderen bleiben«, prophezeite Sam selbstbewußt. »Glaub mir, ich spüre es in den Knochen.«

6. Kapitel

Der Regen peitschte gegen die Windschutzscheibe. Quinta reckte den Hals, um zwischen den kraftlosen, traurig quietschenden Scheibenwischern ein Guckloch an der beschlagenen Scheibe ausfindig zu machen. Straße, Himmel und die umliegende Landschaft waren eintönig grau in grau.

Phoebe murrte hinten auf dem Rücksitz. »Ich hasse England. Warum müssen wir ausgerechnet hier leben, wo es öfter regnet als sonst was? Warum können wir nicht auswandern? Ich will in einem warmen Land leben, wo immer die Sonne scheint.«

Als ob wir uns das nicht alle wünschten, dachte Quinta bedrückt. Warum mußte sie an diesem unwirtlichen Abend überhaupt unterwegs sein? Dem Kalender nach war es zwar Sommer, aber es hätte ebensogut Februar sein können. Sie hatte ja von Anfang an gewußt, daß es eine Schnapsidee war, das Konzert zu besuchen.

Das Publikum gelangte über einen schlammigen Pfad, der sich zwischen Grabsteinen hindurchschlängelte, zur Kirche. »Bemerkenswert rege Teilnahme, in Anbetracht der Umstände«, meinte Sylvester gutgelaunt, als er hinter dem Vorhang zur Sakristei hervorspähte.

»All diese Gummistiefel und alten Regenmäntel werden furchtbar muffeln, wenn die Leute trocknen«, erwiderte Gabriel unwillig.

»Ha! Du bist bloß zu verwöhnt, das ist dein Problem. Große Konzerthallen auf der ganzen Welt, elegant gekleidetes Publikum, Highlife – es wird dir guttun, mal wieder auf den Boden der Tatsachen zurückgeholt zu werden. Hier sind unsere Wurzeln, vergiß das nicht.«

Gabriel erinnerte sich nur zu gut an die Auftritte ihrer Anfangszeit in kalten, zugigen Kirchen, schlechtbeleuchteten Dorfsälen und Schulen. Die langen Bahnreisen, die Ankunft in oftmals entlegenen Ortschaften, die winzigen, verödeten Bahnhöfe und die Fußmärsche zum Austragungsort des Konzerts – er mit seiner Fiedel, Sylvester mit seinem Cello in der einen und einem Hocker in der anderen Riesenpranke. Nach einem denkwürdigen Konzert in Weston-super-Mare hatte er es sich zur Gewohnheit gemacht, stets seine eigene Sitzgelegenheit mitzubringen. Damals war der Stuhl unter dem gewichtigen Cellisten zusammengebrochen, woraufhin der Pianist seinerseits zusammengebrochen war – vor Lachen. »Wie würdelos«, hatte Sylvester dazu nur angemerkt.

In jenen entbehrungsreichen Zeiten hatten sie viel gelernt. Für die beiden hochbegabten Studenten, die mit Preisen und Auszeichnungen überschüttet wurden, war die Umstellung ein großer Schock. Doch ihre Erfahrungen lehrten sie, das Publikum zu umwerben und ihm dankbar zu sein, ganz gleich, in welcher Umgebung sie spielten und wie voll oder leer der Saal war. Ihr höchstes Ziel war es, ihren Zuhörern einen unvergeßlichen Abend zu bereiten.

Gabriel lächelte. Seine grauen Augen funkelten spöttisch. »All das ist schon sehr lange her, Syl. Wir sind jetzt erwachsene Männer, und doch müssen wir uns immer noch an ungastlichen Orten produzieren, wo es einem feuchtkalt an den Beinen hochkriecht.«

»Wirst schon sehn, Gabriel, wenn wir sterben und in den Himmel kommen, wird man uns Künstlern sogar dort einen Platz am Katzentisch, sprich auf einer feuchtkalten Wolke zuweisen. Die Reichen und die Kritiker werden die komfortablen weichen rosa Wolken kriegen und als erste vom Nektar kosten dürfen – wart's nur ab.«

»Still jetzt, ich muß mich konzentrieren«, sagte Gabriel. »Und zieh deine Jacke an. Hoffentlich hast du daran gedacht, ein Unterhemd anzuziehen. Du darfst dir keine Erkältung einfangen.«

Entgegen Quintas düsteren Vorahnungen benahm Phoebe sich geradezu vorbildlich. Sie kauerte sich auf ihren Stuhl, die Füße neben sich auf der Sitzfläche, und ihre Habichtsaugen, die ihre Lehrer so oft aus der Fassung brachten, hingen konzentriert an den Musikern. Am Schluß klatschte sie überschwenglich Beifall, stieß einen tiefen Seufzer aus und zwängte sich dann zum Mittelgang durch. »Essen«, sagte sie. »Es soll doch angeblich was zu essen geben.«

»Nicht für uns«, erwiderte Quinta, die keineswegs die Absicht hatte zu bleiben. »Wir bedanken uns nur eben noch bei Sylvester, dann geht's nach Hause und ab ins Bett.«

Phoebe blieb jäh stehen und zwang zwei ältere Damen dazu, sich wieder auf ihre Stühle plumpsen zu lassen. »Warum? Warum können wir nicht hierbleiben? Warum können wir nie tun, was andere Leute tun? Schau mal, da sind Pauline und Gavin. Wenn Gavin noch bleiben darf, warum dann ich nicht?«

Simon stieß zu ihnen. »Hat es dir gefallen, Phoebe?«

Phoebe nickte eifrig. »Ja, und noch besser würde es mir gefallen, wenn ich zum Essen bleiben könnte. Aber sie erlaubt es mir nicht! O nein, wir müssen ja unbedingt als erste gehen!«

Simon wandte sich an Quinta und drang in sie, Phoebe doch den Gefallen zu tun. Es wäre unhöflich, jetzt schon aufzubrechen, sagte er. Quinta widersprach, Phoebe brauche schließlich ihren Schlaf, und außerdem kenne sie hier sowieso niemanden.

»Das ist doch gar nicht wahr«, protestierte Phoebe. »Hier ist schon mal Simon – den kennen wir. Und wir kennen Sylvester, und Pauline und Gavin, und«, fügte sie hinzu, als sie sich umschaute, »da ist ja Alban!«

Als Alban seinen Namen hörte, drehte er sich um. Seine ausdrucksvollen Brauen schnellten in die Höhe. Ohne auf den Protest der Umstehenden zu achten, die sich langsam auf die Kirchentüren zubewegten, bahnte er sich einen Weg zu Quinta. Er wirkte nervös und gereizt.

»Was machst du denn hier?« fragte er unvermittelt. »Du hast mir gar nicht gesagt, daß du ins Konzert gehen wolltest.«

»Und ich wiederum hatte keine Ahnung, daß du vorhattest, herzukommen«, entgegnete Quinta.

»Ich brauche dich doch nicht über jeden meiner Schritte in Kenntnis zu setzen.«

»Ich auch nicht«, sagte Quinta.

»Zumindest wußtest du, daß ich was vorhatte. Du hast es auf einer deiner unsäglichen Listen notiert.«

»Ja, und auf derselben Liste stand, daß Phoebe und ich ausgehen wollten.«

»Nun ja, jedenfalls solltest du Phoebe jetzt allmählich nach Hause bringen. Es ist spät, sie müßte längst im Bett sein.«

»Nein«, erwiderte Quinta aufgebracht. »Komm mit, Phoebe, wir schauen uns jetzt erst mal das Büffet an.« Sie lächelte Simon zu. »Wir sehn uns dann dort, Simon.«

Phoebe nahm ihre Hand und zog ihre Mutter hastig aus der Kirche, bevor sie es sich anders überlegen konnte.

»Ich hab noch nie erlebt, daß du so sauer auf Alban warst«, sagte sie, als sie mit Quinta die Straße überquerte. »Schnell, sonst werden wir noch pitschnaß und die Leute, die vor uns losgegangen sind, schnappen uns das beste Essen weg!«

Sie hat recht, ich habe Alban noch nie so angefahren, noch nie, dachte Quinta, während sie im strömenden Regen die matschige Auffahrt zur Midwinter Hall entlangstapfte. Andere fuhren mit dem Auto dorthin und pflügten durch die Pfützen am Rand des Fahrwegs, so daß ihnen schlammiges Wasser auf Füße und Beine spritzte.

»Warum warst du denn so sauer auf Alban?« erkundigte sich Phoebe, als sie sich in die Schlange vor dem Eingang zum Saal einreihten. »Sieh mal, ein Schachbrett!« Entzückt wies sie auf den schwarzweiß gefliesten Fußboden. Einige der Gäste drehten sich zu ihr um und lächelten, aber Phoebe warf ihnen nur einen finsteren Blick zu. »Da gibt's doch nichts zu glotzen«, zischte sie leise.

»Ich fand's gut«, fuhr sie fort und kam damit wie gewohnt übergangslos auf das Thema zurück, das sie im Augenblick am meisten interessierte. »Alban kommandiert dich rum, sagt

Gavin, und obwohl er sonst nur Stuß redet, finde ich, daß er diesmal ausnahmsweise recht hat.«

Quinta wurde rot. »Du sollst nicht mit Gavin über mich reden.«

»Warum denn nicht? Er erzählt mir doch auch von seiner Mutter, und zwar viel schlimmere Dinge, als ich ihm über dich verklickern kann. Ich kann eigentlich kaum was über dich sagen, weil du ein so sterbenslangweiliges Leben führst.«

Nach dieser vernichtenden Bemerkung ließ Phoebe ihre Hand los und stürzte sich aufs Büffet.

»Einfach köstlich, Lily.«

Lily quittierte Marjories Kompliment mit einem flüchtigen Lächeln und hielt Ausschau nach Daphne und Wyn. Da – sie umrahmten Sylvester und raspelten Süßholz, während ihre Blicke durch den Raum schweiften, damit ihnen auch ja nichts entging. Als Titus vorbeikam, hielt Lily ihn am Arm fest.

»Du mußt Sylvester retten«, zischte sie.

»Wie bitte? Oh, ich verstehe. Schon geschehen. Willst du, daß ich die Schwestern Fürchterlich auf ein anderes Opfer hetze?«

Lily schaute zum anderen Ende des Saals. »Ja, sag ihnen, Sybil Stixwould will sie was fragen. Sie werden bestimmt in Windeseile dort rüberrauschen!«

Süffisant hob Titus eine Braue und entfernte sich, um seine Mission auszuführen. Lily sah, wie sich Daphne und Wyn, gefolgt von Marjorie, zu Sybil durchkämpften. Wenig später war Titus wieder bei ihr.

»Das wäre erledigt«, sagte er. »Hast du noch weitere Befehle für mich?«

Lily musterte ihn anerkennend. Sie schätzte ihn nicht nur seines Humors und seiner unerschütterlichen Gutmütigkeit wegen. Er mochte Frauen, mochte sie wirklich, was an einem Mann ungewöhnlich genug war, um Interesse zu wecken. Das sagte sie ihm auch, und er lachte.

»Frauen sind viel angenehmer im Umgang als Männer, und das nicht nur aus dem gewissen Grund – du weißt schon. Sie sind bessere Gesprächspartnerinnen, haben vielseitigere Interessen und eine lebhaftere Phantasie. Männer sind oft so eingefahren.«

»Aber wenn stimmt, was ich gehört habe«, fuhr Lily fort, »gilt deine Sympathie nur einer ganz bestimmten Gruppe von Frauen. Der Austausch mit jungen Frauen oder Frauen in deinem Alter scheint dich weniger zu reizen.«

»Richtig«, gab Titus zu. »Die finde ich leider völlig uninteressant. Sie haben noch nicht gelebt, sind zu glatt, zu geleckt. Mir gefällt es, wenn an meinen Frauen bei Kerzenlicht die Patina des reiferen Alters schimmert.«

»Du Spinner«, sagte Lily. »Und wer ist deine neueste Antiquität? Eine Ausländerin, heißt es.«

»Mir ist schleierhaft, wie du hier in Midwinter, so weit ab vom Schuß, so gut informiert sein kannst.« Titus lachte. »Ja, sie ist tatsächlich Ausländerin, aus Österreich, und leider nur zu Besuch hier. Ich bin mit ihr nach Eyot gefahren, um ihr die Stadt zu zeigen. In Kürze kehrt sie zu ihrem braven Ehemann zurück.«

»Dann mußt du dir ja eine neue Flamme suchen«, sagte Lily. »Ich halte für dich die Augen offen. Sylvester hilft dir bestimmt auch gern aus.«

Titus lachte. »Nimm du lieber die jungen Frauen unter deine Fittiche, Lily. Lady Wray sucht doch garantiert einen passenden Bewerber für ihre schlacksige Enkelin. Vielleicht kannst du da was anbahnen.«

Lily protestierte. Lydia sei sehr hübsch und lasse sich nicht von ihrer Großmutter manipulieren. Aber Titus erwiderte, für seinen Geschmack sei sie zu unreif. Es würde mindestens noch zwanzig Jahre dauern, bis eine interessante Frau aus ihr geworden wäre.

»Wieso?« fragte plötzlich eine Stimme hinter ihm.

Überrascht blickte Titus sich um. »Wer bist denn du?«

»Ich bin Phoebe.«

»Quintas Tochter«, fügte Lily hinzu. »Ich bin so froh, daß du deine Mutter überreden konntest, noch zu bleiben, Phoebe. Sie geht viel zu selten unter Leute.«

»Ja, wir machen kaum mal was Lustiges. Wir fahren bloß einmal im Jahr in Urlaub, und ab und zu besuchen wir ein Museum oder unternehmen was am Wochenende, aber da treffen wir keine anderen Leute. Und ich treffe gerne andere Leute. Also, warum ist Lydia nicht interessant?« Sie heftete ihren bohrenden Blick auf Titus. »Ich finde sie total spannend. Sie ist eine Freundin meiner Mutter. Und sie spielt Kontrabaß.«

»Das spricht natürlich für sie«, räumte Titus ein. »Ich finde nur, daß die Menschen interessanter werden, je älter sie sind.«

»Das heißt, daß ich kein bißchen interessant bin«, folgerte Phoebe. »Finde ich blöd. Das hier ist übrigens Gavin, die Nervensäge.«

Gavin, ein ernster Junge, der zwei Jahre älter war als Phoebe, wurde unvorteilhaft rot. »Phoebe, du sollst nicht immer solche gemeinen Dinge über mich sagen.«

»Warum denn nicht? Du kritisierst doch auch jeden.«

Lily lachte. »Ja, sag ihm nur ordentlich Bescheid, Phoebe!«

»Ich kenne Gavin«, intervenierte Titus, dem der Junge leid tat. »Du bist im Knabenchor, nicht wahr?«

»Ja, Sir«, antwortete Gavin. »Und Sie springen manchmal für einen der Sänger im Männerchor ein. Sie sind ein Baß.«

»Stimmt genau. In diesem Jahr bin ich aber immer dabei, da eines der festen Chormitglieder sich bis nach Ostern in Amerika aufhält.«

»Das ist doch keine passende Beschäftigung für einen erwachsenen Mann«, sagte Lily mißbilligend. »Im Nachthemd mit einer Kerze in der Hand durch die Kirche zu geistern!«

Titus lachte schallend. »Du bist eine unverbesserliche alte Heidin, Lily. Sag dem Bischof, er soll mal einen Exorzismus mit dir machen. Vielleicht besteht ja doch noch Hoffnung.«

Phoebe machte große Augen. »Ist sie denn von einem bösen Geist besessen, so wie die Schweine in der Bibel?« Sie blickte Lily ehrfürchtig an.

»Jetzt sieh nur, was für Ideen du dem armen Kind in den Kopf setzt!« schimpfte Lily. »Phoebe und Gavin, kommt mal her zu mir. Da steht eine Platte mit Wurstpasteten, die ich extra für euch zubereitet habe.«

»Habt ihr gerade über den Bischof gesprochen?« fragte Simon, der in diesem Moment hinter Titus auftauchte. Sein Blick fiel auf Gavin. »Was machst du so spät denn noch hier? Morgen wirst du todmüde sein und in der Kirche immerzu gähnen. Sag deiner Mutter, sie soll dich endlich nach Hause bringen.«

»Gavin geht's doch prima«, sagte Phoebe, den Mund voll mit einem riesigen Bissen Wurstpastete. »Mmm, lecker – probier mal, Simon. Gavin braucht nicht viel Schlaf, das sagt Pauline immer wieder. Sie sagt, es liegt daran, daß er so intelligent ist. Ich schlafe gern lange, also muß ich wohl ziemlich blöd sein.« Plötzlich stürzte sie sich auf Gavin und versetzte ihm einen kräftigen Schubs. »Du hast schon zwei mehr als ich gegessen! Die da gehören mir! Sei nicht so gierig.«

»Morgen setzt's was, wenn du während der Messe gähnst. Daß du mir dann bloß nicht sagst, ich hätte dich nicht gewarnt!« fuhr Simon fort.

Dann entfernte er sich von der Gruppe und zog Titus mit sich. »Jetzt erzähl mir doch mal was über den neuen Bischof. Sybil und Wilhelmina sind hellauf begeistert von ihm. Sie sagen, er sei ein wahrer Christ und dabei sehr weltläufig und allem Neuen gegenüber aufgeschlossen. Außerdem warmherzig, fromm, er bete viel und komme mit Arm und Reich gleichermaßen gut aus …« Er hielt inne, um einen Schluck Wein zu trinken. »Kurz und gut, so ein Ausbund an Tugend, daß es schlechterdings nicht wahr sein kann. Selbst wenn nur die Hälfte stimmen würde, klingt er einfach zu grauenhaft.«

»Er ist eben ein charismatischer Mann«, erwiderte Titus lakonisch. »Die Leute sehen in ihm, was sie jeweils am meisten an einem Menschen bewundern. Er ist ungemein klug, beredt und ein Mensch, an den man nur schwer herankommt.«

»Wie kommt es, daß man ausgerechnet ihm den Bischofsstab verliehen hat? Eigentlich scheint er dem Typ, den die Kirchenführung in der Regel bevorzugt, gar nicht zu entsprechen.«

Titus zuckte die Achseln. »In diesen Dingen müßtest du dich besser auskennen als ich. Ich habe so gut wie keine Ahnung vom Innenleben der Kirche. Ich habe mir mal sagen lassen, die kompetentesten Leute würden zum Dekan ernannt, nicht zum Bischof. Andererseits sieht Lennox haargenau so aus, wie man sich landläufig einen Bischof vorstellt. Mit der Mitra auf dem Kopf wird er sicher eine imposante Erscheinung sein. Na ja, du kannst dir ja bald selbst ein Bild von ihm machen. Soll nicht alles ziemlich rasch über die Bühne gehen?«

»Ja, das schon«, sagte Simon. »Er sollte ursprünglich ein Jahr von seinem College freigestellt werden, deshalb ist er sofort abkömmlich.«

»Ändert sich dadurch irgendwas für dich? Hat er hinsichtlich der Verwaltung der Kathedrale viel zu sagen?«

»Nicht, was den täglichen Ablauf betrifft, nein. Der Dekan leitet die Kathedrale, zusammen mit dem Kapitel. Und für den Chor ist der Vorsänger verantwortlich, wie du weißt. Dennoch bin ich ein wenig besorgt. Unser künftiger Oberhirte hat wohl der Kommission zur Reform der Kirchenmusik angehört, kann sein, daß er dort die eine oder andere merkwürdige Idee aufgeschnappt hat ...« Er verstummte.

»Stichwort Tamburine und so?« fragte Titus. »Früher hat er nicht so gedacht, zumindest nicht zu der Zeit, als ich ihn kannte. Aber ich kann mir durchaus vorstellen, daß er bereit ist, sich jede Ansicht zu eigen zu machen, die als modern gilt und Aufmerksamkeit erregt. Übrigens habe ich den leisen Verdacht, daß er selbst völlig unmusikalisch ist. Seine Frau ist die Musische in der Familie. Sollte sein Musikgeschmack sich derart radikal gewandelt haben, daß er oberfächlichem Tamtam den Vorzug gibt, würde mich das sehr wundern. Sie hätte garantiert ein Machtwort gesprochen.«

Eine Frauenschar hatte sich ihnen von hinten genähert, und

Titus zuckte zusammen, als Lady Wrays glasklare Stimme dicht an seinem Ohr ertönte.

»Seine Frau?« fragte sie. »Sprechen Sie über den neuen Bischof?«

»Nein, wir sprechen von *Here and Now*, der neuen Seifenoper aus Neuseeland«, erwiderte Titus geistesgegenwärtig. »Schauen Sie sich die auch manchmal an, Lady Wray? Simon und ich lassen uns keine Folge entgehen!«

Lady Wray warf ihm einen tadelnden Blick zu, und Sybil Stixwould sagte unverblümt: »Blödsinn.«

»Sie haben natürlich über den neuen Bischof und seine Frau gesprochen. Streiten Sie es nicht ab, Simon, Sie waren noch nie ein guter Lügner, man braucht Ihnen nur ins Gesicht zu sehen, dann weiß man Bescheid. Schon als kleiner Junge war er so«, fuhr Sybil an Marjorie gewandt fort. »Genau wie dein Ältester. Manche Kinder wirken immer verdächtig, wenn sie die Unwahrheit sagen. Und Simon hat das nie ablegen können.«

»Bei Ihrer Arbeit in der Kathedrale muß das ein großes Handicap sein«, erklärte Lady Wray unerwartet. »Also, Titus, Sie kennen den Bischof und seine Familie?«

»Kannte – ich habe sie seit mehreren Jahren nicht gesehen. In Cambridge habe ich sie öfters getroffen, aber dann bin ich ja in die Staaten gegangen, und anschließend kam ich hierher. Da hatten wir schon keinen Kontakt mehr.«

»Kaum anzunehmen, daß er sich grundlegend verändert haben wird«, warf Sybil Stixwould ein. »Erzählen Sie uns von ihm. Was wir bisher wissen, hat uns schon ziemlich beeindruckt, aber vielleicht können Sie uns als Mann noch weitere Einblicke geben, das Bild vervollkommnen. Er hat Kinder, glaube ich – kann er gut mit jungen Leuten umgehen?«

Titus zögerte, und wählte seine Worte dann mit Bedacht. »Ja, er hat Kinder, drei ältere Söhne, und einen haben sie noch bekommen, als ich in Amerika war, habe ich gehört.«

»Vier Kinder also. Ist er ein guter Vater?«

»Ich glaube schon. Jedenfalls hab ich nichts Gegenteiliges vernommen, keine Gerüchte über ominöse Blutergüsse, Ausreißversuche oder Besuche beim Kinderpsychologen ... Aber woher soll man wissen, was hinter der Fassade einer wohlanständigen Familie so vor sich geht?«

»Über solche Dinge scherzt man nicht, Titus«, wies ihn Lady Wray zurecht.

»Nein, aber wie kann man so was mit Sicherheit sagen? Soweit ich mich erinnere, hatte er großes Interesse an jungen Leuten, ist Mitglied etlicher Schulbeiräte und felsenfest vom Vorzug moralischer Kreuzzüge zum Wohle der Jugend überzeugt und so weiter.«

Die Frauen strahlten. »Ausgezeichnet«, sagte Sybil Stixwould. »Und seine Gattin – ist sie ihm eine gute Gefährtin?«

Titus blickte sich gehetzt um, als suche er nach einer Eingebung. »Faustina? Ja, bestimmt, eine bewundernswerte Frau, als Gattin wie als Mutter ...«

»Faustina?« Die Frauen sprachen es probehalber laut aus. Ein ungewöhnlicher Name! Nicht unbedingt das, was man sich unter einem kirchentauglichen Namen vorstellen würde ... Und unbritisch obendrein.

»Faustina?« wiederholte Sybil Stixwould. »Ein ziemlich ausgefallener Name für die Frau eines Bischofs, würde ich sagen.«

»Man nennt sie allgemein Tina«, ergänzte Titus zuvorkommend.

Die Frauen atmeten sichtlich auf. Tina ... Tina war ein kleiner Name, ein bescheidener Name. Tina ging in Ordnung – ein wenig frivol vielleicht, aber durchaus akzeptabel.

»Tja, ich bitte vielmals um Entschuldigung«, begann Titus, »aber ich muß allmählich los, und vorher hab ich noch kurz was mit Gabriel zu besprechen ...«

Er floh.

»Seine Manieren lassen aber zu wünschen übrig«, stellte Marjorie kritisch fest.

»Unverheiratet«, bemerkte Wyn.

Alle wandten sich ihr zu. »Was hat das denn damit zu tun?«

Wyn wurde rot. »Nichts natürlich. Pardon, ich hab einfach

drauflosgeredet, ohne nachzudenken. Mir ist nur gerade eingefallen, daß er ledig ist. Es hat keinerlei Bedeutung.«

Erleichtert schnappte Titus sich ein Glas vom Büffet und tauchte in der Menge ab. Am liebsten hätte er laut losgelacht. Selbstverständlich war die Frau des Bischofs ihm eine gute Gefährtin, das verstand sich doch von selbst. Aber plötzlich sah er Fausty – wie er sie genannt hatte – vor sich, wie sie auf einer wilden Uniparty mit dem Griechischprofessor genüßlich schlüpfrige Anekdoten austauschte.

Quinta fand, daß Titus noch besser aussah, wenn er lachte. Ihr gefiel es überhaupt, wenn die Leute lachten. Er merkte, daß sie ihn beobachtete. So ein fröhliches Gesicht, dachte er. Quinta schien häufig zu lächeln. Sehr lobenswert, denn wenn nur die Hälfte von dem, was er gehört hatte, zutraf, hatte sie wahrlich nicht viel zu lachen.

»Macht Ihnen das hier Spaß?« fragte er und umfaßte mit einer Geste den überfüllten Raum.

»Ich denke schon.« Nervös spielte Quinta mit dem Stiel ihres Glases. Plötzlich war sie Titus gegenüber, der immer so ungezwungen wirkte, schüchtern. Der Glückliche, über soviel Selbstsicherheit zu verfügen! »Allerdings bin ich ein wenig aus der Übung – ich komme selten aus dem Haus.«

»Reine Zeitverschwendung. Mir ist schleierhaft, warum Sylvester so was macht«, nörgelte Alban. Er hatte sich mit Mühe von einer großen, dünnen Blondine losgeeist, die die ganze Zeit bewundernd zu ihm aufgeschaut und beharrlich auf ihn eingeredet hatte. »Wo hab ich bloß meinen Regenmantel gelassen? Scheißabend, Sauwetter.« Er schaute sich um, als werde sein Mantel plötzlich aus dem Nichts erscheinen. »Das ist eben der Unterschied zwischen einem darstellenden und einem schaffenden Künstler – ich habe keine Zeit für solchen Unfug.«

Quinta blickte ihn erstaunt an. »Das nehme ich dir nicht ab, Alban. Wenn man deiner Mutter glauben darf, haust du in London ordentlich auf den Putz.«

»Ganz und gar nicht. Ich gehe nur hin und wieder aus beruflichen Gründen zu einer Party. Wenn man für Film und Fernsehen tätig ist, muß man sich notgedrungen hier und da sehen lassen. Aber Spaß macht es mir nicht.«

Titus zwinkerte Quinta zu, die ihn erst verwirrt ansah, dann jedoch lächelte.

»Ich gehe jedenfalls jetzt, ich hab noch zu arbeiten. Und du, Quinta, solltest unverzüglich Phoebe nach Hause bringen. Es ist nicht richtig, daß du sie überhaupt hierher mitgenommen hast. Sie sollte längst im Bett liegen und schlafen.«

Quinta sah ihm erbost nach, als er sich den Weg zum Ausgang bahnte. Titus schien amüsiert.

»Ist er immer so?«

»Nein. Aber in der Öffentlichkeit habe ich ihn bisher auch nur selten erlebt.«

»Sie leben mit ihm zusammen, nicht wahr? Sollten Sie sich ihm nicht lieber anschließen? Oder gehen sie später zu Fuß nach Hause?«

»Ich wohne zwar in seinem Haus«, erwiderte Quinta würdevoll, »aber ich lebe strenggenommen nicht mit ihm zusammen. Ich meine, wir sind kein festes Paar ...«

»Ich wollte Sie auch nicht über Ihr Privatleben aushorchen«, sagte Titus schnell. »Wenn Sie möchten, kann ich Sie nach Hause bringen.«

»Nein, nicht nötig, ich bin selbst mit dem Wagen da. Alban hat recht, Phoebe muß allmählich ins Bett. Sie wird völlig überdreht sein. Ich kann sie nirgends entdecken ...«

Ein wenig besorgt schaute sie sich im Saal um. »Sie sind größer, können Sie sie vielleicht sehen?«

»Da drüben, bei Lady Wrays Enkelin«, sagte Titus. »Ein ungewöhnliches Mädchen.«

»Wer, Phoebe oder Lydia?«

»Ihre Tochter. Lydia kenne ich kaum.«

»Sie ist eine alte Freundin von mir«, sagte Quinta nur. »Und jetzt entschuldigen Sie mich bitte, ich muß Phoebe einfangen.« Sie lächelte ihm unsicher zu und entfernte sich.

Titus schaute ihr nach und ertappte sich beim Gedanken, was für eine hübsche Figur sie hatte. Für magere Frauen hatte er nichts übrig – eine Enttäuschung für einen Liebhaber weiblicher Rundungen wie ihn. Mit das Beste an Frauen, richtigen, erwachsenen Vollblutfrauen war, daß sie Körper zum Anfassen hatten, keine sehnigen, fleischlosen Oberschenkel und spitzen Knochen, die einen befürchten ließen, man könne an den empfindlichsten Stellen aufgespießt werden. Seine Gedanken schweiften ab zu wonnevollen Erinnerungen an warmes rosiges Fleisch und geheime einladende Winkel …

Quinta stürzte sich auf Phoebe, die in einem Kreis von Bewunderern Hof hielt. Sylvester strahlte übers ganze Gesicht. »Ein tolles Mädchen, deine Phoebe – was die sich so alles einfallen läßt!«

»Hm«, machte Quinta nur. »Komm jetzt, Phoebe, es wird höchste Zeit für uns.«

»Hallo, Quinta«, sagte Lydia. »Ich hatte noch gar keine Gelegenheit, mit dir zu reden. Kannst du mich mitnehmen?«

Sylvester protestierte. Es sei schlimm genug, daß Quinta schon fahren wolle, so, als müsse sie sich zur Sperrstunde im Internat rückmelden, da dürfe Lydia nicht auch noch die Segel streichen. Lydia erklärte ihm, in welche Nöte Lady Wray sie durch ihr Verhalten brachte.

»Meine Großmutter stellt mich allen möglichen Leuten vor, jungen Männern, die allesamt ganz gräßlich sind. Ich wünschte, sie würde endlich aufhören, davon auszugehen, daß ich nur eins im Sinn habe – mir einen Ehemann zu angeln.«

»Einen Ehemann?« fragte Sylvester interessiert. »Wer will denn heutzutage noch einen Ehemann? Mädchen in Ihrem Alter sollten Spaß haben, sich umschauen, alles mögliche ausprobieren. Ein Ehemann wäre da doch nur hinderlich.«

»Ganz genau. Aber versuchen Sie mal, ihr das begreiflich zu machen.«

Sylvester musterte sie anerkennend. »Sie müssen doch

irgendwo einen Freund versteckt haben, Lydia. Ein Dementi nehme ich Ihnen nicht ab. Ist er in Oxford?«

Lydia schüttelte wehmütig den Kopf. »Fragen Sie nicht. Nein, es gibt keinen, und so soll es auch bleiben.«

Phoebe stieß Quinta an. »Ich glaube, Pauline sucht dich. Ich war nicht besonders nett zu Gavin. Kann sein, daß sie mit dir darüber sprechen will.«

Erschrocken blickte Quinta sich um. »Phoebe, du Satansbraten, warum mußt du Gavin immerzu aufziehen? Komm jetzt, schnell, wir verschwinden von hier.«

»Gavin ist ein Blödmann«, sagte Phoebe und überraschte Sylvester und sich selbst, als sie den Cellisten trotz seiner Leibesfülle so gut es ging mit ihren kleinen Ärmchen fest drückte. »Der Beethoven war toll«, flüsterte sie ihm ins Ohr. »Bei der Musik ist mir ganz komisch geworden.«

Sylvester war entzückt. »Paß auf, laß dich in den Ferien oder am Wochenende doch mal von Quinta zu mir rüberbringen. Oder Lily kann dich abholen. Dann spiele ich dir noch andere Musik vor.«

Phoebe lächelte ihn strahlend an, dann rannte sie Quinta und Lydia hinterher, die zügig auf die Tür zusteuerten.

»Entwarnung«, sagte Lydia. »Falls die dunkelhaarige Frau mit dem verbissenen Gesicht da drüben deine Freundin ist, wurde sie gerade von einem Mann im Priestergewand geschnappt.«

»Das ist Kanonikus Feverfew«, warf Phoebe wissend ein. »Er wird sie stundenlang zuquatschen. Dem geht der Stoff nie aus!«

Sie waren völlig durchnäßt, als sie den Lieferwagen erreichten, und Phoebe ließ sich ärgerlich auf den Rücksitz fallen. »Warum konnten wir eigentlich nicht bis ans Haus ranfahren?« wollte sie wissen.

»Weil es im Moment schwierig ist, den Rückwärtsgang einzulegen«, erklärte Quinta. »Hier brauche ich den Wagen nicht zu wenden. Ich kann einfach das Denkmal umrunden und dann geradeaus weiterfahren.«

»Der Wagen muß also repariert werden, damit wir wieder rückwärts fahren können«, stellte Phoebe fest. »Warum hast du ihn nicht in die Werkstatt gebracht? Es stand doch auf einer deiner Listen.«

»Ich weiß«, sagte Quinta. »Auf meine Listen ist in letzter Zeit nicht viel Verlaß. Ich kümmere mich am Montag darum.«

»Sind es denn die Listen, auf die kein Verlaß ist, oder du selbst?« hakte Lydia nach. Dann schrie sie auf. »Hilfe! Paß doch auf, Quinta!«

Quinta war plötzlich nach links abgeschwenkt, um einer großen Wasserpfütze mitten auf der Straße auszuweichen, unter der sie ein tückisches Schlagloch vermutete. Als sie das Lenkrad wieder herumriß, kam der Wagen ins Schleudern. Ein Quietschen war zu vernehmen, gefolgt von zwei dumpfen Schlägen unter der Motorhaube. Stotternd gab der Motor den Geist auf. Die Scheibenwischer glitten quietschend über die Windschutzscheibe, während die drei wie gelähmt dasaßen und nach draußen starrten.

»Panne«, stellte Phoebe überflüssigerweise fest. »Im strömenden Regen.«

Lydia blickte Quinta an. »Sag es lieber nicht. Wir haben ein Kind an Bord.«

»Wollte sie denn was richtig Schlimmes sagen?« erkundigte sich Phoebe.

»Ich hab's schon gesagt«, erwiderte Quinta. »In Gedanken.«

»Ich mache mich jetzt mal auf die Suche nach einem Münzfernsprecher«, sagte Lydia. »Bist du Mitglied in einem Automobilclub oder so?«

»Nein. Ich würde ja bei der Werkstatt anrufen, aber das nächste Telefon ist kilometerweit entfernt und vermutlich wie üblich außer Betrieb.«

»Wie weit ist es bis zur nächsten Ortschaft?«

»Zu weit, um in diesem Regen bis dahin zu laufen. Von Midwinter sind wir etwa fünf Kilometer entfernt, und Gossiby liegt etwa genauso weit entfernt in der anderen Richtung. Nein, wir werden hier sitzen bleiben und warten müssen, bis zufällig jemand vorbeikommt. Den können wir dann bitten, für uns anzurufen.«

»Wahrscheinlich wird es jemand sein, der beim Konzert war«, prophezeite Phoebe. »Hoffentlich nicht Pauline und Gavin.«

Das blieb ihnen Gott sei Dank erspart. »Wir haben Glück, es ist dieser Titus.« Quinta öffnete die Fahrertür und glitt aus dem Wagen.

Titus steckte den Kopf durchs Autofenster. »Gibt's Probleme?«

»Der Motor ist hin.«

»Soll ich mal nachsehen?« Titus stieg aus und öffnete die Motorhaube. »Wie's aussieht, ist der Keilriemen gerissen. War er denn schon locker?«

»Keine Ahnung.« Quinta schaute bedrückt auf den Motor. »Ist es das Ding, das man angeblich mit einem Strumpf festbinden kann?«

»Angeblich ja.« Er sah auf ihre Beine. Ausnehmend hübsche Beine, dachte er. »Sie tragen nicht zufällig Strümpfe oder eine Strumpfhose?«

»Nein. Aber ich werde allmählich pitschnaß, und Sie auch.« Sie blickte zu Titus' schickem Auto hinüber. »Können wir nicht bei Ihnen mitfahren? Wollten Sie nach Eyot?«

Titus schüttelte den Kopf. »Nein, ich wollte noch jemanden besuchen. Aber das kann warten.«

»Sind Sie sicher?« fragte Quinta skeptisch. »Ich möchte Ihnen nicht zur Last fallen.«

Lydia lehnte sich aus dem Beifahrerfenster. »Ich schon«, sagte sie energisch. »Komm, Phoebe, wir werden mitgenommen.«

»Ich wünschte, wir hätten auch so einen Wagen«, sagte Phoebe, als sie sich zufrieden seufzend auf dem Rücksitz niederließ. »Er läuft wie eine Eins – ich wette, der bleibt nie stehen – und außerdem macht er auch nicht soviel Lärm.«

»Ach, halt den Mund, Phoebe«, sagte Quinta, mußte jedoch wider Willen lachen.

»Manor House?« fragte Titus.

»Ja, bitte«, antwortete Phoebe. »Oh, Lydia, du möchtest bestimmt lieber am Close abgesetzt werden, oder?«

»Nein.« Lydia schüttelte entschlossen den Kopf. »Ich will meiner Großmutter so lange wie möglich aus dem Weg gehen. Wenn ihr nichts dagegen habt, komme ich erst mal mit zu euch.«

»Ich weiß nicht, ob Alban schon zurück ist«, wandte Quinta unsicher ein.

»Er ist vor uns losgefahren«, sagte Phoebe. »Und er war ziemlich stinkig, glaub ich.«

»Wenn das so ist ...«, begann Quinta.

»... hat er eben Pech gehabt«, fiel Lydia ihr ins Wort. »Er war heute abend ganz schön unverschämt zu dir, Quinta. Er sieht es wohl nicht gern, wenn du ausgehst, wie? Was für ein Spielverderber, typisch. Es geht völlig in Ordnung, wenn er in London das süße Leben genießt, aber du sollst schön brav zu Hause bleiben!«

Phoebe übernahm es, Alban zu verteidigen. »Er mag es eben, wenn wir dort auf ihn warten. Er kann es nicht ausstehen, in ein leeres Haus zurückzukommen, sagt er immer.«

»Na, höchste Zeit, daß er endlich erwachsen wird!« konterte Lydia. »Er will nicht in ein leeres Haus zurückkommen – also wirklich, in seinem Alter! Ich lade mich hiermit selbst ein, Quinta. Wetten, daß er einen netten kleinen Streit mit dir vom Zaun brechen will, weil er so mies drauf ist?«

»Oje, meinst du wirklich?« Quinta haßte Kräche und Auseinandersetzungen jeglicher Art, sie riefen bei ihr immer unangenehme Erinnerungen an ihre Kindheit und das schier endlose Gezänk ihrer Eltern wach. Zumeist hatten die Streitereien sich an ihr entzundet: *Warum ist sie so schwierig, so ganz anders als ihre Schwestern; warum kannst du sie nicht in den Griff kriegen; ihr Temperament muß sie von dir, von deiner Seite der Familie geerbt haben ...*

Alban war tatsächlich schon zu Hause und marschierte im Kreuzgang auf und ab.

»Da seid ihr ja endlich«, begann er aufgebracht. »Was wollen die denn hier?« setzte er dann hinzu, als er Titus und Lydia hinter Quinta ins Haus kommen sah. Lydia warf einen Blick auf sein hochrotes Gesicht – und brach in schallendes Gelächter aus. Alban fixierte sie wütend. Er ist völlig frustriert, dachte sie, und eifersüchtig obendrein. Es schien ihn geradezu zu verstören, wenn Quinta auf eigene Faust etwas unternahm und sich ohne ihn amüsierte. Was für ein Glück sie hatte, in einem Mann wie Alban solch eine Leidenschaft zu wecken! Doch als Lydia in Quintas blasses, angespanntes Gesicht sah, wallte Zorn in ihr auf. Sie derart zu tyrannisieren war unverzeihlich.

Ein Gedanke schoß Lydia durch den Kopf: Wäre Alban ihr Freund, könnte er sich dieses Benehmen nicht erlauben. Auf diese Überlegung folgte die Erkenntnis, daß sie sich stark zu Alban hingezogen fühlte. Zugleich war ihr klar, daß sie sich nicht zwischen ihn und Quinta drängen durfte, auch wenn es mit dieser Beziehung nicht zum besten stand. Quinta war in einem Maße von Alban abhängig, das sie nicht begreifen konnte. Aber sie hatte ja auch Geld, war kinderlos und auf niemanden angewiesen.

Sie ergriff die Initiative. »Titus war so nett, uns herzubringen, da Quintas alter Lieferwagen, diese Schrottlaube, unterwegs eine Panne hatte.«

»Konntest du ihn nicht wieder flottmachen?« wollte Alban gereizt von Quinta wissen.

»Nicht in dem strömenden Regen, nein«, antwortete Lydia an ihrer Stelle. »Hören Sie, wir sind alle naß bis auf die Haut. Wie wär's, wenn Sie uns einen Drink anbieten? Und vielleicht wäre es auch keine schlechte Idee, ein Feuer zu machen. Dieser Sommer ist doch ein schlechter Witz.«

»Sie sind erstaunlich anmaßend für Ihr Alter«, sagte Alban ärgerlich.

»Nein, bin ich nicht«, gab Lydia nicht minder erbost zurück. »Ich lasse mich bloß nicht als Fußabtreter benutzen, und Quinta genausowenig. Männer mit gebieterischem Gehabe kann ich nicht leiden.«

»Gebieterisches Gehabe? Ich?« Alban war zutiefst erstaunt.

»Und aggressiv sind Sie obendrein«, fuhr Lydia fort.

Alban schnaubte. »Blanker Unsinn. Ich rege mich vielleicht manchmal auf, aber aggressiv bin ich keineswegs.«

»O doch, und zwar immer dann, wenn Sie Ihren Willen nicht durchsetzen können«, sagte Lydia.

Alban musterte sie von Kopf bis Fuß. »Und Sie legen es zweifellos nie darauf an, Ihren Willen durchzusetzen.«

»Ich setze in den meisten Fällen meinen Willen durch«, erwiderte Lydia. »Aber mit Würde und Takt.«

»Da ich den Wahrheitsgehalt dieser Behauptung nicht überprüfen kann, muß ich Ihnen wohl oder übel glauben. Wie dem auch sei – jetzt habe ich noch zu arbeiten.« Alban warf noch einen zornerfüllten Blick auf Quinta und marschierte in sein Studio.

»Keine Kinderstube«, kommentierte Lydia.

»Ich weiß nicht, was in ihn gefahren ist«, sagte Quinta besorgt. »So führt er sich sonst nie auf!«

»Ein typischer Fall von Eifersucht«, stellte Titus in neutralem Ton fest. »Das soll keine Kritik sein, und ich will Sie auch nicht dazu verleiten, aus dem Nähkästchen zu plaudern – aber das ist es, was ihm zu schaffen macht. Selbst die klügsten Männer lassen sich in diesem Zustand zu den größten Dummheiten hinreißen, so daß man sie kaum wiedererkennt.«

»So benimmt sich Simon auch, wenn er dich mit Alban zusammen sieht«, warf Phoebe munter ein.

Die Erwachsenen blickten sie schweigend an. Titus' Mundwinkel zuckten. »Für genügend Komplikationen scheint ja gesorgt«, sagte er. »Tja, vielen Dank für den in Albans Namen angebotenen Drink und das Kaminfeuer, Lydia, aber leider kann ich nicht bleiben. Ich bin sowieso schon spät dran.«

»Ein Rendezvous?« fragte Quinta.

»So ist es.«

7. Kapitel

In der Kathedrale war wieder mal Blumentag, und Marjorie, Daphne und Wyn legten gerade eine Pause ein, nachdem sie den ganzen Morgen hart gearbeitet hatten. Am kommenden Sonntag, dem 14. Juli, beging die Kathedrale den Geburtstag ihres Gründers und Wohltäters Guillebert, des Liederlichen.

Es hätte ihn sehr gewundert zu sehen, mit welchem Pomp an moderner christlicher Liturgie und Musik man seiner gedachte, zumal er ein alles andere als mustergültiges Leben geführt hatte. Den größten Teil seiner Jugend hatte er damit zugebracht, beharrlich kleinen Jungen nachzustellen, und diese Gewohnheit hatte er erst abgelegt, als er um die Hand der ebenso frommen wie reichen Tochter eines hiesigen Grafen anhielt. Das Gotteshaus in Eyot hatte er gestiftet, um sich lieb Kind bei ihr zu machen. Doch schon kurz nach der Hochzeit war er verstorben. Ein sittenstrenger Mönch, Chronist der damaligen Zeit, wußte zu berichten, daß Guilleberts bedauerliches Dahinscheiden auf die heiligen Ausdünstungen des keuschen Leibes seiner Gattin zurückzuführen war. Einem so reinen menschlichen Wesen wie ihr sei er nie zuvor begegnet.

Die drei Damen ahnten nichts von dieser unersprießlichen Vorgeschichte, und auch der amtliche Fremdenführer von Eyot erwähnte nichts davon. Die Kirche war ja nie kleinlich, was die Herkunft an sie ergangener Schenkungen betrifft, und die Würdenträger von Eyot bildeten da keine Ausnahme. Für Marjorie, Daphne und Wyn stand der Name Guillebert lediglich für das dritte Grab im nördlichen Kirchenschiff, wo ihnen die kräftigen Blautöne des Buntglasfensters gegenüber stets Probleme mit dem Blumenschmuck aufgaben.

Sie saßen im spärlichen Sonnenschein auf einer Bank vor

der Kathedrale, jede mit einer Tasse Kaffee und selbstgebackenen Keksen bewaffnet, und sahen neugierig dem Treiben rings um die Kirche zu.

Lautes Motorengeheul zerriß die Stille, als Simon Praetorius auf seiner Harley Davidson um den Kirchplatz brauste und mit quietschenden Reifen vor dem Haus des Organisten hielt. Er öffnete mit einer Hand das Tor und rollte auf dem Motorrad hindurch.

»In dem Helm und der schwarzen Kleidung muß ihm sehr heiß sein«, bemerkte Marjorie.

»Lederkluft«, sagte Wyn.

Ihre Freundinnen blickten sie verdattert an. Wyn gab manchmal wirklich die erstaunlichsten Dinge von sich.

»So nennt man diesen Aufzug. Die schwarze Jacke, die Hose und so weiter. Alles aus Leder.«

»Ich finde es höchst unpassend, daß der Organist einer Kathedrale schwarzes Leder trägt«, erklärte Daphne schließlich.

»Er trägt es ja nicht während der Messe«, wandte Wyn gutmütig ein. »Ich meine, er hat die Kluft nicht unter seinem Ornat an. Zumindest glaube ich das nicht.«

»Ich halte es nicht für angebracht, Spekulationen darüber anzustellen, was Kirchenleute unter ihrem Ornat tragen«, wies Marjorie sie streng zurecht. »Das geht uns wohl kaum etwas an.«

Wyn biß ein Stück von ihrem Keks ab. »Da ist Kanonikus Feverfew. Er geht zur Schule hinüber.«

Daphne schaute schniefend auf ihre Uhr. »Der Konfirmationsunterricht. Diesmal werden fünf Kinder eingesegnet.«

Sie tranken von ihrem Kaffee. »Der Dekan ist heute in London«, teilte Daphne den anderen mit. »Ich habe ihn auf dem Weg zum Bahnhof gesehen. Später habe ich Mrs. Jonquil getroffen, und sie erwähnte, daß er in London an einer Konferenz teilnimmt.«

»Ein vielbeschäftigter Mann«, sagte Marjorie. »Und wenn der neue Bischof erst da ist, wird er noch mehr zu tun haben!«

Sie seufzten in wohliger Vorfreude. Nach der Ankunft des neuen Bischofs würde es viel zu beobachten und zu bereden geben. Sein Palais lag zwar nicht direkt am Close, sondern auf der anderen Seite der Kathedrale am gegenüberliegenden Flußufer, aber da sie Freunde und Bekannte in der Kathedrale hatten, würde es ihnen nicht schwerfallen, auf dem laufenden zu bleiben.

»Da ist ja Lydia Holbeck«, sagte Wyn.

Sie setzten sich alle drei auf.

»Sie hat Lady Wrays Mopsie dabei«, bemerkte Daphne. »Hm, es hat doch keinen Sinn, ihn auf dem Arm zu tragen, wenn sie mit ihm Gassi gehen soll.«

Sie beobachteten, wie Lydia lässigen Gangs den Platz überquerte. »Kann sie die Verbotsschilder denn nicht lesen?« flüsterte Daphne empört.

»Sie geht zum Tierarzt«, stieß Marjorie hervor. »Zur Tierklinik in der St. Polycarp Street.«

»Die Praxis von David Jabbe und Fergus Tayle«, ergänzte Wyn. »Ist Lady Wray denn eine Klientin von ihnen? Ich dachte, sie geht zu dem alten Mr. Drenche.«

»Der ist doch in Pension gegangen«, erwiderte Marjorie. »Weißt du nicht mehr, es stand in der Zeitung. Er ist in die Karibik übergesiedelt.«

»Ah, deshalb können sie sich erlauben, so hohe Honorare zu verlangen!« meinte Wyn. »Aber ich glaube, du hast recht. Hoffentlich ist Mopsie nicht krank.«

»Nein, nein, er kriegt nur seine alljährlichen Injektionen«, berichtete Marjorie. »Ich habe gehört, wie Lady Wray neulich zum Apotheker sagte, daß es mal wieder soweit sei. Der Anschlag über Schutzimpfungen hätte sie daran erinnert.«

»Ist der Enkel von Sybil Stixwould eigentlich schon da?« fragte Daphne.

»Ja«, sagte Wyn. »Ich hab mich gestern mit Mrs. Gridlock unterhalten, und sie erwähnte, daß er eingetroffen ist.«

»Gehen wir wieder rein«, sagte Marjorie entschlossen. »Hört ihr das Angelusläuten? Es ist zwölf. Wir können nicht den ganzen Tag hier sitzen und klönen, dazu gibt es zuviel zu tun. Wirf die Krümel da drüben hin, Wyn, dann haben die Vögel was davon.«

Lydia saß mit Mopsie auf dem Schoß in der Klinik und horchte auf seinen röchelnden Atem. Längs der Wand gegenüber saßen mehrere Leute, die eine verblüffende Ähnlichkeit mit ihren Tieren aufwiesen. Wenigstens gehört Mopsie nicht mir, dachte Lydia, und ich sehe nicht aus wie ein Mops. Und ich atme auch nicht wie ein Blasebalg.

Eine blonde Assistentin kam träge herangestöckelt. »Braucht hier jemand Injektionen?« fragte sie in gleichgültigem Ton.

»Ja.« Lydia stand auf.

Die Assistentin streifte sie und Mopsie mit einem verächtlichen Blick und ging zum Schalter. Dort fuhr sie mit einem furchterregend langen Fingernagel, in knalligem Pink lackiert, über die Namensliste. »Der Hund von Lady Wray?«

»Der Hund von Lady Wray, ja.

»Raum 9.« Sie wies mit dem Kopf auf eine Glastür. Lydia klemmte sich Mopsie fest unter den Arm und begab sich dorthin.

Leider hatte die beschränkte Assistentin bereits ein anderes Tier in Raum 9 geschickt – einen gewaltigen, grimmig dreinblickenden schwarzen Kater, der bei Mopsies Anblick kreischte, einen Buckel machte und wütend fauchte, bevor er sich schließlich auf ihn stürzte. Der Besitzer des Katers war ebenfalls zugegen. Er sprang erschrocken vom Stuhl auf, um den unglückseligen Hund vor seinem Liebling zu retten.

Mopsie ging empört hinter Lydia in Deckung

»Tut mir sehr leid«, sagte der Mann.

Du meine Güte, dachte Lydia, als er zu ihr trat, was für ein Hüne von Mann! Ein echter Wikinger.

Er sah wirklich aus wie ein Wikinger – von riesenhafter Statur mit blondem Haarschopf und klaren, kühlen blauen Augen.

Lydia war wider Willen beeindruckt. Und auf den Mund gefallen war er auch nicht, wie sie feststellte, als er sich mehrmals entschuldigte, während er mit seiner riesigen, breiten Hand besänftigend den Kater streichelte.

»Ich geh mit Mopsie raus«, sagte Lydia. »Ist vielleicht besser, wenn wir nebenan warten.«

Der Mann schaute das Tier prüfend an. »Den Hund kenne ich doch. Heutzutage bekommt man nur noch selten einen Mops zu sehen. Gehört er nicht Lady Wray?«

»Ja, genau. Kennen Sie sie? Sie ist meine Großmutter.«

Der Mann lachte. Ein kehliges, wohltuendes Lachen. »Ah, dann sind Sie also Lydia. Guten Tag. Adam Stixwould. Unsere Großmütter sind dicke Freundinnen.«

Lydia starrte ihn verblüfft an. Und sie war so genervt gewesen, als ihre Großmutter sich immer wieder über Sybils Enkel ausließ, der nach Eyot kommen sollte – wie blendend sie sich sicherlich verstehen würden, welch ein glücklicher Zufall es sei und so weiter und so fort … Lydia hatte besagten Enkel unbekannterweise gehaßt. Auf keinen Fall hatte sie mit so etwas gerechnet.

Die Tür schwang auf, und eine dunkelhaarige, nervöse Frau in eigenartigen Clogs und weitem weißem Kittel kam grußlos herein.

»Schaffen Sie die Katze raus«, sagte sie. »Sie hat hier nichts zu suchen. Raum 8, da kümmere ich mich dann gleich um Sie. Also, der Hund soll eine Spritze bekommen, lassen Sie mal sehen …«

Adam zwinkerte Lydia zu, bevor er hinausging. »Wir sehen uns wieder«, sagte er. »Zwangsläufig.«

Das will ich doch schwer hoffen, dachte Lydia, als sie wenig später den Rückweg zum Close antrat. Ein interessanter Mann – genau das, was sie brauchte. Von Angus hatte sie nichts mehr gehört – nicht, daß sie damit gerechnet hätte. Dann war da noch Alban, der äußerst interessant war, jedoch unübersehbar den Stempel »Hände weg« trug.

»Es heißt zwar, daß in der Liebe und im Krieg alles erlaubt

sei«, vertraute sie Mopsie an, der aus dunklen, hervorquellenden Augen zu ihr aufschaute, »aber in diesem Fall bestätigt die Ausnahme die Regel. Man kann nicht einfach hingehen und mir nichts, dir nichts das Leben anderer Leute zerstören. Und außerdem – wer weiß, ob ich ihn im geringsten interessiere? Wahrscheinlich bin ich nicht mal sein Typ.«

Sie setzte Mopsie in seinem Körbchen in der Küche ab und ging nach oben ins Wohnzimmer. »Was treibst du eigentlich den ganzen Tag?« hatte Quinta sie kürzlich gefragt. »Ach, nichts Besonderes«, hatte Lydia erwidert. »Dies und jenes, nachdenken, lesen, herumgammeln ... du weißt schon.«

Quinta wußte es nicht. In ihrem eigenen vollgepackten Leben sprang kaum mal eine halbe Stunde Freizeit heraus. Sie konnte sich nicht vorstellen, womit ihre Freundin so viele Stunden Leerlauf und Müßiggang füllte, und das anscheinend zu ihrer Zufriedenheit. In Wahrheit setzte bei Lydia allmählich die Langeweile ein. Es war ganz nett gewesen, eine Weile mal einfach in den Tag hineinzuleben. Inzwischen jedoch hatte sie das Gefühl, daß sie dem Leben mehr abgewinnen würde, wenn sie ein Ziel hätte. Ihre Großmutter hatte ihr bereits ein paar Vorschläge präsentiert, angefangen von einer Sekretärinnenausbildung bis hin zu einem Kurs über die Kunst des Blumensteckens. Komisch, dachte Lydia, wo ihre Tochter doch Ärztin ist, die sprichwörtliche Karrierefrau – wie kommt es nur, daß sie so altmodische Vorstellungen davon hat, was ich machen könnte?

Lydias Mutter schrieb ihr energische Briefe, in denen sie ihr verschiedene Jobs vorschlug und nachdrücklich die Empfehlung ans Herz legte, sie solle zur Berufsberatung gehen.

Da war ich bereits, schrieb Lydia zurück. *Es war zwecklos – sie konnten offenbar nichts mit mir anfangen, denn sie haben mir nahegelegt, Imkerin oder Tierpräparatorin zu werden, was man ja wohl kaum als praktikable Tips bezeichnen kann.*

Jetzt nahm Lydia die *Times* vom Couchtisch und begann oberflächlich darin zu lesen. Öde, diese Leserbriefe, dachte sie. Was für Leute schrieben eigentlich an Zeitungen? Wie kamen sie nur auf die Idee, daß ihre persönliche Meinung den Rest der Welt interessieren könnte? Aber vielleicht war es ja eine gute Sache, unverrückbare Anschauungen zu vertreten und davon überzeugt zu sein, daß alle anderen genauso dachten wie man selbst.

Lydia wandte sich der Seite mit den Nachrufen zu, doch bevor sie sich daranmachen konnte, über das Leben von Tatiana Oblomowa zu lesen, einer russischen Ballerina, die mit Diaghilew getanzt hatte, fiel ihr Blick auf die Verlobungsanzeigen. *Angus Limerick.* Angus! Ein Hochzeitstermin wurde angekündigt – Angus … und Selina Chatham, einzige Tochter von …

Die Worte auf der Seite verschwammen. Lydia war plötzlich übel. Reglos saß sie da, die Zeitung in der Hand, unfähig zu begreifen, was sie da gerade gelesen hatte. Sie kannte Selina Chatham. Jamie, Angus' bester Freund, hatte sie im letzten Sommer zu einem Ball mitgebracht – ein kleines dunkelhaariges Mädchen mit einem winzigen lebhaften Gesicht. Charme in rauhen Mengen, aber sonst hatte sie nicht viel zu bieten. Angus und sie hatten zusammen darüber gelacht – warum fiel Jamie nur immer wieder auf kleine Dummchen herein?

Es war ihr gleichgültig, sie hatte die Trennung von Angus verwunden – warum war ihr dann zumute, als hätte ihr jemand das Herz mit einem Messer durchbohrt? Langsam stand sie auf und legte die Zeitung ordentlich zusammengefaltet auf den Tisch. Also gut, sie mußte es sich eingestehen, im Hinterkopf hatte sie immer noch die Hoffnung genährt – nein, den festen Glauben –, daß es zwischen ihr und Angus noch nicht endgültig vorbei war. Nach einer kurzen Verschnaufpause, einer Trennungsphase, würde er zu ihr zurückkommen und sie wären wieder ein Paar.

Ganz offensichtlich hatte sie sich getäuscht.

Die Tür knarrte, und wie im Traum drehte Lydia sich um. Die Klinke erzitterte, dann schwang die Tür weit auf und Mrs. Gridlock kam hereinmarschiert.

»Oh, tut mir leid, ich dachte, es wäre niemand hier. Lady

Wray ist ausgegangen. Ich wollte das Zimmer für die Dinnerparty heute abend herrichten.« Sie blickte Lydia hoffnungsfroh an. »Aber wenn ich ungelegen komme ...«

Lydia sah sie mit weitaufgerissenen Augen an. »Nein, ich wollte gerade gehen.«

Ob sie Drogen nimmt? fragte sich Mrs. Gridlock, als sie hinausging, um ihren Eimer mit Staubtüchern, Politur und Sprays zu holen. Sie machte ein so komisches Gesicht. Ihre Stimme klang allerdings normal. Ob sie krank war?

Lydia schwebte aus dem Zimmer, wobei sie der Zugehfrau noch einmal zunickte. Mrs. Gridlock faltete die Zeitung auseinander, die sie mitgebracht hatte, und breitete sie ordentlich auf dem Fußboden aus, bevor sie den Eimer abstellte. Rasch schaute sie sich im Zimmer um, als könnten ihr die zierlichen Stühle und Tische irgendwelche Anhaltspunkte zur Erklärung von Lydias merkwürdigem Verhalten geben. Dann entdeckte sie die *Times* auf dem Tisch, da, wo Lydia gesessen hatte. Sie ging hinüber, um einen Blick darauf zu werfen, wobei sie die Tür im Auge behielt, falls Lydia zurückkam.

Die Gesellschaftsspalten – nichts, was jemand in einen derartigen Zustand versetzen könnte. Keine einzige skandalöse Schlagzeile. Es schien eine ziemlich langweilige Zeitung zu sein. Todesanzeigen. Ob Lydia eine ihr nahestehende Person verloren hatte? Oder stand etwas in den Verlobungsanzeigen? Mrs. Gridlock schüttelte den Kopf. Am besten würde sie Wyn fragen, wenn diese kam, um die Blumen zu arrangieren. Wyn würde es schon herauskriegen, wenn etwas in der Zeitung stand, das Lydia derart erschüttert haben konnte.

Erstaunlich wendig und geschickt für eine so dicke Frau hob Mrs. Gridlock die Zeitung auf und steckte sie oben in ihre Schürze.

»Es ist mir blitzartig eingefallen«, sagte Wyn triumphierend, während sie Daphne dabei half, drüben in der Kathedrale das Blumenzimmer aufzuräumen. »Einer der jungen Männer –

nun ja, ich nehme zumindest an, daß er jung ist, da die Leute sich ja im allgemeinen eher jung verloben. Obschon man heutzutage durchaus auch Anzeigen finden kann, in denen steht, eine Mrs. Sowieso habe einen Mr. Dingsbums geheiratet – eine geschiedene Frau oder vielleicht auch eine Witwe. Wenn ich geschieden wäre, dann würde ich eine zweite Heirat mit Sicherheit nicht in der Zeitung bekanntgeben!«

»Was ist denn nun mit diesem jungen Mann?« wollte Marjorie wissen. »Welcher junge Mann überhaupt?«

»Da wurde ein Angus erwähnt – Angus Limerick. Und ich habe zufällig mit angehört, wie Lady Wray mit Sybil Stixwould über einen Angus geredet hat. Sie sprachen über Lydia, ob sie mit irgendeinem jungen Mann verbändelt sei, und in diesem Zusammenhang fiel der Name Angus.«

»Er hat sie sitzenlassen.« Daphne kramte in ihrer Handtasche nach einem Taschentuch, bevor Marjorie eine Bemerkung über ihre tropfende Nase machen konnte. Sie schniefte verstohlen. »Kein Wunder, daß sie außer sich war. Wenn er ihr Freund war – was für ein Schock, ohne Vorwarnung in der Zeitung von seiner Verlobung mit einer anderen zu lesen!«

»Ich glaube, sie hatte tatsächlich einen Freund in Oxford. Aber mit dem war es angeblich schon aus und vorbei«, warf Marjorie ein. »Warum sollte es also ein Schock sein?«

»Weil Lydia im Grunde nicht glauben konnte, daß es aus war«, erwiderte Wyn bestimmt. »Vielleicht hatten sie sich gestritten, aber das kommt bei den jungen Leuten ja oft vor, und dann, ehe man sich versieht, sind sie wieder ein Herz und eine Seele.«

Die beiden anderen Frauen dachten darüber nach, während sie übelriechende Steckmassebrocken entsorgten. »Furchtbar schlampig, die Eltern der Kinder, die hier zur Schule gehen.« Daphne schniefte erneut. »Nur gut, daß sie bloß einmal im Jahr den Blumenschmuck ausrichten.«

»Wohin ist Lydia gegangen?« fragte Marjorie. »Nachdem sie Mrs. Gridlock allein ließ, meine ich?«

»In ihr Zimmer, um sich die Augen auszuweinen?« fragte Daphne hoffnungsvoll.

Wyn schüttelte den Kopf. »Ich wollte nach ihr sehen, weil ich dachte, daß sie vielleicht eine Tasse Tee gebrauchen könnte. Aber aus ihrem Zimmer war kein Geräusch zu hören, und dann fiel die Haustür leise ins Schloß. Als ich aus dem Fenster blickte, ging sie in Richtung Altstadt. Sie sah sehr nachdenklich aus, ganz und gar nicht glücklich.«

»Ist ja alles höchst interessant«, sagte Marjorie. »Wo sie wohl hingegangen sein mag?«

Lydia wußte selbst nicht, wohin sie wollte. Sie wollte nur gehen und in Ruhe nachdenken. Sitzengelassen kam sie sich nicht vor, eher so, als wäre sie plötzlich aufgewacht. Die Anzeige hatte ihr schlagartig vor Augen geführt, daß sie sich in einem Niemandsland aufgehalten hatte, einem alten Leben verhaftet, das es nicht mehr gab. Sie konnte nicht ewig in den Tag hineinleben. Höchste Zeit, daß sie Pläne schmiedete, etwas mit sich anfing.

Ich brauche neue Interessen, sagte sie sich. Ich muß aktiv werden, nicht bloß existieren und mich von einem Tag zum anderen hangeln. Sogar Großmama, die steinalt ist – sie muß jetzt siebenundsechzig sein –, fängt mehr mit ihrer Zeit an als ich.

»Führen Sie immer Selbstgespräche?« fragte jemand hinter ihr ironisch. »Oder darf man sich an der Unterhaltung beteiligen?«

»Hallo, Alban«, sagte Lydia. »Führen Sie denn nie Selbstgespräche? Oder vielleicht summen Sie ja nur vor sich hin, da Sie Komponist sind.«

»Niemals«, erwiderte Alban. »Ich höre alle Töne in meinem Kopf. Es gibt schon genug akustische Umweltverschmutzung, ohne daß ich noch meinen Teil dazu beitrage.«

»Sie klingen ziemlich aufgebracht«, sagte Lydia gleichmütig, da sie immer noch leicht benommen war

»Einer der typisch sinnlosen Kommentare, die Frauen gern von sich geben.« Er runzelte die Stirn. »Sie scheinen heute nicht ganz auf der Höhe zu sein. Hat Lady Wray Ihnen die Leviten gelesen?«

Lydia schüttelte den Kopf. »Nein, mich hat nur eine unerwartete Neuigkeit ins Grübeln gebracht.«

»Wahrscheinlich dreht es sich um einen Mann«, sagte Alban mit unvermutetem Einfühlungsvermögen. »In Ihrem Alter ist das doch für gewöhnlich so. Ich hoffe, Sie haben nicht vor, Quinta Ihr Herz auszuschütten. Ich will nicht, daß sie auch noch vom Trübsinn erfaßt wird. Haben Sie denn vor, Quinta zu besuchen?« erkundigte er sich argwöhnisch.

Lydia hatte eigentlich nicht die Absicht gehabt, zu Quinta zu gehen, doch als sie in Albans finsteres, grüblerisches Gesicht schaute, bekam sie ganz plötzlich große Lust, ihn zu ärgern.

»Ja, genau das hatte ich vor. Da man den heutigen Tag angesichts des bisher so armseligen Sommers beinahe als schön bezeichnen kann, hatte ich vor, sie einzuladen. Ich wollte am Fluß ein Sandwich mit ihr essen.«

»Sie wird nicht mitgehen«, entgegnete Alban und paßte sich ihrem Schrittempo an. »Sie macht prinzipiell keine Mittagspause. Die Zeit spart sie sich für Phoebes Ferien auf, um ihren Urlaub ausdehnen zu können.«

»Vielleicht macht sie heute ja mal eine Ausnahme.« Lydia zuckte die Achseln. »Ich kann ihr in diesem Jahr helfen, ihr Phoebe ab und zu mal abnehmen. Sonst habe ich ja nichts zu tun. Ab wann sind denn ihre Ferien?«

»Quinta läßt sich nicht gern helfen«, sagte Alban.

»Oh, gegen meine Hilfe hat sie bestimmt nichts einzuwenden.« Lydia legte es gezielt darauf an, ihn zu reizen. »Wir sind alte Freundinnen. Wohin gehen Sie?«

»Zu Gustavs Laden«, erwiderte Alban. »Ich hatte Quinta gestern gebeten, mir Notenpapier aus dem Laden mitzubringen, aber sie hat es vergessen. Ich weiß gar nicht, was mit ihr los ist, normalerweise ist sie so gewissenhaft. Das kommt nur vom Ausgehen und den neuen Bekannten – das tut ihr gar nicht gut.«

Lydia war empört. »Wieso sollte es ihr nicht guttun? Sie ist jung, erst – na ja, ich hab vergessen, wie alt sie genau ist, aber in ihrem Leben muß es doch noch was anderes geben als nur die Arbeit, Phoebe und den Haushalt.«

»Scheint mir völlig auszureichen«, sagte Alban. »Die meisten Frauen sehen das im übrigen auch so. Sie ist nicht allein, sie hat mich. Ich wüßte also nicht, wo das Problem liegen sollte.«

»Sie haben auch Freunde, Sie fahren nach London und lernen dort neue Leute kennen.«

»Das ist etwas anderes.«

»Hm«, machte Lydia nur. War er immer so uneinsichtig, fragte sie sich, oder hatte er heute nur mal wieder schlechte Laune? Vielleicht ging es mit seiner Arbeit ja nicht so voran, wie er es sich vorstellte, räumte sie großmütig ein. Aber nein, vermutlich war er bloß vernagelt und allen Ernstes davon überzeugt, Quinta müsse mit einem Leben zufrieden sein, das sie, Lydia, als extrem eintönig empfand. Wenn ich mit ihm zusammenlebte, dürfte er mir so nicht kommen, sagte sie sich. Quinta ist ihm gegenüber viel zu nachsichtig!

Quinta lachte Alban aus, als er sich wegen des Papiers bei ihr beschwerte. »Entschuldige, ich muß es auf die falsche Liste gesetzt haben«, sagte sie unbekümmert.

»Wirklich äußerst ärgerlich«, entgegnete Alban gereizt. »Ich mußte eigens meine Arbeit unterbrechen, um herzukommen und es selbst zu holen.«

»Du hattest doch noch reichlich Papier für mehrere Tage – es sei denn, du hast in Händelschem Tempo gearbeitet«, zog Quinta ihn auf.

»Das ist wohl kaum der springende Punkt.«

Lydia hatte genug von Albans Gemäkel.

Ohne sich dafür zu entschuldigen, wechselte sie das Thema.

»Quinta, hast du die Violine selbst gebaut – die da mit der hinreißenden Schnecke? Schauen Sie sich mal dieses boshafte kleine Gesicht an, Alban.«

»Ich kenne es«, sagte Alban, ohne hinzusehen. »Jetzt hör mal zu, Quinta ...«

Aber Lydia ließ nicht locker. »Hast du sie gebaut, Quinta?«

Quinta nickte. Alban ging ihr allmählich auf die Nerven. In letzter Zeit war er so schwierig, längst nicht mehr der angenehme Gefährte von früher. Phoebe hatte es auch schon bemerkt.

»Er will eben, daß du immer zu Hause bist, so wie seine Mutter früher, bevor sein Vater gestorben ist. Aber danach hat sie sich ziemlich schnell verdrückt, oder?« hatte sie altklug gemeint.

Quinta hatte zwar erwidert, sie solle gefälligst nicht so dumm und frech daherreden, aber die Worte ihrer Tochter waren ihr doch unter die Haut gegangen. Seine Mutter – vielleicht sollte sie mal seine Mutter anrufen. Sie hatte sich schon immer ausnehmend gut mit Lucy Praetorius verstanden.

Sie riß sich zusammen und konzentrierte sich wieder darauf, was Lydia sagte. »... mit einer witzigen Schnecke wie der hier. Aber besser kein menschliches Gesicht ...«

»Wie bitte?« fragte Quinta.

»Paß auf, Quinta«, sagte Lydia geduldig. »Es geht um einen Auftrag für dich. Könntest du einen Kontrabaß mit einer dekorativen Schnecke für mich bauen?«

Alban schnaubte. »Nein, das kann sie nicht. Sie baut keine Instrumente. Zum einen hat sie keine Zeit, und zum andern hat sie vergessen, wie man so was macht. Sie übernimmt nur Reparaturarbeiten.«

Jetzt reichte es! Quinta riß der Geduldsfaden – sie neigte von jeher zum Jähzorn, eine Veranlagung, die Rothaarigen gerne nachgesagt wird, die sie aber zumeist im Griff hatte.

Ihre Stimme klang kalt und schrill, als sie Alban mit zornfunkelnden Augen anfuhr: »Versetz dich mal in meine Lage. Wie wäre dir zumute, wenn jemand in deiner Gegenwart sagen würde, du könntest keine Sinfonie schreiben? Du hättest nicht die Zeit dazu, und außerdem hättest du vergessen, wie man das macht?«

Das war ein Hieb unter die Gürtellinie. Alban sprach schon seit geraumer Zeit davon, eine Sinfonie schreiben zu wollen. In Anbetracht seines Ansehens und seines Erfolgs als Komponist war dies ein durchaus realistisches Vorhaben. Das fertige Werk würde garantiert zur Aufführung gelangen. Dennoch war es nie über das Planungsstadium hinaus gediehen, es war und blieb eine Idee.

Er lief rot an. »Vielen Dank, Quinta. Wenn du glaubst, diese beiden Dinge ließen sich so ohne weiteres miteinander vergleichen, habe ich dazu nichts mehr zu sagen. Heute abend bin ich nicht zu Hause, ich fahre nach London. Wann ich zurück komme, weiß ich noch nicht.«

Quinta machte ein schuldbewußtes Gesicht, als er hinausging und die Tür betont vorsichtig hinter sich zuzog.

»Und heute ist auch noch Donnerstag«, sagte sie leise. »Mist.«

»Freust du dich denn auf deine Donnerstage?« fragte Lydia. »Und natürlich auch auf die Dienstage.«

Quinta seufzte. Nein, das konnte sie eigentlich nicht behaupten. »Nicht besonders«, erwiderte sie kläglich.

»Angus, mein Ex, hat sich verlobt«, sagte Lydia beiläufig, während sie mit dem Finger über das listige Gesicht an der Violine fuhr.

»Und es tut weh, nicht wahr?« Quinta schaute mitfühlend in Lydias ausdrucksloses Gesicht.

»Ja, das mußte ich leider feststellen«, gab Lydia zu. »Es hat mich selbst überrascht. Wir waren ziemlich lange zusammen, weißt du.«

»Wie habt ihr euch eigentlich getrennt?« fragte Quinta. Als sie die Geschichte des mit *Grüße, Angus* unterzeichneten Briefs hörte, rümpfte sie verächtlich die Nase. »Jetzt kannst du es noch nicht so sehen, aber du bist ohne ihn besser dran.«

»Das sagt sich so leicht.«

»Warst du in ihn verliebt?

»Dachte ich zumindest. Ich fand ihn sehr anziehend, und er hat einen wachen, lebhaften Verstand – alles an ihm war wach und lebhaft. Sein Pimmel – er hatte einen riesengroßen Pimmel. Dafür war er geradezu berühmt. Vermutlich hat er ihn ständig auf diesen gräßlichen Bootspartys hergezeigt und alle möglichen anderen Frauen damit beglückt. Mit dieser Tussi, die er heiraten will, hat er sich bestimmt schon vor unserer Trennung getroffen. Dieser Mistkerl.«

»So gefällst du mir schon viel besser.«

»Macht es dir denn gar nichts aus?« fragte Lydia neugierig. »Ich meine, daß du kein richtiges ... na ja, Liebesleben, Sexualleben, oder wie immer man es sonst nennen will, hast? Wenn du dir im Grunde nicht viel daraus machst, mit Alban ins Bett zu steigen, ist es ja offensichtlich nicht die große Leidenschaft.«

»Nein, das ist es nicht«, sagte Quinta. »Vielleicht gibt es die ja auch eher selten.«

»War es bei Phoebes Vater die große Leidenschaft?«

Quinta blickte aus dem Fenster, über die Dächer hinweg zu den Türmen der Kathedrale. O ja, das war was anderes gewesen. Überwältigend, verzehrend. Liebe? Leidenschaft? Lust? Besessenheit? All das, und noch viel mehr. Für sie zumindest. Und für ihn? Quinta konnte nicht glauben, daß es ihm weniger bedeutet hatte als ihr.

»Männer in diesem Alter können sich durchaus in junge Mädchen verlieben«, fuhr Lydia fort. »Aber so eine Beziehung ist doch – na ja, man kann sie nicht mit normalen Maßstäben messen, oder? Im günstigsten Fall muß man sie geheimhalten, weil die Gesellschaft sie, gelinde gesagt, nicht gutheißt.« Sie ging die älteren Männer durch, die sie kannte. »Ich hätte mit keinem von ihnen in die Kiste steigen wollen, als ich vierzehn war. Sicher, für unseren Kunstlehrer habe ich damals geschwärmt. Aber er war siebenundzwanzig, also längst nicht so alt wie er. Und es ist ja auch nie was passiert. Stand er allgemein auf junge Mädchen? Oder warst du eine Ausnahme?«

Quinta erschrak. Lydia öffnete eine Büchse der Pandora, die sie lieber verschlossen halten wollte. Sie wollte das alles nicht analysieren, nüchtern und sachlich darüber nachdenken. Es war die vollkommenste, die einzige große Liebe gewesen, die sie jemals erleben würde, davon war sie überzeugt. Lydia würde bald über Angus hinwegkommen, einen neuen Freund finden und schließlich heiraten ... Bei ihr würde alles seinen normalen Gang gehen, während Quinta immer außen vor bleiben würde. Sie empfand Zuneigung, tiefe Zuneigung für Alban. Und Liebe, die allerintensivste Liebe zu Phoebe. Mehr war ihr im Leben nicht beschieden.

»Seine Frau war ein ganzes Stück jünger als er«, sagte sie mit ausdrucksloser Stimme. »Damals wußte ich nichts von ihr, aber später habe ich zufällig mit angehört, wie andere von ihr sprachen. Ich glaube, alle haben ihn beneidet.«

»Was für ein Saukerl«, zischte Lydia. »Hoffentlich muß er irgendwann dafür bezahlen.«

»O nein«, sagte Quinta schnell. »Zuerst war ich schrecklich wütend auf ihn ... und völlig durcheinander, vor allem. Aber ich kann sein Verhalten verstehen, und ich möchte auf keinen Fall, daß ihm etwas Schlimmes passiert. Es war ihm praktisch bestimmt, Karriere zu machen.«

»Was war er denn? Welchen Beruf hatte er? War er Lehrer?«

»Er war Priester.«

Lydia starrte ihre Freundin entsetzt an. »Das kann nicht dein Ernst sein. Also wirklich, so was von Scheinheiligkeit – nicht zu fassen!«

»Die Priesterweihe hält einen doch nicht davon ab, sich Hals über Kopf zu verlieben«, wandte Quinta ein.

»Nein, aber sie sollte einen schon dazu motivieren, sich zu beherrschen und die Finger von jungen Mädchen zu lassen!«

Sie will es nicht verstehen, dachte Quinta wehmütig. Sie hätte ihn schon kennen müssen, um ihn nicht in Bausch und Bogen zu verurteilen.

»Hast du ihn jemals wiedergesehen?« fragte Lydia. »Wie hieß er eigentlich?«

»Er hatte einen gewöhnlichen Allerweltsnamen – Jon. Für mich war er allerdings alles andere als gewöhnlich.«

»Männer!« sagte Lydia abfällig.

»Wo?« fragte Sam hoffnungsfroh, als er in die Werkstatt trat. »Soeben hat Alban Praetorius in geradezu gemeingefährlicher Stimmung den Laden verlassen. Sei lieber vorsichtig, Quinta, du willst doch nicht die Hand beißen, die dich füttert.«

»Halt die Klappe, Sam.«

»Ich habe nur gerade laut darüber nachgedacht, wie abscheulich Männer sind«, sagte Lydia zu ihm.

»Nicht alle Männer, manche von uns sind super drauf«, versicherte Sam. »Hey, wie hast du es geschafft, Quinta so betrübt zu machen? Es gehört eine ganze Menge dazu, ihre Fröhlichkeit zu verscheuchen, und schau sie dir jetzt an. Kopf hoch, Schnuckelchen, in hundert Jahren wird es egal sein!«

Lydia hatte ein schlechtes Gewissen. Kummer war ansteckend. Sie hatte ihre düstere Stimmung mit hierhergebracht und auf Quinta übertragen.

»Ich möchte, daß Quinta einen Kontrabaß für mich baut«, sagte sie zu Sam. »Was hältst du davon?«

»Phantastisch«, erwiderte er wie aus der Pistole geschossen. »Genau, was sie braucht – ein neues Ziel. Herrlich, ein Kontrabaß, Quinta, freust du dich denn gar nicht?« Er wandte sich an Lydia. »Habt ihr schon über das Finanzielle gesprochen? Du darfst nicht erwarten, daß sie dir einen Sonderpreis macht, nur weil ihr Freundinnen seid.«

»Ach, hör schon auf«, sagte Quinta verlegen. »Selbstverständlich werde ich Lydia nur die Materialkosten in Rechnung stellen – wenn ich den Auftrag überhaupt annehme. Ich bin mir nämlich nicht sicher, ob ich es kann.«

»Noch vor zehn Minuten hast du Alban in seine Schranken gewiesen, als er an dir gezweifelt hat!« protestierte Lydia.

Quinta grinste und sah fast wieder wie die alte aus, als sie sich mit der Hand durch die Locken fuhr. »Ich wollte ihn bloß ärgern. Ich war stocksauer.«

»Wenn du Alban gegenüber angedeutet hast, daß du den Auftrag übernimmst, mußt du zu deinem Wort stehen«, warf Sam ein. »Sonst wird er dich verachten und noch mehr schikanieren, als er es jetzt schon tut.«

»Er schikaniert mich nicht«, gab Quinta entrüstet zurück. »Normalerweise ist er der netteste, gutherzigste Mensch, den man sich nur vorstellen kann, und ich habe ihn sehr gern. Ich hab keine Ahnung, was plötzlich in ihn gefahren ist.«

»Ich leite dann alles in die Wege«, sagte Sam. »Auf streng geschäftlicher Basis, Quinta. Lydia, woher nimmst du das Geld? Willst du ein Darlehen bei der Bank aufnehmen? Oder hast du im Lotto gewonnen? Oder hast du etwa vor, dein altes Instrument zu verkaufen?«

Lydia lachte. »Nein, nein, ich liebe meinen Baß. Ich will bloß noch einen im barocken Stil, weil ich mehr alte Musik spielen will. Und ich wünsche mir ein richtig schönes Instrument mit einer dekorativen Schnecke.«

»In Form eines Gesichts?« fragte Sam.

Lydia dachte nach.

»Nein«, sagte Quinta. »Jedenfalls kein menschliches Gesicht. Es wäre zu groß, eher eine Groteske, und ich glaube nicht, daß so etwas zu Lydia passen würde. Wenn es dir wirklich ernst ist, Lydia, kann ich schon mal ein paar Entwürfe anfertigen.«

»Abgemacht. Und ich regle die finanzielle Seite mit Sam. Keine Sorge, Sam, ich weiß, was gute Bässe kosten, und das Geld dafür habe ich auch!«

Sam hob die Augenbrauen. »Du bist zu beneiden.«

Quinta wiegelte erneut ab, was die Bezahlung betraf, aber die beiden überstimmten sie. »Wenn du was von den Holzstapeln unten benutzen willst, werde ich das mit Gustav klarmachen«, sagte Sam. »Ich weiß noch genau, wieviel er dafür hinblättern mußte, und werde nicht zulassen, daß er einen überhöhten Preis fordert. Außerdem zahlst du ihm am besten eine Provision, weil du seine Werkstatt benutzt und das Instrument zum Teil während deiner Arbeitszeit baust.

»Oje«, rief Quinta, »wie kompliziert das alles ist! In ein paar Wochen beginnen die Schulferien, und ich weiß nicht, ob ...«

»Im Sommer ist in der Werkstatt nie viel los«, unterbrach Sam. »Und ich nehme an, daß Lydia es nicht allzu eilig hat.«

»Natürlich nicht«, bestätigte Lydia. »Und ein schönes Griffbrett möchte ich auch haben, Quinta – nein, eilig habe ich es nicht, aber ich brenne darauf, das neue Schmuckstück in den Händen zu halten!«

»Einen Bogen wirst du auch brauchen«, gab Sam zu bedenken. Hinter seinem hübschen Gesicht und seiner anmutigen Art verbarg sich ein cleverer Geschäftssinn, den Gustav kannte und zu schätzen wußte.

»Bogen kann ich nicht herstellen«, sagte Quinta. »Ich bin kein Bogenmacher.«

»Wenn es soweit ist, lassen wir mehrere Barockbögen kommen. Dann kannst du dir einen aussuchen«, versprach Sam.

»Ja, gut«, erwiderte Lydia. Dann fragte sie: »Quinta, warum kicherst du so?« Es war derart ansteckend, daß sowohl sie als auch Sam mitlachen mußten, ohne zu wissen, worüber.

»Als ich eben zur Kathedrale hinübergeschaut habe, ist mir eine Idee gekommen«, sagte Quinta. »Seht mal.«

Sie reichte ihnen das Blatt Papier, auf dem sie etwas gezeichnet hatte. Es war ein Entwurf für die Schnecke – der Kopf eines Bischofs, komplett mit Mitra. Er bestand nur aus wenigen Strichen, und doch war es ihr gelungen, das Gesicht zum Leben zu erwecken – das Gesicht eines weltlich gesinnten, kirchlichen Würdenträgers mit funkelnden Augen.

»Ein Meisterwerk.« Sam wußte sich vor Lachen nicht mehr zu halten. »Wer ist das? Unser neuer Bischof?«

»Den kenne ich doch gar nicht! Das hier ist nur eine Phantasiegestalt, der Typus eines Bischofs.« Quinta nahm das Blatt und hielt es prüfend auf Armeslänge von sich. »Er ist gelungen, nicht wahr? Vielleicht sollte ich ihn Harry, dem Steinmetz, geben, um ihn in Stein meißeln zu lassen, damit er über die Gemeinde wachen kann. Aber für dich ist er nicht das richtige, Lydia, du könntest keine gute Musik spielen, wenn er dir immerzu über die Schulter späht.«

»Nein, da hast du recht«, stimmte Lydia zu. »Er ist weder barock noch jazzig. Aber behalte ihn trotzdem, Quinta – die Zeichnung ist zu gut, um sie wegzuwerfen.«

»Ich hänge ihn ans Schwarze Brett«, sagte Quinta. »Gleich neben meine Listen.«

8. Kapitel

»Willst du dich nicht umziehen?«

Verblüfft blickte Lydia an sich hinunter. »Hab ich irgendwo Flecken auf dem Hemd oder so?«

»Wir erwarten zum Abendessen Gäste«, erklärte Lady Wray. »Also wirklich, Lydia, du bist furchtbar zerstreut. Hast du es etwa vergessen?«

Das hatte Lydia in der Tat. Wie entsetzlich, den Abend auf diese Weise totzuschlagen, dachte sie, als sie gehorsam aufstand. Großmamas Busenfreundinnen, alle mindestens neunzig Jahre alt und randvoll mit Fragen, die sie allesamt dazu bringen sollten, endlich das Geheimnis zu lüften und zu verraten, was sie mit dem Rest ihres Leben anfangen wollte. Ich wünschte nur, ich wüßte es, sagte sie im stillen zum Spiegel, als sie in ein Kleid schlüpfte.

Was immer ich letztlich tun werde, man muß dabei schräge Klamotten tragen können, ohne daß sich jemand daran stört, entschied sie. Ihre derzeitige Garderobe war von A bis Z langweilig. Viel zu brav. Gleich morgen würde sie losziehen und sich ein paar neue Kleider besorgen: extravagante, verrückte, schrille Outfits. Genau die Sorte Klamotten, überlegte sie grimmig, die Angus schockieren würden. Klamotten, in denen sich die Gattin eines Botschafters nie und nimmer würde blicken lassen können. Denn er würde es garantiert bis ganz nach oben schaffen, er würde sich bis zur Spitze des Maulwurfshügels durchbuddeln und dort aalglatt, wichtigtuerisch und selbstgefällig bis zur Pensionierung sitzen bleiben.

Heiße Tränen brannten ihr in den Augen, doch sie kämpfte dagegen an. Sehnsüchtig seufzend schaute sie auf ihr Bett – wie schön wäre es, den Abend vergammeln zu können, keine

Schlonzkost runterwürgen und sich höfliche Konversation abringen zu müssen!

Aber Lydia hatte ihre Großmutter unterschätzt. Sowohl das Essen wie auch die geladene Gesellschaft waren um einiges besser, als sie erwartet hatte. Ihre Großmutter hatte ihre Vorliebe für Schuppentiere ausnahmsweise mal beiseite gelassen: waren Männer zugegen, insbesondere junge Männer, mußte deftigere Kost her. Und unter den männlichen Gästen waren unter anderem Sylvester, den Lydia auf Anhieb ins Herz geschlossen hatte, sowie Adam Stixwould.

»Mein Enkel hat mir erzählt, daß er Ihnen bereits begegnet ist«, sagte Sybil Stixwould und musterte die beiden mit ihrem scharfsichtigen Blick. »Beim Tierarzt.«

»Ja, richtig«, bestätigte Lydia. Dann fügte sie an Adam gewandt hinzu: »Geht es deinem Kater wieder besser?«

»Dem Kater geht es prächtig. Es ist jedesmal dasselbe, wenn ich ihn nach Eyot mitnehme. Als erstes muß er sein Revier zurückerobern und liefert sich erbitterte Kämpfe mit den Nachbarskatern.«

»Mir ist ohnehin schleierhaft, warum du ihn nicht zu Hause gelassen hast«, warf seine Großmutter ein. »Du wirst viel unterwegs sein – wer soll sich dann um ihn kümmern?«

»Ich werd schon eine Lösung finden«, sagte Adam. »Lydia, ich hol dir jetzt mal was zu trinken. Lady Wray hat mir diese Aufgabe zugewiesen.«

»Danke, gern.«

»Falls Sie vorhaben sollten, ihr einen Gin zu bringen«, meldete Lady Wray sich mit autoritärer Stimme zu Wort, »dann geben Sie reichlich Tonic dazu. Es ist ohnehin kein passendes Getränk für ein junges Mädchen.«

Adam zwinkerte Lydia zu. Als er sich an der Bar zu schaffen machte, wandte er Lady Wray den Rücken zu, so daß sie nicht mitbekam, daß er Lydia einen erfrischend steifen Drink eingoß.

»Danke«, sagte Lydia.

»Du warst doch bis vor kurzem in Oxford, nicht wahr?«

fragte Adam. »Vermutlich hast du dort drei Jahre völlig enthaltsam gelebt.«

Lydia lachte, und Sylvester schaute sie mit hochgezogenen Brauen an. »An welchem College waren Sie?« erkundigte er sich.

»Am St. Frideswyde's.«

»Kennen Sie Cleo Byng?«

»Ja, flüchtig. Sie wohnte ein paar Zimmer weiter. Aber sie hatte ein anderes Fach belegt und war viel unterwegs, deshalb konnten wir unsere Bekanntschaft nicht vertiefen.«

Sylvester brach in brüllendes Gelächter aus. »Das kann ich mir denken, daß unsere Cleo viel unterwegs war – eines der wildesten Mädels, das ich kenne. Eigentlich viel zu schade, daß es in Oxford und Cambridge nicht mehr ausschließlich getrennte Colleges gibt.«

»Ja, die meisten sind gemischt, gottlob.«

»Von ›gottlob‹ kann überhaupt keine Rede sein«, sagte Sybil Stixwould scharf. »Es gehört sich ganz und gar nicht, daß junge Männer und Frauen in einem derart gefährdeten Alter Tür an Tür wohnen!«

Lady Wray schnalzte mißbilligend mit der Zunge. »Ich weiß ohnehin nicht, warum du dich für Oxford entschieden hast, Lydia. Die Mountjoys sind immer nach Cambridge gegangen.«

»Das allein ist ja schon ein guter Grund, mal was anderes auszuprobieren, finde ich.« Adam bedachte Lady Wray mit einem kühlen Lächeln. »Ich war am Christ Church, und in meinen Augen ist es eine Bereicherung, daß dort mittlerweile auch Frauen zugelassen werden. Als Allererstes hat man die Waschräume und Toiletten renoviert. Und die hatten es weiß Gott bitter nötig!«

Sybil Stixwould runzelte die Stirn ob der Wendung, die das Gespräch genommen hatte. Geistreiche Bemerkungen über Toiletten unmittelbar vor dem Abendessen – was dachte Adam sich nur dabei?

»Adam war Dozent am Christ Church«, teilte sie der versammelten Gästeschar mit, um klarzustellen, daß er kein in die

Jahre gekommener ewiger Student war. »Jetzt ist er in Cambridge.«

»Schade, daß wir uns nie begegnet sind«, sagte Lydia freimütig. »Dich übersieht man ja nicht so leicht, und ich hatte viele Freunde am Christ Church. Aber ich kann mich nicht erinnern, dich dort gesehen zu haben.«

»Ich bin häufig auf Reisen. Meist in Italien.«

»Ist das dein Fachbereich? Italienisch?« fragte Lydia. »Oder Kunstgeschichte?«

»Nein, nein. Ich bin Archäologe. Mein Fachgebiet sind römische Handelsrouten.«

»Deshalb ist Adam jetzt auch hier«, mischte sich Sybil Stixwould wieder ein. »Er wird eine Ausgrabung ganz in der Nähe leiten.«

»Faszinierend«, sagte Lady Wray. »Beim Essen müssen Sie uns unbedingt mehr darüber erzählen, Adam.«

Adam folgte Sylvester ins Speisezimmer. »Soll ich Lady Wray auch verklickern, daß ich so gut wie alles über römische Latrinen weiß?«

Sylvester grinste. Also hatte dieser große, so kühl wirkende junge Mann doch Sinn für Humor. »Lieber nicht«, sagte er. »Denken Sie an die Tabuthemen auf Dinnerpartys – Zähne, Füße, Religion und Tod. Ich denke, Latrinen können wir getrost mit auf die Liste setzen.«

»Hm. Aber lassen Sie nur einmal das Wort ›Schwein‹ fallen, und meine Großmutter wird unverzüglich zu einem weitschweifigen Vortrag über die Probleme ausholen, die ihre preisgekrönte Sau mit ihrem letzten Wurf hatte.«

Lydia kicherte.

»Keine Schweine, wenn ich bitten darf«, sagte Sylvester. »Ich bin ziemlich tolerant, aber Sybils Schweine sind zuviel für mich.«

»Damit bliebe noch Sex und das Wetter«, sagte Adam, der höflich hinter Lydias Stuhl wartete, um ihn für sie zurechtzurücken.

»Erst noch das Tischgebet«, zischelte sie.

Kanonikus Feverfew lächelte begütigend und sprach schnell eine Fürbitte.

Die Stühle knarrten, als alle Platz nahmen.

»Über Religion werden sie zwar nicht sprechen«, flüsterte Lydia Sylvester ins Ohr, »aber um den neuen Bischof kommen wir sicher nicht herum.«

»Da sind römische Klos entschieden interessanter«, sagte Adam an ihrer anderen Seite.

»Alles mögliche ist interessanter als ein Bischof«, fügte Sylvester, ein notorischer Kirchenfeind, hinzu. »Ein armseliger Verein, der höhere Klerus. Neulich war ich im Oberhaus zu Gast – oje, was für ein öder Haufen! Da ist mir ein tatkräftiger Dekan allemal lieber. In meiner Branche habe ich mit so manchem Dekan zu tun, und einige sind wirklich ganz patent.«

Lydia unterhielt sich mit Adam über dies und jenes. Er war aufmerksam und sehr umgänglich. Wie er wohl im Bett sein mochte? fragte sie sich unwillkürlich, als sie die letzten Bissen des köstlichen Desserts verzehrte.

»Sehr lasziv, wie Sie das machen, Lydia«, bemerkte Sylvester. »Woran denken Sie gerade – oder darf man das nicht fragen?«

Lydia errötete und spürte den Blick von Kanonikus Feverfew auf sich, als dieser sich kurz von seinem Pudding losreißen konnte.

»Ich finde, man sollte einen Hilfsfonds für nimmersatte Kleriker gründen«, sagte Lydia, um von sich abzulenken. »Sehen Sie sich ihn an, es muß schon seine dritte Portion sein!«

»Schsch, sonst hört er Sie noch«, raunte Adam. »Und weichen Sie nicht aus. Sylvester und ich wollen wissen, welche laszive Gedanken dir durch den Kopf gegangen sind.«

»Pudding-Wollust«, beschied Lydia ihn knapp. »Mehr nicht.«

Adam warf ihr einen skeptischen Blick zu, sagte jedoch nichts mehr. Sylvester lachte, während er sich mit der Serviette ausgiebig den Mund abwischte. »Sie hat recht, ein ausgezeichnetes Dessert. Lily wird sich furchtbar ärgern, wenn ich ihr davon erzähle.«

»Wieso denn?« fragte Lydia. »Ist sie neidisch auf die Kochkünste anderer?«

»Nein, sie ist eine erstklassige Köchin und hat es gar nicht nötig, die kulinarischen Fertigkeiten anderer zu beneiden. Aber sie legt Wert darauf, daß ich auf meine Figur achte und in Form bleibe.« Sylvester schaute vergnügt auf seinen stattlichen Bauch. »Sie hat schon recht. Ob Sie's glauben oder nicht, im Moment bin ich für meine Verhältnisse noch ziemlich schlank. Ich weiß nicht, wie ich aussehen würde, wenn Lily nicht ein Auge auf mich haben würde.«

Als die Runde zum Kaffeetrinken ins Wohnzimmer umzog, nahm Sybil Stixwould Sylvesters Arm, um mit ihm über Musik zu fachsimpeln, und ließ Lydia mit Adam allein.

»Erzähl mir von der Ausgrabung«, sagte Lydia.

»Interessierst du dich denn wirklich dafür? Oder handelt es sich nur um aus Höflichkeit vorgeschütztes Interesse, um mir gefällig zu sein, so wie man es von wohlerzogenen jungen Damen erwartet?«

»Ich bin viel zu faul, um mich mit Dingen zu befassen, die mich nicht interessieren«, sagte Lydia. »Wo werdet ihr denn graben? Ist dir eigentlich bewußt, daß es schon den ganzen Sommer über geregnet hat und deine Helfer alle im Schlamm versinken werden?«

Er verzog das Gesicht. »Ja, und wenn es in diesem Stil weitergeht, sehen wir ganz schön alt aus. Genau deshalb steigt die Ausgrabung ja – es ist eine Notgrabung. Das Gelände liegt an der Küste, wo der Boden stark erodiert, und durch das Wetter besteht die Gefahr, daß das gesamte Areal jeden Moment ins Meer rutscht. Dem sollen wir zuvorkommen. Da die meisten Archäologen im Sommer schon Jahre im voraus ausgebucht sind, war ich der einzige, der momentan abkömmlich ist. Daher hat mein Professor mich gebeten, hierherzukommen und die Leitung zu übernehmen. Er weiß, daß ich in Eyot ein Haus habe und mir daher keine größeren Unkosten entstehen.

»Du hast ein Haus?« fragte Lydia. »Wo denn?«

»In der Jasmine Terrace. Die zweigt von der St. Polycarp Street ab.«

»Direkt im Zentrum – wie schade, daß du so selten da bist.«

»Normalerweise vermiete ich es, aber die Studenten, die zuletzt dort gewohnt haben, sind gerade ausgezogen. Im Herbst will ich mich nach neuen Mietern umsehen. Wo lebst du denn sonst? In London?«

»Meine Mutter lebt dort, hält sich aber momentan im Ausland auf, und bei dieser Gelegenheit wird unser Haus renoviert. Deshalb bin ich auch bei meiner Großmutter untergekrochen. Die Vorstellung, daß ich mutterseelenallein im Sündenbabel London herumhänge, während all diese starken jungen Männer im Haus ein und aus gehen, behagt ihr nicht.«

»Gefällt es dir in Eyot?«

Lydia dachte kurz nach. »Zum Ausspannen ist es hier ideal – nach Oxford. Und ich habe eine alte Freundin aus meiner Internatszeit wiedergetroffen.«

»Arbeitest du?«

Lydia schüttelte den Kopf. »Nein. Im Herbst werde ich wohl oder übel ins Berufsleben einsteigen müssen, aber im Moment habe ich noch Ferien.«

»Was hast du studiert?«

»Geschichte«, sagte Lydia.

»Neuere oder das Altertum?«

»Alte.«

»Warum kommst du dann nicht einfach mit und hilfst bei der Ausgrabung?« fragte Adam.

Lydia setzte sich jäh auf. »Ist das dein Ernst?«

»Wieso nicht? Freiwillige können wir immer gebrauchen. Ich kann dich zwar nicht bezahlen, aber …«

»Geld brauche ich nicht«, sagte Lydia. »Aber dann hätte ich wenigstens was zu tun.«

Und ich würde dich häufiger zu Gesicht bekommen, dachte sie bei sich. »Bist du denn auch die meiste Zeit dort, oder pendelst du zwischen Eyot und Cambridge?«

»Nein, ich kehre erst wieder kurz vor Semesterbeginn nach Cambridge zurück.«

Halleluja, dachte Lydia. »Wo steigen die freiwilligen Helfer ab? In Eyot? Fahrt ihr jeden Tag zur Grabungsstätte raus?«

»Nein, das wäre zu umständlich. Ich habe in der Nähe Privatzimmer vorbestellt, und es gibt dort eine Jugendherberge, in der einige Leute unterschlüpfen können.

»Sie wollen sich doch wohl nicht in einer Jugendherberge einquartieren«, sagte Sylvester, der wieder zu ihnen stieß. »Gräßlich, diese Massenunterkünfte! Die Leute schnarchen einem die ganze Nacht die Ohren voll, so wie früher im Internat.«

»Haben Sie denn schon mal in einer übernachtet?« fragte Lydia neugierig. Es fiel ihr sehr schwer, sich den korpulenten, weltmännischen distinguierten Cellisten in einer Jugendherberge vorzustellen.

»Natürlich, klar. Als Schüler, und in meiner Studienzeit. Allerdings äußerst ungern. Diese spartanische Einrichtung, und die Leitung besteht jedesmal unweigerlich aus irgendwelchen abartigen Leuten, die einen morgens gnadenlos aus dem Bett werfen, ob's stürmt oder schneit. Und oben im Norden sind sie noch schlimmer – feucht und kalt, richtig klamm. Fatal für Musiker.«

Lady Wray hatte ihnen zugehört. »Jugendherbergen? Was hast du vor, Lydia?«

Lydia erklärte es ihr. Adam sagte kein Wort dazu. Er saß einfach nur da, die langen Beine von sich gestreckt, und schaute in die Ferne.

Lady Wray war hin und her gerissen. Einerseits war ihr daran gelegen, daß Lydia sich mit Adam anfreundete, und dieses Projekt verhieß offenbar, daß sie viel Zeit miteinander verbringen würden. Gleichzeitig zog sie es jedoch vor, ihre Enkelin unter ihren Fittichen zu haben, um ihr auf die Finger schauen zu können.

»Wir könnten dir einen Wagen besorgen, Lydia«, sagte sie. »Dann kannst du weiter hier wohnen und jeden Tag pendeln.«

»Ich kann doch gar nicht fahren«, erwiderte Lydia. »Das heißt, fahren kann ich eigentlich schon, aber ich habe keinen Führerschein.«

Sybil Stixwould war entsetzt. »Meine Liebe, Sie wollen damit doch nicht etwa sagen, daß Sie Ihren Führerschein abgeben mußten? In Ihrem Alter?«

»Nein, ich hab nie einen gehabt. Wie gesagt, ich kann zwar fahren, aber in Oxford kommt man mit dem Auto nicht weit. Und extra für die Ferien in London den Führerschein zu machen und sich einen fahrbaren Untersatz anzuschaffen lohnte sich nicht. Was hätte ich während des Semesters damit anfangen sollen?« Lächelnd wandte sie sich an Adam. »Das spielt doch keine Rolle, oder?«

»Nein, es werden etliche Leute dabeisein, die fahren können.«

»Dann ist ja alles paletti. Ich werde mich in der Jugendherberge einmieten oder in einem möblierten Zimmer, Großmama. Das wird mir keinen Zacken aus der Krone brechen, und du hast dein Haus endlich wieder für dich allein.«

»Ich habe dich gern um mich«, sagte ihre Großmutter.

Lydia kam sich fast undankbar vor, hatte jedoch nicht vor nachzugeben. Es wäre eine Erholung, mal eine Weile von hier fortzukommen. Alle Annehmlichkeiten geboten zu bekommen, die man sich nur wünschen konnte, hatte zwar einiges für sich, doch sie empfand es als enorm belastend, stets ein mustergültiges Benehmen an den Tag legen zu müssen.

Kanonikus Feverfew nahm sich noch eine Praline und kam zu ihnen, um Adam in ein Fachgespräch über das römische Britannien zu verwickeln. An der Cathedral School erteilte er in der Unterstufe Lateinunterricht, und er war stolz auf seine Kenntnisse in Lokalgeschichte. Adam hingegen sah im damaligen Britannien nur einen drögen Vorposten des römischen Imperiums, der ausschließlich wegen seines Handels mit Metallen und Blei von Interesse war, nicht aber ob seiner Stämme, Wälle oder lokalen Aufstände. Er hörte höflich zu und beobachtete dabei Lydia und Sylvester aus dem Augenwinkel –

wobei seine Aufmerksamkeit vor allem der offensichtlich in sich ruhenden Lydia mit dem Schlafzimmerblick und dem sinnlichen Körper galt. Dann warf er einen Blick auf Lady Wray. Erstaunlich, daß eine derart dynamische und tatkräftige Frau eine so grundverschiedene Enkeltochter haben konnte.

Der um einiges klügere Sylvester wußte Lydias Gelassenheit zwar ebenfalls zu schätzen, jedoch waren ihm auch ihr entschlossener Mund und ihr willensstarkes Kinn nicht entgangen. Er würde jede Wette eingehen, daß sie sich eines schönen Tages auf ihre Weise als ebenso dominant entpuppen würde wie ihre Großmutter.

Sie kamen auf Quinta zu sprechen. »... ja, einen barocken Kontrabaß mit einem schmucken Griffbrett und, das beste daran, einer dekorativen Schnecke – so wie die an der Violine in ihrer Werkstatt. Haben Sie die mal gesehen?«

»Ja, natürlich«, sagte Sylvester. »Soll es bei Ihnen auch ein Gesicht sein?«

»Nein, aber Quinta arbeitet zur Zeit an ein paar Entwürfen. Sie hat einen hinreißenden Bischofskopf gezeichnet.«

Sylvester wirkte beunruhigt. »Das halte ich für keine gute Idee. Ein böses Omen, ständig den lauernden Blick eines Bischofs im Nacken zu spüren. Suchen Sie sich lieber was Erfreulicheres aus, einen kleinen Teufel vielleicht, oder einen schönen Frauenkopf.«

»Wie die Galionsfiguren an den alten Schiffen, meinen Sie?« fragte Lydia interessiert.

»Ich würde eine Göttin vorschlagen«, sagte Adam, dem es mittlerweile gelungen war, den Klauen von Kanonikus Feverfew zu entkommen. »Wie wär's mit Diana, der Göttin der Jagd?«

Lydia winkte ab. »Für einen Baß braucht man etwas Solideres.« Sie war schon öfter mit der Göttin verglichen worden, wegen ihrer hochgewachsenen, schlanken Gestalt und ihrer unverdorbenen Ausstrahlung, zwei Attributen, die auf vielen Darstellungen der Diana zu finden waren. Doch die Männer, die sich wegen ihrer äußeren Erscheinung zu ihr hingezogen fühlten, mußten zumeist zu ihrer Verwunderung feststellen, daß sie zum einen alles andere als sportlich und zum anderen den Fleischeslüsten durchaus nicht abgeneigt war.

Sylvester verlieh seiner Freude über den geplanten Kontrabaß so laut und vernehmlich Ausdruck, daß er die Aufmerksamkeit der übrigen Gesellschaft auf sich zog.

»Eine ausgezeichnete Gelegenheit für Quinta. Ich spüre, daß eine Künstlerin in ihr steckt, und es wird sie garantiert glücklich machen, ihr schlummerndes Talent endlich zu nutzen. Ich hoffe, Sie zahlen Ihr einen angemessenen Preis? Man sollte nie die Gutmütigkeit von Freunden ausnützen.«

»Das versteht sich doch von selbst«, erwiderte Lydia pikiert. »Warum fragen das nur alle? Habe ich etwa ein unehrliches Gesicht? Sehe ich aus wie ein Mensch, der bedenkenlos seine Freunde aufs Kreuz legen würde?«

Sylvester ließ sein tiefes, dröhnendes Lachen vernehmen, und Adam dachte sich, daß Lydia doppelt so attraktiv war, wenn Empörung ihre Wangen rosig färbte.

»Ich vermag dem Kontrabaß nichts abzugewinnen«, erklärte Lady Wray. »Ich weiß nicht, warum du ausgerechnet dieses Instrument spielen mußt, Lydia. Das ist doch nichts für eine junge Dame – ganz und gar unfraulich und höchst unpraktisch obendrein. Wie bist du ausgerechnet auf den Kontrabaß verfallen?«

»Er hat mich ausgesucht«, behauptete Lydia. »Das Cello verlangte zuviel Disziplin, daher hat mir der Musiklehrer an der Schule vorgeschlagen, es doch statt dessen mal mit dem Kontrabaß zu versuchen. Ich mag ihn, er hat einen so herrlich tiefen, volltönenden Klang. Und man kann mühelos in jedes Orchester einsteigen. Kontrabässe werden überall verzweifelt gesucht.«

»Schon wieder mal deine Faulheit«, tadelte Lady Wray.

»Jetzt erzähl doch schon«, sagte Wyn gespannt. »Wer war alles da?«

Marjorie schnippelte eifrig drauflos, um dem üppigen Grün eine schickliche Form zu verleihen. »Ich weiß nicht, was dieser Wildwuchs soll«, seufzte sie. »Ich verbringe soviel Zeit in meinem Garten, ich schneide und stutze, aber kaum kehre ich ihm mal einen Tag den Rücken, sprießt und wuchert alles.«

»Wie im Dschungel«, sprang Wyn ihr bei.

»Mein Garten ist beileibe kein Dschungel!« Marjorie war äußerst indigniert.

»Nein, nein, das hat Wyn sicherlich auch nicht so gemeint«, wiegelte Daphne hastig ab. Es war so wichtig, daß sie ein harmonisches Team bildeten. Aber leider brachte Wyn die arme Marjorie durch ihre unüberlegten Bemerkungen nur allzuoft gegen sich auf. Bei ihr mußte man auf alles gefaßt sein.

Wyn hatte Marjories hochfahrende Zurechtweisung gar nicht mitbekommen. In Gedanken war sie weit, weit weg, in einer längst vergangenen Zeit, als sie als kleines Mädchen in Indien gelebt hatte. Sie stand im Garten, der nach den langen Monsunmonaten von Sonnenlicht überflutet war. Dort blickte sie auf die Pflanzen, die ihre ordentlichen Beete gesprengt hatten und mit unbezähmbarer Energie in die Höhe schossen. »Eines ist sicher«, hatte ihre Mutter lachend gesagt. »Wenn man hier im Mai einen Regenschirm pflanzt, hat man schon im August einen Regenschirmbaum!«

»Von Regenschirmbäumen habe ich noch nie im Leben gehört«, sagte Marjorie unwirsch. »Von Schirmbäumen schon, aber so etwas wie einen Regenschirmbaum gibt es gar nicht.«

»Nein, nur in der Phantasie«, räumte Wyn ein.

Marjorie schnaubte verächtlich. »In deinem Alter solltest du deine Zeit nicht mit derartigen Hirngespinsten verschwenden, Wyn. Inzwischen solltest du aus solchen Dingen herausgewachsen sein!«

Daphne intervenierte erneut. »Du sagtest gerade, daß du heute morgen Mrs. Gridlock begegnet bist.«

Marjorie gab nach. Sie brannte darauf, den neuesten Klatsch loszuwerden. Nun ja, man mußte Wyn wohl einfach so nehmen, wie sie war. Im Grunde war sie ja auch ganz in Ordnung.

»Ja, ich ging mit Petal, meinem Basset, Gassi, und Mrs. Gridlock brachte gerade ihre Enkelin zur Schule. Einfach entzückend, die Kleine! Wie dem auch sei – daß Lady Wray gestern abend eine Dinnerparty ausgerichtet hat, wußten wir ja bereits. Sylvester Tate war da, Kanonikus Feverfew ...«

»Sybil Stixwould?« fragte Daphne gespannt.

Marjorie überhörte diese Unterbrechung geflissentlich. »... ihre Enkelin natürlich, und nicht nur Sybil Stixwould, sondern auch ihr Enkelsohn Adam.«

Die drei Frauen schwiegen kurz, um diese Neuigkeit in all ihrer Tragweite zu verdauen. »Sie sind sich gestern also zum erstenmal begegnet«, fuhr Marjorie fort.

Wyn hüstelte leise. »O nein«, sagte sie.

Die beiden anderen Damen starrten sie an.

»Wie meinst du das, ›o nein‹?« fragte Marjorie.

»Es war nicht ihre erste Begegnung.« Wyn senkte die Stimme und blickte sich argwöhnisch um, als ob sich im weiten Raum der Kathedrale Scharen ungebetener Zuhörer versteckt halten könnten. Doch um diese Zeit, um halb neun Uhr morgens, waren die Standbilder der Könige von England im Chor die einzigen Ohrenzeugen, und die interessierten sich nicht besonders für ihre Unterhaltung.

»Sie haben sich beim Tierarzt kennengelernt – als Lydia mit Lady Wrays Mopsie dort war.«

Marjorie rang hörbar nach Atem, während Daphne befriedigt schniefte. »Wie romantisch, sich beim Tierarzt kennenzulernen!«

»Was du dir wieder alles zusammendichtest!« wies Marjorie sie zurecht. »Du hast kein Haustier und gehst nie zum Tierarzt, also hast du nicht die geringste Vorstellung, wie es da zugeht. Woher weißt du das, Wyn?«

»Aus verläßlicher Quelle«, sagte Wyn geheimnisvoll. »Eine der Assistentinnen – leider kein sehr nettes Mädchen – geht mit dem Neffen meiner Nachbarin aus. Sie hat meiner Nachbarin erzählt, daß es in der Praxis eine ziemlich lustige Verwechslung gegeben hätte. Eine der Assistentinnen hätte eine junge Frau mit einem Mops in ein Behandlungszimmer geschickt, wo bereits ein junger Mann mit seinem Kater wartete. Kater und Hund gingen aufeinander los und zettelten ein Riesenspektakel an.«

»Woher weißt du, daß der Mann Adam Stixwould war?«

»Das Mädchen hat erzählt, daß der Mann mit dem Kater ein ausnehmend gutaussehender Kerl gewesen sei, sehr begehrenswert ...«

Marjorie und Daphne zuckten zusammen.

»... sehr groß, helles Haar und durchdringende blaue Augen, die einem bis ins Herz sähen.«

»Adam Stixwould hat einen großen schwarzen Kater«, sagte Marjorie nachdenklich. »Ich habe gehört, wie seine Großmutter sich über ihn beschwert hat. Sie meinte, es sei ein seltsames Haustier für einen Mann wie Adam.«

»Ein Hund wäre wirklich angemessener«, meldete Daphne sich zu Wort. »Irgendwie männlicher.«

»Vielleicht hält er Katzen für pflegeleichter«, gab Wyn zu bedenken, die eine Schwäche für Katzen hatte. »Man kann sie besser sich selbst überlassen, wenn man viel unterwegs ist. Hunde fesseln einen ans Haus.«

»Wir können also definitiv davon ausgehen, daß diese Begegnung stattgefunden hat«, faßte Marjorie zusammen. »Ob sie sich einander vorgestellt haben, oder waren sie wohl überrascht, sich bei Lady Wray wiederzusehen?«

»Ob sie sich auf Anhieb verstanden haben?« sinnierte Daphne.

»Wir könnten Kanonikus Feverfew ausquetschen«, schlug Wyn vor.

Marjorie und Daphne musterten sie mißbilligend. »Ausquetschen?« wiederholte Marjorie. »Ich will doch sehr hoffen, daß unser Interesse an unseren Mitmenschen und unser Wunsch, sie glücklich zu sehen, anderen nicht in diesem Licht erscheint.«

»Nein, natürlich nicht«, beteuerte Wyn schnell. »War bloß ein Scherz.«

Marjorie und Daphne hielten es für verfehlt, in derlei ernsten Angelegenheiten zu scherzen.

»Wir sollten uns lieber wieder an die Arbeit machen, meine Liebe«, sagte Marjorie zu Wyn. »Daphne kann mit dem Altar beginnen, während du dich wie schon das letzte Mal um den Blumenschmuck im Chor kümmerst. Du hast wirklich ein Händchen dafür.«

»Gern«, sagte Wyn hocherfreut.

9. Kapitel

Quinta hatte es derzeit wahrlich nicht leicht mit Alban. Er verbrachte immer mehr Zeit in London und gab sich bedrückt und schwermütig, wenn er nach Eyot zurückkam.

»Vermutlich wirst du bald in Urlaub fahren wollen«, sagte er niedergeschlagen. »Mit Phoebe. Irgendwohin, wo kein halbwegs kultivierter Mensch sich erwischen lassen würde.«

»Ich wähle nur Urlaubsorte aus, die Phoebe gefallen und die ich mir leisten kann«, erwiderte Quinta gleichmütig.

»Komm doch mit mir nach Spanien«, schlug Alban vor. »Im September muß ich beruflich nach Madrid, und anschließend will ich noch nach Andalusien. Ich schreibe an einem Gitarrenkonzert – nein, davon hab ich dir noch nichts erzählt. In letzter Zeit scheinst du dich für meine Arbeit nicht sonderlich zu interessieren.«

Quinta hatte ein schlechtes Gewissen. Der Vorwurf war berechtigt. Im Laden gab es alle Hände voll zu tun, und seit Beginn der Schulferien war sie wieder um so mehr mit dem Problem konfrontiert, Phoebe gerecht zu werden. Aber vor allem hatte sie mit der Arbeit an Lydias Kontrabaß angefangen und das intensive Vergnügen wiederentdeckt, etwas mit den eigenen Händen zu schaffen.

»Ich würde liebend gern mit nach Spanien fahren, Alban«, seufzte sie. »Das ginge wohl jedem so.«

»Ich will aber nicht mit jedem nach Spanien«, sagte Alban gereizt. »Ich will mit dir nach Spanien.«

»Ich kann aber nicht. Du weißt, daß es nicht geht. Im September beginnt das neue Schuljahr, und Phoebe kann es sich nicht leisten, auch nur eine Stunde Unterricht zu versäumen. Du weißt doch, wie weit sie hinterherhinkt.«

»Ich meinte auch nicht, daß Phoebe mitkommen soll«, sagte Alban. »Sie könnte so lange bei Louise bleiben. Nur du und ich. Zwei Erwachsene. Warst du schon mal in Spanien? Nein, ich weiß, daß du noch nie dort warst. Ich will dir die Alhambra zeigen und die Ebenen, Sevilla und die Bergdörfer. Ich will, daß du die Hitze auf der Haut spürst, die Weite des Landes auf dich wirken läßt, die herrlichen Farben, die Geräusche, die vielen verschiedenen Geschmacksnoten. Köstliche Tapas als Zwischenmahlzeit, und dann ein üppiges Abendessen im Freien bei Mitternacht ...«

Quinta schaute aus dem Fenster, hinter dem der Hof durch den trostlos an den Stabfenstern herabrinnenden Regen kaum noch zu sehen war. Urlaub in Spanien – welch paradiesische Vorstellung!

»Du kannst es dir ja überlegen«, sagte Alban unwirsch.

»Was soll sie sich überlegen?« fragte Phoebe, die in diesem Moment in die Küche geschlichen kam, mehrere Bücher und eine leidgeprüfte Katze unter dem Arm.

»Wir haben nur gerade über die Ferien geredet«, antwortete Quinta rasch.

»Ach ja?« sagte Phoebe. »Können wir in die Karibik fahren?«

Alban kicherte fast schon boshaft.

»Phoebe, was soll das denn nun wieder?« schimpfte Quinta. »Wer hat dir denn diese Idee in den Kopf gesetzt? Selbstverständlich können wir nicht in die Karibik fahren!«

»Louise fährt aber hin. Ihr Vater hat dort ein Haus, und sie verbringt den Sommer bei ihm. Ihre Mum fährt mit einem Freund nach Italien. Ihre Mum hat viele Freunde«, fuhr sie fort und warf Quinta einen vorwurfsvollen Blick zu. »Im Gegensatz zu anderen Müttern. Dieser Freund ist ein Mann, an dem sie praktisch festgeleimt ist, deshalb fahren sie auch zusammen nach Italien.«

Quinta mußte lachen. »Sie ist an ihm festgeleimt? Was willst du denn damit sagen, Phoebe?«

»Du weißt schon, sie halten sich ununterbrochen eng umschlungen und so.«

»Ach so«, sagte Quinta nur.

»Und warum können wir nicht in die Karibik fahren?« fragte Phoebe, setzte sich neben Alban auf die Bank und knuffte ihn freundschaftlich. »Rutsch mal ein Stück, hier kommen Madrigal und ich, und zwei Leute brauchen mehr Platz als einer.«

Madrigal war ein Kater, der Alban jetzt herausfordernd anfunkelte und auf seinen Schoß kletterte, nur um ihn zu ärgern.

»Dieser Kater muß aus Stein sein«, grummelte Alban. »Was gibst du ihm eigentlich zu fressen? Er schnürt mir noch das Blut ab.«

»Große, ausgewachsene Kater sind nun mal schwer«, erwiderte Quinta. Sie sah, daß Phoebe den Mund öffnete, und wußte, daß es wieder um das Karibik-Thema gehen würde. So schnell würde sie von allein nicht davon aufhören.

»Du bist nicht Louise«, sagte sie schroff. »Wenn ihr Vater dort ein Haus hat, kann sie selbstverständlich in die Karibik fahren.«

»Und wo ist *mein* Vater?« wollte Phoebe wissen. »Er könnte doch auch in der Karibik leben, oder ...« Ihr Gesicht hellte sich auf. »... irgendwas noch Spannenderes, zum Beispiel am Südpol!«

»Dein Vater lebt aber nicht am Südpol«, sagte Quinta.

»Wo ist er denn dann?«

»Ich weiß es nicht.« Hilfesuchend wandte Quinta sich an Alban, doch der dachte nicht daran, ihr beizuspringen.

»Dann könnte er genausogut am Südpol leben.«

Quinta reagierte, wie sie es höchst selten tat – sie verlor die Beherrschung.

»Phoebe, jetzt reicht's! Ich will nicht über deinen Vater reden. Er ist aus meinem Leben verschwunden, noch bevor du geboren wurdest, und wir werden ihn nie wiedersehen. Ich werde für uns ein Zimmer in einer Jugendherberge in Yntrig reservieren. Das ist nicht weit von hier und liegt am Meer. Tut mir leid, wenn ihr beide meine Urlaubspläne nicht gutheißen könnt, daran kann ich leider nichts ändern.«

Alban und Phoebe saßen schweigend da, während Quinta klappernd das Geschirr in die Spüle stellte.

»Jetzt komme ich auch noch zu spät zur Arbeit! Phoebe, hol deine Sachen, du gehst heute morgen zu Mrs. Maddox. Nach dem Mittagessen holt dich dann Louises Mum ab.«

»Ich kann Mrs. Maddox nicht ausstehen«, sagte Phoebe aufsässig.

Alban tauchte lange genug aus seinen Grübeleien auf, um zu sehen, daß Quintas Augen sich mit Tränen füllten, und erbarmte sich. »Grrr!« sagte er zu Phoebe. »Ich bin ein großer Bär, der dich auffrißt, wenn du nicht in fünf Minuten fertig bist. Heute ist dein Glückstag – ich fahre dich zu Mrs. M.«

»Du siehst müde aus«, sagte Sam, als sie endlich im Laden ankam.

»Entschuldige, daß ich so spät dran bin«, erwiderte Quinta atemlos. »Eine kleine häusliche Krise.«

»Ich war ja hier, und wir haben sowieso kaum was zu tun – ist doch egal, wenn du dich ein paar Minuten verspätest«, meinte Sam sachlich. »Geh noch nicht gleich nach oben, komm erst mal wieder zu Atem. Ich habe gerade Kaffee aufgebrüht.« Er zog einen Hocker für Quinta heran und stellte eine Tasse Cappuccino vor sie auf den Tresen.

»Sogar mit Schokoraspeln obendrauf!« sagte Quinta dankbar.

»Ja, Schokolade ist gut für die Moral, wenn auch nicht für die Figur. Also, wo drückt der Schuh? Ärger mit Alban? Oder das Leben im allgemeinen?«

»Du bist so gut zu mir«, sagte Quinta. »Was für ein Glück, daß ich Freunde habe, die mir den Rücken stärken.«

»Aha – ein Champagnertag!«

Quinta blickte verdattert. »Wovon redest du?«

»Du gibst zum ersten Mal zu, daß du Freunde brauchst. Eine Premiere. Den heutigen Tag müssen wir rot im Kalender anstreichen.«

»Ich habe nie behauptet, daß ich keine Freunde brauche«, protestierte Quinta.

»Nein, nicht direkt. Du bist ein angenehmer Mensch, nett und lieb, und man kann sich toll mit dir unterhalten. Aber manchmal ist es so, als rede man an eine Wand. Und jetzt ist plötzlich keine Wand mehr da«, fuhr Sam fort, »oder sie ist wenigstens etwas dünner geworden.« Er lächelte sie an. »Bravo. Ich hab dir ja gesagt, daß uns große Veränderungen bevorstehen. Wenn du ein bißchen lockerer wirst und aufhörst, jeden von dir wegzustoßen, kann alles mögliche passieren.«

»Ich will gar nicht, daß irgendwas passiert«, sagte Quinta ziemlich beunruhigt. »Mein Leben ist auch so schon schwierig genug.«

»Ja, aber wenn die Dinge einmal in Gang kommen, gibt es nichts, was du dagegen tun könntest.«

»Kommt denn etwas in Gang?« fragte Quinta, trank von ihrem Kaffee und wischte sich den Milchschaum von der Oberlippe.

»Ja, und das weißt du auch ganz genau«, entgegnete Sam. »Lydia ist aufgetaucht, das war das eine. Was wiederum dazu geführt hat, daß du ein Instrument baust und nicht mehr nur die Produkte anderer Leute zusammenflickst. Sie war sozusagen ein Katalysator.«

»Ein Katalysator«, wiederholte Quinta nachdenklich. »Komischer Ausdruck. Wieso sollte Lydia ein Katalysator sein?«

»Weil sie die Veränderung ausgelöst hat«, erklärte Sam ungeduldig. »Na los, Quinta, denk mal scharf nach, du mußt es doch auch erkennen. Den kuscheligen kleinen Kokon, in den dein Leben eingesponnen war, gibt es nicht mehr. Lydia hat die Fäden zerrissen, und du mußtest dich gezwungenermaßen entpuppen.«

Quinta bekam einen Kicheranfall. Ihr ansteckendes Lachen hallte durch den Laden. »So wie ein Schmetterling?« stieß sie hervor.

Sam mußte gegen seinen Willen mitlachen. »Ein etwas kräftigerer Schmetterling.«

»Eher eine Motte.«

Die Türglocke läutete, und ein Kunde betrat den Laden – Titus. Er blickte die beiden fragend an. »Tut mir leid, wenn ich störe«, begann er.

Sam erhob sich, um schnell die Kaffeetassen verschwinden zu lassen. »Nein, nein, überhaupt nicht. Wir haben uns nur gerade über etwas Lustiges unterhalten.«

Quinta lächelte immer noch. »Hallo, Titus«, sagte sie. »Wie geht's dem Chaos?«

Erneut dachte sich Titus, wie hübsch sie anzusehen war, vor allem mit diesem hinreißenden Lächeln.

»Mit dem Chaos ist alles in bester Ordnung«, erwiderte er mit völlig ernster Miene.

»Ach, und mein Leben, das früher immer in bester Ordnung war, hat sich in ein Chaos verwandelt«, sagte Quinta. »Bitte entschuldigt mich, ich muß in meine Werkstatt.«

Quinta ahnte nichts davon, daß Titus nach ihrem Verschwinden, während er Noten durchsah, Sam über sie ausfragte. Er war fasziniert, als er erfuhr, daß Quinta gelernte Geigenbauerin war. Er hegte den Respekt des Intellektuellen für handwerklich begabte Menschen. Sam, der Titus für überaus gutaussehend hielt, plauderte nur zu gern mit ihm.

Vielleicht hätte ich ihm nicht soviel über Quinta erzählen sollen, dachte er später, als Titus sich verabschiedet hatte. Aber schaden kann es ihr nicht. Er kennt sie ja kaum. Außerordentlich gut gebaut, dieser Mann … und diese Augen, diese Stimme … zu schade, daß er nicht einer von uns ist.

Er bückte sich, um das Schubfach mit dem Notenpapier zu schließen, und füllte das Töpfchen mit schwarzweißen Bleistiften auf, das auf dem Tresen stand.

Aber Quinta müssen wir in der nächsten Zeit gut im Auge behalten, sagte er sich. Alban macht Ärger. Ihm liegt mehr an ihr, als sie denkt – wer weiß, wo das noch hinführt.

Donnerstag. Zu Quintas Überraschung war Alban da, als sie von der Arbeit nach Hause kam. Er zeigte sich zwar nicht, doch sie konnte ihn in seinem Studio hören, wo er summte, von Zeit zu Zeit laut fluchte und wütend auf das Klavier einhämmerte, bevor dann plötzlich Stille eintrat, wenn er seine Musik niederschrieb.

Heute abend koche ich ihm mal was besonders Leckeres, nahm sich Quinta vor. Schon den ganzen Tag quälten sie seinetwegen Gewissensbisse. Alban wollte, daß sie nach Spanien mitfuhr, Phoebe wollte in die Karibik fliegen und endlich wissen, wo ihr Vater steckte – all das wuchs ihr allmählich über den Kopf.

Bis Quinta das Essen für sich und Alban gekocht, Phoebe verköstigt und unterhalten und das Chaos in der Küche beseitigt hatte, war sie erschöpft. Dennoch war sie fest entschlossen, Alban einen angenehmen Abend zu bereiten. An den Geräuschen, die aus dem Studio drangen, erkannte sie, daß die Arbeit ihm nicht leicht von der Hand ging.

Man stelle sich nur vor, wie ich vor der Geschichte dastehen werde, dachte sie, wenn sich herausstellen sollte, daß ich einen unheilvollen Einfluß auf die Arbeit eines großen Komponisten ausgeübt habe. Eine Art Anti-Muse, wie entsetzlich!

Beim Anblick des Essens hellte sich Albans Laune schlagartig auf. Er schaute sich nach Phoebe um und war erleichtert, als Quinta sagte, sie habe sie ins Bett geschickt, damit sie den Abend für sich hätten.

»Wie hast du das geschafft?« fragte er, während er die Kerzen anzündete. »Normalerweise ist es doch quasi unmöglich, sie in den Ferien zu einer vernünftigen Zeit ins Bett zu kriegen.«

»Bestechung«, sagte Quinta nur.

Quinta seufzte erleichtert, als Alban später im Bett wieder ganz der alte zu sein schien. Er war guter Stimmung. Obgleich er es als Liebhaber nie an Aufmerksamkeit fehlen ließ, war er heute nacht ganz besonders zärtlich. Quinta dachte sich nichts dabei. Sie hatte immer eine gewisse emotionale Distanz zu Alban gewahrt und ging davon aus, daß er es ebenso hielt. Sie glaubte fest daran, daß man körperliche und seelische Empfindungen klar voneinander trennen könne.

Lydia, die zwar jünger, jedoch erfahrener war, hatte über diese Vorstellung gelacht. »Unsinn«, sagte sie. »Männer sind zu allem fähig: Sie können falsch und verschlagen sein und zu den fiesesten Tricks und Listen greifen, um zu kriegen, was sie wollen. Aber meist wollen sie nicht nur den Körper einer Frau besitzen, sondern auch ihr Herz erobern – vor allem Männer in Albans Alter.«

»Das kann nicht stimmen«, wandte Quinta ein. »Wieso brennen dann so viele ältere Männer mit jungen Mädchen durch, nur weil sie ihren sexuellen Appetit wecken?«

»Ach, die waren eben schon jahrelang verheiratet und langweilen sich mit ihren Ehefrauen.« Sie dachte kurz nach. »Nein, ich glaube, in Wahrheit laufen sie davon, weil sie gemerkt haben, daß ihre Frauen sich mit ihnen langweilen.«

»Du bist vielleicht zynisch!«

»Männer wie Alban, die nie verheiratet waren, sind anders. Sie sind sentimental und haben ein durch und durch romantisches Weltbild.«

Der Punkt geht an sie, dachte Quinta.

»Aber nicht immer«, fuhr Lydia fort. »Nicht dein geiler Priester – der hatte es ausschließlich auf minderjährige Mädchen abgesehen, behaupte ich. Er brauchte nicht bloß einen Seitensprung oder wahlweise eine Urlaubsreise mit seiner Frau in ein exotisches Land, um frischen Wind in die Ehe zu bringen. Eigentlich hätte er einen Psychoklempner gebraucht. Aber wahrscheinlich hat er sich nie in Behandlung begeben und ist noch genauso verantwortungslos wie zuvor. Zweifellos hat er inzwischen ein hohes Amt in der Kirche inne. Sind manche Menschen nicht einfach das Letzte?«

Quinta sträubte sich gegen den Gedanken, daß er eine Therapie brauchen sollte. Unter den Konsequenzen der unbezähmbaren Leidenschaft eines älteren Mannes gelitten zu haben, war das eine. Aber als das Opfer eines schmutzigen kleinen Komplexes dazustehen? Diese Vorstellung war alles andere als angenehm.

Alban gähnte, reckte sich und kratzte sich selbstzufrieden an der Brust.

»Gehst du schon?« fragte Quinta.

»Ja.« Er breitete die Bettdecke über sie. »Schlaf du wieder ein.« Er drückte einen Kuß auf ihre zerzausten Locken, schlüpfte in seinen voluminösen maßgeschneiderten Seidenmorgenmantel, den er für teures Geld von einem Schneider in der Burlington Arcade erstanden hatte und verschwand in sein Studio.

Quinta räkelte sich und schaltete das Licht aus. Plötzlich war ein dumpfes Geräusch zu vernehmen, und sie spürte Füße auf ihrem Körper – zwei Füße zuviel –, als Madrigal sich behaglich auf dem warmen Fleck niederließ, den Alban hinterlassen hatte. Quinta rollte sich zusammen und schlief zufrieden ein.

Am nächsten Morgen, als sie Phoebes Schulzeugnis entdeckte, war jede Entspannung dahin. Sie hatte es völlig vergessen. Normalerweise brachte Phoebe das Zeugnis am Ende des Schuljahrs zusammen mit einem riesigen Stapel Hefte, unidentifizierbaren Kunstprojekten und ihren Sportklamotten mit nach Hause. Die anderen Sachen hatte Phoebe wie üblich in den hintersten Winkel des Einbauschranks befördert, begleitet von dem lauten Singsang: »Die gräßliche, gräßliche Schule ist aus – Freiheit, Freiheit, viele, viele Wochen Freiheit!«

Quinta hegte den leisen Verdacht, daß Phoebe ihr Zeugnis gelesen und es dann sofort in ihren alten Turnschuh gestopft hatte. Dort hatte Quinta es nur aus Zufall entdeckt, als sie die schmutzige von der sauberen Wäsche trennte, um sie vor der Arbeit noch schnell in die Maschine zu stecken.

Sie setzte sich aufs Bett und las es mit wachsendem Entsetzen durch. Alban, der sich über die Stille wunderte, steckte den

Kopf durch die Tür. »Ich dachte, du wärst schon weg«, sagte er. »Du bist heute gar nicht der gewohnte Wirbelwind.« Dann sah er Quintas Gesicht.

»Quinta, Schatz, was ist denn los?« fragte er, ließ sich neben ihr nieder und legte die Arme um sie.

Sie reichte ihm das Zeugnis.

»Oh, Mist. Was für ein Quatsch! Laß dich davon bloß nicht unterkriegen, Quinta. Ich habe noch nie einen solchen Haufen Schwachsinn gelesen. Das ist nicht Phoebe!«

»Sie schreiben, ich solle eine psychologische Beratung in Erwägung ziehen, und daß sie auf einer Sonderschule vielleicht besser aufgehoben wäre … ›möglicherweise ein Ergebnis ihrer familiären Situation‹. Wie konnte sie nur?«

»Gib nicht Phoebe die Schuld«, sagte Alban warnend.

»Nein, ich meinte die Direktorin, diese alte Hexe! Ich war bei ihr – es ist keine vier Wochen her –, und da war noch alles eitel Sonnenschein. Sie sagte, manche Kinder entwickelten sich eben langsamer als andere, es bestünde kein Grund zur Sorge. Ob es mir vielleicht helfen würde, wenn eine Sozialarbeiterin bei mir vorbeikäme, um mir Tips zu Haushalt und Kindererziehung zu geben … ich sagte, ich hätte keine Probleme, zu Hause sei alles in Ordnung … Da muß sie es schon geplant haben!«

Sie riß Alban das Begleitschreiben aus der Hand. »Hör zu – ›lassen es unratsam erscheinen, daß ihre alleinerziehende Mutter einer Berufstätigkeit nachgeht‹ …« Quinta schniefte und tastete nach einem von Phoebes Häschentaschentüchern.

»Du bist für immer unten durch, wenn du eines davon benutzt«, frotzelte Alban, um sie aufzumuntern. »Komm jetzt, ich koche uns eine Kanne Kaffee und rufe im Laden an, um Bescheid zu sagen, daß du ein bißchen später kommst.«

»Das geht nicht«, jammerte Quinta. »Ich hab mich diese Woche schon zweimal verspätet, es ist auch immer so schwierig in den Ferien …«

»Halt den Mund«, befahl Alban und schob sie aus dem Zimmer. »Nur gut, daß Phoebe heute unterwegs ist. Sie muß nicht unbedingt mitbekommen, wie fertig du wegen dem Zeugnis bist. Es würde sie nur noch mehr runterziehen.«

Alban rief im Laden an und sprach mit Sam.

»Da siehst du's, Quinta. Er fragt, warum du dir eigentlich solche Sorgen machst, wenn du dich mal verspätest. Es käme ja nicht oft vor, und außerdem würdest du fast immer in der Mittagspause durcharbeiten und nie Überstunden berechnen. Ich hab's dir ja gleich gesagt! Zumal Gustav nicht mal da ist. So, und jetzt benutz deinen Kopf, um über Phoebe nachzudenken. Es ist zwar ein Problem, aber für jedes Problem gibt es eine Lösung.«

Alban zeigte sich von einer ungewohnt praktischen Seite. Er kochte Kaffee, stöberte Kekse auf – nach einem Schock brauche man Zucker, erklärte er – und setzte sich mit Papier und Stift Quinta gegenüber an den Tisch.

»Wofür ist das?« fragte Quinta mißtrauisch.

»Pläne, Ideen. Zunächst mal brauchen wir einen kompetenten Schulpsychologen.« Er legte eine Hand auf ihren Mund, als sie auffuhr. »Nicht weil Phoebe etwa minderbemittelt wäre, das ist sie nämlich keineswegs, sondern um dieser Kuh einen entsprechenden Wisch unter die Nase halten zu können.«

Quinta beruhigte sich, und Alban nahm die Hand weg.

»Das hättest du dir wirklich sparen können«, sagte sie gereizt.

»Nein, hätt ich nicht. Du mußt jetzt mal deinen Verstand einschalten, nicht deinen Bauch oder deine Füße oder was immer du sonst benutzt, wenn du in Rage bist. Also, gut, in diesem Punkt ist Simon unser Mann.«

»Simon! Was weiß der denn davon? Der hat doch keine Ahnung von Psychologie!«

»Weißt du noch, als er uns von dem Ärger erzählt hat, den sie mit einem der Chorknaben hatten? Einem sehr schwierigen Fall?«

»Ach ja. Er hatte die Stabfenster im Übungsraum in sämtliche Einzelteile zerlegt.«

»Das Glas stammte aus dem Mittelalter«, sagte Alban. »Und

das war noch eines seiner geringfügigeren Vergehen. Letztendlich mußten sie ihn suspendieren. Es gab einen furchtbaren Knatsch, weil er einer von Poughleys Lieblingen war, der Sohn dieses gräßlichen Geigenlehrers, der ständig seine Schüler geohrfeigt hat.«

»Ja, ich erinnere mich. Armes Kind, mit so einem Vater!«

»Ja, soviel zum Thema trautes Heim«, sagte Alban grimmig. »Auf jeden Fall hat Simon damals veranlaßt, daß der Junge zu einem Schulpsychologen geht, und er sagte, der Mann, zu dem sie ihn geschickt hätten, wäre ziemlich patent gewesen.«

»Was ist aus dem Jungen geworden?« fragte Quinta. »Er mußte doch endgültig aus dem Chor ausscheiden, nicht wahr?«

»Ja, sein Vater hat ihn abgemeldet. Ich glaube, er wollte ihn in einem anderen Chor unterbringen – obwohl der Psychologe meinte, das Problem bestünde darin, daß der Junge eigentlich gar nicht singen wolle und den Chor verabscheue.«

»Armer Kleiner!« sagte Quinta. »Wieso zwingt man Kinder zu so etwas? Es muß eine Qual sein, wenn man keinen Spaß daran hat. Ich dachte immer, die Kinder müßten vorher wer weiß wie viele Tests machen, ob sie sich für die Mitgliedschaft in einem Chor eignen. Das ist ja nicht jedermanns Sache.«

»Die Eltern gehen eben davon aus, daß sie nicht früh genug in Kontakt mit der Musik kommen können. Und manche Lehrer sind auf Biegen und Brechen darauf erpicht, aus ihren Söhnen die berühmten Musiker zu machen, die sie selbst nie geworden sind. Ich sehe das sehr häufig – es ist zwecklos. Sie plagen sich zeitlebens in irgendwelchen Orchestern ab, ausgezeichnete Instrumentalisten, die jedoch völlig desinteressiert an der Musik sind und sich sehnlichst wünschen, sie hätten eine Ausbildung als Ingenieur oder Dentalhygieniker gemacht – oder sonst etwas, das nicht das geringste mit Musik zu tun hat.«

Quintas Augen wurden ganz groß vor Mitgefühl. »Eltern sollten nicht entscheiden, was ihre Kinder mal machen oder sein sollen, wenn sie noch klein sind. Woher will man denn wissen, wohin sie sich noch entwickeln?«

»Womit wir wieder bei Phoebe wären«, sagte Alban bestimmt. Er schrieb *Aktionsplan* auf das Blatt und unterstrich das Wort zweimal. Dann begann er in einer neuen Zeile: *1. Simon nach Name und Telefonnummer eines/einer Psychologen/in fragen.*

»Wenn wir das erledigt haben, können wir einen frühestmöglichen Termin vereinbaren.«

Er fuhr fort zu schreiben. *2. Eine neue Schule suchen.*

Quinta protestierte. »Alban, ich kann sie nicht einfach von ihrer jetzigen Schule runternehmen und auf eine andere schicken! Sie ist dort glücklich, und außerdem soll es die beste Grundschule in der Stadt sein.«

»Hör zu«, sagte Alban geduldig. »Sie ist dort alles andere als glücklich. Trotz des ganzen Theaters gibt sie sich zwar stoisch, und sie ist bereit, vieles zu schlucken, damit du dir keine Sorgen machst. Aber glaub mir – sie ist nicht glücklich dort. Und in meinen Augen ist diese Schule der letzte Heuler. Wer behauptet denn, daß sie so gut sein soll?«

»Alle. Andere Eltern, die Kindergärtnerinnen ... Es steht sogar im Stadtführer.«

»Dann haben eben alle unrecht«, sagte Alban. »Komm schon, Quinta, sie lernt doch überhaupt nichts dort.«

»Woher willst du denn wissen, ob sie dort was lernt?« fragte Quinta aufgebracht. »Was verstehst du schon von moderner Erziehung?«

»Nicht viel, aber was ich mitbekommen habe, hat mir nicht gerade imponiert«, erwiderte Alban. »Und nach dem, was die Schreckschraube, die diese Schule leitet, über Phoebe geschrieben hat, wird sie es dort ohnehin nie mehr zu etwas bringen. Das sagt mir meine lebenslange Erfahrung mit Menschen, Quinta. Das hat nichts mit dem Bildungssystem zu tun.«

Quinta wurde nachdenklich. »Vielleicht hast du recht«, sagte sie unsicher. »Aber was wäre die Alternative? Ich hab mir sämtliche öffentlichen Schulen im Umkreis angesehen. Wirklich, ich glaube nicht, daß Phoebe es an irgendeiner von ihnen besser packen würde.«

»Dann mußt du es mit einer Privatschule versuchen.«

Quinta schüttelte den Kopf. »Nein. Dazu habe ich nicht das Geld, ich werde es nie haben, und mal ganz abgesehen davon, glaube ich nicht an das Konzept Privatschule. Sieh dir nur an, was aus mir geworden ist!«

»Genau – du hast lesen, schreiben und rechnen gelernt, und man hat dir beigebracht, wie man arbeitet, so daß du genug Konzentration aufbringen konntest, um drei Jahre College durchzuhalten, obwohl du gleichzeitig für Phoebe sorgen mußtest.«

»Das hatte nichts mit meiner Schule zu tun.«

»Mehr als du denkst.«

»Auf jeden Fall würde ich Phoebe niemals auf eine Schule wie meine schicken. Mir hat es dort nicht gefallen, und was es bei Phoebe anrichten würde…«

»Wir kommen der Sache allmählich näher«, unterbrach Alban. *Keine reine Mädchenschule* schrieb er unter Punkt 2. »Das engt die Auswahl schon mal erheblich ein.«

»Du kannst ebensogut schreiben: ›eine Schule suchen, die verrückt genug ist, Phoebe ein Stipendium zu geben‹. Nur so könnte sie auf eine Schule gehen, die Gebühren verlangt.«

»Ich trage die Kosten.« Gottergeben schaute Alban zur Decke empor.

Quinta war gerührt. »Alban, du weißt doch, wie aufwendig dein Lebensstil ist. Du kannst dir unmöglich auch noch die Ausbildung eines Kindes aufbürden! Du würdest dich auf Jahre festlegen. Und aus diesem Zeugnis geht eindeutig hervor, daß Phoebe niemals schlau genug sein wird, um ein Begabtenstipendium oder dergleichen zu erhalten.«

Über Schulstipendien und Lernmittelzuschüsse informieren, notierte Alban.

Quinta seufzte und stand vom Tisch auf. »Das ist doch alles Humbug«, sagte sie. »Aber du hast recht, sie muß zu einem Psychologen gehen, obwohl mir der Gedanke ganz und gar nicht behagt.« Sie schaute auf das Zeugnis in ihrer Hand. »Das sind studierte Leute, Alban. Die schreiben so was nicht ohne Grund. Ich muß mich der Wahrheit stellen – ich habe Phoebe völlig verkorkst. Ich wußte immer, daß ich wohl kaum die perfekte Mutter bin, aber ich hab's versucht, ich hab's wirklich versucht.«

Alban stand auf und nahm ihr das Zeugnis ab. »Gib es mir. Ich bewahre es für dich auf, an einem Ort, wo Phoebe es nicht finden kann.«

»Ich glaube, sie hat es schon gelesen«, sagte Quinta traurig. »Es war in einem Turnschuh versteckt, und der Umschlag sah so aus, als wäre er geöffnet und wieder zugeklebt worden.«

»Ich könnte dieser Frau den Hals umdrehen!« sagte Alban aufgebracht. »Trotzdem darfst du dir all das nicht so zu Herzen nehmen, Quinta. Phoebe ist wahrscheinlich furchtbar geknickt, aber du weißt ja, daß sie es sich niemals anmerken lassen würde. Also mußt du dich auch zusammenreißen. Laß sie ja nicht spüren, wie sehr es dir zu schaffen macht. Alles klar?«

»Alles klar.« Quinta lächelte kläglich.

»Bravo. Und jetzt lauf los und mach dir keine Sorgen mehr. Du solltest an Phoebe glauben und mehr auf dein eigenes Urteil vertrauen. Schließlich weißt du viel mehr über sie, als irgendein Lehrer jemals wissen kann.«

»Ich hasse Lehrer«, stieß Quinta hervor.

10. Kapitel

Obwohl es schon Ende Juli war und das Sommerhalbjahr um und sogar der Chor Ferien machte, hatte die Cathedral School ihre Tore noch nicht geschlossen. In einem weiträumigen Büro mit Blick auf die Grünflächen erwartete Mr. Poughley, der Leiter der Unterstufe, eine Besucherin.

»Das feine Service, Mrs. Fitzackerley«, sagte er.

»Oh, wollen Sie ihr Kaffee anbieten?« fragte seine Sekretärin überrascht. Eine eherne Hausregel lautete: kein Kaffee oder Tee für Eltern; es animierte sie nur dazu, länger zu bleiben. Mr. Poughley behauptete, daß er im Namen der Effizienz nicht anders handeln könne. Er war ja ein so vielbeschäftigter Mann, hatte soviel um die Ohren, daß sein Tagesablauf auf die Minute genau geplant werden mußte. Die Wahrheit war, daß er Eltern nicht ausstehen konnte, insbesondere Mütter, und so wenig Zeit wie möglich in ihrer Gesellschaft zubringen wollte.

»Wissen Sie denn nicht, wer Mrs. Lennox-Smith ist?« fragte Mr. Poughley erstaunt.

Mrs. Fitzackerley zuckte die Achseln. »Eine Mutter. Sie hat einen achtjährigen Sohn, der hier zur Schule gehen soll. Wenigstens hat sie sich nicht nach Stipendien erkundigt, also scheinen sie wohlhabend zu sein. Das heißt, mit den Schulgebühren gibt es schon mal keine Probleme. Am Telefon wirkte sie ganz normal, aber der Junge hört auf den Namen Milo. Das hielt ich nicht für allzu vielversprechend. Eine Spur Bohème, wenn Sie wissen, was ich meine. Ich habe ihr zwar gesagt, daß wir eine lange Warteliste hätten, aber sie bestand darauf, trotzdem zu kommen.«

Mr. Poughley tänzelte vor Ungeduld, während sie sprach.

»Es handelt sich hierbei nicht um irgendeine Mutter! Sie ist die Frau des künftigen Bischofs. Ihr Mann ist der neue Bischof von Eyot!«

Mrs. Fitzackerley runzelte die Stirn. »Ich dachte, er hätte die Fünfzig schon überschritten – ist er nicht ein wenig alt, um einen Sohn in der Unterstufe zu haben? Sind Sie sicher, daß wir von ein und demselben Mann sprechen?«

»Selbstverständlich bin ich sicher. Er hat mir durch seinen Kaplan ausrichten lassen, daß Mrs. Lennox-Smith sich wegen ihres Sohnes mit uns in Verbindung setzen würde.«

»In diesem Falle sollte ich die Karte anders einsortieren«, sagte Mrs. Fitzackerley.

»Wie bitte?«

Mrs. Fitzackerley deutete auf die kleinen Karteikästen, die hinter ihr auf einem Regal thronten.

»Der erste Kasten enthält die permanente Warteliste. Dabei handelt es sich um diejenigen Eltern, an denen Sie Zweifel geäußert haben. Die Eltern denken, ihr Kind stünde auf der regulären Warteliste, aber sie rücken nie nach oben auf. Wir bieten ihnen auf keinen Fall einen Platz an, es sei denn, wir haben Engpässe, weil uns zu wenige Anmeldungen vorliegen.«

Sie zeigte auf den zweiten Kasten. »Die reguläre Warteliste. Ein paar der Kinder kommen im nächsten Schuljahr oder später her, sobald weitere Plätze frei geworden sind. Kasten Nummer drei gehört den noch unentschiedenen Fällen. Dort habe ich zum Beispiel Mrs. Trent abgelegt, obwohl ich zunächst dachte, daß sie gar keine Aussichten hat.«

Sie nahm einen Kasten vom Regal. »Auf diesen Karten hier sind diejenigen Schüler vorgemerkt, die Sie definitiv aufnehmen wollen. Mit allen haben wir noch nicht reden können. Einige davon kommen schon im nächsten Halbjahr, aber ein Teil ist noch nicht alt genug und erst in zwei oder drei Jahren soweit.«

Mit flinken Fingern blätterte Mrs. Fitzackerley in dem Kartenstapel. »So, das hätten wir«, sagte sie, als sie die Karte der Lennox-Smith hinzugefügt hatte. »Milo wird definitiv zugelassen. Möchten Sie, daß ich die Karte mit einem oder mit zwei Punkten kennzeichne?«

»Hm?« machte Mr. Poughley.

»Ein blauer Punkt steht für wichtige oder einflußreiche Eltern, der grüne für finanzkräftige Eltern. Der Sohn des Bischofs kriegt ja wohl schon mal einen blauen Punkt, aber verfügt der Vater auch über Geld? Oder ist seine Mutter vielleicht vermögend?«

Mr. Poughley wurde ganz zappelig vor Nervosität. Am liebsten hätte er sie angeschrien. Er fand es unerträglich, wenn Mrs. Fitzackerley so überdeutlich wurde. Er gefiel sich in der Annahme, daß er seine Entscheidungen völlig unparteiisch fällte: auf der Basis seiner langjährigen Erfahrung mit Jungen (wobei er sich zu seinem Leidwesen mittlerweile genötigt sah, auch Mädchen aufzunehmen), seiner vorzüglichen Qualifikationen (die für die Aufnahme im Lehrkörper einer staatlichen Grundschule völlig unzureichend waren) und – das Tüpfelchen auf dem i – auf der Basis seiner intuitiven Einschätzung der Fähigkeiten eines Kindes.

»Ich erkenne es auf Anhieb«, pflegte er zu beteuern. »Sobald sie mein Zimmer betreten, weiß ich, ob es sich um einen begabten Jungen, ich meine, ein begabtes Kind handelt. Und meine Intuition hat mich noch nie getrogen.«

Andere Mitglieder des Lehrerkollegiums, die nicht über die Sehergabe Mr. Poughleys verfügten, was die Auswahl seiner Schüler betraf, seufzten resigniert, wenn sie dies hörten. Sie mußten an die vielen Stunden denken, die sie damit zugebracht hatten, diesen oder jenen Jungen auf die Aufnahmeprüfung vorzubereiten, die er dann letztlich doch nur mit Ach und Krach bestand. Jedesmal klangen ihnen die Worte des Schulleiters noch in den Ohren: »Brillanter Junge, absolut brillant.« Sie wußten Bescheid über die angeblichen Sportasse, die im Bermuda-Dreieck drittklassiger Mannschaften an unbedeutenden Privatschulen verschwanden, und die Jungen mit dem »wunderbaren Charakter, den geborenen Führungskräften«, die binnen kurzem von jeder weiterführenden Schule flogen, begleitet vom Aufschrei gepeinigter Schulleiter: »Sie haben uns ein Monster geschickt!«

Mädchen verursachten weit geringere Probleme. Mr. Poughley war schlicht und ergreifend nicht an ihnen interessiert; er hielt sie für unvollkommene Jungen und wünschte nur, sie würden nicht eines Tages zu nervtötenden Müttern heranreifen. Sie zu prüfen überließ er seinem Stellvertreter – oder so hatte er es zumindest gehalten, bis dieser unter skandalträchtigen Umständen seinen Hut hatte nehmen müssen. Wie er mit der neuen Stellvertreterin zurechtkommen würde, wußte er noch nicht. Da es sich um eine Frau handelte, würde sie vermutlich hoffnungslos überfordert sein. Um so mehr Arbeit für mich, dachte er, plötzlich von Selbstmitleid erfüllt.

Mrs. Fitzackerley warf ihm einen wissenden Blick zu. Er braucht dringend einen neuen Anzug, dachte sie. Trotz all des demonstrativen Geländelaufs und Schwimmtrainings nahm sein Leibesumfang unübersehbar zu. Ein kleiner, blasser Mann mit rundem Gesicht, das stets ein wenig erschrocken wirkte, war sein sehnlichster Wunsch, bedeutend auszusehen, fit, drahtig, dynamisch – ein Vorbild. Er hielt sich selbst für eine Art modernen Napoleon, klein von Statur, aber ein wahrer Ausbund an Charisma. Von allen anderen wurde er Old Puffy genannt.

Faustina Lennox-Smith war alles andere als beeindruckt. Mr. Poughley marschierte vor ihr auf und ab und spielte den Charmeur. Er hatte sich zwei Rollen zurechtgelegt: Für Eltern aus dem Süden mimte er den kultivierten Weltmann, für die Leute aus dem Norden den bodenständigen Pragmatiker.

Was für ein aufgeblasenes Männchen, dachte Faustina. Oje, all die Auseinandersetzungen darüber, ob Milo mit acht Jahren in ein Internat gesteckt werden sollte oder nicht, und jetzt dieser Schulleiter! Obgleich sie nach außen lächelte und höflich Konversation machte, war ihr ziemlich bang ums Herz.

Milo wurde von der Schulsekretärin hinausgeführt, um

unter der Aufsicht einer Miss Wedmore einige Tests zu absolvieren. »Routine, reine Routine«, beteuerte Mr. Poughley, während er ungeschickt mit den Kaffeetassen hantierte. »Ich sehe auf den ersten Blick, daß unser Milo Köpfchen hat, so etwas bleibt mir nie verborgen. Jetzt aber zur Musik – ich habe gerüchteweise gehört, daß Sie selbst Musikerin sind, eine erfreuliche Neuigkeit übrigens, und ich kann Ihnen versichern, daß Eyot eine sehr kunstliebende Gemeinde mit einem reichhaltigen musikalischen Angebot ist. Sie werden selbst sehen, daß ich nicht zuviel versprochen habe.« Er sah Faustina eindringlich an, sein charmantestes Lächeln klebte ihm im Gesicht.

Sie erwiderte das Lächeln zurückhaltend. »Das ist schön«, sagte sie zerstreut. »Ja, ja, ich habe eine Gesangsausbildung gemacht, trete aber nicht mehr auf.«

Mr. Poughley gab sich schockiert. »Nein, nein, in Ihrer Position – das versteht sich doch von selbst!«

»Aber wenn Sie mich nach Milo fragen, muß ich Ihnen leider sagen, daß er keinerlei Interesse an wie auch immer gearteter Musik hat.«

»Ich bin sicher, daß Sie in diesem Punkt zu pessimistisch sind, Mrs. Lennox-Smith. Wir verfügen über große Sachkenntnis, was die Musikerziehung von Kindern betrifft, und ich darf mit Fug und Recht behaupten, daß es unter unseren Jungen einige bemerkenswerte musikalische Talente gibt. Drei unserer diesjährigen Schulabgänger haben die Musikprüfung mit Auszeichnung bestanden, und sie alle haben begehrte Musikstipendien an Spitzenschulen hier in Eyot oder andernorts erhalten.«

»Äußerst löblich«, sagte Faustina, die sich das Lachen verbeißen mußte, als sie merkte, daß sie schon in denselben Ton verfiel wie Mr. Poughley. »Und was ist mit den Mädchen?«

»Den Mädchen?« Mr. Poughley war verwirrt. »Oh, haben Sie denn auch eine Tochter? Tut mir leid, das wußte ich nicht.«

»Nein, nur Söhne. Ich habe mich lediglich gefragt, ob die Mädchen ebenfalls begehrte Musikstipendien erhalten.«

»Ach … nun ja, dazu ist es noch zu früh … unser Zahlenverhältnis liegt noch nicht bei fünfzig zu fünfzig, obwohl der Dekan durchaus die Absicht hat … ich bin sicher, daß etliche Mädchen einen wertvollen Beitrag zum Musikalleben dieser Schule leisten werden …«

Ob sie in der Ausbildung lernen, so zu reden? fragte sich Faustina. Gibt es einen Spezialkursus für angehende Schuldirektoren? Oder – ein entsetzlicher Gedanke – redeten alle Lehrer an dieser Schule so wie er?

Mr. Poughleys Gesicht hellte sich auf. »Söhne?« wiederholte er hoffnungsfroh. »Ich dachte, Sie hätten nur den einen Jungen …«

»Ja, nein …«

Reiß dich zusammen, ermahnte Faustina sich. »Ich habe noch drei wesentlich ältere Söhne. Sie sind schon erwachsen.«

Mr. Poughley wirkte ein wenig verwundert, aber daran war Faustina mittlerweile gewöhnt. Sie hatte mit siebzehn Jahren geheiratet, mit achtzehn Zwillinge und ein Jahr darauf noch einen Sohn bekommen. Danach hatte sie sich hingesetzt, ein paar Berechnungen angestellt und war zu dem Schluß gekommen, daß sie, wenn sie so weitermachte, gut und gerne zwanzig Kinder in die Welt setzen könnte – und war zum Gynäkologen gegangen.

Ihr Ehemann sei offenbar nicht bereit, in dieser Angelegenheit aktiv zu werden, hatte sie dem Arzt verlegen erklärt. Die entsprechenden Maßnahmen wurden eingeleitet, und sie war erleichtert ans College zurückgekehrt, um ihre Ausbildung zu beenden, während Lennox sich über die scheinbare Unfähigkeit seiner Gattin wunderte, weitere Nachkommen in die Welt zu setzen.

Jetzt, mit Anfang Vierzig, sah Faustina für eine Mutter drei erwachsener Söhne sehr jung aus. Ja, seit ihre Sprößlinge aus dem Haus waren, verjüngte sie sich sogar zunehmend. Da die drei an den besten Schulen Englands ausgebildet – und verbildet – worden waren, schwankten sie in ihrem Verhältnis zu Frauen zwischen Haß und Verachtung. Ihre Mutter bekam überwiegend die Verachtung ab, außer wenn die Unbilden des Schicksals ihnen zusetzten und sie mal wieder wie kleine Jungen behandelt werden wollten. Anschließend haßten sie sich selbst wegen ihrer Schwäche und waren noch fieser zu ihr.

»Sie müssen dir fehlen, deine reizenden Jungs«, hatte eine von Faustinas Freundinnen gesagt. »Sie sind ihrem Vater ja so ähnlich, so sportlich, in jeder Hinsicht so prächtig geraten.«

»Im Gegenteil«, erwiderte Faustina, die, je älter sie wurde, um so weniger ihre Zunge im Zaum hielt. »Es ist eine große Erleichterung. Jetzt kann ich mich ganz und gar Milo widmen, der Sport zum Glück verabscheut und nicht die geringste Lust hat, auf ein Internat zu gehen.«

»Oh, das wollen sie zuerst alle nicht, aber wenn es dann soweit ist, sind sie Feuer und Flamme. So war es bei all meinen Söhnen damals auch.«

Faustina dachte an die doch recht bewegten Werdegänge der Sprößlinge ihrer Freundin: Einer lebte jetzt in einer Kommune in Indien; ein anderer saß wegen Drogenhandels in Spanien im Knast; der dritte war mit einer äußerst seltsamen Amerikanerin verheiratet, und der vierte fristete sein Dasein in unmittelbarer Nähe einer einschlägigen Londoner Klinik – und enthielt sich vorsichtshalber jeglichen Kommentars.

»Sie müssen lernen, auf eigenen Füßen zu stehen«, fuhr ihre Freundin fort.

»Nach meiner Erfahrung lernen sie dort nur, rücksichtslos anderen auf die Füße zu treten«, hatte Faustina erwidert. »Nein, ich möchte wenigstens einen einzigen fröhlichen, ausgeglichenen Sprößling, der das Leben genießt und gut mit Mädchen auskommt, großziehen. Also kommen nur Tagesschulen in Frage, und zwar gemischte.«

Durch Mr. Poughley waren ihre guten Vorsätze jedoch arg ins Wanken geraten.

»Ah, wesentlich ältere Jungs. Und die waren in … ? Ich nehme an, Sie haben Milo dort auch vormerken lassen …? Natürlich, eine unserer besten weiterführenden Schulen …

Und der Bischof – der künftige Bischof, sollte ich wohl sagen – ist ein Eton-Absolvent …?«

Er sieht aus wie ein Hund, der auf einen Knochen wartet, dachte Faustina unangenehm berührt. Aber sie lächelte tapfer. »Wegen Milo haben wir uns noch nicht entschieden. Wir wollen erst mal abwarten und sehen, wie er sich entwickelt.«

»Natürlich, natürlich, sehr vernünftig, ich wünschte, mehr Eltern hätten diese gesunde Einstellung. Und angesichts der Position, die Ihr Gatte bekleidet, dürfte es eigentlich kein Problem sein, einen Platz zu bekommen, wenn Sie ihn rechtzeitig anmelden …«

Er strahlte Faustina an, die sich langsam fragte, wann Milo endlich zurückkommen würde.

»Vermutlich wollen Sie sich jetzt die Schule ansehen. In den Ferien ist sie zwar ein recht trostloser, verlassener Ort, des jungen Lebens beraubt, von dem es hier sonst wimmelt, aber ich bin sicher, Sie werden unsere schöne Anlage dennoch zu würdigen wissen. Leider kann ich Sie nicht selbst … bedauerlicherweise werde ich von meinen zahlreichen Pflichten abberufen. Aber durch einen außerordentlichen Glücksfall ist Miss Wedmore anwesend, wie Sie ja bereits wissen, meine neue Stellvertreterin und eine sehr kompetente Dame. Ihre Ernennung wurde gerade erst diese Woche vom Dekan in seiner Eigenschaft als Vertreter des Schulbeirats bestätigt.«

»Ja, es gab gewisse Probleme mit ihrem Vorgänger, nicht wahr?« fragte Faustina mit gespielter Unschuld.

Mr. Poughley zuckte zusammen. »Er fühlte sich zu Höherem berufen«, erklärte er reserviert.

»Ach, was Sie nicht sagen … Ich hatte den Eindruck gewonnen, daß eher die Niederungen seine Spezialität waren.«

Mr. Poughley schaute Faustina mit einer Spur Abneigung an. »Die Zeitungen haben natürlich wie immer maßlos übertrieben. Es war überhaupt nichts Anstößiges dabei, er pflegte einen ganz normal herzlichen Umgang mit den Jungen …«

»Und er war ein begabter Amateurfotograf und Videofilmer, nicht wahr? Eine unverzeihliche Dummheit, ihn einzustellen«, fuhr Faustina unerbittlich fort. »Ich war zusammen mit Dodsy am Royal College, und wir wußten alle, wie er gepolt ist. Ich hätte ihn niemals auch nur in die Nähe meiner Söhne gelassen!«

Mr. Poughley gab ein mattes Lachen von sich. Wo blieb denn nur diese Miss Wedmore? Verflixte Frau – an dieser Schule hätte es selbst dann einen Platz für Milo gegeben, wenn er völlig verblödet gewesen wäre. Sie konnte doch nicht so dumm sein, die Tests ernst zu nehmen. Ah, da war sie ja endlich!

»Nun, Miss Wedmore, da sind Sie ja wieder. Alles in Ordnung, nehme ich an.« Er schenkte Milo sein speziell für die Jungen reserviertes Lächeln, und dieser starrte ihn aus großen, klaren braunen Augen an.

»Ich bin Harriet Wedmore«, stellte die hochgewachsene, athletische Frau, die mit Milo hereingekommen war, sich vor. Sie hatte den Eindruck, daß sie ewig würde warten müssen, bis der Direktor sich herbeiließ, sie miteinander bekannt zu machen.

Verärgert über diesen Faux-pas, wedelte Mr. Poughley nur mit dem Arm und setzte ein unaufrichtiges Lächeln auf, als die Frauen sich die Hand schüttelten. »Und wenn Sie jetzt so freundlich wären, Mrs. Lennox-Smith die Schule zu zeigen, bitte ich derweil meine Sekretärin, unseren Milo zu Mr. Praetorius zu bringen.«

Harriet Wedmore lächelte Faustina zu. »Oh, will er vorsingen? Ich wußte gar nicht, daß er Interesse hat, in den Chor einzutreten.«

Milo hob den Kopf. »Hab ich auch nicht«, sagte er schnell. »Mum ...«

»Meinen Sie Simon Praetorius, den Chorleiter?« fragte Faustina.

»Ja, kennen Sie ihn?«

»Ich habe ihn in Cambridge spielen hören. Er ist ein ausgezeichneter Organist. Aber wir würden nur seine Zeit verschwenden, wenn wir Milo zu ihm schickten. Wie ich bereits sagte, ist Musik wirklich nicht seine Stärke.«

»Lassen Sie das lieber uns beurteilen.« In Mr. Poughleys Lächeln schlich sich eine herablassende Note. »Ihr Sohn wird nicht lange fort sein. Mr. Praetorius wird ihn selbst hierher zurückbringen. Er wartet sicher schon auf Sie, wenn Sie Ihren Rundgang beendet haben.«

Faustina zwinkerte Milo zu, der daraufhin beruhigt schien und brav mit Mrs. Fitzackerley zur Kathedrale trottete. Harriet Wedmore geleitete Faustina zum Hauptgebäude der Schule, während sich Mr. Poughley erleichtert in seinen komfortablen Polsterstuhl sinken ließ.

Er fühlte sich elend. Es lag auf der Hand, daß Mrs. Lennox-Smith zur der Sorte von Müttern gehörte, die er am meisten verabscheute. Die Sorte, mit der er nicht das geringste zu schaffen haben wollte – aber er hatte natürlich absolut keine Wahl. Er wußte, und sie wußte, und der künftige Bischof und der Dekan und das Kapitel wußten, daß die Schule Milo auf jeden Fall aufnehmen würde, selbst wenn der Junge völlig verblödet oder schwer verhaltensgestört wäre. Nun ja, schwachsinnig war er offensichtlich nicht, das war schon mal was wert – aber bitte, lieber Gott, dachte Mr. Poughley und sandte ein selten aufrichtiges Stoßgebet zum Himmel, bewahre mich vor seiner Mutter! Aufstöhnend griff er in eine Schublade, um nach einer Magentablette zu kramen.

Harriet Wedmore warf Faustina einen flüchtigen Seitenblick zu, als sie den kopfsteingepflasterten Hof überquerten. Am Haupttor blieb sie stehen.

»Möchten Sie wirklich einen Rundgang durch die Schule machen?« fragte sie. »In der unterrichtsfreien Zeit sieht es hier eher trist aus, und ich habe den Eindruck, daß Sie sich das nicht unbedingt antun wollen.«

Faustina lachte. »Merkt man mir das so deutlich an? Sie haben natürlich völlig recht. Um ehrlich zu sein, bin ich ein wenig enttäuscht. Ich wünsche mir so sehr, daß Milo auf eine Tagesschule geht, doch es muß eine sein, an der er auf weiterführende Privatschulen vorbereitet wird. Mir ist das nicht so wichtig, aber mein Mann besteht darauf. Ich will, daß er eine Schule besucht, an der auch Mädchen zugelassen sind, und daher … na ja, wenn es hier nicht klappt, wird alles sehr schwierig.«

Sie hielt inne und schüttelte gereizt den Kopf. »Im Grunde ist dies die einzige Schule, die mein Mann akzeptieren wird. Es schickt sich, wenn man als Geistlicher sein Kind zur Cathedral School schickt.«

»Aber Sie haben Ihre Zweifel, ob die Schule überhaupt etwas taugt«, schloß Harriet Wedmore für sie. »Keine Sorge. Mr. Poughley ist hier eher so etwas wie die Galionsfigur. In letzter Zeit ist er oft unterwegs, und, ob Sie's glauben oder nicht, was die Öffentlichkeitsarbeit betrifft, macht er seine Sache recht gut. Alles in allem scheint es keine schlechte Schule zu sein, und ich bin wählerisch, was meinen Arbeitsplatz angeht. Ganz im Vertrauen – man hat mich zu dem Zweck hierhergeschickt, um die Schule wieder auf Trab zu bringen. Nach den Skandalen und Skandälchen, die es hier gegeben hat, will man sicherstellen, daß in Zukunft alles seinen ordnungsgemäßen Gang geht.«

Sie hielt inne und beobachtete Faustina. Es war ihr anzusehen, daß sie mit widerstreitenden Empfindungen zu kämpfen hatte. Die Erfahrungen mit ihren drei älteren Söhnen und auch mit Milo in seinen ersten drei Jahren an der Grundschule hatten ihr tiefes Mißtrauen gegen Lehrer eingeflößt. Sie war nicht mehr bereit, ihnen so ohne weiteres zu vertrauen. Miss Wedmore schien eine Ausnahme zu sein … aber diesen Eindruck hatten ihr auch schon andere vermittelt, von denen sie später arg enttäuscht worden war.

»Wir hätten Milo gern bei uns«, fuhr Miss Wedmore fort. »Seine Leistungen liegen über dem Durchschnitt – bis auf kleinere Lücken in Mathematik, aber das läßt sich ohne weiteres ausbügeln. Ich mag ihn und würde ihn gern unterrichten. Ich finde, er hat eine interessante Art zu denken.«

Wie bereitwillig Mütter doch auf jeden hereinfielen, der etwas Nettes über ihre Kinder sagte, dachte Faustina bitter.

»Kunst ist sein Lieblingsfach«, sagte sie. »Er ist sehr begeisterungsfähig, deshalb glaube ich, daß er gut mithalten wird.«

Harriet Wedmore lachte. »Den Kunstlehrer kann ich Ihnen leider nicht vorstellen, da er eine Haftstrafe wegen Diebstahls verbüßt. Er hat alte Manuskripte aus der Bibliothek der Kathedrale mitgehen lassen. Er war Laienhelfer und ist zwischen den Gottesdiensten schnell mal eben ins Magazin gedüst, um sich zu bedienen.«

Faustina kapitulierte. Wenn Miss Wedmore so offen sprechen und sogar darüber lachen konnte, dann würde wahrscheinlich doch alles gut werden.

»Der Kunstlehrer wird doch ersetzt?« erkundigte sie sich.

»Ja, klar. Ein hiesiger Maler, der auch eine Lehrerausbildung hat, kommt her, um den Kindern, die ernsthaft an Kunst interessiert sind, Unterricht zu geben. Außerdem stößt noch ein regulärer Kunstlehrer, der außerdem im Sommer Tennisstunden geben wird, zu uns. Also wird Milo gut versorgt sein.«

Sie blickte Faustina an, die immer noch ein besorgtes Gesicht machte, und lächelte.

»Ich wage zu behaupten, daß Milo länger brauchen wird, als Mr. Poughley vorhergesagt hat. Zufällig weiß ich nämlich, daß Mr. Praetorius an einer Konferenz teilnimmt, die noch ein ganzes Weilchen dauern wird. Aber machen Sie sich keine Sorgen wegen Milo, man wird ihm wie in solchen Fällen üblich die Krypta zeigen, und davon sind alle Kinder begeistert – alte, bleiche Knochen zuhauf, und sogar einen mumifizierten Ritter haben wir zu bieten.«

Faustina lächelte. »Ein mumifizierter Ritter würde ihm allerdings gefallen.«

»Also schlage ich vor, daß Sie ins Flora's gehen und dort auf Milo warten. Hinter diesem Namen verbirgt sich, wie Sie vielleicht schon wissen, das beliebteste Café von Eyot. Ich bringe ihn Ihnen dann später rüber. Und bitte machen Sie sich keine Sorgen mehr«, fügte sie hinzu. »An dieser Schule wird er besser aufgehoben sein, als man auf den ersten Blick vermutet.«

Faustina schüttelte die Regentropfen von ihrem Schirm und stellte ihn in den hübschen Messingständer hinter der Tür des Cafés. Die Kellnerin in der schwarzweißen Uniform, die sie schon an der Garderobe empfing, lächelte zuvorkommend. Der Fußboden war mit einem dicken Teppich bedeckt, und als Faustina zu einem freien Ecktisch ging, umschmeichelte der Duft von Kaffee, heißer Schokolade und Zimttoast ihre Sinne.

Auf zwei Seiten bestanden die Wände des Cafés aus Glas. Von ihrem Platz blickte Faustina auf die Leofric Street, die zu einer alten Steinbrücke über dem Fluß führte; zur Linken sah man den St. Wulfstan's Square, einen Platz mit einem hübschen alten Brunnen in der Mitte, umgeben von alten Läden. Sogar in dem Nieselregen wirkte er anziehend.

Tropfnasse Touristen in hellen Regenmänteln spähten bedrückt in die Schaufenster. Der Zeitungsverkäufer an der Ecke hielt ein durchweichtes Exemplar der Abendzeitung in die Höhe, während der Regen an seinen Reklameplakaten hinabrann.

Hier ist es ganz anders als in Cambridge, dachte Faustina, als sie an ihrem aromatischen Sumatra-Kaffee nippte. Wenn auch offenbar genauso feucht. Eine Zeitlang schwelgte sie in nostalgischen Erinnerungen an warme, von Sonne, Lachen und Leichtigkeit erfüllte Orte. Dann riß sie sich zusammen. Äußerst unpassende Phantasien für die Gattin eines englischen Klerikers!

Ortsansässige in dunkleren Kleidern, die energisch einem bestimmten Ziel zustrebten, überquerten in beiden Richtungen den Platz. Eine Gruppe kichernder Mädchen schnitt den Café-Gästen Grimassen, als sie an der Fensterfront vorbeikam. Einige Gäste blickten von ihrem Kaffee auf und runzelten die Stirn. Faustina lächelte ihnen zu und winkte fröhlich. Verwundert blieben sie stehen, dann grinsten sie und winkten zurück.

Wie schön wäre es, eine Tochter zu haben, dachte Faustina. Sie liebte Milo abgöttisch und war ihren drei älteren Söhnen eine so zärtliche und gute Mutter gewesen, wie sie es vermochte. Dennoch hatte sie sich oft gewünscht, wenigstens einer von ihnen wäre ein Mädchen. Andererseits …

Ich kenne hier niemanden, sagte sie sich, als sie sich die zweite Tasse Kaffee eingoß. Und keiner der Passanten weiß, wer ich bin. Aber schon in ein paar Monaten oder in einem Jahr werde ich, wenn ich hier sitze, bekannte Gesichter sehen, und so mancher wird mich erkennen und erzählen, daß er die Frau des Bischofs im Flora's beim Kaffeetrinken gesehen hat.

Sie seufzte. Es würde nicht heißen »Ich habe Mrs. Lennox-Smith gesehen« oder besser nur »Mrs. Smith« (wie albern von Lennox, sich einen Doppelnamen zuzulegen, so angeberisch!), oder aber – was ihr am liebsten gewesen wäre – »Faustina«. Nein, von nun an würde es zumeist »die Frau des Bischofs« heißen, als existierte sie nur in Zusammenhang mit ihm.

Ein Mann löste sich aus der Traube der Fußgänger, die auf die Brücke zusteuerten. Faustina setzte sich auf. Das war doch … Unmöglich. Das Dämmerlicht hatte ihrer Phantasie einen Streich gespielt. Sie wandte sich wieder ihrem Kaffee und ihren trüben Gedanken zu, und im selben Augenblick wurde die Tür des Cafés aufgestoßen und ein hochgewachsener Mann trat schwungvoll ein. Er zwängte sich zwischen den Tischen hindurch und ließ sich auf den Stuhl ihr gegenüber fallen.

»Titus! Du bist es doch! Ich dachte mir schon, daß du's warst, draußen auf dem Platz. Titus, wie schön, dich zu sehen!«

Titus musterte sie von oben bis unten und lächelte wohlgefällig. »Fausty, du bist hübscher denn je.« Er senkte die Stimme. »Wo können wir denn jetzt so schnell wie möglich ein Bett finden?«

Faustina lachte lauthals los, und die beiden älteren Damen am Nachbartisch rümpften über ihren Tassen mit der erlesenen Kaffeemischung des Flora's mißbilligend die Nase.

»Es ist mein Ernst, ich kann nicht mehr warten. Wir müssen sofort zusammen ins Bett.«

»Schsch«, sagte Faustina. »Das ist mal wieder typisch für dich, Titus. Du verschwindest für – wie lange? – mehr als acht

Jahre aus meinem Leben, und dann bist du plötzlich wieder da und verlangst, daß ich mit dir ins Bett steigen soll.«

Titus' Augen wurden noch dunkler. »Was, soll das etwa heißen, daß du nicht mit mir ins Bett gehen willst?«

»Titus, es ist acht Jahre her. Es ist nicht so, als ob … Ach, du verstehst mich ja doch nicht.«

Eine klare, helle Stimme wehte durchs Café. »Da ist Mum. Jetzt komme ich schon allein zurecht, vielen Dank, Miss Wedmore.«

Als Faustina den Kopf wandte, sah sie Milo zielstrebig auf ihren Tisch zukommen. Auf dem Weg hielt er nur kurz an dem Servierwagen mit den Sahnetorten inne. Sie stand auf, um sich bei Harriet Wedmore zu bedanken, doch die hob an der Tür nur die Hand zum Gruß und verschwand.

»Sie muß sich noch mit jemandem treffen«, erklärte Milo. Dann blickte er Titus an. »Hallo«, sagte er mit seiner gewohnten Freundlichkeit. »Wer sind Sie?«

11. Kapitel

Quinta mußte eine ausgedehnte Mittagspause einlegen, um Einkäufe zu erledigen. Phoebes Füße waren enorm gewachsen, sie brauchte dringend neue Gummistiefel. Wie furchtbar, für die Sommerferien Gummistiefel besorgen zu müssen, dachte Quinta. Was für ein Leben!

»Ich brauche auch neue Shorts.« Phoebe beäugte ein knallbuntes Modell in einem Schaufenster. »Die da gefällt mir, guck mal.«

»Ja, die ist hübsch, aber sie wird vermutlich auch sündhaft teuer sein. Außerdem denke ich, daß dieses Jahr Jeans oder eine Cordhose sinnvoller wären.«

»Louises Mum hat ihr einen Bikini gekauft, und alle möglichen Tops, außerdem Shorts wie die da im Fenster. Und Sandalen, Strandlaken, ach, alles mögliche.«

»Ja, Louise hat sehr viel Glück, aber da, wo wir hinfahren, brauchst du all das nicht.«

»Allmählich glaube ich, daß wir doch noch zum Südpol fahren«, bemerkte Phoebe, als Quinta weiterging, um nach einem warmen Pullover Ausschau zu halten. »Ich hab doch noch die Pullis, die Pauline mir gegeben hat, die, aus denen Gavin rausgewachsen ist. Fand ich richtig nett von ihr, weil Peter kleiner ist als ich und sie auch hätte kriegen können.«

Quinta dachte grimmig an die abgetragenen Relikte, die ihre Freundin ihnen mit demonstrativ großzügiger Geste überreicht hatte.

»Pauline würde den kleinen Peter nie im Leben in diesen alten Fetzen herumlaufen lassen. Ich hab die Sachen in die Mülltonne gestopft.«

»Ach«, sagte Phoebe ohne das geringste Zeichen der Überraschung. »Ich dachte mir schon, daß ich sie lange nicht mehr gesehen habe.«

Phoebe schlenderte an ihrem Lieblingsgeschäft vorbei, das lauter Schätze wie barocke Schmuckgirlanden, pummelige kleine Putten und prunkvolle venezianische Kerzenhalter barg.

»Wenn ich groß bin, werde ich steinreich sein und ein Haus voll mit Dingen wie die hier haben«, sagte sie sehnsüchtig.

Quinta erinnerte sich an die Dinge, die sie sich als Kind gewünscht hatte, an all ihre schönen Pläne – und man schaue sich nur an, was aus ihr geworden war.

»Ich glaube nicht, daß man als Erwachsener oft das bekommt, was man sich früher gewünscht hat«, sagte sie ein wenig traurig.

»Welch deprimierender Gedanke«, ließ sich eine bekannte Stimme hinter ihr vernehmen.

»Hallo, Simon«, sagte Quinta. »Komm jetzt, Phoebe, in fünf Minuten mußt du in der Bibliothek sein, und ich muß wieder an die Arbeit. Tut mir leid, Simon, aber wir haben's eilig.«

Simon machte ein enttäuschtes Gesicht, aber in diesem Augenblick blieb eine kleine kugelrunde Frau neben ihnen stehen, die zwei Kinder etwa in Phoebes Alter im Schlepptau hatte.

»Hallo«, rief sie. »Ihr seid Quinta und Phoebe, nicht wahr? Wir haben uns am Mittwochmorgen im Patchworkkursus getroffen. Phoebe hat es viel Spaß gemacht, stimmt's, Kleines?«

Phoebe strahlte. »Ja. Kommen Jonas und Gail jetzt auch zum Kunstunterricht in der Bibliothek?«

»Ja, sicher, und ich helfe mit.« Sie lächelte Quinta fröhlich an. »Sie sind immer auf Achse, nicht wahr? Ich weiß nicht, wie Sie das schaffen – ein Vollzeitjob, Phoebe, und all das ohne Ehemann! Soll ich Phoebe gleich mitnehmen?«

»Gute Idee«, erwiderte Simon wie aus der Pistole geschossen. Quinta mußte über ihn lachen. Die kugelrunde Frau lachte ebenfalls, aus keinem ersichtlichen Grund. Aber sie machte ohnehin den Eindruck, als lache sie oft und gern, einfach nur weil es ihr Spaß machte. Sie eilte mit Phoebe davon, und

Quinta blieb allein mit Simon zurück, der sie mit bewundernden Blicken verschlang.

»Du siehst aus wie einer dieser Engel da, die ein unsichtbares höheres Wesen anbeten«, sagte sie gereizt.

»Ich bete aber dich an«, entgegnete Simon. »Du weißt, daß ich dich anbete – oh, Quinta, warum läßt du mich nicht an dich heran?«

»Ich weiß nicht, wovon du sprichst. Falls du meinst, daß ich mit dir nicht über meine geheimsten Gedanken und Gefühle rede, hast du recht – das tue ich weder mit dir noch mit sonst jemandem. Aber wenn du darauf hinauswillst, ob ich mit dir was anfange, habe ich es dir oft genug gesagt – nein, ich gehe mit dir nicht ins Bett.«

»Warum denn nicht? Mit Alban tust du's doch auch.«

Quinta wurde wütend. »Ihr teilt wohl alles in der Familie, wie?« fragte sie aggressiv. »Hör zu – was ich mit Alban tue, geht nur mich und ihn etwas an, es hat nicht das geringste mit dir zu tun. Und es bedeutet nicht, daß ich auch für alle anderen männlichen Mitglieder seiner Familie zu haben bin.«

»Nicht für alle männlichen Mitglieder, nur für mich. Du liebst Alban doch gar nicht, das weiß ich ganz genau.«

Quinta seufzte. »Simon, warum müssen wir diese Unterhaltung immer wieder führen? Hör zu, ich muß jetzt los, sonst komme ich zu spät in den Laden.« Simon griff nach ihrem Arm und zog sie in den geräumigen Eingang eines Geschäfts, fort von dem Gewühl regenfeuchter Passanten. »Ich will dich küssen«, sagte er feurig.

Quinta schüttelte ihn ab. »Du bist wahnsinnig geworden, Simon. Mal abgesehen von der Tatsache, daß ich dich nicht küssen will, obwohl ich dich sehr mag – oder mögen würde, wenn du mich nicht immerzu derart bedrängen würdest –, vergiß nicht, wer du bist und wo du bist. Die Kathedrale liegt gleich um die Ecke, und hier spazieren massenhaft Kanoniker und Priester herum.«

»Die Kanoniker können mir den Buckel runterrutschen«, sagte Simon eingeschnappt.

Verärgert maß Quinta ihn von oben bis unten. Wie konnte ein Mann in den Vierzigern sich nur wie ein pubertierender Jüngling benehmen, der schmollend seinen Liebeskummer kultivierte?

»Versuch dich daran zu erinnern, daß du ein verheirateter Mann mit Familie bist.«

»Ist das der einzige Grund, warum du nicht mit mir schlafen willst? Ich ziehe gleich morgen aus und beantrage die Scheidung, wenn du mit mir fortgehst.«

»Ach, werd endlich erwachsen!« sagte Quinta. »Ich werde niemals mit dir fortgehen, egal was du tust.«

Simon ließ nicht locker. »Andere Frauen schlafen auch mit verheirateten Männern.«

»Ich aber nicht.«

»Alban mag zwar nicht verheiratet sein, aber was ist mit der Frau, die er sich in seiner Londoner Wohnung hält? Das macht dir anscheinend überhaupt nichts aus.«

Quinta war anzusehen, daß sie wie vor den Kopf geschlagen war.

»Ach, dann wußtest du also nichts von Hermione?« fragte Simon triumphierend. »Vielleicht bringt dich das ja dazu, es dir noch mal zu überlegen. Vielleicht wolltest du Alban nur nicht betrügen. Na, das könnte sich jetzt ja ändern, wo du weißt, daß er dich jedesmal betrügt, wenn er nach London fährt.«

Quinta fing sich schnell wieder. Sie war zwar überrascht, aber nicht etwa verletzt oder gekränkt ob dieser Enthüllung. Was für ein kompliziertes Leben Alban führt, dachte sie. Viel komplizierter, als ich angenommen hatte. Ob Lucy Praetorius wohl über diese Hermione Bescheid weiß? Was mag sie davon halten, daß ihr Sohn sich zwei Geliebte in zwei verschiedenen Städten hält? Nun ja, so ehrenrührig wie Bigamie oder Ehebruch war es wohl nicht.

»Das ändert nicht das geringste, Simon. Tut mir leid, aber darum geht es wirklich nicht.«

Zu ihrer Erleichterung entdeckte sie Titus, der mit einer ihr unbekannten Frau und einem kleinen Jungen die Straße entlangkam. Titus beugte sich mit freudestrahlendem Gesicht zu der Frau hinunter. Wie herzlich, fast innig sie miteinander umgehen, dachte Quinta, als sie die beiden beobachtete. Wer sie wohl ist? Jemand, dem er nahesteht, nach seinem Blick zu urteilen. Aber gottlob bleibt Titus bestimmt stehen, um Simon zu begrüßen, und dann kann ich entkommen.

»Mist«, stieß Simon hervor, als Titus stehenblieb, um ihm hallo zu sagen.

»Faustina, dies ist Simon Praetorius. Und Quinta, eine Freundin seines Bruders.«

Freundin seines Bruders!

Simon warf Titus und Faustina einen finsteren Blick zu. Dann erkannte er Milo und wurde verlegen.

»O Gott, das bist ja du«, sagte er zusammenhanglos.

Milo musterte ihn argwöhnisch. »Das ist der Mann, von dem ich dir erzählt habe, Mum – der, für den ich diese albernen Sachen zum Klavier singen sollte.«

Titus sah erst Milo an, dann Simon. »Ich hab gehört, daß Milo hier zur Schule gehen soll. Aber daß er auch Chorknabe werden soll, ist mir neu.«

»Das wird er auch nicht«, sagten Faustina und Simon wie aus einem Munde. Simon blickte Faustina baß erstaunt an. »Wollen Sie gar nicht, daß er im Chor mitmischt?«

»Nein«, sagte Faustina. »Er kann gar nicht singen. Er ist ganz und gar unmusikalisch. Sie würden keine Freude an ihm haben, und für ihn wäre es die reinste Qual. Mir ist völlig schleierhaft, warum der Direktor sich diese Idee in den Kopf gesetzt hat.«

Simon seufzte erleichtert. »Ich bin vorhin schwer mit Old Puffy aneinandergeraten. Er sagte, Milo müsse um jeden Preis in den Chor aufgenommen werden – es gilt als große Ehre, dem Chor anzugehören, müssen Sie wissen –, weil er der Sohn des Bischofs sei und es seinen Vater freuen würde. Ich sagte, das käme überhaupt nicht in Frage, und da wurde er fuchsteufelswild.«

»Oje«, sagte Faustina. »Tut mir furchtbar leid – was für ein dummes Mißverständnis. Aber Sie haben doch sicher das letzte Wort in der Frage, ob ein Junge im Chor aufgenommen wird oder nicht.«

Simon lachte verächtlich auf. »Oh, theoretisch ja. Aber praktisch trifft Old Puffy gewöhnlich die Entscheidung. Die Chorstipendien sind die einzigen Stipendien, die die Schule an Jungen in Milos Alter vergibt, deshalb legt Puffy Wert darauf, die für ihn besonders interessanten Schüler dort unterzubringen. Momentan habe ich einen Jungen, der nicht singen kann, einen zweiten, der die Texte nicht lesen kann, von den Noten ganz zu schweigen, und einen dritten, der so ungebärdig ist, daß er eigentlich in den Zoo gehörte. Gegen völlig durchschnittliche Jungen habe ich nichts einzuwenden – wenn sie sich Mühe geben, kann man ihnen in der Regel beibringen, leidlich anständige Töne hervorzubringen. Aber manche sind schlicht und ergreifend hoffnungslos überfordert. Wie um Himmels willen soll ein Junge, der lispelt, die Psalmen oder lateinische Verse singen?«

Quinta war gefesselt von diesen Einblicken in die geheime, weihevolle Welt des Kathedralenchors und prustete los. Faustina grinste ebenfalls. »Klingt, als hätten Sie es wirklich schwer mit Ihren Schützlingen«, sagte sie mitfühlend.

»Sie ahnen nicht, wie schwer«, erwiderte Simon bedrückt.

»Der Männerchor ist aber allererste Sahne«, brüstete sich Titus, wofür er einen finsteren Blick von dem gebeutelten Chormeister erntete. »Ach, Simon, da wir gerade beim Thema Gesang sind – Faustina hat eine sehr gute Stimme. Royal College, aber professionell singt sie nicht mehr.«

Simons Miene hellte sich auf. »Das ist aber endlich mal eine gute Nachricht. Wir haben zwar schon die Oratorien-Gesellschaft für das Standardprogramm wie den Messias, die großen Requiems und gelegentlich auch ein wenig gewagtere Stücke, wenn ich mich durchsetzen kann. Aber ich will noch einen Kammerchor gründen, um das Angebot zu erweitern. Kommen Sie doch und treten Sie bei uns ein, sobald Sie sich hier eingelebt haben.«

»Danke, nur zu gerne!«

Titus warf ihr einen fragenden Blick zu. »Im Kammerchor zu singen ist doch ein angemessenes Hobby für die Frau eines Bischofs, oder?«

»O ja«, sagte Faustina ernst. »Und ich bin sicher, daß Simon auch auf sakrale Werke zurückgreifen wird. Außerdem werde ich darauf achten, keine ausgeschnittenen Kleider zu tragen. Insofern können die Klatschtanten der Kathedrale rundum zufrieden sein.«

Mit einem Anflug von Neid dachte Quinta, daß Faustina in einem ausgeschnittenen Kleid sicher einfach umwerfend aussehen würde. Überdeutlich war sie sich ihrer verwaschenen Jeans und des Sweatshirts bewußt, zu denen sie einen alten Regenmantel von Alban trug.

»Sie sehen gar nicht aus wie die Frau eines Bischofs«, sagte sie freimütig zu Faustina.

Faustina seufzte. »Nein, und ich benehme mich auch nicht dementsprechend. Obwohl ich natürlich strenggenommen noch nicht die Frau eines Bischofs bin, nicht vor dem Herbst. Aber ich weiß, daß viele Kollegen meines Mannes denken, ich sei keine passende Gefährtin für ein ranghohes Mitglied der Kirchenführung. Bedauerlicherweise kann er mich nicht gegen ein geeigneteres Modell eintauschen.«

»Nein«, sagte Titus ernst. »Es ist schon ironisch: Viele Männer in seinem Alter, die keine Kirchenmänner sind, verlassen ihre Frauen, um mit irgendeinem hübschen jungen Ding durchzubrennen, das höchstens halb so alt ist wie sie. Aber was der Bischof braucht, ist eine ältere Frau als du, viel gesetzter, mit angenehmen, jedoch höflich-distanzierten Umgangsformen und glühendem Interesse am Gärtnern.«

»Ja, und bitte keine künstlerischen Ambitionen«, ergänzte Faustina. »Ich fürchte, ich lasse in der Hinsicht so einiges zu wunschen übrig. Aber das macht nichts, Lennox hat es dennoch weit gebracht, obwohl er mich zur Frau hat.«

Simon war wieder in seine Hamlet-Melancholie verfallen. Quinta musterte ihn ärgerlich, verabschiedete sich rasch von ihm und den anderen und floh, bevor er noch etwas sagen konnte.

»Ein bezauberndes Mädchen«, sagte Faustina. »Sie ist zwar nicht schön im klassischen Sinne, aber sie hat ein interessantes Gesicht, und sie sprüht nur so vor Lebendigkeit.«

»Ja«, bestätigte Titus. »Allerdings ist sie noch sehr jung, obwohl sie eine Tochter etwa in Milos Alter hat – Phoebe. Sie ist unverheiratet, lebt aber mit Simons Bruder zusammen.«

Faustina wollte es immer ganz genau wissen. »Dann ist Ihr Bruder der Vater des Kindes?«

»Nein«, sagte Simon lapidar.

Titus wunderte sich nicht weiter über Simons Verdrossenheit. Alle Männer im Chor wußten Bescheid über Simons hoffnungslose Liebe zu Quinta.

Faustina hatte nachgedacht. Sie sah Simon an. »Ihr Bruder muß Alban Praetorius, der Komponist, sein.«

»Ja«, sagte Simon. »Er ist der Berühmtere von uns beiden«, fügte er bitter hinzu.

»Also stammen Sie aus einer Musikerfamilie. Sie sind verheiratet und haben Kinder, das weiß ich aus einem Konzertprogramm. Sind Ihre Kinder auch musikalisch?«

Simon sah Titus' amüsierte Miene und wurde rot. Ihm ging auf, wie lächerlich er sich machte. Er rang sich ein gequältes Lächeln ab. »Um das zu sagen, ist es noch zu früh.«

»Wie ich höre, ist Quintas Tochter musikalisch begabt«, sagte Titus. »Unterrichtest du sie nicht, Simon?«

»Ja, ich gebe ihr Klavierstunden, wenn Quinta mich läßt. Sie ist sehr stolz. Da sie es sich nicht leisten kann, mich für die Anzahl der Stunden zu bezahlen, die das Kind eigentlich brauchen würde, darf ich nicht mehr als das Minimum tun.«

»Das ist aber schade«, sagte Faustina. »Musiziert sie denn in der Schule regelmäßig?«

»Wohl kaum. Sie besucht eine dieser modernen Grundschulen mit viel Gruppenarbeit und fröhlichem Hallo, aber daß sie dort etwas lernt, glaube ich nicht. Quinta macht sich deswegen große Sorgen.«

»Sie sollten Mädchen in Ihren Chor aufnehmen«, schlug Faustina vor. »Dann könnte sie in den Genuß eines von Mr. Poughleys Stipendien kommen.«

Gequält schloß Simon die Augen. Die Vorstellung, daß Mädchen den Chor aufmischten, erfüllte ihn mit Entsetzen. »Gott sei Dank besteht keine Gefahr, daß es dazu kommt.«

»Solche Ketzereien solltest du dir hier lieber verkneifen«, sagte Titus zu Faustina. »Die kleinste Andeutung, daß Mädchen Zutritt zum Chor erhalten sollten, und Dekan, Kapitel und Laien werden aschfahl vor Schreck und schlagen die Beschwörungsformeln zur Reinigung geweihter Orte nach.«

»Ich weiß, ich weiß. Wenn ihr wirklich alle so traditionsverhaftet seid, solltet ihr vielleicht wieder auf Kastraten zurückgreifen – was meinen Sie?«

Milo, der einen Laden für Modellbau entdeckt hatte, drängte sich in ihre Mitte. »Mum, ich war heute den ganzen Tag so lieb und brav, und dabei hab ich in der Schule richtige Kopfschmerzen gekriegt von der ganzen Rechnerei – findest du nicht auch, daß ich mir eine Belohnung verdient habe? Bitte, ja?«

Faustina drückte ihn. »In Ordnung. Sag Mr. Praetorius und Titus auf Wiedersehen, dann gehen wir rein und schauen uns mal um.«

Sie schüttelte Simon die Hand, und Titus beugte sich vor, um ihr einen Kuß auf die Wange zu geben. Er hielt ihre Hände kurz in den seinen. »Dann bis bald, Faustina. Wann siedelt ihr ins Palais über?«

»Im Herbst. Wir melden uns bei dir. Lennox wird sich sicher sehr freuen, dich wiederzusehen.«

»Mmm«, machte Titus.

»Na, ich muß schon sagen, das ist ja alles höchst interessant«, verkündete Marjorie. »Du hältst wirklich die Augen offen, Wyn«, fügte sie huldvoll hinzu. »Und Mr. Praetorius hat sie tatsächlich am Arm gefaßt? Buchstäblich Hand angelegt?«

Wyn nickte eifrig. »Ja. Sie standen etwas abseits der Straße in einem Hauseingang, und es war ganz und gar nicht nötig, es hatte längst aufgehört zu regnen.«

»In einem Hauseingang!« Vor Marjorie stiegen finstere Bilder aus viktorianischer Zeit auf – Dirnen, die sich bei Nacht und Nebel in Hauseingängen herumdrückten, um dort auf Kundschaft zu lauern.

»Aber sie ist ja fast eine Verwandte von ihm«, warf Daphne ein.

»Sie ist nichts dergleichen«, gab Marjorie entrüstet zurück.

»Wenn sie mit Mr. Praetorius' Bruder zusammenlebt, dann …«

»Dann können wir das als gläubige Christinnen zwar nicht billigen, aber wir dürfen auch nicht vorschnell den Stab über sie brechen. Vielleicht ist sie ja doch nur seine Haushälterin und es handelt sich um eine rein geschäftliche Beziehung. Von der Geschichte, daß sie verheiratet sein soll, glaube ich persönlich allerdings kein Wort.«

»Ich habe nie was von einem Ehemann gehört.« Wyn zog die Schraube an dem großen Blumenständer fest, den sie geputzt hatte. »So.«

Marjorie befestigte Tannenzapfen an einem langen Stab. Brutal säbelte sie das Klebeband von der Rolle. »Das müßte halten. Beeil dich mal ein bißchen mit dem Tee, Daphne, ich bin schon völlig ausgedörrt. Du schniefst ja schon wieder!«

»Tut mir leid«, sagte Daphne automatisch, holte ein Papiertaschentuch aus ihrem Ärmel und schneuzte sich halbherzig.

»Lady Wray hat über Quinta gesprochen«, fuhr Marjorie fort. »Offenbar ist sie eine alte Schulfreundin von Lydia.«

Es war kurz still, während die drei Frauen diese neue Information verdauten.

»Lydia muß auf eine sehr gute Schule gegangen sein«, bemerkte Wyn schließlich.

»Ja, sie war in Grisewood«, sagte Marjorie. »Ein hochexklusives Internat.«

»Quinta könnte ein Stipendium bekommen haben«, gab Daphne zu bedenken.

Möglich war es durchaus. Man würde es überprüfen müssen.

»Jedenfalls hat Lady Wray Lydia über ihre Freundin ausgefragt.«

»Und das zu Recht«, warf Daphne ein. »Heutzutage kann man nicht vorsichtig genug sein.«

»Lydia sagte, sie sei verheiratet, ihr Mann arbeite irgendwo im Ausland. Ein Beamter oder so.«

»Da hat ihre Freundin ihr aber einen Bären aufgebunden. Den Vater des Kindes hat noch nie jemand zu Gesicht bekommen – falls Alban Praetorius nicht doch der Erzeuger ist.«

»Er würde es nicht verschweigen, wenn die Kleine seine Tochter wäre«, wandte Marjorie ein. »In derlei Dingen kennt er keine Hemmungen. Schließlich ist er Künstler.«

»Daran ist nur seine Mutter schuld. Eine höchst exzentrische Frau, die überdies ihren Wohnsitz im Ausland aufgeschlagen hat – nicht gerade das, was man von einem Mitglied einer so angesehenen Familie erwarten würde.«

»Vielleicht hat Lydia sich den Ehemann im Alleingang erfunden.« Wyn tunkte den Ingwerkeks in ihren Tee.

»Ich habe dich wiederholt darauf hingewiesen, meine Liebe, daß es höchst unziemlich ist, so zu essen«, sagte Marjorie.

Wyn entschuldigte sich und verzehrte den Rest des Kekses, wie es sich gebührte.

»Ich bin sicher, Lydia würde nicht im Traum daran denken, solche Geschichten zu erfinden, schon gar nicht, um ihre Großmutter hinters Licht zu führen.«

»Nein, da hast du völlig recht«, pflichtete Daphne ihr bei. »Man spürt doch gleich, daß sie ein durch und durch aufrichtiges Mädchen ist. Sie würde nie zu hinterhältigen Tricks greifen, um sich bei ihrer Großmutter lieb Kind zu machen.«

»Nein, sicher nicht«, sagte Wyn skeptisch, die daran denken mußte, wie sie sich in Lydias Alter verhalten hatte. Hatten Marjorie und Daphne ihre Familien wirklich nie belogen, um Außenseiterfreunde gesellschaftsfähig zu machen? Waren Marjorie und Daphne überhaupt jemals jung gewesen? Manche Menschen schienen alt zur Welt zu kommen. Vielleicht hatten Marjorie und Daphne sich nie verliebt, sich nie nachts aus dem Haus geschlichen, um sich mit jungen Männern zu treffen, deren Ruf zu wünschen übrigließ.

In Wahrheit scheute Lydia vor keinem Trick zurück, um sich bei ihrer Großmutter ins rechte Licht zu rücken. Lady Wray war froh, daß sie und Adam sich endlich kennengelernt hatten und anscheinend blendend verstanden.

»Vielleicht lädt er sie ja mal ins Kino ein«, sagte sie zu ihrer Freundin Sybil.

»Ja, oder in einen Nachtclub, oder wo die jungen Leute heutzutage sonst so verkehren. Du bietest, Wilhelmina.«

»Oh, verzeiht – zwei Kreuz.«

»Wo steckt deine Enkelin denn heute nachmittag?« fragte eine der anderen Bridge-Spielerinnen.

»Sie ist zu einem Vortrag gegangen, den ein Kollege von Adam hält. Irgendwas über die alten Römer – wie intellektuell die jungen Mädchen von heute sich geben!«

»Ich passe«, sagte Sybil. »Ja, ich glaube, sie ist zusammen mit Adam hingegangen. Sehr vielversprechend.«

Alle in der Runde nickten zufrieden bei dem Gedanken an die beiden jungen Leute und ihre vielversprechende Romanze.

Aber Romanze war der falsche Begriff, um zu beschreiben, was Adam und Lydia in diesem Moment miteinander trieben. Lydia hatte mit Freuden festgestellt, daß Adam ein herrlich leidenschaftlicher erfahrener Liebhaber war, obgleich ihr einige seiner Vorlieben auch leises Unbehagen einflößten.

»Oh«, hauchte sie dann, und das Unbehagen war wie weggeblasen. »Mmm, das gefällt mir!«

»Ich bin ganz verrückt nach deinem Körper.« Adam knabberte an ihrem Rücken und packte besitzergreifend ihre Hüften. »So schlank, und ein so toller straffer Hintern. Wie bei einem Jungen.«

Blitzschnell fuhr Lydia herum. »Wie ein Junge? Du stehst doch nicht auf Jungen, oder?«

»Natürlich nicht. Wäre ich sonst hier und würde das hier mit dir machen?«

Als seine Hände zu besonders empfindsamen Stellen glitten, vergaß Lydia ihre Bedenken, zumal sie selbst auf Entdeckungsreise ging.

Hinterher lag sie träge da – eine Diana, die sich nach einem Schäferstündchen befriedigt, mit geröteten Wangen auf ihrem Lager räkelte. Sie beobachtete, wie Adam sich reckte und zum Fenster ging. Er hat selbst einen tollen Körper, dachte sie. Übersät von feinen, rotgoldenen Härchen. Selbst sein Schamhaar war rötlichblond. Einfach alles an ihm war beeindruckend.

»Ich hoffe, du bist kein Berserker oder Werwolf«, sagte sie unvermittelt.

»Wie bitte?« fragte er perplex.

»So wie in den altnordischen Sagas. Wie bei dem Wikinger, mit dessen Busenfreund man sehr vorsichtig umgehen mußte, weil er ein Berserker war. Und einem anderen Mann durfte man auf keinen Fall nachts begegnen, weil er sich dann in einen Werwolf verwandelte.«

»Oh, ich verstehe«, sagte Adam, dessen literarische Bildung sich in Grenzen hielt. »Über die alten Sagen weiß ich wenig. Nein, ich bin kein Werwolf und auch kein Berserker. Aber andererseits« – er packte sie und ließ sich mit ihr aufs Bett fallen – »spiele ich im Bett durchaus mal ganz gern den wilden Mann, wie du gleich sehen wirst.«

»Oh, gut«, hauchte Lydia.

12. Kapitel

Quinta war ganz Ohr, als Lydia ihr von der Affäre mit Adam erzählte. Die beiden Freundinnen saßen an einem Samstagnachmittag in Wesley's Eisdiele, und Lydia machte sich über den größten Eisbecher her, der Quinta jemals zu Gesicht gekommen war.

»Das kommt von dem vielen Sex«, erklärte Lydia, als sie die Schokoladensoße mit dem Strohhalm aufsaugte. »Der macht mich schrecklich hungrig – mit Adam geht's richtig zur Sache, da ist ordentlich was los.«

»Also ist es anstrengend?« fragte Quinta, die genüßlich ihr wesentlich kleineres Eis löffelte.

»Geradezu erschöpfend, aber ich kann nur sagen – ich kann nicht genug davon kriegen. Er ist gut ausgestattet, besser noch als Angus. Sehr brauchbar. Und obwohl er jede Menge Muskeln hat, gehört er nicht zu den Hau-Ruck-Typen, nein, er hat auch jede Menge origineller Ideen. Manche sind sogar regelrecht bizarr«, fügte sie nachdenklich hinzu.

Quinta wartete auf Phoebe, die heute ihren Termin bei der Schulpsychologin hatte. Quinta hatte bei ihr bleiben wollen, doch davon hatte die Psychologin nichts hören wollen. »Gehen Sie nur ruhig gemütlich einen Kaffee trinken. Es wird mindestens eineinhalb Stunden dauern.«

»Du machst dir Sorgen um sie, nicht wahr?« fragte Lydia. Was für ein Elend, Kinder zu haben, dachte sie. Man verliert nicht nur seine Freiheit, sondern muß zusätzlich zu den eigenen auch noch die Sorgen und Kümmernisse der Kleinen mit sich herumschleppen.

»Wie geht's denn mit meinem Kontrabaß voran?« fuhr sie fort, um Quinta vom Thema Phoebe abzulenken.

»Ach ja, schau mal, das hier wollt ich dir zeigen.« Quinta kramte in ihrem Beutel und zog einen Skizzenblock heraus. Nach kurzem Blättern legte sie eine Zeichnung vor Lydia auf den Tisch. »Was hältst du davon?«

Lydia beugte sich gespannt vor. Dann schob sie sich das Haar aus der Stirn und lächelte ihre Freundin entzückt an.

»Quinta, es ist genau das richtige! Ein Drachenkopf – oh, ich kann's kaum erwarten. Kannst du das wirklich hinkriegen?«

Quinta nickte, froh, daß Lydia die Idee gefiel.

»Wie groß wird er werden?«

Quinta deutete die Maße mit den Händen an. »Die Wirbel kommen hierher, siehst du. Und diese Öffnungen umrande ich mit Goldfarbe.«

»Toll«, sagte Lydia.

Dann sprang die Tür auf und Adam war bei ihnen. Quinta war ihm bisher noch nicht begegnet. Mann, ist der riesig! dachte sie – und grinste. Gott sei Dank war er »gut ausgestattet« – wie lächerlich hätte er sonst nackt ausgesehen!

Diesen Gedanken behielt sie allerdings für sich und schwieg, als Lydia ihm den Drachenkopf zeigte. Er blickte Quinta interessiert an.

»Sie können hervorragend zeichnen. Wunderbar präzise.«

»Das muß auch so sein, weil ich mich bei der Arbeit an den Entwürfen orientiere.«

»Und Sie schnitzen den Kopf selbst?«

»Natürlich«, sagte Quinta.

Adam ging zum Tresen und holte sich einen großen Becher gemischtes Eis. Er goß noch verschiedene Soßen drüber, dann kehrte er an den kleinen Marmortisch zurück.

»Wo haben Sie zeichnen gelernt?« fragte er und zog den Block näher heran, um sich den Drachenkopf noch einmal genauer anzuschauen.

»Am College. Gehörte zur Ausbildung.«

»Hm.«

»Quinta wird mit der Arbeit an der Schnecke anfangen, sobald sie aus dem Urlaub zurückkommt«, berichtete Lydia.

»Wohin fährst du eigentlich, Quinta? Das hast du mir noch gar nicht verraten – nur, daß es irgendwo am Meer sein soll, damit Phoebe am Strand spielen kann.«

Quinta verzog das Gesicht. »So war's ursprünglich geplant. Wir wollten nach Yntrig fahren. Aber leider ist die Jugendherberge komplett ausgebucht – eine Gruppenbuchung, sagen sie. Also muß ich in letzter Minute eine Alternative finden, und das wird gar nicht so einfach. Meinen Urlaub verschieben kann ich jetzt nicht mehr.«

Lydia blickte sie überrascht an. »Was für ein Zufall. Genau da liegt Adams Ausgrabungsstätte. Du weißt ja, daß ich mit von der Partie sein werde.«

»Ich fürchte, wir sind schuld an der Zimmerknappheit in der Jugendherberge«, sagte Adam. »Wir haben die meisten Räume für die ehrenamtlichen Helfer reservieren lassen. Es ist eine Notgrabung, da das Gelände schon ins Meer absinkt, und deshalb brauchen wir so viele Leute, wie wir nur kriegen können.« Er wollte noch etwas sagen, zögerte jedoch.

Lydia schaute ihn aus ihren Schlafzimmeraugen an. »Raus damit, Adam. Was wolltest du sagen?«

»Es ist nur so eine Idee.« Er wandte sich an Quinta. »Eine meiner technischen Assistentinnen, die bei den Ausgrabungen die Pläne zeichnet, ist verhindert. Sie hat mich heute morgen angerufen. So kurzfristig wird es unmöglich sein, Ersatz für sie zu finden ...«

Lydia strahlte. »Oh, und du meinst, Quinta könnte einspringen?«

Ein Blick aus Adams kühlen blauen Augen dämpfte ihre Begeisterung jedoch sogleich. »Sie könnte es ganz sicher, über die nötigen Fähigkeiten verfügt sie allemal, aber im Grunde ist es nicht fair, es ihr vorzuschlagen.«

»Wieso denn nicht?« fragte Lydia.

»Na ja ...« Er konzentrierte sich auf Quinta, die nachdenklich ihren Eisbecher auskratzte. »... weil ich denke, daß deine Freundin Quinta sehr hart arbeitet. Und wenn sie schon mal Urlaub hat, sollte sie sich entspannen und nicht wer weiß wie viele Stunden am Tag schuften, wie es bei der Grabung unumgänglich sein wird.«

»Eigentlich würde ich sehr gern mitmachen«, sagte Quinta. »Ferien mit Phoebe sind ohnehin keine große Erholung. Zeit für mich habe ich nur dann, wenn ich sie im Butlin's abliefere.«

»Im Butlin's?« Lydia war entsetzt.

Quinta grinste. »Klingt scheußlich, nicht wahr? Aber Phoebe ist ganz wild darauf. Welches Kind in ihrem Alter nicht? Man kann endlos viel unternehmen, und dabei braucht man nicht mal für jede Aktivität einzeln zu bezahlen, es ist alles im Preis inbegriffen. Die ganze Zeit paßt jemand auf sie auf. Es macht ihr großen Spaß.«

»Und was ist mit dir?« Lydia konnte sich Quinta einfach nicht in einem Butlin's-Feriencamp vorstellen. »Wohnst du dann in einem dieser grauenhaften kleinen Bungalows und gehst abends zum Bingo und zu Tanzwettbewerben?«

»Ja, ich wohne in einem der Bungalows, die übrigens gar nicht so übel sind, wenn auch nicht gerade luxuriös. Und nein, ich gehe nirgends hin, während ich dort bin. Das ist ja das Tolle – ich kann die ganze Zeit ungestört lesen. Entspannender geht's nicht.«

Adam musterte sie anerkennend. »Es ist nicht leicht, ein Kind allein großzuziehen, nicht wahr?«

Kein falsches Mitleid, dachte Quinta, und genau das richtige Quentchen Verständnis. Warum fühle ich mich in seiner Gegenwart trotzdem so unbehaglich?

»Wenigstens habe ich nur eins«, sagte sie munter. »Denkt nur an die armen Mütter, die drei oder vier Sprößlinge allein großziehen müssen.« Sie schaute Adam nachdenklich an. »Erzählen Sie mir mehr über die Ausgrabung.«

Sie hörte aufmerksam zu, als Adam ihr erklärte, worum es ging. »Klingt sehr interessant«, sagte sie dann. »Und die Arbeit traue ich mir auch zu.«

»Aber es gibt kein Geld dafür«, warnte Adam. »Alle, die an diesem Projekt mitwirken, arbeiten ehrenamtlich. Sie könnten Cathys Zimmer in der Hütte haben, in der einige von uns absteigen, müßten es aber mit Phoebe teilen. Frühstück und Abendessen werden gestellt.«

»Was mache ich mit Phoebe, damit sie uns nicht auf die Nerven fällt?« fragte Quinta. »Sie wird uns zwar helfen wollen, aber nach höchstens einer halben Stunde wird ihr Interesse erlahmen, und dann richtet sie vermutlich nur ein Riesentohuwabohu an.«

Adam schüttelte den Kopf. »Kein Problem. Es werden mehrere Kinder dabeisein. Einige Leute kommen in Begleitung ihrer Partner, die selbst nichts mit der Ausgrabung zu tun haben. Ihre Tochter wird einen Riesenspaß haben.«

»Gut, abgemacht«, sagte Quinta. »Kann ich diese Cathy denn mal anrufen, um zu erfahren, was ich alles mitbringen muß und so?«

»Na klar«, erwiderte Adam. »Ich gebe Lydia später die Nummer. Ich bin Ihnen wirklich sehr dankbar.«

»Ach was«, sagte Quinta gutgelaunt. »Sie tun eher mir einen Gefallen.« Sie schaute auf ihre Uhr. »Du lieber Himmel, wenn es wirklich schon so spät ist, muß ich schleunigst los. Phoebe wird mittlerweile soweit sein.«

»Sag mir Bescheid, was sie von dem Plan hält«, rief Lydia ihr nach, als Quinta zur Tür stürzte. Dann wandte sie sich Adam zu. »Iß schnell dein Eis auf«, sagte sie mit laszivem Blick. »Zum Tee muß ich zu Hause sein.«

»Also eine Stunde.« Adam stand auf.

»Du bist doch noch gar nicht fertig«, protestierte Lydia, als er sie bei der Hand nahm.

»Es gibt eben ein paar Dinge, die ich noch lieber mag als Eiscreme«, erklärte er.

Nach der Sitzung mit der Psychologin kam Phoebe sich ungemein wichtig vor. Quinta hatte gehofft, der Frau, die ihre Tochter auf Herz und Nieren geprüft hatte, ein paar Fragen stellen zu können. Doch die Psychologin winkte lächelnd ab, als sie ihr Phoebe übergab. »Ich glaube nicht, daß Sie sich ihretwegen große Sorgen zu machen brauchen«, sagte sie. »In ein, zwei Wochen schicke ich Ihnen den kompletten Bericht zu. Wenn Sie dann noch Fragen haben sollten, können Sie mich jederzeit anrufen. Aber vielleicht sollten Sie vorsichtshalber schon mal über einen Schulwechsel nachdenken. Ich habe nicht den Eindruck, daß sie an ihrer jetzigen Schule besonders gut aufgehoben ist.«

Nachdem sie sich verabschiedet hatten, ging Quinta mit Phoebe zu Fuß nach Hause. Sie war erleichtert; offenbar stand es nicht so schlimm um Phoebe, wie die Direktorin behauptete – aber wie um alles in der Welt sollte sie eine bessere Schule für ihre Tochter auftreiben?

»Du mußt sie an der Cathedral School anmelden, gar keine Frage«, sagte Pauline in ihrer herrischen Art, als sie Phoebe am Sonntag abend in Manor House abholte.

»Du hast gut reden«, entgegnete Quinta. »Du weißt genau, daß ich mir die Schulgebühren nicht leisten kann.«

»Dann wirst du eben deinen Stolz hinunterschlucken und deine Eltern um Hilfe bitten müssen.«

Quinta schüttelte den Kopf. »Nein. Sie würden zwar zahlen, aber als Gegenleistung würden sie verlangen, daß Phoebe irgendein vorsintflutliches Internat besucht und die Ferien bei ihnen verbringt.«

Pauline schürzte die Lippen. »Die Armen müssen tanzen, wie die Reichen pfeifen. Phoebe hat ganz offensichtlich Lernschwierigkeiten, und dagegen muß etwas getan werden. Ich bin jedenfalls der Meinung, daß du deine persönlichen Empfindlichkeiten dem Wohl deines Kindes unterordnen solltest.«

Warum hat Pauline nur immer recht und gleichzeitig so schrecklich unrecht? dachte Quinta, als sie Phoebes Pyjama in den Rucksack stopfte.

Phoebe hatte den Aufstand geprobt, als sie erfuhr, daß sie bei Pauline übernachten sollte. »Gavin ist eine Flasche, und Peter ist noch ein Baby«, sagte sie verächtlich. »Und Pauline zwingt mich immer, Sachen zu essen, die angeblich gut für mich sind und von denen mir speiübel wird.«

»Du Ärmste«, sagte Alban, der aus seinem Studio gekommen war, um sich eine Stärkung zu holen. »Aber es tut dir mal ganz gut, essen zu müssen, was auf den Tisch kommt. Vielleicht lernst du so die Kochkünste deiner Mutter zu würdigen.«

»Wie willst du denn ohne mich auskommen?« fragte Phoebe finster. »Quinta, was willst du hier ohne mich anfangen? Es wird sterbenslangweilig sein, und Alban wird in London sein. Du wirst dich schrecklich einsam fühlen.«

»Ich werd's schon überleben, keine Bange«, gab Quinta zurück, die sich insgeheim dachte, wie herrlich es sein würde, einen ganzen Abend für sich zu haben. »Ich muß noch so vieles für unseren Urlaub vorbereiten.«

»Ich packe aber meine Sachen selbst«, sagte Phoebe. »Du vergißt immer genau die Sachen, auf die es ankommt – meine Bücher und meine Stoffeulen zum Beispiel.«

»O ja, klar«, sagte Quinta, als Phoebe in ihr Zimmer abzog, um ihre Habseligkeiten auf dem Fußboden auszubreiten. »Dafür denke ich an die unwichtigsten Dinge wie Wäsche und Socken.«

»Du hast bestimmt mal wieder eine Liste gemacht«, rief Phoebe spöttisch aus ihrem Zimmer.

»Irrtum, Phoebe, diesmal gibt es keine Liste«, rief Quinta zurück.

Als sie sich von Phoebe verabschiedete, plagten Quinta dann doch Gewissensbisse. Erst warf Phoebe ihr nur einen vorwurfsvollen Blick zu, kam jedoch noch einmal zurück, schlang die Arme um ihren Hals und drückte sie fest.

»Viel Spaß morgen bei Waterworld«, rief Quinta und sah ihnen nach, bis Paulines Wagen um die Ecke gebogen war.

Sie wollten ganz früh am nächsten Morgen losfahren, was auch der Grund war, warum Phoebe bei ihnen übernachtete.

»Du schaffst es bestimmt wieder nicht, sie rechtzeitig bei uns abzuliefern«, hatte Pauline prophezeit. »Neuerdings bist du sehr nachlässig geworden. Eine Zeitlang habe ich große Hoffnungen in dich gesetzt. Es sah ganz danach aus, als ob du endlich ein geregeltes Leben führst, organisiert und durchgeplant. Du darfst jetzt nicht die Zügel schleifen lassen. Ich weiß, alle Welt redet immerzu davon, wie schwer alleinerziehende Mütter es haben. Aber wir haben es auch nicht leicht, und ich beklage mich nie. Ohne Selbstdisziplin geht es eben nicht.«

Sie hat ja recht, ich bin noch chaotischer als früher, dachte Quinta. Seit Tagen habe ich keine Liste mehr gemacht, und die brauche ich ganz dringend, wenn wir am Freitag pünktlich losfahren wollen. Hilfe!

Sie schloß die Tür und schnitt der alten Standuhr, die in der Diele vor sich hintickte, eine Grimasse. Das Zifferblatt war in Form einer Sonne mit menschlichem Gesicht gestaltet, und am unteren Rand waren noch einmal eine Sonne und ein Mond abgebildet. Um das Gesicht rankten sich Zeilen aus einem Gedicht von Robert Herrick:

Die Sonne, glorreicher Himmelsschein
Je höher hinan sie steiget
Um so schneller ihr Lauf wird beendet sein
Und sie zum Untergang sich neiget.

Wie wahr, dachte Quinta, wie jedesmal, wenn sie die Zeilen las. Sie hatte dabei stets das Gefühl, daß sie Zeit verschwendete, die Stunden ihr unaufhaltsam durch die Finger glitten, wie überhaupt ihr ganzes Leben.

Viertel nach fünf. Alban würde in Kürze losfahren, und dann – halleluja! – hätte sie den Abend für sich. Wenn nur Simon nichts von seiner Abwesenheit erfahren hatte und auf die glorreiche Idee kam, ihr einen Besuch abzustatten. Oder Pauline rief an, sobald die Kinder im Bett lagen, um ihr eine Strafpredigt zu halten oder sie zu etwas überreden zu wollen, das ihr gegen den Strich ging.

Zu ihrer Überraschung stand Alban noch in der Küche. Er blickte sie vielsagend an, dann öffnete er den Kühlschrank und holte eine Flasche Mineralwasser heraus. Nachdem er sich ein Glas eingegossen hatte, lehnte er sich an einen der Küchenschränke.

»Wir müssen miteinander reden, Quinta«, begann er.

O nein, dachte Quinta. »Wir reden doch oft miteinander.«

»Ja, aber nicht über wichtige Dinge.«

»Du erzählst mir zum Beispiel von deiner Musik. Ist die nicht wichtig?«

Alban war verblüfft. »Doch, natürlich ist sie wichtig, im Grunde ist sie das einzige, was letztlich zählt. Aber das habe ich nicht gemeint. Es gibt auch noch andere wichtige Dinge, das ist mir durchaus bewußt.«

Er wirkte ungewohnt unsicher, spielte nervös mit seinem Glas, bevor er es auf den Tisch stellte.

»Quinta, ich habe nachgedacht. Wir sollten heiraten.«

Quinta war so baff, daß ihr die Pfanne aus der Hand glitt, die sie gerade abtrocknen wollte. Sie landete laut scheppernd auf dem Fliesenboden.

»Jetzt schau nur, was du angerichtet hast!« sagte sie vorwurfsvoll. »Von einer der Fliesen ist ein Stück abgebrochen!«

»Das läßt sich jederzeit reparieren.«

»Ist ja mal wieder typisch für dich«, brauste Quinta auf. »Solche Fliesen kosten ein Vermögen. Machst du dir denn gar keine Gedanken darüber, wie teuer alles ist?«

Alban sah sie verwundert an. »Die Kosten für die Reparatur einer einzigen Fliese bringen mich schon nicht an den Bettelstab. Komm schon, Quinta, du machst aus einer Mücke einen Elefanten. Und außerdem bist du ganz schön unsensibel«, fuhr er fort und steigerte sich jetzt seinerseits in einen Wutanfall hinein. »Ich mache dir einen Heiratsantrag, und du jammerst über eine zerbrochene Bodenfliese!«

»Das war kein echter Heiratsantrag«, widersprach Quinta. »Du sagtest ›wir sollten heiraten‹, als ob es eine Verpflichtung oder ein unausweichliches Schicksal wäre und nicht etwas, das du gern tun würdest.«

»Tut mir leid. Möchtest du, daß ich dich zum Essen ausführe

und im Restaurant vor dir auf die Knie falle? Kann ich machen, wenn du willst.«

»Das will ich keineswegs«, erwiderte Quinta heftig. »Ich habe dich sehr gern, Alban, das weißt du, aber heiraten will ich nicht – weder dich noch sonst jemanden.«

Alban schwieg, während Quinta methodisch Töpfe und Pfannen abtrocknete und an ihre Haken hängte.

»Das reicht mir nicht«, platzte Alban dann heraus. »Du hast mich gern! Nie bist du mir so nahe gewesen, wie ich es mir wünsche. Du hältst immer so vieles zurück, nie weiß ich, was du wirklich denkst oder fühlst. Und jetzt entgleitest du mir vollends, ich habe keine Ahnung, warum ... aber ich werde nicht zulassen, daß ich dich verliere. Ich habe dir angeboten, dich zu heiraten, und du sagst nein, ohne überhaupt darüber nachzudenken. Wenn Phoebes Vater, der Mistkerl, plötzlich auftauchte, würdest du Hals über Kopf mit ihm davonlaufen. Ja, und du würdest ihn auch heiraten, wenn er sich seine Frau vom Halse schaffen könnte, oder? Die Leute sagen, ich wäre zu alt für dich, aber er könnte vom Alter her dein Großvater sein. Wahrscheinlich ist er sogar zu alt, um noch einen hochzukriegen – aber das würde dich nicht weiter stören, nicht wahr, weil du ihn immer noch liebst, trotz der langen Zeit und trotz allem, was er dir angetan hat! Und vermutlich wirst du niemals einen anderen lieben können. Schon bei dem Gedanken wird mir speiübel.«

Er stürmte hinaus, nur um sogleich wieder umzukehren. »Und was ist mit Phoebe? Sie braucht einen richtigen Vater, hast du das schon mal bedacht? Nein, du spielst weiter die kämpferische, aufopferungsvolle alleinerziehende Mutter, und Phoebe muß ohne all die Dinge auskommen, die sie braucht, wie zum Beispiel eine anständige Schule und richtigen Musikunterricht – und all das nur wegen deines dummen Stolzes und deiner blinden Liebe zu diesem nichtswürdigen Kerl, der dich verführt hat, als du viel zu jung warst, um es besser zu wissen.«

Quintas Augen weiteten sich vor Schreck. Alban hatte noch

nie so zu ihr gesprochen. Sie fuhr sich mit den feuchten Händen durchs Haar, das ihr danach wild vom Kopf abstand.

»Ach, Quinta«, sagte Alban. »Bitte, Quinta.«

Aber Quinta sah rot vor Zorn. »O ja, heirate mich, dann kriegst du dein Heim mit all seinen Annehmlichkeiten gratis, und wenn es hier zu langweilig wird, bleibt dir ja immer noch deine nette kleine Geliebte in London. Was soll das bringen, Alban? Vier Nächte die Woche mit mir statt zwei, und anschließend drei Nächte mit Hermione? Wie schön für dich, und das alles nur, weil dir Phoebes Wohl so am Herzen liegt!«

Ihr verächtlicher Ton ließ Alban zusammenzucken. »Hermione? Was hat denn Hermione damit zu tun? Wenn wir heiraten, ist mit Hermione Schluß. Sie würde ohnehin nicht bleiben wollen. Woher weißt du überhaupt von ihr?«

»Simon hat es mir erzählt.«

»Der Mistkerl!« rief Alban aufgebracht. »Es will schon was heißen, wenn der eigene Bruder … Ach, das ist jetzt nebensächlich. Der Punkt ist, Quinta, daß wir so nicht weitermachen können.«

O Gott, dachte Quinta. Was soll jetzt aus uns werden? Wenn Alban so dachte, wie konnte sie dann weiter unter seinem Dach leben? Und wie sollte sie zurechtkommen, wenn sie sich eine andere Bleibe suchen mußte? Sie konnte sich so schon kaum über Wasser halten.

Mit tränenüberströmtem Gesicht stürzte sie hinaus und schloß sich in ihrem Zimmer ein. Alban hämmerte gegen die Tür, rief verzweifelt ihren Namen. Dann gab er schließlich auf und überließ sie ihren Tränen und Ängsten.

Kurz darauf hörte sie die Tür zufallen, als er das Haus verließ, um zum Bahnhof zu fahren.

Soviel zu meinem schönen, friedlichen Abend, dachte Quinta, als sie im Dämmerlicht des kühlen Sommerabends auf dem Bett lag. Sogar die Katzen hatten sich von ihr zurückgezogen, und sie konnte die Leere und Stille des Hauses fast körperlich spüren.

Immer wieder gingen ihr dieselben Gedanken durch den

Kopf. Wenn sie Alban verließ und auszog – worauf es möglicherweise hinauslaufen konnte –, wohin sollte sie sich wenden? Welche Auswirkungen würde es auf Phoebe haben, die in ihrem jungen Leben ohnehin schon mit genug Problemen fertig werden mußte?

Dies war das einzige Heim, das Phoebe jemals gekannt hatte. Hier war Alban immer um sie gewesen: wäre es sehr traumatisch für sie, wenn sie ihn nie mehr wiedersähe? Denn sie würde einen Schlußstrich ziehen, sich ein für allemal von ihm trennen, ein neues Leben anfangen müssen, wenn er wirklich so empfand, wie er gesagt hatte. Vielleicht sollte sie ganz aus Eyot wegziehen. Ihr wurde eiskalt bei diesem Gedanken. Nicht nur Phoebe hatte hier ein Zuhause gefunden. Würde sie anderswo überhaupt einen Job finden? Das Geld war knapp, selbst jetzt bei der minimalen Miete, die Alban neben der Haushaltsarbeit von ihr verlangte.

Dann war da der Kontrabaß für Lydia. Natürlich würde sie ihn fertigbauen, was auch geschehen mochte, aber sie hatte vorgehabt, danach noch weitere Instrumente zu bauen ... Es wäre zutiefst deprimierend, wenn sie sich wieder ausschließlich auf Reparaturarbeiten beschränken müßte.

In diesen dunklen Stunden fühlte Quinta sich so einsam wie noch nie in Eyot. Sie legte sich Rechenschaft darüber ab, auf welchen Fundamenten ihr Leben ruhte, und stellte fest, wie brüchig diese waren. Dabei ging es nicht nur um ihr, sondern auch um Phoebes Leben. Bei dem Gedanken, wie abhängig Phoebe von ihr war, wie sicher sie war, daß Quinta immer eine Lösung wußte und alles in Ordnung bringen konnte, bekam sie es mit der Angst zu tun.

Ich kann eben nicht alles in Ordnung bringen, dachte Quinta todunglücklich, kurz bevor sie schließlich im grauen Licht der Morgendämmerung endlich in einen unruhigen Schlaf sank. Ich kann es nicht.

An den wenigen Tagen, die ihr bis zum Urlaubsantritt noch blieben, war Quinta so beschäftigt, daß sie keine Zeit hatte, eingehend über ihre Beziehung mit Alban nachzudenken. Es war ein Problem, das einer Lösung bedurfte. Ihr ganzes Leben würde sich ändern, und das nicht zum Besseren, aber im Moment mußte sie die Sache erst einmal ad acta legen. Phoebes Ferien kamen an erster Stelle. Die Kleine sollte ihren Spaß haben. Phoebe spürte sofort, wenn Quinta deprimiert oder besorgt war, und litt darunter. Doch Quinta, die gelernt hatte, ihre Sorgen und Kümmernisse für sich zu behalten, gelang es, jeden Gedanken an die plötzlich so ungewisse Zukunft zu verdrängen.

Phoebe stürzte sich in einen Taumel von Urlaubsvorbereitungen, während Quinta im Laden Überstunden schob, um nichts liegenlassen zu müssen. Wann immer es ging, arbeitete sie an Lydias Kontrabaß. Obgleich sie sich auf den Urlaub freute, trennte sie sich nur ungern von ihm. Ich bin allmählich wie besessen davon, sagte sie sich. Wahrscheinlich weil ich alles andere vergesse, wenn ich mich mit dem Instrument beschäftige.

»Sogar Phoebe«, gestand sie schuldbewußt, als sie mit Lucy Praetorius am Telefon davon sprach. Lucy hatte angerufen, um mit Alban zu sprechen.

»Er ist leider nicht da«, sagte Quinta. »Eigentlich müßte er schon längst zurück sein, aber er ist wie vom Erdboden verschluckt. Angerufen hat er auch nicht. Hast du es mal in London versucht?«

»Da kriege ich nur den Anrufbeantworter«, erwiderte seine Mutter. »Mit Sicherheit saß er die ganze Zeit daneben und hat mir sogar zugehört. Man kann doch mithören bei diesen modernen Geräten, oder? Um die Leute auszusortieren, mit denen man nicht reden will. Bei meinem letzten Anruf habe ich eine ziemlich biestige Nachricht hinterlassen, aber er hat trotzdem nicht zurückgerufen.«

»Oje«, sagte Quinta. »Hoffentlich ist alles in Ordnung mit ihm.«

»Wenn er mit niemandem reden will, nicht mal mit mir, dann bastelt er entweder an einer größeren Komposition – du weißt ja, wie er sich dann aufführt –, oder er ist eingeschnappt und befürchtet, daß ich ihm sage, er soll sich nicht so anstellen.«

Quinta dachte kurz nach. Sie hatte ein schlechtes Gewissen. Alban war ohne ein Wort weggefahren – war er wirklich so tief gekränkt?

»Und Hermione?« fragte sie. »Geht die nicht ans Telefon?«

In der Leitung herrschte Stille. Dann räusperte sich Lucy. »Ach, dann weißt du also über Hermione Bescheid? Hat Alban dir von ihr erzählt?«

»Nein, Simon, in einem Anfall von Gereiztheit.«

»Einen Spinner zum Sohn zu haben, ist schlimm genug«, sagte Lucy ausgesprochen unmütterlich, »aber zwei von der Sorte sind eine wahre Strafe. Am liebsten würde ich sie mit den Köpfen aneinanderstoßen.« Sie hielt inne. »Hermione gibt es schon sehr lange. Er hatte sie schon, bevor er dich kennenlernte.«

Quinta beeilte sich, sie zu beruhigen. »Es macht mir nicht das geringste aus, wirklich. Alban kann tun und lassen, was er will.«

»Übrigens eine äußerst anstrengende Person«, fuhr Lucy fort. »Mit achtzehn hat sie aufgehört zu wachsen – ich meine nicht körperlich, Gott bewahre, sie ist riesig, sondern mental und gefühlsmäßig. Sie gehört zu den Menschen, die nie richtig erwachsen werden, was ich immer äußerst deprimierend finde. Außerdem himmelt sie Alban noch genauso an wie als Backfisch, und das ist nicht gut für ihn. Sie bedient ihn von vorn bis hinten. Sie ist Flötistin, mußt du wissen, und spielt in einem Londoner Orchester. Alban sagt ja oft, daß Orchestermusiker prinzipiell auf dem geistigen Stand eines Fünfzehnjährigen sind, aber bei Hermione scheint ihn das nicht weiter zu stören. Er geht mir manchmal wirklich auf die Nerven. Ich wünschte, er würde endlich erwachsen werden und sich mit einer netten Frau verheiraten.«

»Er will mich heiraten«, sagte Quinta nervös.

Lucy lachte – die Vorstellung schien sie aufrichtig zu amüsieren.

»Ich habe nein gesagt. Tut mir leid, wo du dir doch wünschst, daß er heiratet – aber ich möchte einfach nicht seine Frau werden.«

»Das kann ich dir nicht verdenken, du hast völlig recht«, sagte Lucy energisch. »Ich habe dich und Phoebe sehr gern, das weißt du, und ich hätte dich auch liebend gern zur Schwiegertochter, aber auf lange Sicht ist Alban nicht der Richtige für dich. Ein Sohn mit einer katastrophalen Ehe reicht mir völlig. Ich wußte von Anfang an, daß es ein Fehler war, daß Simon Evie geheiratet hat. Diese alberne Frau mit ihren absurden Steckenpferden – und nie ist sie originell, sie tut immer nur, was alle anderen machen. Jetzt hat sie sich eine neue fixe Idee in den Kopf gesetzt: Sie will Diakonissin werden. Ist das noch zu fassen?«

»Oh.« Mehr brachte Quinta nicht heraus.

»Na ja, lassen wir das Thema. Falls Alban wieder auftauchen sollte, richte ihm bitte aus, daß er mich anrufen soll. Im September komme ich nach England.«

»Er fährt im September nach Spanien«, sagte Quinta. »Und ich weiß nicht, ob ich ihn vorher noch sehe, es sei denn, er kommt morgen oder übermorgen zurück. Ich fahre mit Phoebe in Urlaub, wir sind drei Wochen weg.«

»Wie ärgerlich. Wer wird sich um die Katzen kümmern, wenn er nicht da ist?«

»Ich werde sie in der Katzenpension abgeben müssen«, sagte Quinta. »Drei Wochen – das wird ihnen nicht gefallen. Außerdem ist mir nicht wohl bei dem Gedanken, daß das Haus so lange leer steht ... Wenn Alban doch nur nicht ausgerechnet jetzt abgetaucht wäre! Aber ich schätze, es ist meine Schuld, wir haben uns ziemlich gefetzt ...« Sie seufzte.

»Unsinn«, sagte Lucy. »Du bist doch nicht für alles, was Alban denkt oder tut, verantwortlich. Er ist mehr als alt genug, um vernünftig zu sein. Und daß er Künstler ist, entschuldigt ihn auch nicht. Ich finde, kreative Menschen müssen in der Regel viel mehr Disziplin aufbringen als wir übrigen Sterblichen, nicht weniger. Fahr du nur und genieße deinen Urlaub. Such dir nach Möglichkeit jemanden, der auf das Haus aufpaßt, obwohl das so kurzfristig wohl schwierig sein wird. Wir sehen uns im September, dann können wir uns ausführlicher unterhalten.« Sie legte auf.

Quinta ging es nach dem Gespräch schon viel besser. Sie bückte sich, um einen Strumpf von Phoebe aufzuheben, der hinter der Kommode mit dem Telefon lag, und stieß bei dieser Gelegenheit hinter dem Heizkörper auf einen ungeöffneten Brief mit einem fast eine Woche alten Poststempel. Nicht von Alban, wie sie auf den ersten Blick vermutet hatte. Gott sei Dank. Sie öffnete ihn und stieß einen Freudenschrei aus.

»Was ist denn los?« Phoebe kam aus ihrem Zimmer gerannt.

Quinta hatte wieder zum Telefon gegriffen und wählte aufgeregt. »Von Harriet – ach, an Harriet kannst du dich bestimmt nicht mehr erinnern. Sie hat sich um mich gekümmert, als ich hierherkam, vor deiner Geburt. Eine gute Nachricht, sie kommt nach Eyot, um hier zu arbeiten. Mensch, wie mich das freut!«

13. Kapitel

»Du siehst also«, sagte Quinta zu Lydia, als sie ihre und Phoebes Habseligkeiten hinten in den Landrover packten, »alles ist bestens geregelt. Ab Herbst wird sie an der Cathedral School unterrichten, und sie braucht eine Unterkunft, solange sie auf Haussuche ist. Einfach ideal – und sie mag Katzen.«

»Wird Alban sich auch nicht daran stoßen, wenn er zurückkommt und eine Fremde in seinem Haus vorfindet?« fragte Lydia.

»Er kennt Harriet und kommt gut mit ihr aus – außer daß ihm völlig schleierhaft ist, wie jemand soviel Zeit damit zubringen kann zu laufen. Also ginge das auch in Ordnung.«

Sie bückte sich, um einen großen Strohhut aufzuheben, der aus einer vollgestopften Tragetasche herausgefallen war, und Phoebe riß ihn sogleich kreischend an sich.

»Außerdem wußte er, daß ich wegfahre, und hat sich nicht die Mühe gemacht, eigene Vorkehrungen für das Haus zu treffen. Also ist er selbst schuld, wenn ihm das Arrangement nicht zusagt.«

Einen Moment lang empfand Lydia Eifersucht auf diese zweite alte Freundin, die plötzlich in Quintas Leben auftauchte, doch dann wurde ihr klar, wie töricht das war. Quinta hatte so wenige Freundinnen – selbst wenn man Pauline dazuzählte –, daß sie auf keine einzige verzichten konnte.

»Wie alt ist diese Harriet?«

»Anfang Dreißig, schätze ich«, sagte Quinta. »Sie hat mich gerettet, als ich mitten in der Nacht mit dem Bus hier ankam. Sie hat mich mit zu sich nach Hause genommen, sich um mich gekümmert, mir bei Phoebes Geburt die Hand gehalten …«

Sie lachte, als sie sich daran erinnerte, wie Harriet danach ihrer tiefempfundenen Entschlossenheit Ausdruck verliehen hatte, niemals eigene Kinder zu bekommen.

»Sie wird dir gefallen, Lydia. Sie hält mit ihrer Meinung nicht hinterm Berg und hat viel Sinn für Humor. Außerdem ist sie sehr hellsichtig, was Menschen betrifft. Sie denkt so systematisch, daß es immer hilft, sich mit ihr zu besprechen, wenn man verwirrt ist. Sie geht praktisch in deinen Kopf, räumt dort auf, und anschließend fragst du dich, wie du das, was dich beschäftigt hat, jemals für so kompliziert halten konntest.«

»Hmm. Na ja, ich freue mich, daß sie kommt, wenn das heißt, daß du dann während deiner Abwesenheit nicht pausenlos an das Haus denken mußt. Früher hast du dir nie Sorgen gemacht, soweit ich mich erinnere, oder? Aber neuerdings scheint ständig etwas an dir zu nagen.«

»Ich habe ja auch viel Anlaß zur Sorge«, sagte Quinta düster. Dann lachte sie. »Aber im Moment freue ich mich genauso auf die Ferien wie Phoebe.«

»Ich glaube, das wär's.« Lydia warf Phoebes Gummistiefel auf den Stapel auf dem Rücksitz des Landrovers. »Ich weiß allerdings nicht, wie Phoebe noch in den Wagen passen soll. Es wird furchtbar eng werden.«

»Ach, daran ist sie gewöhnt«, erwiderte Quinta. »Ich gebe nur eben die Hausschlüssel bei Mrs. Maddox ab. Die wohnt gleich um die Ecke. Harriet kommt erst später an. Schade, daß ich sie verpasse, aber es läßt sich nun mal nicht ändern.«

Wenige Minuten später schwang sie sich auf den Fahrersitz. »Ich hab noch nie am Steuer eines Landrovers gesessen, mal sehen, wie das geht.«

Lydia verfrachtete Phoebe mehr oder minder bequem auf den Rücksitz und kletterte dann zu Quinta nach vorn. »Ich habe nicht den blassesten Schimmer«, sagte sie. »Deshalb fährst du ja, du solltest es wissen. Mir hätte Adam ein so merkwürdiges Fahrzeug wie das hier nie anvertraut, obwohl er gesagt hat, daß er mir beibringen will, damit zu fahren, während wir mit der Ausgrabung zugange sind.«

»Ich dachte, du hättest keinen Führerschein«, meldete Phoebe sich von hinten zu Wort. »Wie kannst du dann fahren?«

»Ich kann durchaus fahren«, erwiderte Lydia. »Ich meine, ich weiß, wie es geht, auch wenn ich die Prüfung noch nicht abgelegt habe. Vor Oktober konnten sie mir keinen Termin geben. Ich darf fahren, solange jemand dabei ist, der einen Führerschein hat.«

»Und warum traut Adam dir dann nicht?« Phoebe ließ nicht locker.

»Er denkt, daß Quinta mehr Erfahrung hat. Sie fährt ja schließlich den Lieferwagen.«

»Ja, und zwar schlecht«, murmelte Phoebe, als Quinta ruckelnd den Gang einlegte und langsam vom Bordstein wegfuhr.

»Ruhe da hinten«, sagte Lydia lachend. »Du bist manchmal wirklich rotzfrech, Phoebe. Jetzt genieß einfach mal die Fahrt und sei froh, daß du Ferien machen kannst.«

»Ich schätze, es ist besser, als mit Millionen anderer Leute im Zug zu fahren wie sonst immer«, bemerkte Phoebe.

»Undankbares Gör«, sagte Quinta, die sich verbissen auf die Straße konzentrierte. »Wenn du dich schon nicht auf den Urlaub freust – ich jedenfalls schon!«

»Ich auch«, fügte Lydia hinzu. »Drei Wochen ohne Großmamas ständige Nörgelei – himmlisch!«

»Ich weiß wohl, daß die jungen Leute heutzutage sehr nachlässig in diesen Dingen sind. Sie denken sich überhaupt nichts dabei, zusammen wegzufahren, alleinstehende Männer und Mädchen, ohne Begleitung von Ehepaaren …«

Marjorie zerrte höchst unsanft einen riesigen Strauß Grün aus dem Laderaum ihres Kleinwagens.

»Aber – und damit will ich Lady Wray keinesfalls zu nahe treten – aber man kann jungen Leuten einfach nicht über den Weg trauen, wenn sie sich selbst überlassen bleiben.«

»Es sind sehr viele mit von der Partie, und das spricht doch für eine gewisse gegenseitige Kontrolle, meinst du nicht auch?« murmelte Wyn, die mit einer Schachtel merkwürdig steifer Mohnblüten – von Marjories geschickten Händen gespritzt und gefügig gemacht – hinterherzockelte.

»An Orgien sind auch viele Menschen beteiligt«, sagte Marjorie. »Nicht, daß ich jemals bei einer mitgemacht hätte.«

»Nein, natürlich nicht«, sagte Wyn, die vergeblich versuchte, sich Marjorie in Schleier und Haremshosen vorzustellen. Das Wort Orgie versetzte sie in der Phantasie jedesmal in einen geheimnisvollen Orient mit prächtigen Palästen und verführerischen mandeläugigen Schönheiten, die sich rings um einen Marmorbrunnen auf üppigen Kissen räkelten. Es war eine schöne Vorstellung, doch Wyn wurde sogleich unsanft von Daphne aus ihren Schwelgereien gerissen und ruckartig nach Nordengland zurückgeholt, als diese bemerkte, daß man bei jungen Leuten jeder Gelegenheit zu Fehlverhalten vorbeugen müsse, und zwar am besten, indem man dafür sorgte, daß sie sich anderweitig und nutzbringender beschäftigten.

»Man sollte nicht immer gleich den Teufel an die Wand malen«, riet Wyn. »Und so jung sind sie alle ja auch gar nicht mehr, Teenager sind keine dabei. Die meisten sind über zwanzig, glaube ich. Abgesehen von den Kindern.«

Marjorie und Daphne musterten sie über das Blattwerk hinweg mißtrauisch.

»Wenn sie ein wenig älter sind, kommen sie eher auf Ideen«, sagte Daphne. »Gefährliche Ideen.«

»Sie glauben, daß sie alles im Griff hätten, und das haben sie natürlich keineswegs«, sagte Marjorie. »Nein, ich an Lady Wrays Stelle hätte ein Machtwort gesprochen.«

»Ich glaube nicht, daß Lydia darauf gehört hätte«, gab Wyn zu bedenken, die ausnahmsweise dazu entschlossen war, ihre Meinung zu behaupten. »Lady Wray ist schließlich bloß ihre Großmutter, und obendrein ist Lydia volljährig. Da sind Lady Wray ja wohl die Hände gebunden.«

»Sie könnte ihre Mutter anrufen und ihr sagen, was Lydia vorhat. Oder ihren Vater.«

»Nein, Daphne, den wohl kaum. Der führt selber einen lockeren Lebenswandel – ein Mann ohne feste moralische Prinzipien, ausgesprochen liederlich! Er würde nur lachen und sie auffordern, sich nach Kräften zu amüsieren.«

»Ist er denn nett?« erkundigte sich Wyn. »Ich habe deinen Draht hier, Marjorie, falls es das ist, was du suchst.«

»Vielen Dank, meine Liebe. Ich finde, es erleichtert das Ganze unendlich, wenn jeder die Dinge, die wir alle benutzen, nach Gebrauch gleich wieder auf den Tisch zurücklegt. Dann hat man das Gewünschte bei Bedarf sofort zur Hand. Nein«, fuhr sie fort, »er ist alles andere als nett. Ich glaube, wir haben dir schon erzählt, daß er mit der Köchin durchgebrannt ist?«

Wyn lachte. »Der Glückliche, eine Köchin zu haben, mit der er durchbrennen konnte!«

Marjorie und Daphne waren entsetzt über Wyns Leichtfertigkeit. Marjorie senkte die Stimme. »Wir befinden uns hier an einem geweihten Ort, Wyn«, sagte sie geduldig. »Lydias Mutter war zutiefst erschüttert. Bei besagter Köchin handelte es sich um eines dieser Mädchen, die stundenweise aushelfen. Sie wurde nur eingestellt, wenn es im Krankenhaus besonders hektisch zuging. Es war eine schockierende Angelegenheit, äußerst schockierend.«

Sie drehte an einem großen Zweig Grün und brach ihn entschlossen entzwei.

»Lady Wray war sehr ungehalten nach diesem Vorfall. Sie ist sehr bemüht, Lydia davon abzuhalten, mit ihrem Vater zu verkehren, und da er im Ausland lebt, können sie sich sowieso nicht oft sehen. Aber sie ist in dieser Sache immer schon sehr eigensinnig gewesen, und ich glaube, sie hat ihn sogar besucht – ihn und diese Frau ...«

»Die Köchin«, ergänzte Wyn zuvorkommend.

»Ja, die Köchin. Während ihres Studiums verbrachte sie mehrmals den Urlaub bei ihnen.«

»Vielleicht hat sie ja einen Teil seiner – nun ja, Neigungen geerbt«, steuerte Daphne bei, deren Gesicht sich bei diesem angenehmen Gedanken erhellte.

»Hoffentlich nicht«, sagte Marjorie. »Bei einem Mann mag es ja noch angehen, obwohl es schlimm genug ist, aber bei einem Mädchen wäre so ein Charakter eine Katastrophe. Wir dürfen sie jedoch nicht vorschnell verurteilen. Jetzt ist sie ja hier, in Eyot – wo dergleichen Dinge zum Glück selten vorkommen –, weit weg von London, und wird vermutlich ruhiger werden. Sie sollte Adam heiraten und eine Familie gründen. Er ist eine ausgesprochen gute Partie. Dann wäre auch nichts dabei, wenn sie allein mit ihm wegfährt.«

»Nein, sicher nicht«, sagte Wyn munter. »Dann würde man es ja nicht anders von ihnen erwarten. Ich meine, daß sie zusammen wegfahren und Dinge tun, die sie jetzt auf keinen Fall tun sollten ... falls sie überhaupt irgend etwas tun, was wir natürlich nicht wissen können.«

Der Pfarrer der Kirche, in der sie bei den Vorbereitungen des Blumenfests halfen, kam in die Sakristei geeilt.

»Guten Morgen, guten Morgen, meine Damen, wie schön, Sie zu sehen. Sie halten ein Schwätzchen, wie? Ja, ja, ich weiß Bescheid, ihr zerreißt mal wieder all eure Freunde und Bekannten gnadenlos in der Luft.«

Marjorie richtete sich zu voller Größe auf. Sie war eine hochgewachsene Frau und wirkte imposant genug, um gleich mehrere Pfarrer einzuschüchtern.

»Wir reden nie schlecht über andere Menschen«, sagte sie mit vollendeter Würde. »Komm, Daphne, komm, Wyn.« Ihre Augen funkelten vor Zorn. »Wollen Sie eins der Blumenarrangements übernehmen, Hochwürden?«

»Ach du meine Güte, nein. Das überlasse ich ganz den Damen. Laßt die Experten ran, sage ich immer. Nein, nein, ich setze mich dort still in die Tür und widme mich meinen eigenen kleinen floristischen Kreationen. Wer Interesse hat, kann mir ruhig bei der Arbeit zusehen.«

»Was sollen denn diese ›kleinen floristischen Kreationen‹ sein?« fragte Wyn neugierig, als der Pfarrer gegangen war, um einen Küster abzufangen.

»Zuckerguß«, sagte Marjorie mit vor Verachtung triefender

Stimme. »Er formt kleine Blumen, Blätter und so aus Zuckerguß.«

»Das macht er sehr geschickt«, bemerkte Daphne, die es nicht ertragen konnte, wenn ein Kirchenmann geschmäht wurde. »Erlesene Meisterwerke en miniature.«

»Pah«, sagte Marjorie.

Bei der Ausgrabung ging es längst nicht so sittenlos zu, wie die drei Grazien es sich ausmalten. Zum einen kehrte das Wetter nach ein paar Tagen wäßrigen Sonnenscheins und annähernd der Jahreszeit entsprechenden Temperaturen wieder zum mißlichen Normalzustand dieses Sommers zurück. Kalte Winde, strömender Regen und schwere, tiefhängende graue Wolken waren schwülen Phantasien nicht eben förderlich.

Lydia beschwerte sich bei Quinta, als sie im Wohnraum der Hütte saßen, die Adam organisiert hatte, und sich bemühten, das Kaminfeuer wieder in Gang zu bringen. Es war eine ehemalige Jagdhütte, für einen Adligen erbaut. »Was für ein scheußlicher Kasten!« hatte Lydia bei ihrer Ankunft ausgerufen.

»Wenn sie wenigstens die ausgestopften Tierköpfe und die tristen Bilder abgenommen hätten«, meinte Quinta.

»Ohne die würde die Hütte ja völlig unmöbliert wirken«, sagte Lydia ernst. »Schließlich kann man Feldbetten und Rucksäcke nicht gerade als Möbel bezeichnen. Meinst du, es liegt an der Unterbringung, daß Adam so gedämpft ist?«

»Legt er etwa nicht die Leidenschaft an den Tag, die du erwartet hast?« Quinta blies wenig zuversichtlich auf ein kleines Glutbröckchen, das unter einem rauchenden Holzscheit aufglomm.

»Es ist ganz und gar nicht das, was ich mir erhofft hatte«, sagte Lydia niedergeschlagen. »Er ist gedankenverloren, spricht den ganzen Tag kaum ein Wort mit mir, und abends heißt es dann immer nur reden, reden, reden – nicht etwa mit mir, o nein, sondern natürlich mit den Archäologen, und anschließend telefoniert er und macht Aufzeichnungen, seitenweise ... man könnte meinen, er schreibt ein Buch! Ins Bett kommt er nicht vor zwei Uhr früh, und dann spult er alles ganz flüchtig ab. Er kann es offenbar nicht erwarten, endlich zu schlafen.«

»In Eyot hatte er eben viel Zeit für amouröse Abenteuer«, gab Quinta zu bedenken. »Hier ist er sozusagen im Dienst. Neben der Ausgrabung muß er sich noch um seine reguläre Arbeit kümmern. Du warst doch dabei, als er es uns erzählt hat. Er kann es nicht gleichzeitig mit Wind und Wetter, dem Schlamm, der vordringenden See und mit dir aufnehmen.«

Lydia kicherte ob Quintas poetischer Ausdrucksweise. Dann streckte sie die Arme hoch und reckte sich träge. »Es ist herrlich, abends reinzugehen, sich zu waschen und im Warmen zu sitzen.«

»Ja«, sagte Quinta, die sich allmählich daran gewöhnte, im Schutze eines riesigen Regenschirms zu arbeiten, der behelfsmäßig an der Kiste befestigt war, die ihr als Tisch diente. So blieb das Papier zwar trocken, doch dafür lief ihr das Wasser an Hals und Armen hinunter. »Inzwischen müssen sogar meine Knochen durchweicht sein«, sagte sie. »Wird es jemals aufhören zu regnen?«

»Hoffentlich.« Lydia gähnte. »Schau mich an, erst halb elf, und ich sehne mich schon nach meinem Bett. Furchtbar! Ich glaube, es liegt an der Langeweile. Ich hatte keine Ahnung, daß es derart öde werden würde. Nichts geschieht, jeder Tag gleicht dem anderen. Keine aufregenden Funde, nichts Unerwartetes. Ich werde froh sein, wenn es vorüber ist.«

Quinta sah sie an und wünschte, sie wäre so schlank und von so natürlicher Eleganz wie Lydia, die selbst in den schlampigsten Klamotten anziehend wirkte. »Wenn es vorbei ist, wird Adam vermutlich nach Cambridge zurückkehren«, sagte sie nüchtern.

Lydia setzte sich ruckartig auf. »Stimmt, und ich werde ihn kaum noch zu Gesicht bekommen.«

»Du könntest ihm ja nach Cambridge folgen«, schlug

Quinta vor und bemerkte, daß plötzlich ein mißtrauischer Ausdruck auf das Gesicht ihrer Freundin trat. Lydia hatte versichert, daß es ihr bei der Beziehung mit Adam ausschließlich um Sex gehe: War das wirklich so? Oder war Lydia womöglich dabei, sich in ihn zu verlieben? Der Gedanke bereitete Quinta Sorge, aber sie war sich nicht sicher, ob ihr Unbehagen auf dem Verdacht beruhte, daß Adam nicht der war, der er zu sein schien, oder aber schlicht auf Neid, weil ihre Freundin ein so unbekümmertes Verhältnis zu Männern und Sex hatte.

Was Adam empfand, war schwer zu beurteilen. Er legte Lydia gegenüber ein lässig-besitzergreifendes Verhalten an den Tag und machte kein Hehl aus seiner Beziehung mit ihr. Wenn sie vorbeikam, tätschelte er beiläufig ihr Hinterteil; saß sie an einem Tisch, bückte er sich und knabberte an ihrem Nacken; und wenn sie nebeneinanderstanden und über die Arbeit sprachen, schlang er einen Arm um sie.

Nein, bestimmt war es für ihn nicht mehr als das: ein harmloser Urlaubsflirt … Aber würde er wirklich ausgerechnet mit Lady Wrays Enkelin einen Urlaubsflirt anfangen – direkt vor den Augen der beiden Großmütter? Das schien auf ernsthaftere Absichten hinzuweisen. Vielleicht hatte Adam ja das Gefühl, daß es langsam Zeit wurde zu heiraten. Wenn ein gutaussehender junger Mann über einen gewissen Zeitpunkt hinaus Junggeselle blieb, war der Tratsch schon vorprogrammiert.

Hatte er noch eine zweite Freundin in Cambridge? Über diesen Teil seines Lebens sprach er Lydia zufolge nie. Scherte es Adam überhaupt, was man über ihn sagte? Quinta glaubte eher nicht. Irgendwie wurde sie das Gefühl nicht los, daß die Beziehung zwischen ihm und Lydia nicht von langer Dauer sein würde.

»Wer kann das schon voraussagen?« sagte Lydia. »Manche Leute sind jahrelang unzertrennlich, sind allem Anschein nach wie füreinander geschaffen, haben alle möglichen Gemeinsamkeiten und so weiter, und dann – schwupps! – gehen sie auf einmal getrennte Wege und sehen sich nie wieder. Während es zwischen anderen, die scheinbar nur locker und oberflächlich befreundet sind, plötzlich funkt, und es ist die ganz große Liebe.«

Sie stand langsam auf. »Es hat keinen Zweck, sich länger zu sträuben. Ich geh ins Bett. Schläft Phoebe schon?«

»Schon lange«, sagte Quinta. »Sie schläft wie ein Murmeltier. Die frische Luft und die Gesellschaft tun ihr unwahrscheinlich gut.«

»Die Kleinen sind die einzigen hier, die Spaß haben«, sagte Lydia. »Oje, mein armer Rücken. Jetzt weiß ich wenigstens, welcher Job nicht für mich geeignet ist: Goldgräber.«

Quinta lachte. »Ich glaube, keine von uns beiden hat hier ihren Traumjob gelandet. Die Zeichnungen mache ich zwar ganz gern, aber Adam ist so ungeduldig und kritisch. Man merkt, daß ihm diese Cathy fehlt.«

»Unsinn, er hat großes Glück, daß du mitgekommen bist«, erwiderte Lydia. »Gute Nacht.«

»Gute Nacht. Hoffen wir, daß morgen mal was Aufregenderes passiert.«

Ihr Wunsch ging in Erfüllung. Zunächst fand Phoebe auf einem ihrer kurzen Streifzüge über das Gelände einen römischen Schuh. Sie war enttäuscht. »Ein potthäßliches, schmutziges Ding. Ich glaube nicht, daß die Römer so was getragen haben.«

Die Experten waren hocherfreut. Lydia, die sich gerade an einem Mauerrest zu schaffen machte, hörte sie darüber sprechen. Mit ihrer feuchten, dreckstarrenden Hand wischte sie sich über die Stirn. Was mache ich eigentlich hier? dachte sie. Ich könnte statt dessen in Griechenland sein, in der Sonne liegen … Von wegen, rief sie sich zur Ordnung. Angus ist mit dieser gräßlichen Selina geflogen, weil er dich nicht mehr wollte. Aber jetzt habe ich ja Adam, besser ausgestattet, besser im Bett … und doch.

Doch – was? dachte Lydia, als sie mit der Spitze ihrer kleinen Kelle an einem merkwürdigen Huckel in der Mauer schabte. Und doch fehlte ihr bei Adam etwas, das bei Angus dagewesen war. Nur was? Wie vielen Menschen fiel es Lydia schwer, in Gefühlsdingen einen klaren Kopf zu behalten – zumindest was ihre eigenen Gefühle betraf.

Hatte sie mehr für Angus empfunden, als sie für Adam empfand? Widerstrebend mußte sie sich eingestehen, daß dies zutraf. Der Sex mit Adam war auf jeden Fall aufregend. Daran lag's also nicht. War Angus liebevoller? Lag es daran, daß sie das Gefühl gehabt hatte, sie seien nicht nur ein Liebespaar, sondern auch Freunde? Na ja, die Sache mit Selina konnte man nicht gerade als einen freundlichen Akt bezeichnen. Hatte es mehr Spaß gemacht, mit Angus zusammenzusein? Ja, aber er war auch jünger. Adam war ein erwachsener Mann. Sie konnte über Angus lachen – konnte sie auch über Adam lachen?

Bei näherer Überlegung entschied sie, daß sie das gar nicht wollte. Vielleicht hatte die Beziehung mit Angus zum Erwachsenwerden gehört, eine reine Schwärmerei, wenn auch eine langanhaltende – erstaunlich lang, im Vergleich zu den meisten Unibeziehungen. Oder lag es daran – der unerquickliche Gedanke schlich sich ungebeten ein – lag es daran, daß ihr Adam irgendwie angst machte? Es war schwer, über jemanden zu lachen, der einem Furcht einflößte.

»Du zitterst?« fragte Quinta im Vorbeigehen. »Heute ist es doch fast warm. Ich glaube sogar, die Sonne kommt gleich raus.«

Ein Helfer in ihrer Nähe streckte seinen zerzausten Kopf aus dem Graben. »Psst, wenn ihr zeigt, daß ihr es bemerkt habt, versteckt sie sich gleich wieder hinter einer Wolke!«

»Mir war nicht kalt«, sagte Lydia. »Mir ist plötzlich nur ein gruseliger Gedanke gekommen.«

Der Kopf erschien erneut über dem Graben. »Schlimm, wenn solche Gedanken dich am hellen Tag überfallen«, sagte er. »Die gehören in die Stunde des Wolfs.«

»Die Stunde des Wolfs?«

»Ja. Die Stunden im Morgengrauen. Wenn die Menschen

sterben und die Hexen kommen, und die Wölfe in der Wildnis heulen.«

Um Quintas Augen kräuselten sich Lachfältchen. »Er hat recht, das ist die Zeit für schlimme Gedanken.« Ihr Blick fiel auf etwas, das im Erdreich steckte. »Was ist das?« fragte sie und bückte sich, um es aufzuheben.

»Nicht anfassen!« rief der Kopf im Graben. Der Mann sprang heraus und kam zu ihnen herüber. Schnell ging er neben Lydia in die Hocke und nahm ihr die Kelle ab.

»Münzen!« sagte Lydia.

»Ja, ein verstecktes Lager«, sagte er zufrieden, während er geschickt die Erde von dem kleinen Haufen stumpfen Metalls fegte. »Das wird Adam freuen. Nicht anfassen, ich hole ihn eben.«

»Und kein einziges Wort des Dankes dafür, daß wir die blöden Dinger gefunden haben«, beklagte sich Lydia, als sie und Quinta zusammen einen Imbiß zu sich nahmen. »Nur bla bla bla mit seinen Buddelfreunden.«

»Es geht eben um Teamarbeit, da zählen Einzelpersonen nicht viel.«

»Du hast natürlich recht. Wenigstens hat er Phoebe gelobt, als sie den Schuh gefunden hat. Das war nett von ihm.«

»Ja«, sagte Quinta. »Zu den Kindern ist er sehr lieb.«

Lydia aß ihren Apfel auf und lehnte sich gegen einen Fels. Tatsächlich war die Sonne herausgekommen und hatte die Luft erwärmt. Die Ausgrabungsstätte lag am Rand einer Klippe, und Möwen, die auf einen Leckerbissen hofften, kreisten über ihren Köpfen. Das Meer war zwar ruhiger als vorher, jedoch immer noch rastlos und grau.

»Das Wikingerleben wär nichts für mich gewesen«, sagte Lydia träge. »Stell dir vor, immer draußen auf dem Wasser zu sein, Tag für Tag.«

»Kein Wunder, daß sie so blutrünstig waren, wenn sie an Land gingen«, sagte Quinta. »Reiner Streßabbau.«

»Damals muß das Leben ungeheuer hart gewesen sein«, sinnierte Lydia. »Heutzutage, hier in England, ob an der Uni oder in Eyot, scheinen die Wikinger so fern. Als hätten sie nicht bloß einer anderen Zeit angehört, sondern auch einer ganz anderen Spezies.«

»Da wäre ich mir an deiner Stelle nicht so sicher«, sagte Quinta, während sie sich die Strümpfe auszog. »Ach, wie herrlich, endlich einmal keine feuchten Füße zu haben!« Sie wackelte mit den Zehen. »Was für Menschen hier auch seit der Steinzeit gelebt haben mögen, oder sogar noch davor, ich bin überzeugt, sie sind immer noch unter uns. Und wahrscheinlich sind auch hochentwickelte Menschen hier – so wie die Menschheit in etwa zehn- oder zwanzigtausend Jahren sein wird.«

»Glaubst du wirklich, daß die Menschen dann zivilisierter sein werden als heute?«

»Du sagst doch selbst, daß keine Wikinger mehr plündernd und mordend durch Eyot ziehen. Wir hängen keine Kinder auf, verbrennen keine Hexen.«

»An manchen Orten gibt es das aber noch.«

»Aber es ist nicht die Regel. Die Menschen protestieren dagegen, sie wissen, daß es nicht richtig ist. Wir sind entsetzt, wenn wir in den Nachrichten von irgendwelchen Bluttaten erfahren. Wir sind betroffen. Vor dreihundert Jahren wäre das vermutlich noch nicht so gewesen.«

Lydia blieb skeptisch. Sie konnte Quintas Optimismus nicht teilen und wies darauf hin, daß sich die Welt vor Ablauf der zehn- oder zwanzigtausend Jahre zweifellos längst selbst in die Luft gesprengt haben würde. Quinta hielt dagegen – dann wäre doch alles reine Zeitverschwendung gewesen, wandte sie ein.

»Und, wen kümmert das?« fragte Lydia. »Wen interessieren wir schon? Im Schöpfungsplan sind wir doch so klein und unbedeutend wie Ameisen. Wenn es einen Schöpfungsplan gäbe.«

»Musik«, sagte Quinta, schloß die Augen und genoß die Wärme, die sie im Gesicht spürte.

»Musik?« wiederholte Lydia verwirrt.

»Ja, Musik. Wenn es nicht irgendeinen größeren Plan gäbe, dann gäbe es auch keine Musik. Eine Spezies, die einen Mozart hervorbringt, kann nicht so unbedeutend sein wie Ameisen. Shakespeare wußte, was es mit der Musik auf sich hat. Sphärenklänge und so weiter.«

Lydia dachte darüber nach. »Da könntest du recht haben«, gab sie zu.

Sie folgte Quintas Beispiel und zog die Strümpfe aus. »Himmlisch!« sagte sie. »Trockene Zehen.« Sie schaute auf ihre und Quintas Füße hinunter. »Sind Füße nicht einfach häßlich?«

»Babyfüße nicht. Die sind total süß.« Quinta setzte sich auf und betrachtete Lydias Füße. Dann stöhnte sie auf. »Schlank und elegant, so wie alles übrige an dir. War ja klar.«

»Ach, sei nicht albern.« Lydia lehnte sich zurück. »Gibt es eigentlich auch weibliche Fußfetischisten oder nur männliche?« Quinta überlegte. »Ich kenne keine Fußfetischisten, weder männliche noch weibliche.«

Träge öffnete Lydia ein Auge. »Du glaubst keine zu kennen, aber woher willst du das wissen? Das ist doch der Knackpunkt bei Perversionen und Spleens, oder nicht? Nach außen wirken die Leute meistens völlig normal.« Sie gähnte und schloß wieder die Augen. »Ein Cousin von mir war so einer.«

»Was für einer?«

»Ein Fußfetischist. Er kaufte seiner Frau Schuhe noch und nöcher, ausschließlich die ausgefallensten Modelle. Er konnte nur mit ihr schlafen, wenn sie irgendwelche seltsamen Schuhe trug.«

»Und was hielt sie davon?«

»Sie war es am Ende herzlich leid. Sie trug gern Turnschuhe, Stiefel und Sandalen, keine High Heels mit Pailletten und wer weiß was sonst noch drauf. Die Bettlaken gingen davon kaputt, sagte sie, und außerdem wußte er nie genau, welche Schuhgröße sie hatte. Er kaufte fast immer zu kleine Schuhe.«

»Oje«, sagte Quinta. »Und was passierte dann?«

»Sie hat ihn verlassen. Sie ließen sich scheiden, und er hat eine Frau geheiratet, die in einem Schuhgeschäft arbeitete.«

»Vielleicht war ja der Herzog von Wellington einer«, meinte Quinta.

Lydia schaute sie aus halbgeschlossenen Augen an. »Wieso denn das?«

»Wegen seiner Stiefel. Weißt du nicht mehr? Er behielt immer die Stiefel an, wenn er mit seiner Frau intim war.«

»Eher ein Lustmolch als ein Fetischist, würde ich sagen.«

Quintas Lachen übertönte das Geschrei der Möwen. Dann seufzte sie. »Auf meine Füße wäre niemand scharf, nicht mal ein Fetischist«, sagte sie. »Ich habe Füße wie ein Bauerntrampel.«

»Ich finde sie eigentlich recht hübsch«, sagte eine Stimme hinter ihnen. »Darf ich mich zu euch gesellen?«

»Hallo, Titus«, sagte Quinta überrascht. »Was machen Sie denn hier?«

»Ich bin zu Besuch hier«, erwiderte er. »Da habt ihr aber ein hübsches Ruheplätzchen entdeckt. Solltet ihr nicht eigentlich bis zum Hals in Arbeit stecken? Treibt Adam euch denn nicht von früh bis spät zu Höchstleistungen an?«

»Nicht, wenn er nicht weiß, wo wir stecken«, sagte Lydia. »Kennen Sie Adam?«

»Wir sind uns mal in Cambridge über den Weg gelaufen«, sagte Titus vage. »Ich habe zwei Freunde von ihm hergefahren. Da ich ohnehin in diese Richtung mußte, habe ich mich bereit erklärt, sie hier abzusetzen.«

Lydia stand auf. »Wußte Adam, daß die beiden kommen wollten?« fragte sie.

»Sie gehen anscheinend davon aus, daß er sie erwartet, oder zumindest einen von ihnen. Es sind Bruder und Schwester«, erklärte er. »Ich glaube, der Bruder ist ein guter Bekannter von Adam. Ein beeindruckendes Paar.«

»Er hat sie gar nicht erwähnt«, sagte Lydia. »Ich gehe ihn suchen.«

Titus ließ sich neben Quinta auf dem Boden nieder.

»Ich sollte lieber wieder zu meinem Zeichenbrett zurückkehren«, sagte sie.

»Hier ist es doch viel hübscher.«

»Sie haben recht, doch die Pflicht ruft.«

»Tanken Sie noch fünf Minuten Sonne, es wird Ihnen guttun. Sie haben ja schon dunkle Ringe unter den Augen. Führen Sie hier ein wildes Leben oder schlafen Sie nur nicht gut?«

Quinta schaute ihn überrascht an. »Ich mache mir nachts oft Sorgen«, gab sie zu.

»Dann entspannen Sie sich, so lange es noch geht«, sagte Titus. »Sagen Sie, sind Ihre Freundin Lydia und Adam eigentlich zusammen?«

»Ja, so könnte man es ausdrücken.«

»Also hat man mir die Wahrheit gesagt.«

»Warum fragen Sie?«

»Es wundert mich nur ein bißchen.«

»Wieso?«

Titus schwieg eine Zeitlang und schaute aufs Meer hinaus. »Ach, aus keinem besonderen Grund. Lydia schien mir bloß nicht sein Typ zu sein, das ist alles.«

»Sie sind ein sehr schönes Paar«, sagte Quinta.

»Schön ist, was gefällt«, erwiderte Titus zu ihrem Ärger. Er stand auf und trat näher an den Klippenrand.

»Vorsicht«, rief Quinta.

»Ist schon gut. Ich habe nicht die Absicht, mich in die Tiefe zu stürzen. An diesem Küstenabschnitt ist die Erosion extrem weit fortgeschritten.«

»Deshalb findet die Ausgrabung ja statt«, erklärte Quinta. »Man geht davon aus, daß dieses Stück der Klippe im Laufe des nächsten Jahres oder so ins Meer rutscht und das römische Fort mit sich reißt.«

»So lange wird es nicht mehr dauern, würde ich sagen. Ich an Ihrer Stelle würde nicht noch mal meine Sandwiches hier verzehren. Die Klippe könnte jederzeit einbrechen.«

Quinta sammelte ihre Sachen ein und stopfte sie in ihren

Rucksack. Dann zog sie ihre Socken wieder an und rümpfte die Nase, als sie die nasse Baumwolle an ihrer Haut spürte.

»Danke für die Warnung«, sagte sie höflich.

»Sagen Sie den Kindern Bescheid. Phoebe ist doch auch hier, nicht wahr? Ich habe sie gesehen, als ich ein paar andere Kinder hergefahren habe.«

»Sie wissen von der Klippe«, erwiderte Quinta. »Adam meint, es bestünde keine unmittelbare Gefahr. Er ist ein verantwortungsbewußter Mensch. Er würde umgehend alle aus der Gefahrenzone schaffen, wenn ein Risiko bestünde.«

»Verantwortungsbewußt? Vermutlich«, sagte Titus nachdenklich. Er hielt Quinta die Hand hin, um ihr hochzuhelfen. »Kommen Sie, zeigen Sie mir das Fort, bevor es von der Klippe stürzt und im Dunkel der Geschichte versinkt.«

14. Kapitel

Es machte Quinta großen Spaß, Titus herumzuführen. Hier, an diesem Sommertag, an dem eine laue Brise über das kurze Gras oben auf der Klippe strich, fühlte sie sich in seiner Gegenwart bedeutend ungezwungener. Er war ein angenehmer Gesprächspartner mit ganz eigenwilligem Humor, und Quinta hatte eine Schwäche für witzige Männer. Alban bringt mich nicht oft zum Lachen, dachte sie, als sie Titus das Badehaus zeigte. Vielleicht ist das der Grund, warum ich mich bei ihm nie ganz und gar wohl fühle.

Später sprach sie mit Lydia darüber, als sie im Waschraum auf dem Rand der Wanne saß, während ihre Freundin badete. Lydia wirbelte mit den Händen das schaumige Wasser auf.

»Ich bin das Meer und spüle dieses gräßliche Fort von der Klippe – platsch!«

»Lydia!« sagte Quinta tadelnd. »Denk an den Verlust für die Wissenschaft. Du bist doch Historikerin.«

»Aber eben keine besonders gute«, erwiderte Lydia freimütig. »Geschichte – das sind für mich Menschen, keine leblosen Steinhaufen, die als Hypokaustum, Badehaus oder mutmaßlicher Standort der Latrinen katalogisiert werden ...«

Sie glitt tiefer ins Wasser und blies in den Schaum. »Komisch, daß du das sagst – ich meine, daß Alban dich nicht zum Lachen bringt«, fuhr sie fort. »Als ich heute die Mauer freilegte, habe ich über Adam und Angus und humorvolle Männer nachgedacht.«

»Und?«

»Ich glaube nicht, daß ich witzige Männer mag, jedenfalls nicht besonders. Die machen mich immer irgendwie verlegen. Ich bin nicht schlagfertig genug, im Gegensatz zu dir.«

»Ach, Quatsch«, protestierte Quinta. »Du bist viel klüger als ich!«

»Na, ich weiß nicht«, sagte Lydia. »Ich bin zwar nicht auf den Kopf gefallen, wenn ich mir die Mühe mache, ihn zu benutzen. Aber meine Gedanken sind nicht originell, und ich kann auch nicht alles von der lustigen Seite sehen, so wie du. Du magst exzentrische Leute, ich dagegen bemerke entweder gar nichts von ihren Macken oder ich finde sie absolut nervtötend.«

»Ich glaube, Alban weiß meistens gar nicht, worüber ich lache«, sagte Quinta. »Aber er mag es, wenn ich fröhlich bin«, fügte sie loyal hinzu. »Ein Spielverderber ist er nicht.«

»Mir gefallen vielschichtige Männer besser«, fuhr Lydia fort. »Männer, die einem das Gefühl geben, sie nie ganz durchschauen zu können.«

»So wie Adam. Er ist sehr verschlossen, nicht wahr?«

»Mmm, ziemlich. Und deshalb kannst du von Glück sagen, daß du Alban hast. Man merkt ihm an, daß er ein sehr komplizierter Mensch mit viel Tiefgang ist. Genau das macht ihn interessant.«

»Ach, meinst du?« fragte Quinta, die eigentlich fand, daß Alban in vielerlei Hinsicht wie sein Bruder war – schlicht und einfach ein großes Kind.

»Und Titus ist sehr weltläufig, sehr umgänglich, aber auch eine Spur oberflächlich, meinst du nicht auch?«

»Nein«, erwiderte Quinta nachdenklich. »Nein, das finde ich nicht, ich halte Titus ganz und gar nicht für oberflächlich. Ich finde, er ist ein interessanter Mann. Sehr gescheit.«

»Wie er wohl als Liebhaber ist?« Träge inspizierte Lydia eine Blase an ihrem Zeh.

Quinta lachte. »Das werden wir beide wohl nie erfahren. Wir sind nicht alt genug für ihn.«

»Stimmt. Er muß einen ausgewachsenen Mutterkomplex haben.«

»Ach, das ist doch Küchenpsychologie«, sagte Quinta. »Eigentlich finde ich, daß Titus bemerkenswert wenig Komplexe hat. Ich habe noch nie einen Mann gesehen, der so im reinen mit sich ist wie er.«

»Wer ist denn seine neueste Flamme?«

»Keine Ahnung, ich hab ihn in letzter Zeit nicht mit einer Frau zusammen gesehen. Los, Lydia, beeil dich, ich möchte auch ein Bad nehmen, und ich hab versprochen, beim Kochen zu helfen – es sind so viele Besucher da.«

Lydia setzte sich abrupt auf, so daß Wasser über den Rand der Wanne schwappte. »Welche Besucher?«

»Du hast mich ganz naß gespritzt!« Quinta griff zu Lydias Handtuch.

»Ist doch jetzt egal. Sag schon!«

»Titus bleibt über Nacht, weil er mit Adam und diesem anderen Typ sprechen will. Über Mathematik, das Chaos und Archäologie vermutlich – was für eine Mischung! Dann sind da noch diese Geschwister, die mit ihm zusammen aufgetaucht sind.«

»Was? O Gott, die bleiben doch nicht auf Dauer hier, oder? Ich dachte, abends würden sie wieder fahren. Oh, Mist. Wo sollen denn alle schlafen?«

»Im Kinderzimmer, schätze ich, da Phoebe und die anderen heute nacht ja nicht da sind. Sie übernachten bei Laras Großeltern. Die wohnen irgendwo hier in der Nähe und haben einen Swimmingpool. Also kann die Schwester schon mal Phoebes Bett haben.«

»Ich kann Adams Freunde nicht leiden«, sagte Lydia, als sie aus der Wanne stieg.

»Ich habe sie noch gar nicht gesehen.« Quinta ließ das Badewasser ablaufen. »Wie sind sie denn so?«

»So wie Titus gesagt hat, beeindruckend, zumindest äußerlich. Verschlossene etruskische Gesichter, schräge Augen, geheimnisvolles Lächeln. Fabelhafte rote Haare. Nicht dein Kupferton, sondern leuchtend rot, tizianrot – toller Kontrast zu der hellen Haut. Offenbar sind sie Zwillinge. Felix und Zoe. Ich wünschte, sie wären nie gekommen.«

»Ein bißchen frischen Wind können wir doch gut gebrauchen«, sagte Quinta. »Abends ist es hier ziemlich öde, vielleicht geben sie der Gruppe ja neue Impulse.«

»Vielleicht aber auch nicht«, erwiderte Lydia finster. »Benutz ruhig mein Badeöl, wenn du magst, Quinta.«

»Danke. Welch ein Luxus! Solltest du runtergehen, ehe ich hier fertig bin, sag in der Küche Bescheid, daß ich bald komme.«

Aber als Quinta den Waschraum verließ, fand sie Lydia im Korridor – so geladen, daß man sie kaum wiedererkannte.

»Was um alles in der Welt ist passiert?« fragte Quinta. »Komm mit in mein Zimmer. Hier gefriere ich zu Eis.«

»Das hier ist passiert«, sagte Lydia, setzte sich auf Phoebes Bett und klopfte auf die Bettdecke.

»Beruhige dich erst mal, und dann erklär mir, was du damit meinst.« Quinta rubbelte energisch ihr Haar trocken.

»Adam hat mich rausgeworfen«, verkündete Lydia theatralisch.

»Was?«

»Ja, ich soll gefälligst hier bei dir schlafen! Felix zieht bei ihm ein.«

»Ist das alles?« fragte Quinta. »Es wird dir guttun, mal eine Nacht durchzuschlafen, und es ist doch keine Zurückweisung – du hast viele Nächte lang bei ihm geschlafen.«

»Ja, aber so furchtbar aktive Nächte waren es nun auch wieder nicht. Das hab ich dir ja schon erzählt.«

»Schon komisch, irgendwie, daß die beiden sich ein Doppelbett teilen wollen«, sagte Quinta.

»Es sind zwei zusammengeschobene Einzelbetten.«

»Na, dann ist es ja halb so wild.«

»Warum kann Titus nicht bei ihm schlafen?«

»Wo ist denn da der Unterschied?« fragte Quinta. »Du würdest doch nicht zwischen ihnen schlafen wollen, oder?«

»Nein. Aber es wäre mir viel lieber, wenn Titus dort schlafen würde, das kann ich dir sagen. Ich kann diesen Felix einfach nicht ausstehen. Er tut ach so freundlich, aber wenn du mich fragst, ist er bloß schleimig. Er könnte sich genausogut das Kinderzimmer mit Titus teilen, und Zoe könnte sich hier einquartieren.«

»Wo soll Zoe denn jetzt schlafen?« fragte Quinta, die all diese Arrangements im Grunde herzlich wenig interessierten.

»Adam hat gesagt, daß er für sie ein Feldbett in einer der Dachkammern aufstellen will.«

»Da oben wird sie aber frieren.«

»Um so besser!« sagte Lydia. »Dann wird sie nicht lange bleiben wollen, und sie und ihr Bruder können wieder nach Cambridge abschieben, oder wo sie sonst herkommen mögen.«

»Sie werden morgen ohnehin abreisen müssen«, sagte Quinta beschwichtigend. »Dann kommen die Kinder zurück.«

Titus kehrte am nächsten Tag nach Eyot zurück, aber Felix und Zoe blieben. Lydia wurde mit einem Feldbett bei Quinta einquartiert und machte Adam unumwunden klar, was sie davon hielt.

Lachend streichelte er ihren Nacken. »Sehr schmeichelhaft für mich«, sagte er. »Freut mich zu hören, daß du mich vermißt. Aber das bißchen Enthaltsamkeit wird dich schon nicht umbringen, und ich entschädige dich für alles, wenn wir wieder in Eyot sind, wart's nur ab.«

Lydia küßte ihn sehnsüchtig, voll Verlangen, und er erwiderte ihre Küsse. »Schade, daß so viele Leute um uns rum sind«, sagte er. »Sonst könnten wir das hier vertiefen.«

»Ich dachte, ›das bißchen Enthaltsamkeit‹ bringt einen nicht um?«

»Dich nicht, aber mich schon.«

»Dann solltest du das Zimmer nicht mit Felix teilen.«

Sie drückte sich an ihn und spürte, daß er eine Erektion hatte. Sanft fuhr sie mit den Händen an ihm hinunter. Adam löste sich von ihr. »Das reicht«, sagte er und hielt sie an den Handgelenken fest.

»Au«, sagte Lydia. »Laß los, du tust mir weh.«

»Halt die paar Tage noch durch«, sagte Adam. »Und gib dir ein bißchen Mühe, Felix und Zoe besser kennenzulernen. Felix ist ein alter Freund von mir, und obwohl ich Zoe vorher noch nie begegnet bin, scheint sie sehr nett zu sein. Du wirst sie noch öfter sehen, Felix wird mich in der nächsten Zeit in Eyot besuchen.«

»Oh«, sagte Lydia. »Wie schön.«

Nach einer nur allzu kurzen Schönwetterperiode kehrte der August zu seiner unangenehmen Mischung aus Regen und Sturm zurück. Die freiwilligen Helfer taten ihr Bestes, mußten jedoch meist Schutz in der kleinen Hütte suchen, die man auf dem Gelände errichtet hatte. Sie scharten sich um den kleinen Ofen, der kaum Wärme spendete, vergifteten sich zweifellos mit den Abgasen und machten auf diese Weise etlichen vielversprechenden akademischen Karrieren den Garaus, wie jemand süffisant bemerkte.

»Ich glaube nicht, daß ich noch Archäologe werden möchte«, sagte ein junger Mann und schniefte beklommen.

»Das hier hat für mich den Ausschlag gegeben«, erklärte ein junges Mädchen munter. »Nordeuropa ist für mich out. Ich spezialisiere mich auf warme Länder.«

»Italien«, sagte eine andere sehnsüchtig.

»Die Türkei.«

»Überall sonst, nur nicht hier.«

Adam schien dem schlechten Wetter gegenüber unempfindlich zu sein. In eine riesige Regenhaut gehüllt, harrte er länger draußen auf dem Gelände aus als alle anderen. Ab und zu steckte er den Kopf in die Hütte, schaute in die Runde der blassen, feuchten Gesichter und scheuchte sie zurück an die Arbeit.

»Verflixter Sklaventreiber!«

»Gott sei Dank bin ich nicht in seiner Abteilung!«

»Ich weiß gar nicht, warum er so ehrgeizig ist, es ist nicht mal sein Fachgebiet. Was will er damit beweisen?«

»Er nervt mich total. Je eher die Klippe ins Meer stürzt, um so besser.«

Trotz der Nässe und der anderen Unannehmlichkeiten fühlte sich Quinta seltsamerweise pudelwohl. Phoebe bekam sie kaum zu Gesicht, da diese sich mit anderen Kindern angefreundet hatte und so viel Zeit wie möglich mit ihnen verbrachte. Quinta machte sich Sorgen, daß sie den Eltern zur Last fallen könnte, aber als sie mit Lara, der Frau des Fotografen, darüber sprach, lachte diese nur.

»Je mehr, desto besser«, sagte Lara, eine wahre Erdmutter von bemerkenswert ausgeglichenem Wesen. »In der Gruppe wird man leichter mit ihnen fertig. Außerdem ist es hier nicht ganz ungefährlich, wie man sieht. Du könntest dich nicht auf deine Arbeit konzentrieren, wenn Phoebe nur hier herumhängen würde und nichts zu tun hätte. Bei mir ist sie gut aufgehoben.«

Quinta war klar, daß es Phoebe tatsächlich gutging, und folglich fühlte sie sich so frei wie nie. Es war, als hätte jemand die Zeit angehalten: Eyot, die Probleme mit Phoebes Schule, Alban, ihre Arbeit – all das schien unendlich weit weg. Hier, an der windgepeitschten Küste, konnte sie einfach sie selbst sein.

Sie versuchte es Lydia zu erklären. »Eine Zeitlang muß ich mal nicht Mutter, Geliebte und Angestellte sein. Das ist richtig erholsam, weißt du.«

Lydia blickte ihre Freundin an. Vollauf von ihren eigenen Angelegenheiten und dem wachsenden Ärger über Adams scheinbare Gleichgültigkeit in Anspruch genommen, war ihr gar nicht aufgefallen, wie gut es Quinta ging.

»Stimmt«, sagte sie und musterte sie kritisch. »Du siehst viel entspannter aus, und du lächelst immerzu, so wie früher. Das Haar steht dir wild vom Kopf ab. Das kommt bestimmt von der Feuchtigkeit … Du wirkst optimistischer, weniger von Gewissensbissen geplagt. Ich weiß, woran das liegt – du hast diese entsetzlichen Listen aufgegeben!«

Grinsend zog Quinta eine Liste aus ihrer Tasche. »O nein, schau her!«

»Ach, das ist eine ganz andere Art von Liste«, widersprach Lydia. »Eher so was wie Notizen. Praktisch, nicht verzweifelt.«

Quinta starrte sie an. »Du fandest meine Listen verzweifelt?«

»Und wie«, sagte Lydia. »Also fang bloß nicht wieder damit an, wenn wir wieder zurück sind. Oh, ich kann's kaum erwarten – nur noch wenige Tage auf dieser Müllkippe! Wie ich mich auf Eyot freue!«

»Wie bitte? Obwohl du dann wieder die brave Enkelin spielen mußt – ›ja, nein, wie du meinst, Großmama‹?«

»Ja, aber ich werde auch Adam häufiger für mich haben, hoffentlich. In Eyot können sie nicht ständig aufeinanderhocken, so wie hier«, sagte Lydia bedrückt.

»Alle mögen die beiden, außer dir«, wandte Quinta ein. »Sie sind sehr charmant.«

»Aber sonst spricht auch nichts für sie. Sie fassen nie mit an, sondern hängen den ganzen Tag nur faul in der Blockhütte herum. Zoe spült zwar manchmal ab, aber auch nur, wenn man sie ausdrücklich darum bittet.«

»Adam sagt, daß Felix furchtbar hart gearbeitet hat und unbedingt Erholung braucht. Er ist Geschäftsmann, nicht wahr?«

»Das behauptet Adam, obwohl ich nicht ganz begriffen habe, um was für Geschäfte es gehen soll«, sagte Lydia gereizt. »Irgendwelche zwielichtigen Machenschaften vermutlich – meinst du nicht auch, daß die beiden wie Füchse aussehen?«

»Nein, eigentlich nicht.« Quinta mußte so lachen, daß sie ihre Tasse lieber abstellte. »Du bist bloß eifersüchtig, Lydia, das ist alles. Adam ist – wie alt? Achtundzwanzig? Ist doch klar, daß er Freunde hat, die er vor deiner Zeit kennengelernt hat. Eure Bekanntschaft ist relativ jung, und hat er nicht gesagt, daß er und Felix zusammen die Schulbank gedrückt haben?«

»Mit Zoe war er aber nicht zusammen auf der Schule, die lebt schon ewig in Amerika. Ihre Eltern sind geschieden, und sie ist mit ihrer Mutter nach Kalifornien gegangen. Trotzdem weicht Adam nicht von ihrer Seite.«

Quinta hatte bemerkt, daß ein gewisses Glühen in Adams Augen trat, sobald er Zoe ansah. Aber das war wohl kaum verwunderlich bei einem so anziehenden Geschöpf. Merkwürdig war nur, daß sie sich so stark von Lydia unterschied. Es kam selten vor, daß ein Mann Gefallen an zwei so gegensätzlichen Frauentypen fand. Sicher, Zoe war genauso schlank – die Glückliche, dachte Quinta neiderfüllt –, erinnerte jedoch eher an eine Elfe, nicht an eine Diana, so wie die hochgewachsene Lydia.

Das würde sie natürlich nicht sagen, Lydia war ohnehin schon aufgebracht genug. Quinta wurde aus Adam immer noch nicht schlau, aber wenn Lydia so verknallt in ihn war, wie es den Anschein hatte, dann hoffte sie ihrer Freundin zuliebe, daß sein Interesse an Felix und Zoe bald nachließ.

An diesem Nachmittag war der Himmel schwarz wie im tiefsten Winter, und der Wind pfiff ihnen um die Ohren. Das aufgewühlte Meer war bis zum Horizont, wo es mit den schwefelgelben Wolken verschmolz, mit weißen Schaumkronen übersät. Trotz des heulenden Windes hörten sie, wie die Brandung am Fuß der Klippe die Felsen umtoste.

Die Freiwilligen hatten längst genug, aber Adam ließ nicht locker. »Wir haben ohnehin schon zu wenig Zeit, ordentlich zu arbeiten«, schrie er gegen den Wind an. »Heute machen wir auf gar keinen Fall früher Schluß. Das bißchen Wind bringt euch schon nicht um!«

Gegen drei Uhr kam Lara zu Quinta. »Es wird zu gefährlich hier«, begann sie unumwunden. »Ich habe die Wettervorhersage gehört. Sie haben eine Sturmwarnung durchgegeben – in dieser Gegend wird mit heftigen Unwettern und Hochwasser gerechnet. Ich bringe die Kinder zu meiner Mutter. Du solltest dich auch schnellstmöglich vom Acker machen, Quinta.«

»Fährt Mike mit euch?« fragte die sich gegen den Wind stemmende Quinta.

»Nein«, sagte Lara. »Er muß bleiben, bis Adam offiziell das Signal zum Aufbruch gibt – weiß der Himmel, wann er sich dazu durchringen wird. Mike ist in seinem Beruf auf Mundpropaganda angewiesen, verstehst du, deshalb kann er es sich nicht leisten, Adam gegen sich aufzubringen.«

»Aber er hat kleine Kinder«, rief Quinta empört. »Adam sollte von niemandem verlangen, daß er hierbleibt. Er darf

Mike keinen Vorwurf daraus machen, wenn er seine Familie begleiten will!«

Lara zuckte die Achseln. »Er ist ein ziemlich nachtragender Mensch, der es nicht vergessen kann, wenn man seine Pläne durchkreuzt. Im Grunde liegt ihm an nichts und niemandem etwas. Aber in deinem Fall sieht es anders aus, du kannst bei diesem Wetter nicht arbeiten. Komm mit uns, wir kriegen dich schon noch in den Wagen – oder ich könnte dich später abholen.«

»Das ist lieb von dir«, sagte Quinta dankbar. »Aber solange Adam hier ist, wird Lydia nicht gehen, also bleibe ich lieber auch.«

Lara schaute sie anerkennend an. »Sie hat Glück, eine Freundin wie dich zu haben. Und wenn man sich mit Adam Stixwould einläßt, kann man gar nicht genug Freunde haben, glaub mir. Und noch eines …«

»Was?« schrie Quinta, aber der Wind trug Laras Worte davon.

Quinta kämpfte sich zu der Stelle vor, wo Lydia mit einer Plane rang. »Adam will, daß ich das hier abdecke«, keuchte sie. »Kannst du mir helfen?«

»Hat doch keinen Zweck«, sagte Quinta. Bildete sie es sich nur ein, oder war das Meer tatsächlich lauter geworden?

»Ich hasse Gewitter und Stürme«, sagte Lydia. »Es donnert bestimmt gleich.«

»Donner?« brüllte Quinta. »Wird bei diesem Getöse wohl kaum auffallen. Komm jetzt, Lydia, schlagen wir uns zur Hütte durch.«

»Adam hat gesagt, wir sollen hierbleiben, bis er kommt und uns holt.«

»Adam kann mich mal – komm schon, Lydia, wir sind hier nicht im Internat, wir brauchen nicht zu tun, was der Typ uns befiehlt. Wenn er Soldat spielen und mit seinem Fort untergehen will, dann soll er doch.«

»Ich will ihn aber nicht hier allein lassen«, entgegnete Lydia.

Quinta konnte Adam im Halbdunkel erkennen – eine

hünenhafte gebieterische Gestalt, die einer anderen Zeit entsprungen schien, dachte sie. Der ungezähmte Geist des alten Nordens.

»Nein, er ist einfach nur wahnsinnig.«

Quinta fuhr herum. Es war Titus. Er stürzte zu der Stelle, wo schemenhafte Gestalten auf Adams Kommando hin und her eilten, und verschaffte sich mit mächtiger Stimme Gehör, die trotz des Windes bis zu ihnen trug.

»Verschwindet«, sagte er. »Alle. Und zwar sofort. Lauft nicht zur Hütte, da ist es zu gefährlich. Vergeßt eure Ausrüstung, ihr könnt keine Sekunde länger warten. Die Klippe rutscht ab – das ist das Grollen, das ihr hört. Entfernt euch so weit von hier, wie ihr könnt. In dieser Richtung da, lauft auf das Licht zu, da seid ihr in Sicherheit.«

Wutentbrannt fuhr Adam zu ihm herum. »Wie kannst du es wagen, hier aufzukreuzen und meinen Leuten zu sagen, was sie tun sollen?«

»Ach, halt die Klappe«, entgegnete Titus gereizt. »Du Schwachkopf bringst aus schierer Sturheit das Leben dieser Menschen in Gefahr! Was spielt dieses Fort schon für eine Rolle? Es war schon in römischer Zeit unbedeutend, und daran hat sich nichts geändert.«

Adam funkelte ihn bitterböse an, dann drehte er sich um und marschierte zur Hütte.

»Nicht in diese Richtung, du Dummkopf! Da ist die Klippe schon abgesackt.«

Adam wandte sich ihm zu, sein Gesicht schimmerte fahl im Regen. »Der Abschnitt an der Hütte? Aber Felix und Zoe sind da drin! Ich muß zu ihnen.«

»Die sind bestimmt längst über alle Berge – die Polizei war schon dort.«

Aber Adam hörte ihn nicht mehr. Er lief bereits mit großen, weitausholenden Schritten die Klippe entlang.

Titus zögerte kurz, dann zuckte er die Achseln. Als das Donnergrollen vom Klippenrand anschwoll, lief er schleunigst den anderen nach.

Er fand sie in einem Bauernhaus, wo sie Zuflucht vor dem Unwetter gesucht hatten. Die Bauersfrau schnalzte mißbilligend mit der Zunge ob der Dummheit der Stadtmenschen.

»Ihr seid von der Universität? Aye, das glaube ich gerne. Ihr habt nicht mehr Sinn und Verstand als mein Vierjähriger da!«

Lydia saß steif und zitternd da. »Und Adam?« fragte sie, als Titus hereinkam und der Wind die Tür hinter ihm krachend ins Schloß fallen ließ.

»Der ist zur Hütte gerannt, der Vollidiot«, sagte er. »Nein, ich weiß nicht, ob er wohlauf ist. Er wollte sich nicht davon abbringen lassen. Wollte unbedingt dorthin, um Felix und Zoe zu retten. Die werden natürlich nicht mehr da sein. Sie haben wahrscheinlich schon vor Stunden das Weite gesucht. Mir ist noch nie jemand begegnet, der besser imstande wäre, in der Not die eigene Haut zu retten als diese beiden.«

»Aber Titus – oh, Adam ...« jammerte Lydia.

»Komm mir nicht mit ›oh, Adam‹«, sagte Titus. »Ich bin diesen Typ endgültig leid. Wenn du mich fragst – ihm kann nichts etwas anhaben. Und sollte ich mich irren, kannst du auch nichts mehr tun. Vermutlich werden ihn letztlich die Leute von der Küstenwache da rausholen müssen, unter Einsatz ihres eigenen Lebens.«

»Ich habe Sybil Stixwould noch nie in einem derart aufgelösten Zustand gesehen«, erklärte Marjorie.

»Er ist ihr einziger Enkel«, gab Daphne zu bedenken.

»Sie muß unendlich stolz auf ihn sein!« Marjorie rammte den Deckel so heftig in die Bistrokanne, daß kleine Kaffeefontänen auf das weiße Tischtuch spritzten. »Also wirklich, ich weiß nicht, warum die in Mode gekommen sind. Was ist an einer normalen praktischen Kaffeekanne auszusetzen?«

»Der Kaffee soll daraus besser schmecken.« Wyn tupfte mit ihrer Serviette an den Flecken herum.

»Unsinn«, sagte Marjorie.

Die Ereignisse in Yntrig hatten sie so gepackt, daß sie einvernehmlich beschlossen hatten, im Flora's eine Tasse Kaffee zu trinken. Die Blumen konnten ausnahmsweise mal warten.

Wyn hatte eine Zeitung aufgetrieben, die sie jetzt auseinanderfaltete. Dabei stach sie Daphne versehentlich mit dem Holzstab, an dem das Blatt befestigt war, in die Rippe.

»Pardon«, sagte sie.

»Ist mir ein Rätsel, was diese Stäbe in den Zeitungen sollen«, sagte Daphne zutiefst beleidigt.

»Sie sind dazu da, damit man die Zeitung an einen dieser Haken an der Tür hängen kann, meine Liebe«, erklärte Marjorie. »Steht was darüber drin, Wyn?«

»›Sensationelle Rettungsaktion in den Klippen ... Küstendrama – Haus und römische Festung rutschen ins Meer ... Archäologe riskiert sein Leben, um Freunde zu retten‹.«

»Na also«, sagte Marjorie. »Wie tapfer!«

»Ja, aber seine Freunde waren gar nicht da«, wandte Wyn ein. »Sie hatten vernünftigerweise schon längst die Flucht ergriffen. Die Beamten der Küstenwache waren die wahren Helden, und die Luftwaffe – es ist eine Kunst, in solch einem Wetter einen Helikopter zu steuern!«

Marjorie und Daphne hatten keinerlei Interesse an der Küstenwache oder der Luftwaffe. Sie kannten die Männer nicht, während sie Adam, oder zumindest seine Großmutter, sehr wohl kannten.

»Ich habe gehört, daß es Titus war, der die freiwilligen Helfer vor dem Schlimmsten bewahrt hat«, fügte Wyn hinzu.

»Was, der Chorsänger?« fragte Daphne.

»Was hatte der denn dort zu suchen?« erkundigte Marjorie sich mißtrauisch.

»Er war schon Anfang der Woche zum Ausgrabungsgelände gefahren. Als dann die Sturmwarnung gegeben und im Radio über das drohende Hochwasser berichtet wurde, hat er zwei und zwei zusammengezählt und erkannt, in welcher Gefahr sie schwebten. Er fuhr sofort los, um sie zu warnen. Die Polizei evakuierte bereits die umliegenden Häuser, wußte aber nicht, daß oben am Fort noch gearbeitet wurde.«

»Na, das hätten sie aber wissen müssen.«

»Vielleicht kamen sie nicht auf die Idee, daß jemand so tollkühn sein könnte, sich dort bei so widrigem Wetter aufzuhalten.«

»Tollkühn? Engagiert würde ich eher sagen«, erwiderte Marjorie empört. »Sehr wenige Menschen nehmen ihre Arbeit so ernst, wie Adam es offensichtlich tut.«

»Ist doch eigentlich lustig, oder?« Wyn raschelte mit der Zeitung, als sie nach den Fotos auf Seite fünf suchte. »Er mußte vom Dach des Hühnerstalls geholt werden, als dieser bereits der Hütte nach von der Klippe rutschte. Kein großes Ruhmesblatt für einen Mann in seiner Position.«

Daphne schüttelte sich. »Ich darf gar nicht daran denken. Gieß bitte den Kaffee ein, Marjorie, und dann hätte ich gern die Zeitung, wenn du damit fertig bist, Wyn.«

15. Kapitel

Titus brachte Quinta am folgenden Morgen nach Hause, nachdem sie eine unbequeme Nacht auf dem Küchenfußboden des Bauernhauses verbracht hatten. Die meisten freiwilligen Helfer hatten so schnell wie möglich weiterziehen wollen, aber ein kurzer Ausflug nach draußen in die sturmgepeitschte Umgebung und die unheilvollen Warnungen im Radio hatten sie überzeugt, daß es besser war, hier auszuharren.

»Der Ausläufer eines Orkans«, sagte die hartgesottene Bauersfrau. »Das wird nicht mehr allzu lange dauern, morgen früh klart es garantiert auf.«

»Ich glaube, sie betrachtet uns als eine Art Viehherde«, flüsterte Quinta an Titus' Ohr. »Du weißt schon, kleine Lämmer, die sich im Frühjahr vor dem Schnee in die Küche flüchten, junge Kälbchen in der Scheune ...«

»Ich weiß jedenfalls genau, wie den Tieren in einem dieser Transportlaster zumute sein muß«, grummelte Titus, der zwischen einem Tisch und der munteren jungen Archäologin eingekeilt lag. »Dieses Haus wird ja wohl hoffentlich stehenbleiben – obwohl da draußen ein furchtbarer Wind geht.«

»Es steht seit vierhundert Jahren. Das hält schon was aus«, sagte die Bauersfrau in der Tür. »Ich schalte jetzt das Licht aus, Sie wollen ja sicher schlafen.«

»Ein frommer Wunsch ...« murmelte ein anderer Freiwilliger. »Oh, was gäbe ich nicht für ein heißes Bad.«

Quinta wiederholte diesen Stoßseufzer, als sie die Tür aufschloß und über Harriet stolperte, die sie gehört hatte und nachsehen wollte, wer da gekommen war.

»Quinta, ich habe mir solche Sorgen um euch gemacht! Sie haben in den Nachrichten gebracht, daß das Fort ins Meer abgerutscht ist. Es hieß, alle Helfer seien gefunden worden, aber man weiß ja nie, auf welche Zahlen sie sich stützen.«

»Was für ein makabrer Gedanke«, bemerkte Titus, der ihnen ins Haus folgte. »Ich nehme mal an, das einzige Opfer war eine alte Dame, die sich so aufregte, als sie ihre Lieblingssendung nicht im Fernsehen sehen konnte, daß sie einen Anfall bekam und auf der Stelle verschied.«

Harriet hob eine Braue.

»Oh, entschuldige«, sagte Quinta erschöpft. »Harriet, dies ist Titus, der uns alle gerettet hat. Und Harriet ist eine alte Freundin aus der Zeit, als ich nach Eyot kam, Titus. Wenn ich recht überlege«, fuhr sie versonnen fort, »hat sie mich damals auch gerettet – also seid ihr beide meine Retter. Harriet, rieche ich da frischen Kaffee?«

»Ja, richtig. Quinta, du mußt so schnell wie möglich aus diesen Klamotten raus. Und dann nimm eine heiße Dusche oder ein Bad. Ich mach inzwischen für euch beide Frühstück.«

»Gute Idee«, sagte Titus. »Die Bäuerin auf dem Hof, wo wir gestern übernachtet haben, war alles in allem sehr gastfreundlich, aber man konnte ja wohl kaum von ihr erwarten, daß sie uns alle durchfüttert.«

»Wie seid ihr nach Hause gekommen?« fragte Harriet, als sich die Tür hinter Quinta schloß. »In den Nachrichten hieß es, die meisten Straßen in der Gegend seien unpassierbar.«

»Oh, wir haben ein paar Umwege gemacht«, erwiderte Titus. »Ich mußte unbedingt zurück, ich habe heute nachmittag einen Termin, den ich auf keinen Fall verpassen darf.«

»Wo ist Phoebe?«

»Bei Freunden, die ein Haus auf der anderen Seite von Yntrig haben. Quinta hat heute morgen mit ihnen telefoniert. Phoebe hat das Unwetter gestern nacht komplett verschlafen – sie muß der einzige Mensch in der ganzen Grafschaft sein, dem das gelungen ist. Sie wollte noch nicht weg, und die Leute behalten sie gern noch einen Tag bei sich, also habe ich Quinta geraten, sie dort zu lassen. Im Moment ist es wohl eine Erleichterung für sie, wenn sie sich nicht auch noch um Phoebe kümmern muß.«

»Sehr vernünftig«, sagte Harriet, während sie Kaffee einschenkte. »Schwarz? Oder mit Milch? Zucker?«

»Milch, kein Zucker, aber wenn Sie Kekse dahaben, nehme ich gern einen.«

»In der Dose da«, sagte Harriet. »Ich mache dann schon mal das Frühstück. Quinta wird wohl nicht lange brauchen.«

Titus lehnte sich gegen den Türrahmen, nachdem Harriet seine Hilfsangebote dankend abgelehnt hatte. »Wie haben Sie Quinta denn gerettet?« fragte er.

Harriet lachte. »Ach, sie übertreibt gern«, sagte sie. »Ich habe sie nur bei mir wohnen lassen, als sie nach Eyot kam.«

»Wie alt war sie damals?« wollte Titus wissen.

Harriet warf ihm einen kurzen Blick zu, während sie Speckstreifen in die Grillpfanne legte. »Das war vor fast neun Jahren, zwei oder drei Monate bevor Phoebe zur Welt kam.«

»Und Phoebes Vater? War er damals bei ihr?«

»Danach müssen Sie Quinta schon selbst fragen«, sagte Harriet ausweichend. »Was sollen all die Fragen?«

»Reine Neugier«, sagte Titus konziliant. »Ich interessiere mich eben für meine Mitmenschen.«

»Ich auch. Erzählen Sie mir von sich.«

Titus verbeugte sich. »Andere würden das als Zurechtweisung auffassen, aber ich verstehe es als Kompliment. Es ist ja immer angenehm, das Interesse anderer Menschen zu wecken, meinen Sie nicht auch? Und wie alle Männer spreche ich sehr gern über mich.«

Harriet lächelte. »Dann nur zu. Warum sind Sie in Eyot?«

»Der Arbeit wegen. Ich bin an der Universität, wo ich mich an den rauhen Gestaden der Chaostheorie abstrample. Sie haben bestimmt noch nie davon gehört, es ist alles sehr neu und noch nicht zu den Publikumszeitschriften vorgedrungen.«

»Irrtum«, sagte Harriet. »Ich habe durchaus davon gehört. In den letzten zwei Jahren habe ich mit Isobel Warrender in einer Wohnung gelebt.«

Jetzt schnellten Titus' Brauen in die Höhe. »Ach ja?«

»Ja, Tatsache, und Sie brauchen Ihre Neugier nicht zu unterdrücken – ja, Isobel und ich sind mehr als Mitbewohnerinnen, und nein, ich bin keine notorische Frauenheldin, ich habe keinerlei Absichten auf Quinta. Es ist nämlich so, daß mir Freundschaft wichtiger als alles andere ist, auf jeden Fall wichtiger als Sex.«

»Aha«, sagte Titus verdutzt.

»Also müssen Sie Titus Croscombe sein«, fuhr Harriet unerbittlich fort. »Und Sie sind hier statt in Cambridge oder in Amerika, wo Sie eigentlich hingehören, weil es Sie zu einem alten Trunkenbold namens Halliday zieht, der hier seit der Eröffnung der Universität Wurzeln geschlagen hat und sich weigert, woanders hinzugehen.«

Titus lächelte. »Wie recht Sie haben.«

»Hat er denn die Antworten, die Sie suchen?«

»Nein, ganz und gar nicht. Zum einen ist er zu alt dazu. Aber er stellt die richtigen Fragen, und wenn man mit ihm arbeitet, hat man eher die Chance, Antworten zu finden – zumindest auf die Fragen, auf die es mir ankommt.«

»Wie alt sind Sie?«

»Zweiunddreißig.«

»Alt für einen Mathematiker.«

»Ja, aber strenggenommen bin ich kein Mathematiker. Zum Glück nicht, sie sind nämlich ein trauriger Haufen, diese Mathematiker. Ihre Isobel natürlich nicht, die ist eine Klasse für sich. Und was führt Sie nach Eyot?«

»Ich bin Lehrerin«, erwiderte Harriet. »Ich habe eine Stelle an der Cathedral School. In der Unterstufe.«

Titus kniff die Augen zusammen. »Ach, kommen Sie! Irgendwas sagt mir, daß Sie viel zu clever für diese Schule sind. Sie ist ein Alptraum: Dickens und Evelyn Waugh, zu einer Sitcom umgeschrieben.«

»Das hab ich mir schon gedacht. Aber man hat mich geholt, um ein wenig Schwung in die Schule zu bringen.«

Nachdenklich trank Titus von seinem Kaffee. Dann schüttelte er den Kopf. »Ich glaube Ihnen nicht«, sagte er. »Kein Mensch würde nach Eyot kommen, um an dieser Schule zu arbeiten, es sei denn, die reine Verzweiflung treibt ihn dazu.«

»Oder aber er will nach Eyot, um mit Walter Hatchett zu trainieren, und der Dekan und das Kapitel haben ein sehr gutes Gehalt plus Sonderleistungen geboten, weil die Schule ihnen solches Kopfzerbrechen bereitet.«

»Aha«, sagte Titus befriedigt. »Natürlich, man braucht Sie nur anzuschauen. Sie sind Sprinterin.«

»Ja, bin ich. Und Lehrer ist einer der wenigen Jobs, die man mit ernsthaftem Training unter einen Hut bringen kann.«

»Haben Sie denn Zeit genug?«

»O ja. Ich habe keine Familie und brauche nur für mich selbst zu sorgen. Ich werde mir ein Haus oder eine Wohnung suchen, die ich nicht groß renovieren muß, und eine Zugehfrau einstellen … Selbst wenn ich Tests und Hausaufgaben korrigieren muß, bleibt mir alle Zeit der Welt zum Training.«

Sie ging zur Tür und öffnete sie. »Quinta!« rief sie. »Das Frühstück ist fertig.«

Quinta tapste barfuß in die Küche. Das nasse Haar lockte sich wild rings um ihr rosiges Gesicht, und sie war in einen riesigen Seidenmorgenmantel gehüllt.

»Albans Eigentum«, sagte sie, als sie sich auf der Bank niederließ. »Mein Gott, werde ich verwöhnt – das Frühstück vorgesetzt zu bekommen!«

»Was meinst du damit – ›Albans Eigentum‹?« fragte Titus, der sich ihr gegenüber an den Tisch setzte. »Autsch, was war das denn? Mist, da ist ja eine Katze, und sie hat mich tatsächlich gebissen!«

»Das ist Madrigal«, sagte Quinta lachend. »Ein Zeichen seiner Zuneigung – wenn er dich beißt, heißt es, er mag dich.«

»Na, vielen Dank.« Titus lutschte an seiner Hand.

»Der Morgenrock gehört Alban«, fuhr Quinta fort, während sie nach der Kaffeekanne griff. »Ich konnte dir ansehen, daß du dachtest, ›was für ein ausgefallenes Gewand, das Quinta da trägt‹.«

»Ja, stimmt«, sagte Titus. »Er ist wirklich edel, wo hat Alban ihn her?«

»Von der Burlington Arcade, glaube ich. Oder von der Jermyn Street. So was in der Richtung. Er hat mehrere davon; er trägt sie beim Komponieren, weißt du.«

»Er steht dir«, sagte Titus, nachdem er sie eine Weile nachdenklich betrachtet hatte. »Erinnert an Burne-Jones. Du solltest immer Kleider in diesen Farben tragen. Vorzugsweise aus Seide. Oder auch aus Samt, in intensiven Farben, und Brokat …«

»Kaum machbar, wenn man nur über begrenzte Mittel verfügt«, bemerkte Harriet, die Teller mit Bergen von Essen vor sie auf den Tisch stellte.

»Du liebe Zeit«, sagte Quinta fröhlich. »Was für ein Frühstück! Toll! Alles, was ich mag und nicht essen sollte. Wo hast du nur all diese Köstlichkeiten her?«

»Ich hatte mir schon gedacht, daß ihr im Laufe des Tages hungrig hier eintrudelt, deshalb bin ich schnell einkaufen gegangen. Nur Sachen, die man zu jeder Tageszeit essen kann. Zum Glück reicht es für zwei«, fügte Harriet hinzu, als sie sah, wie Titus sich heißhungrig über ein Würstchen hermachte.

»Sehr vernünftig«, sagte Titus mit vollem Mund. »Ein ausgezeichneter Schinken – Sie müssen bei Gumble's eingekauft haben.«

»Ja, richtig. Hat sich überhaupt nicht verändert, seit ich das letzte Mal hier war.«

»Ich kaufe nie dort ein«, sagte Quinta munter. »Viel zu teuer.«

Als Quinta ihren Teller geleert und danach noch zwei frische Brötchen mit dicker Marmelade vertilgt hatte, die Harriet ebenfalls besorgt hatte, fielen ihr die Augen zu, und sie gähnte herzhaft. »Noch vier Tage Urlaub«, sagte sie schläfrig. »Ich muß mir was einfallen lassen – was ich mit Phoebe anfangen soll. Arme Kleine, was für durch und durch mißglückte Ferien.«

»Ganz und gar nicht«, widersprach Titus. »Ich hatte vielmehr den Eindruck, daß sie es sehr genossen hat. Es hat ihr bestimmt gutgetan, mal von dir wegzukommen.«

Quinta blinzelte. Sie war zwar zu müde, um die volle Schärfe dieser Bemerkung wahrzunehmen, empfand jedoch einen Anflug von Verdrossenheit.

»Die Ferien sind die einzige Zeit, in der ich richtig mit Phoebe zusammensein kann«, erklärte sie. »Wenn ich arbeite, versuche ich es, aber ich bin einfach zu beschäftigt.«

»Wie kommst du bloß auf die Idee, daß sie von dir erwartet, daß du dich für sie aufopferst?« fragte Titus. »Meiner Erfahrung nach wünschen Kinder sich nur eine verläßliche Basis, auf die sie bei Bedarf zurückgreifen können. Sie können es nicht ausstehen, wenn die Eltern pausenlos um sie herumschwirren.«

Quinta starrte ihn an. »Du hast doch gar keine Kinder!«

»Nein, aber ich habe einen Haufen Neffen und Nichten, und ich war selbst mal Kind, mit einer mich abgöttisch liebenden Witwe zur Mutter, die nur für mich dasein wollte. Gott, was hatte ich immer für ein schlechtes Gewissen, wenn ich mal mit meinen Freunden unterwegs war oder interessante Dinge mit neuen Leuten unternehmen wollte, statt immer nur brav an ihr zu kleben!«

Quinta gähnte erneut. »Ich bin überzeugt, daß du da schief gewickelt bist. Kinder gedeihen am besten, wenn sie über die ungeteilte Aufmerksamkeit ihrer Mutter verfügen. Das weiß doch jeder.«

»Das weiß doch jeder«, wiederholte er spöttisch. »Wie unvernünftig. Was jeder weiß, ist zumeist hoffnungslos falsch. Was meinen Sie dazu, Harriet?«

»Ich finde, Quinta sollte erst mal schlafen gehen«, sagte

Harriet gleichmütig. »Sie könnten durchaus recht haben, aber jetzt ist nicht der richtige Zeitpunkt, um ihr ins Gewissen zu reden.«

»Mmm«, machte Quinta. »Ja, ich glaube, ich lege mich erst mal kurz hin, wenn du nichts dagegen hast, Harriet. Ich bin plötzlich todmüde.«

Titus und Harriet setzten sich mit einer frischen Kanne Kaffee vor das Holzfeuer.

»Absurd, ein Kaminfeuer im August«, sagte Titus.

»Aber notwendig«, entgegnete Harriet. »Es ist alles andere als warm, und wenn Quinta aufwacht, wird es sie aufmuntern.«

»Sie muß sich ordentlich ausschlafen«, sagte Titus.

»Und Sie nicht? Haben Sie nicht auch die ganze Nacht wach gelegen?«

»Nein, ich kann überall schlafen. Ich zermartere mir ja auch nicht ständig das Hirn vor Sorge, so wie Quinta. Es gibt nichts Anstrengenderes, als sich dauernd Sorgen zu machen. Sie überanstrengt sich systematisch und grübelt zuviel. Bei dieser Ausgrabung hat sie hart gearbeitet, obwohl ich vermute, daß sie froh war, mal eine Zeitlang nicht immer der Kleinen hinterherrennen zu müssen – so hartnäckig sie es auch abstreiten mag.«

»Schon möglich«, sagte Harriet. »Opfert sich Quinta denn wirklich für Phoebe auf?«

»Sie ist ihr Lebensinhalt, wenn Sie mich fragen.«

»Welcher Natur ist denn Ihr Interesse an Quinta?« fragte Harriet argwöhnisch.

»Rein freundschaftlich«, sagte Titus und lächelte herzlich. »Wie Sie lege ich sehr großen Wert auf Freundschaft. Quinta interessiert mich, ich glaube, sie sitzt in der Falle und vergeudet ihr Leben. Übrigens ist mein Interesse rein platonisch«, fügte er hinzu. »Ich finde eher Gefallen an reifen Frauen. Und Quinta hat schließlich ihren Alban.«

»Ach, in der Tat?« fragte Harriet.

»Wo steckt Alban eigentlich?« fuhr Titus fort und schaute

sich um, als rechne er damit, daß Alban in dem Korb mit den Holzscheiten hockte.

»In Amerika«, erwiderte Harriet knapp. »Er hat angerufen. Ihm ist irgendwas dazwischengekommen, das heißt, er kommt vorläufig nicht zurück, da er im Anschluß direkt nach Spanien fliegt. Er hat mich gebeten, es Quinta auszurichten.«

»Ach.«

»Ich vermute, daß sie Probleme haben«, sagte Harriet. »Ich glaube, ich bin zu einem sehr günstigen Zeitpunkt gekommen. Ich hab auf den ersten Blick erkannt, daß es hier einiges zu klären gibt.«

»Man sollte sich nie in das Liebesleben anderer Leute einmischen.« Titus streckte die Beine zum Feuer aus. »Das endet unweigerlich in einer Katastrophe. Die Menschen müssen ihre eigenen Fehler machen dürfen.«

»Das hat Quinta bereits getan«, erwiderte Harriet hintergründig. »Und ich finde nicht, daß Alban, soweit ich ihn kenne, der Richtige für Quinta ist – für ihr Liebesleben, meine ich.«

»Kennen Sie ihn denn? Von früher her, als Sie in Eyot lebten?«

»Ja, er war sehr gut zu Quinta, so hat alles angefangen. Mitgefühl ist keine schlechte Basis für eine Beziehung, aber ...«

»Quinta braucht meiner Meinung nach eine vollblütigere Beziehung«, sagte Titus und stand auf. Er reckte sich und gähnte ausgiebig, dann fuhr er sich durchs Haar.

»Danke für das Frühstück und für den Kaffee. Ich denke, wir sehen uns bestimmt mal wieder.«

»Denke ich auch.«

Obwohl er in seinen Kleidern geschlafen hatte und sein Haar noch nicht ganz trocken war, war Titus durchaus ansehnlich, als er in seine zerknitterte Jacke schlüpfte und das Haus verließ. Harriet, die männliche Vorzüge aus einer gewissen Distanz heraus durchaus zu schätzen wußte, konnte nicht umhin, seiner natürlichen Eleganz Bewunderung zu zollen.

Und ein ungewöhnlicher Mann dazu, dachte sie. Man stieß selten auf einen Mann, der so wenig eitel war.

Dies erwähnte sie auch Quinta gegenüber, die mehrere Stunden später zerzaust, jedoch erfrischt in der Küche erschien und sich wiederholt für ihr langes Fernbleiben entschuldigte.

»Ja, ich mag Titus. Er engt einen nicht ein, ist aber äußerst effektiv.«

»Effektiv?«

»Na ja, er kommandiert die Leute nicht herum, aber wenn er sagt, spring, dann springen alle.«

»Er strahlt Autorität aus.«

»Das ist das richtige Wort«, bestätigte Quinta. »Ich sollte Lara anrufen und kurz mit Phoebe sprechen.«

»Ruf heute abend an, um ihr gute Nacht zu sagen«, schlug Harriet vor.

Quinta lachte. »Du bist schon genauso schlimm wie Titus. Das war ein echter Volltreffer, nicht wahr? Ich schätze, ich hänge vielleicht ein bißchen zu sehr an Phoebe, aber schließlich muß ich ihr auch die Fürsorge und Liebe von zwei Elternteilen geben.«

Harriet sagte nichts, und Quinta, die sich vor dem Feuer auf den Teppich gesetzt hatte, schaute mit glänzenden Augen zu ihr auf.

»Aha, du bist seiner Meinung, ich seh's dir an! Mir ist egal, was ihr zwei denkt, und alle anderen auch – jemand muß sich doch um Phoebe kümmern. Dabei fällt mir ein – ist Post für mich gekommen?«

Während sie die Briefe durchsah, berichtete sie Harriet von Phoebes Schule und der Psychologin. Harriet nickte beifällig. »Hast du den Bericht schon erhalten?«

»Nein, ich schaue gerade nach, ob er dabei ist. Oh, hör dir das an«, sagte Quinta, vorübergehend von einem Rundschreiben in einem dicken braunen Umschlag abgelenkt. »›Radfahrer! Schont euer Sitzfleisch!‹« Sie brach in schallendes Gelächter aus. »Schau her, Harriet, ein Katalog voll mit Dingen, die niemand haben will. Ich wünschte, ich hätte ganz viel Geld. Ich würde liebend gern alberne Sachen aus solchen Katalogen verschenken!«

»Wie alt bist du eigentlich?« fragte Harriet und zog ihr die Briefe aus der Hand. »Konzentrier dich. Das hier muß der Brief sein, auf den du gewartet hast. Er kommt vom Psychologischen Institut.«

Quinta öffnete ihn mit einem flauen Gefühl im Magen. Als sie die Seiten überflog, runzelte sie die Stirn. Sie wirkte ratlos. Schließlich reichte sie Harriet das Schreiben. »Lies du es. Vielleicht wirst du ja schlau daraus.« Sie lachte nervös. »Ich steige da nicht ganz durch.«

»Ist doch völlig eindeutig«, sagte Harriet wenig später.

Quinta wandte den Blick vom Feuer ab.

»Phoebe ist ganz offensichtlich ein hochintelligentes Kind. Keine angepaßte Persönlichkeit, aber besonders angepaßt bist du ja schließlich auch nicht, oder? Bring das hier Phoebes Schulleiterin. Ich kann mir vorstellen, daß sie ihre Meinung ändern wird, wenn sie es liest.«

Quintas Gesicht hellte sich auf. »Meinst du wirklich? Alban hat gesagt, ganz gleich wie das Urteil der Psychologin ausfällt, an der Einstellung der Schulleiterin zu Phoebe würde sich nichts ändern.«

»Möglich wär's, aber ich glaube es eher nicht«, entgegnete Harriet. »Sie ist schließlich Pädagogin, sie wird das Gutachten zur Kenntnis nehmen müssen.« Sie gab Quinta die Blätter zurück. »Na, das ist schon mal eine Sorge weniger für dich.«

»Ich bin wirklich erleichtert«, gab Quinta zu. »Als ich Phoebe nach den Tests abholte, sagte die Psychologin ja auch, ich hätte keinen Grund zur Besorgnis.«

»Was dich nicht davon abgehalten hat, dir Sorgen zu machen.«

»Na klar.« Ein Lächeln spielte um Quintas Lippen. »Ich mache mir andauernd Sorgen um Phoebe.« Sie reckte sich und stand dann auf. »Der Unterricht fängt erst am Dienstag wieder an. Ich werde einen Termin mit der Direktorin vereinbaren und ihr den Bericht zeigen. Ich hatte schon schlimmste Befürchtungen, weil ich dachte, ich müßte eine neue Schule für sie finden.«

»Dann ist ja alles paletti«, sagte Harriet. »Ist dies das Lokalblättchen? Gib es mir mal, Quinta, ich hab's noch nicht gelesen.«

Quinta reichte ihr zuvorkommend die *Eyot Gazette*.

»Stichwort Haussuche«, sagte Harriet, als sie die Zeitung aufschlug. »Ich kann nicht ewig hier bei dir unterschlüpfen.«

»Oje.« Quintas Blick verdüsterte sich. »Ich auch nicht.«

»Wieso denn nicht?« fragte Harriet, während sie rasch die Anzeigenspalten überflog.

»Ach, mein Verhältnis zu Alban ist bloß ein wenig angespannt«, sagte Quinta. »Ich glaube, es wäre besser, wenn ich nicht mehr hier wohnte. Aber es wird schwierig werden, ich kann mir nur eine sehr bescheidene Unterkunft leisten, vermutlich weitab vom Zentrum. Und dies ist Phoebes Heim, sie fühlt sich hier zu Hause, und sie mag Alban.«

»Oft regeln sich die Probleme von ganz allein.« Harriet griff nach einem Stift und umkringelte mehrere Inserate. »Und du brauchst nichts zu überstürzen, Alban ist noch ein paar Wochen außer Landes.«

»Ach ja?« Quinta war überrascht.

»Ja, er hat aus Amerika angerufen. Von dort fliegt er direkt nach Spanien weiter, statt noch mal nach England zurückzukommen.«

»Oh«, sagte Quinta. »Hat er mir sonst noch was hinterlassen?«

Harriet schaute sie liebevoll an. »Nein. Wenn du mich fragst, ist er tief verletzt. Das entnehme ich den Dingen, die er nicht gesagt hat.«

»Mist«, sagte Quinta. »Immer noch?«

»Hattet ihr Streit?«

Quinta nickte. »Er will mich heiraten, und ich habe abgelehnt. Deshalb schmollt er.«

»Dann genießt er es wohl. Vielleicht wirkt sich das ja vorteilhaft auf seine Kompositionen aus. Bei seiner Rückkehr gärt vielleicht schon ein Meisterwerk in seinem Kopf.«

Quinta lachte. »Ich glaube nicht, daß seine Musik auch nur entfernt etwas mit seinem Kopf zu tun hat. Das einzige, was in seinem Kopf gärt, ist der Groll.«

»Klingt anstrengend«, bemerkte Harriet. »Gute Entscheidung, ihn nicht zu heiraten. Ich glaube nicht, daß es gutgehen würde. Darf ich mal telefonieren? Ich schreibe alle meine Telefonate auf.«

»Mach dir deswegen keine Gedanken, das geht schon in Ordnung«, wehrte Quinta ab. »Schließlich hast du Alban einen Gefallen getan. Er hat es nicht gern, wenn das Haus leersteht, er befürchtet immer, daß eine Diebesbande eindringt, seine Manuskripte klaut und sich mit dem Flügel durch die Hintertür davonmacht.«

»Allem Anschein nach hat er sich kein bißchen verändert«, sagte Harriet, während sie nach dem Telefon griff, das gerade zu läuten begann, als sie den Hörer abnehmen wollte.

»Hallo«, sagte sie. »Quinta? Ja, die ist hier.«

Quinta nahm den Hörer. »Oh, oh, ich verstehe. Ja, ich hab mich schon ausgeschlafen, ja, stimmt, danach sieht alles ganz anders aus … Nein, Phoebe bleibt noch eine Nacht bei Laras Eltern … Oh, Lydia, es geht wirklich nicht, Harriet ist hier, und …«

»Mach dir keine Gedanken um mich«, zischte Harriet ihr zu.

Quinta legte die Hand auf die Sprechmuschel. »Es ist Lydia. Sie sagt, sie muß heute abend unbedingt ihrer Großmutter entkommen. Ich weiß auch nicht, warum sie so aufgelöst ist, sie ist doch erst seit wenigen Stunden wieder bei ihr. Sie möchte, daß ich mich auf ein Glas Wein mit ihr treffe.«

»Geh nur«, forderte Harriet sie auf. »Wenn sie reden will, kannst du sie nicht abweisen.«

»Lydia? Kann ich Harriet mitbringen? Nein, sie hat nicht die geringste Ähnlichkeit mit deiner Großmutter, natürlich nicht … Nein, sehr angenehm, und sie hat haufenweise gute

Ratschläge auf Lager. Na schön, an der Brücke, um acht Uhr. Bis dann, tschüs.«

Quinta legte den Hörer auf die Gabel und sah Harriet an. »Du hast doch nichts dagegen, oder, Harriet? Wir können in einen Pub gehen …«

»Ich möchte diese Lydia schon gern kennenlernen«, erwiderte Harriet. »Aber laß uns lieber in eine Weinbar gehen statt in einen Pub. Ich lade dich zum Essen ein.«

Quintas Gesicht hellte sich auf. »Weißt du, daß ich so gut wie nie essen gehe? Aber ich bezahle mein Essen schon selbst, so knapp bei Kasse bin ich auch wieder nicht!«

»Ich war schneller«, widersprach Harriet. »Es wird dir guttun, mal rauszukommen, ohne dir Gedanken um Phoebe machen zu müssen.«

»Ich kenne gar keine Weinbars«, sagte Quinta. »Aber Lydia schon, glaub ich.«

Nachdenklich schaute sie Harriet an. »Weißt du, ich hätte nie gedacht, daß du der Weinbar-Typ bist.«

»Wirke ich so puritanisch?« Harriet schüttelte den Kopf. »Nein, ich trinke viel Wein, zumindest wenn ich nicht im Training bin. In Cambridge habe ich mich oft in Weinbars herumgetrieben, zumal die Besitzer oft ungewöhnlich gut informiert sind. Dort kann ich ausstreuen, daß ich auf der Suche nach einem Haus oder einer Wohnung bin.«

»In Cambridge?« wiederholte Quinta. »Ich wußte gar nicht, daß du in Cambridge gewohnt hast, ich hab nur die Londoner Adresse.«

»Ja, da wohnt meine Mutter. Aber ich habe ein paar Jahre in Cambridge gelebt.«

Quinta kniff die Augen zusammen. »Bist du jemals einem Mann namens Adam Stixwould begegnet?«

»Adam Stixwould?« Harriet wurde plötzlich hellhörig. »Sag, woher kennst du denn Adam Stixwould?«

Quinta berichtete ihr von ihm und Lydia, anschließend von Adams Familie und zu guter Letzt von Felix und Zoe.

»Na, das ist ja alles hochinteressant«, bemerkte Harriet.

»Mir scheint, deine Freundin hat sich da zuviel zugemutet. Wie ist sie denn so? Impulsiv? Hat sie viele Liebhaber?«

Quinta dachte darüber nach. »Nein, das glaube ich nicht. In Oxford war sie lange Zeit mit einem Mann zusammen, aber dann hat er sie ganz plötzlich fallenlassen, gegen Ende ihres letzten Semesters. Sie wollten eigentlich zusammen nach Griechenland reisen, aber jetzt ist er mit einer anderen hingeflogen, die er auch heiraten will. Die andere, meine ich. Deswegen ist sie hergekommen, sie war an einer Art totem Punkt angelangt.« Sie hielt inne und beugte sich vor, um noch ein Holzscheit aufs Feuer zu legen. »Hm, wie ist sie so?« Quinta dachte kurz nach. »Eher bequem ... groß, sparsam in ihren Bewegungen ... sinnlich. Eine Schönheit«, sagte Quinta ein wenig traurig. »Ich wünschte, ich sähe so aus wie sie.«

»Hmm. Also hat sie mit Adam Stixwould angebändelt, um sich über den anderen hinwegzutrösten, ja?«

»Nein, eigentlich nicht. Sie hat ihn kennengelernt, weil ihre beiden Großmütter eng befreundet sind. Er ist wegen der Ausgrabung nach Eyot gekommen. Er hat hier ein Haus, das er allerdings vermietet.« Quinta setzte sich jäh auf, als ihr plötzlich ein Gedanke kam. »Ob er dir nicht ...«

Harriet schüttelte den Kopf. »Ich möchte um keinen Preis der Welt Adam Stixwould zum Vermieter haben«, erklärte sie entschieden. »Schwebt den Großmüttern eine feste Verbindung vor?« fragte sie dann.

»Zwischen Lydia und Adam? Eine Heirat, meinst du?« Quinta überlegte. »Ist schon möglich. Frauen aus ihrer Generation – ihnen ist wohl nicht klar, daß Adam und Lydia zusammen schlafen.«

»Vielleicht wissen sie mehr, als du glaubst«, sagte Harriet trocken. »Ich kann mir sehr gut vorstellen, daß Adams Großmutter ihn gern mit einem jungen Mädchen aus guter Familie verheiratet sehen mochte.«

»Ich weiß nicht, ob Lydia ihn heiraten würde«, sagte Quinta nachdenklich.

»Findest du Adam sympathisch?«

Quinta schüttelte den Kopf. »Nein. Schon bei der ersten Begegnung war mir in seiner Gesellschaft nicht ganz wohl, und wie er sich während der Ausgrabung aufgeführt hat … Er ist ein Ungeheuer. Kalt, und eine Spur abartig, finde ich.«

Harriet sah sie beifällig an. »Ja, diesen Ruf hat er auch in Cambridge. Wie man so hört, pflegt er einige höchst unangenehme Gewohnheiten. Deine Freundin täte gut daran, sich von ihm fernzuhalten.«

»Ich glaube nicht, daß sie das tun wird«, sagte Quinta skeptisch. »Ich glaube, sie ist ganz verrückt nach ihm, trotz seines Verhaltens während der Ausgrabung.«

»Schlechte Nachrichten«, sagte Lydia bedrückt, als sie sich in einer dunklen Ecke der Weinbar rings um ein Faß niederließen. »Großmama ist ganz hin und weg von diesem Felix und dieser Zoe. Sybil Stixwould hat sie heute morgen zu ihr gebracht und gefragt, ob Großmama sie für ein, zwei Tage bei sich aufnehmen könnte. Sie selbst kann es nicht, weil sie die Handwerker im Haus hat, wegen Holzschwamm, Ratten oder was weiß ich. Deshalb wohnen sie jetzt bei uns, und sie sind einfach unausstehlich – ein widerwärtiges Paar! Großmama und Sybil schwärmen von ihnen, sie hätten so feine Manieren, seien so reizende junge Leute … igitt!«

»Wie hast du es geschafft, heute abend zu entfliehen?« fragte Quinta. »Hielt deine Großmutter das nicht für ein wenig merkwürdig?«

»Ich habe behauptet, wir hätten uns schon vor längerem verabredet, worauf sie sagte, das könne gar nicht sein, weil ich, wenn das Unwetter nicht gewesen wäre und so weiter, noch bei der Ausgrabung wäre. Also habe ich behauptet, daß ich heute abend in jedem Falle mit dir nach Eyot gefahren wäre, trotz der verflixten Ausgrabung, um eine alte Freundin zu treffen, die nur einen Tag lang hier wäre … du lieber Himmel, was ich so zusammenlüge!«

»Wo ist Adam?«

»Noch im Krankenhaus, zur Beobachtung, weil er Prellungen an den Rippen hat oder so. Ich hab ihn heute nachmittag besucht, aber lange bin ich nicht geblieben, ich war einfach zu sauer. Er sagte, ich solle meiner Großmutter in seinem Namen danken, daß sie seine Freunde bei sich aufgenommen hätte. Sobald er aus dem Krankenhaus komme, das heißt vermutlich morgen – die werfen einen heutzutage ja mir nichts, dir nichts raus –, sobald er wieder zu Hause sei, könnten Felix und Zoe in sein Haus übersiedeln. Offenbar will er zwei, drei Tage die Woche aus Cambridge herkommen.«

Harriet und Quinta tauschten vielsagende Blicke.

Lydia schniefte kläglich. »Und ich glaube nicht, daß er meinetwegen so viel Zeit in Eyot verbringen will! Ich glaube, er will die beiden sehen.«

»Immer mit der Ruhe«, sagte Harriet. »Trink erst mal einen Schluck Wein. Erzähl mir mehr über dieses Geschwisterpaar. Warum sind sie nach Eyot gekommen?«

»Ach, es kommt noch schlimmer«, sagte Lydia. »Felix hat einen Laden in London, in dem er exotische Importware aus Osteuropa verkauft: Antiquitäten, handgearbeitete Ethno-Klamotten, Porzellan ... ihr wißt schon. Da das Geschäft sehr gut läuft, hält er nach geeigneten Orten Ausschau, um Filialen zu eröffnen.«

Lydia trank einen Schluck und blickte sich niedergeschlagen in dem Kellergewölbe der Weinbar um.

»Und obendrein, ob ihr's glaubt oder nicht, ist der neue Bischof auch noch ihr Onkel! Was Sybil Stixwould und meine Großmutter natürlich toll finden. ›Leider beziehen der Bischof und seine Familie das Palais nicht vor nächster Woche‹«, sagte sie in Felix' gedehntem Tonfall, »›sonst hätten wir bei Onkel Lennox unterschlüpfen können – er ist ein prächtiger alter Bursche.‹«

Quinta kicherte, womit sie einen vorwurfsvollen Blick von Lydia erntete. »Dir mag es vielleicht nebensächlich erscheinen«, sagte sie leidend, »aber mich stört es. Sehr sogar.«

»Bestellen wir uns erst mal was zu essen«, unterbrach Harriet. »Ich hatte ja keine Ahnung, daß es in Eyot derart zugeht! Ich freue mich, daß ich hierher übersiedle, ich sehe jetzt schon, daß ich hier keine ruhige Minute haben werde!«

»Sie scheint ganz in Ordnung zu sein«, flüsterte Lydia, als Harriet zur Bar ging, um die Speisekarten zu holen.

»Ja, das ist sie«, erwiderte Quinta. »Ich hab dir ja gesagt, daß sie dir gefallen würde. Und was unternehmen wir jetzt bezüglich des himmlischen Zwillingspaars?«

16. Kapitel

Lydia war nicht die einzige, die Felix und Zoe nicht leiden konnte. Ihre Tante Faustina hatte auch nicht allzu viel für sie übrig. Sie kannte sie zwar nicht, da die Mutter der beiden, die Schwester des Bischofs, nach Amerika gegangen war, als die beiden noch klein gewesen waren. Aber ein Neffe und eine Nichte, die ihren Onkel jahrelang ignoriert hatten, nur um dann urplötzlich aufzutauchen und Familiensinn zu demonstrieren, wenn er eine Unterkunft bezog, die von den Stadtführern als das prächtigste Bischofspalais ganz Englands gepriesen wurde, waren ihr nicht ganz geheuer.

Prächtig war das Palais in der Tat, das mußte sie zugeben. Es war an den Ufern des Eyot errichtet worden, und der Blick auf die weitläufigen Rasenflächen, den Fluß und die fernen Hügel war atemberaubend. Faustina fragte sich, wieviel die Instandhaltung der herrlichen Gartenanlagen wohl kosten mochte, doch der Kaplan des Bischofs hatte ihr glaubhaft versichert, daß die saftige Eintrittsgebühr, die Besucher zu entrichten hatten, den Löwenanteil der Kosten deckte.

Besonders erpicht auf die Besucher war Faustina nicht. Nicht, daß sie der Öffentlichkeit etwa den Zutritt zu den Gärten verwehren wollte oder die Gelegenheit, einmal in der Woche die Amtsräume zu besichtigen. Nein, vielmehr wünschte sie, das ganze Gebäude sei der Öffentlichkeit zugänglich und sie müsse nicht dort leben.

Der Bischof hingegen genoß die neue Umgebung in vollen Zügen. Er konnte es kaum erwarten, sich auf episkopalen Spaziergängen bewundern zu lassen und ein väterlich-wohlwollendes Gespräch mit den Leuten anzuknüpfen, die »letztlich meine Pfarrkinder sind, meine Liebe. Der Unterschied ist nur, daß wir jetzt eine so große und weitreichende Pfarrgemeinde haben.«

Dreist, dachte Faustina, angesichts dessen, daß er nie als Gemeindepfarrer gewirkt hatte. Von der Ordination an zu einem hohen Amt ausersehen, hatte er die bequemen Pfade eines klerikalen Überfliegers beschritten und nach einer wohlbestallten Kaplansstelle die Leitung eines theologischen Colleges übernommen.

»Mir ist das alles ziemlich zuwider«, vertraute sie Titus an, als sie am Flußufer längs des Universitätscampus spazierengingen. Sie war nicht etwa gekommen, um Titus zu besuchen, hatte sie ihm erklärt, sondern um sich die Musikfakultät anzusehen. »Ich habe überlegt, ob ich mich hier immatrikuliere, um den Magisterabschluß zu machen.«

»Dazu wirst du als Frau des Bischofs zu beschäftigt sein. Lennox wird erwarten, daß du ihm zur Seite stehst.«

»O nein, bestimmt nicht«, sagte Faustina bestimmt. »Vor geraumer Zeit haben wir eine Vereinbarung getroffen. Er weiß, wie ich über sein Bischofsamt denke, und wenn er nur ein Fitzelchen Verstand hat, wird er es nicht auf einen Konflikt anlegen. Er kann ruhig den Bischof spielen, ich habe Milo und meine Musik.«

»Wann fängt denn Milos Unterricht an?« fragte Titus.

»Nächste Woche.« Sie seufzte. »Ich hoffe nur, daß es ihm dort gefällt. Scheint eine komische Schule zu sein, ich habe die widersprüchlichsten Dinge darüber gehört.«

»Dann schick ihn doch woandershin«, sagte Titus.

»Anderswo wäre ein Internat. Lennox hat sehr konventionelle Vorstellungen, was Schulen betrifft.«

Titus dachte an Harriet. »Sie haben dort aber eine kompetente stellvertretende Direktorin.«

»Ich weiß«, sagte Faustina. »Ich bin ihr begegnet, als ich Milo zur Aufnahmeprüfung begleitet habe. Aber eine gute Lehrerin macht noch keine gute Schule.«

»Hör auf, dir seinetwegen Sorgen zu machen«, redete Titus ihr zu. »Er hat jede Menge Standvermögen, er wird es schaffen, egal wohin er geht. Wenigstens wird er zu Hause wohnen, also kannst du ihn im Auge behalten. Du kannst auf den Tisch hauen, wenn dir nicht paßt, was da läuft. An der Frau des Bischofs kann man nicht so ohne weiteres vorbei.«

Faustina lächelte. »Ja, und dieser gräßliche Direktor ist sich dessen auch vollauf bewußt. Er war stinkwütend, als ich bei ihm vorstellig geworden bin.«

Titus blieb stehen und schaute zu ihr hinunter. Dann blickte er sich schnell um. Das Semester hatte noch nicht begonnen, und es war niemand in der Nähe. »Komm mit«, sagte er eindringlich. »Hier entlang.« Er nahm sie bei der Hand und führte sie gegen ihren Protest in raschem Tempo über einen spätgotischen Innenhof und die Stufen hinauf.

»Titus, laß los«, sagte Faustina. »Wohin gehen wir?«

»Zu den Gemälden«, improvisierte Titus. »Hier gibt's eine erlesene Galerie, und ich weiß, daß du dir gern Gemälde ansiehst.«

»Titus, ich habe nicht die geringste Lust ...«

Er öffnete eine massive Tür und schob sie entschlossen hindurch. Dann schloß er die Tür hinter sich und lehnte sich dagegen. Als er Faustinas Miene sah, mußte er lachen.

»Titus, das ist doch ungeheuerlich. Du wohnst hier!«

»Ja, genau.« Titus umschlang sie und schob sie zu einer zweiten Tür. »Und dahinter liegt mein Schlafzimmer.«

»Titus, das geht nicht. Wir können unmöglich ...«

»Du wirst dich wundern, was wir alles können.« Titus brachte sie mit einem innigen Kuß zum Schweigen, während seine Hände anderweitig beschäftigt waren.

»Titus«, sagte Faustina, als sie aufs Bett fiel. »Titus, dies ist eine Kleinstadt, ich bin die Frau des Bischofs. Vor acht Jahren war das alles ja schön und gut, aber ...«

»Ach, sei still«, sagte Titus. »Gott, du bist so sinnlich, Fausty, du hast mir so gefehlt.«

»Du mir auch.« Faustina barg ihr Gesicht an seinem Hals. »Oh, Titus, schnell, schnell, oh, Titus!«

Ein schöner Körper, dachte Faustina später, als sie beobachtete, wie er durchs Zimmer schlenderte. Er ist wie ein großer Kater, so durch und durch entspannt und in sich ruhend. Ich glaube, genau das macht ihn so anziehend – keine Komplexe, keine Neurosen.

»Du bist mein Komplex«, sagte Titus und ließ sich wieder neben ihr auf dem Bett nieder.

»Ich muß mal schwimmen gehen oder joggen«, sagte Faustina. »Schau dir deinen straffen Bauch an – meiner ist so weich wie ein Kissen.«

»Ja.« Titus hauchte einen liebevollen Kuß darauf. »Genau deshalb gefällt er mir ja so gut.«

»Hör auf«, sagte Faustina. »Es kitzelt, und ich will keinen Lärm machen.«

»Sag mal«, begann Titus, hob ein Kissen vom Fußboden auf und lehnte sich dagegen, die Hände lässig hinter dem Kopf verschränkt. »Sag mal, wie ist dein Ehemann eigentlich so?«

Faustina drehte sich um und schaute ihn an.

»Inwiefern?«

»Ich habe den Eindruck, daß du nicht sehr oft mit ihm ins Bett gehst. Nehmen ihn seine frommen Aktivitäten zu sehr in Anspruch?«

Faustina seufzte. »Nein, aber er hat sich dem Zölibat verschworen.«

Titus setzte sich auf und lachte.

»Das kann doch nicht dein Ernst sein!«

»O doch. Seine Begründung habe ich nicht ganz verstanden, sie kam mir ziemlich blödsinnig vor. Aber besonders logisch hat er noch nie gedacht, und die Theologie fördert das logische Denken ja auch nicht eben, oder?«

»Ach, dann waren es religiöse Gründe? Und was ist mit seinen ehelichen Pflichten und all dem?«

»Er denkt anscheinend, daß er seine ehelichen Pflichten überreichlich erfüllt hat. Ich dachte, es läge daran, na ja, daß ich kein schlankes junges Mädchen mehr bin und er vielleicht anderweitig interessiert wäre, aber er ist zu ehrgeizig, um heutzutage dergleichen zu riskieren. Später dann ist mir klargeworden, daß es in Wahrheit daran liegt, daß er impotent ist.«

»Was?« sagte Titus ungläubig.

Faustina nickte. »In gewisser Weise tut er mir leid. Er will es mir gegenüber nicht zugeben. Ich weiß, daß jeder Mann mal Probleme hat, und habe mir zunächst nicht viel dabei gedacht. Es ging mir nicht besonders, als ich mit Milo schwanger war, und außerdem … Aber danach wurde es auch nicht besser. Insofern …«

»Willst du damit sagen, es geht schon länger als acht Jahre so?« Titus war erstaunt. »Warum hat er sich nicht an einen Arzt gewandt?«

»Eigentlich dürfte ich dir all das gar nicht erzählen«, sagte Faustina schuldbewußt. »Aber es ist schlimm, nie mit jemandem darüber reden zu können. Er will nicht darüber sprechen, mit niemandem. Dann müßte er ja zugeben, daß er ein Problem hat. In seinen Augen ist es viel besser, religiöse Verzückung vorzuschützen.«

»Mir ist die andere Art der Verzückung lieber«, sagte Titus. »War Milo der Auslöser für seinen Entschluß?«

»Könnte sein. Ich habe einen befreundeten Psychiater danach gefragt, ganz im allgemeinen, obwohl er natürlich wußte, von wem ich redete. Er meinte, daß Lennox eventuell ein Trauma in Zusammenhang mit seiner Sexualität erlitten habe, das ihm …«

»… auf Dauer einen Hänger beschert hat«, ergänzte Titus schonungslos. »Ach, Fausty, warum hast du ihn nur geheiratet?«

Faustina wirkte überrascht. »Weil ich in ihn verliebt war, natürlich. Er war ein ganzes Stück älter als ich, charismatisch … na ja, das weißt du selbst … Irgendwie strahlt er Macht aus. Damals sah er unwahrscheinlich gut aus. Sieht er wohl immer noch, aber wenn die Verliebtheit nachläßt und man sich besser kennenlernt, ist das Aussehen nicht mehr so wichtig … Die Zwillinge und Charles haben es auch nicht besser gemacht. Sie sind ihm so ähnlich. Ich mußte mit ansehen, wie all die

Eigenschaften, die ich an Lennox nicht leiden konnte, langsam bei ihnen durchschlugen.«

»Milo ist ganz anders als seine Brüder, soweit ich das beurteilen kann«, sagte Titus, um sie zu trösten.

Faustina hielt kurz inne, bevor sie mit ausdrucksloser Stimme antwortete. »Ja, richtig. Zum Glück ist er nach mir geraten.«

»Diese Zwillinge, Felix und Zoe, scheinen Lennox auch nicht sehr ähnlich zu sein.«

»Nein, überhaupt nicht. Sie sind die Kinder seiner Schwester. Sie war viel jünger als er, deshalb hat sie ihn wohl nie sehr gut gekannt. Sie meldet sich nie bei ihm – seit ich mit ihm verheiratet bin, kein einziges Mal. Ich bin ihr nur einmal auf einer Party begegnet – eine komische Frau. Sie hat einen Freund von Lennox geheiratet und sich später, als die Zwillinge noch klein waren, von ihm scheiden lassen. Dann hat sie einen Amerikaner geheiratet und ist mit ihm nach Kalifornien gegangen.«

»Ach, deshalb hat Zoe einen amerikanischen Akzent.«

»Ja, ihr Vater bestand darauf, daß der Junge an einem ehrwürdigen englischen Internat ausgebildet wurde, aber das Mädchen war ihm piepegal, also blieb sie bei ihrer Mutter und ging in den Staaten zur Schule. Sie hat Jura studiert oder so, soll sehr gescheit sein, angeblich.«

»Mir kam sie nicht besonders aufgeweckt vor«, wandte Titus ein. »Aber ihrem Bruder steht sie offenbar sehr nahe.«

»Ja, eigentlich verwunderlich, wenn man bedenkt, daß sie nicht zusammen aufgewachsen sind.«

»Warum magst du sie nicht?«

Faustina dachte kurz nach. »Ich weiß nicht recht. Weil sie zu schön sind, um wahr zu sein? Schon ihr Äußeres – die dunkelroten Haare, der makellose Teint, die tiefblauen Augen. Und er ist so gelassen und selbstsicher, fast schon arrogant. Und seine Frisur gefällt mir auch nicht.«

Titus brach in schallendes Gelächter aus, und Faustina versetzte ihm einen freundschaftlichen Stoß.

»Autsch«, sagte er und griff nach ihr. Doch sie entwand sich ihm und glitt von der Bettkante hinunter.

»Komm zurück.« Er streckte die Hand nach ihr aus.

»Nein, ich kann nicht, wirklich«, sagte Faustina. »Ich bin schon viel zu lange weg, und ich muß Milo noch vom Sportcenter abholen …« Sie schaute auf ihre Uhr, schnappte erschrocken nach Luft und suchte hektisch ihre Kleider zusammen.

»Spät dran?« fragte Titus.

»Und wie! Ich sollte längst dort sein. Oh, Mist. Titus, könntest du dort anrufen und sie bitten, ihn dazubehalten, bis ich komme? Sag, daß ich aufgehalten worden bin.«

»Das werden sie ohnehin tun«, erwiderte Titus gleichmütig. »Ich wette, die meisten Mütter verspäten sich …«

Aber Faustina war schon verschwunden.

»Mist.« Titus tappte ins Nebenzimmer. »Und ich habe kein nächstes Mal mit ihr verabredet.«

»Ja, es war eindeutig die Frau des Bischofs«, sagte Daphne. »Mrs. Gridlock sagt, sie hätte ihr Foto in der Zeitung gesehen. Sie ging mit Titus am Fluß spazieren, und dann …« Sie hielt inne, um Luft zu holen. »Dann sind sie in seine Wohnung gegangen.«

Wyn ließ sich davon nicht beeindrucken. »Er ist ein alter Freund der Familie«, gab sie zu bedenken. »Und sie sind beide erwachsen. Titus wohnt auf dem Universitätsgelände. Es ist ja nicht so, als hätten sie sich in einem geheimen Liebesnest getroffen.«

Marjorie schüttelte mißbilligend den Kopf. »Du verstehst immer noch nicht, wie es bei uns in Eyot zugeht, Wyn«, sagte sie. »Dies ist nicht London oder Paris, wo die Leute einen lockeren Lebenswandel führen können, ohne daß ein Hahn danach kräht. Hier sind wir recht altmodisch in unseren Anschauungen.«

»Was hatte Mrs. Gridlock denn an der Universität zu

suchen?« fragte Wyn. »Hatte sie etwa ein heimliches Stelldichein mit einem der Dozenten?«

Da Mrs. Gridlock in mittlerem Alter war und auch so aussah, einen Taillenumfang von etwa hundertfünfundzwanzig Zentimetern hatte und zu allem Übel auch noch unter entsetzlichen Krampfadern und einem dämonischen Silberblick litt, war diese Bemerkung alles andere als barmherzig. Aber Wyn fühlte sich nicht besonders – gestern abend hatte sie sich ein Glas in Champagner eingelegter Früchte von Gumble's zum Dessert gegönnt, zu einer mächtigen Portion Eiscreme, was sie jetzt bereute.

»Mrs. Gridlocks Cousine arbeitet in der Cafeteria«, sagte Daphne steif. »Mrs. Gridlock hat dort ausgeholfen. Sie ist eine sehr zuverlässige Quelle.«

»Du mußt begreifen, Wyn, daß die Frau des Bischofs, so wie Cäsar, über jeden Verdacht erhaben sein muß«, sagte Marjorie in, wie Wyn fand, herablassendem Ton.

»So wie Cäsars Frau«, berichtigte Wyn.

»Wie bitte?«

»Du sagtest über jeden Verdacht erhaben wie Cäsar. Aber Cäsar konnte als Mann tun und lassen, was er wollte. Es war seine arme Frau, die nicht einen falschen Schritt machen durfte.«

»Das meine ich ja gerade«, erwiderte Marjorie. »Es geht nicht darum, ob die Frau des Bischofs irgend etwas tut, was sie nicht tun sollte, es geht darum, daß sie einen makellosen Ruf haben muß. Als Mitglied der anglikanischen Kirche mußt du das doch einsehen, meine Liebe.«

»Ich habe weder im Katechismus noch in der Bibel gelesen, daß die Frauen von Bischöfen nicht alte Freunde der Familie besuchen dürfen«, wandte Wyn ein. »Deshalb wüßte ich nicht, was es mit der anglikanischen Kirche zu tun haben sollte. Und ich finde, das Ganze ist nichts als gehässiger, gemeiner, boshafter Tratsch. Immer gleich das Schlimmste anzunehmen!«

Mit diesen Worten fegte sie einen Haufen Grün von der

Bank, nahm ihren Blumeneimer in die andere Hand und rauschte hinaus.

»Wyn, wo willst du hin?« schrie Marjorie ihr nach.

»Ich will den Blumenschmuck in der Bischofskapelle herrichten«, erwiderte Wyn, ohne sich umzudrehen. »Da ist es ruhig und friedlich, nur stille Gebete, und vor allem kein Klatsch!«

»Also wirklich!« sagten Daphne und Marjorie im Chor und starrten ihr empört nach. »Und obendrein benutzt sie Geißblatt; Kanonikus Feverfew hält dort heute abend die Andacht, und Geißblatt aktiviert sein Asthma.«

»Sie hätte das Geißblatt überhaupt nicht hierherbringen dürfen«, erklärte Marjorie in oberlehrerhaftem Ton. »Erstens zeugt es von Nachlässigkeit, und zweitens hat diese Pflanze nichts in der Kapelle einer Kathedrale zu suchen.«

Zu Faustinas Erleichterung tollte Milo mit zwei anderen Kindern auf den Gummimatten herum, als sie im Sportcenter ankam.

Bei ihrem Anblick stand eine junge Frau mit flammendrotem Lockenkranz und freundlichem Lächeln von einem Hocker auf und kam auf sie zu. Faustina runzelte die Stirn. Wer war sie nur?

»Quinta«, sagte die Frau zuvorkommend. »Wir haben uns neulich im Regen getroffen. Sie waren mit Titus zusammen.«

»Ach, ja, ähm, Titus«, sagte Faustina schuldbewußt und schob die Brille, die sie beim Autofahren brauchte, hoch. »Haben Sie mit Milo zusammen gewartet? Das ist sehr nett von Ihnen.«

Sie rief nach ihm, und er verzog das Gesicht. »Mum, es ist toll hier«, sagte er. »Muß ich wirklich schon gehen?«

»Phoebe, Peter, kommt jetzt«, rief Quinta. »Es wird höchste Zeit.«

Die drei Kids kamen widerstrebend angetrottet.

»Kein Problem, gern geschehn«, sagte Quinta. »Der Sportlehrer mußte weg, und da ich den Kleinen nur ungern allein lassen wollte, habe ich mich bereit erklärt zu warten.«

Sie strahlte Faustina beim Sprechen an und nahm ihren Worten damit jeden Anschein von Kritik, den Faustina eventuell hätte hineinlesen können. »Ich weiß, wie es ist, durch die Gegend zu hetzen, um sie nur ja rechtzeitig abzuholen«, fuhr Quinta fort. »Ich habe Phoebe in sämtliche Taschen kleine Listen eingenäht, auf denen steht, was sie tun soll, wenn ich mal spät dran bin.«

»Ich hab keine Listen«, murmelte Phoebe. »Ich bin doch nicht blöd, ich weiß, was ich dann tun muß. Die Listen hab ich rausgerissen. Ich hasse Listen.«

»Wie bitte, Phoebe?« fragte Quinta.

»Ach, nichts. Quinta, kann Milo mit zu uns kommen? Wir haben gerade ein tolles Spiel gespielt, er und ich. Peter war das Opfer.«

»Das bin ich ja immer«, sagte Peter betrübt.

»Das wäre zwar schön«, sagte Quinta energisch, »aber ich gehe mal davon aus, daß Milo noch etwas anderes zu tun hat, und du weißt doch, daß wir nach Midwinter fahren wollen, sobald wir Peter nach Hause gebracht haben.«

»Oh, toll! Da fahre ich gern hin«, sagte Phoebe.

Faustina lächelte sie an. Was für ein hübsches Kind, dachte sie, mit diesen dunklen Augen und dem Haar ihrer Mutter.

»Dies ist übrigens Phoebe«, sagte Quinta. »Und Peter, der Sohn einer Freundin.«

»Peter kommt im nächsten Halbjahr auch auf die Schule«, erzählte Milo seiner Mutter. »Auf die Schule, auf die ich gehe, meine ich. Sein Bruder ist schon dort. Er sagt, sie wäre das Letzte, und die Neuen würden mit dem Kopf ins Klo gesteckt.«

Faustina blickte Peter entsetzt an.

»Peter, es hat nie jemand Gavins Kopf ins Klo gesteckt«, sagte Phoebe sogleich. »Du weißt genau, daß deine Mutter es sonst erfahren hätte, und dann hätte es furchtbaren Ärger gegeben. Gavin versucht dir nur angst zu machen.«

Milo wirkte erleichtert.

»Na, es ist jedenfalls schön, daß du einen Freund gefunden hast, bevor du dort anfängst«, meinte Faustina.

»Ja, aber Phoebe ist viel lustiger, mit ihr kann man viel besser spielen, und sie geht nicht dorthin«, wandte Milo ein.

Quinta lachte. »Nein, Phoebe geht in die Grundschule, Milo, aber ihr könnt euch ja vielleicht wenigstens in den Ferien sehen.«

»Ich werde Novize«, sagte Peter wichtigtuerisch.

»Was ist denn das?« fragte Milo argwöhnisch.

»Als Novize übt man Singen, damit man später in den Chor aufgenommen wird. Wenn ich neun bin, werde ich Chorknabe und kriege einen weißen Mantel.«

»Einen Chorrock«, sagte Faustina lachend.

Milo riß die Augen auf. »Oh, du arme Seele«, sagte er mit Grabesstimme. »Sie wollen dich zwingen, jeden Tag in der Kathedrale zu singen? Hat deine Mum dir das befohlen?«

»Nein, ich will unbedingt in den Chor«, sagte Peter empört. »Chorknaben sind was Besonderes. Es heißt immer Gavin dies, Gavin das, und wir können bestimmte Sachen nicht machen, weil Gavin im Chor ist. Wir müssen dann und dann zu Hause sein, weil Gavin Chorprobe hat. Bald müssen sie so was alles auch wegen mir sagen!«

»Singst du denn gern?« fragte Faustina belustigt.

»Ich singe nicht oft«, sagte Peter, »aber ich schätze mal, daß es ganz okay ist. Für meine Stimmprobe habe ich ein Kirchenlied auswendig gelernt. Das war sehr langweilig. Der Gesangslehrer, den meine Mum für mich bestellt hat, hat mir einen ellenlangen Vortrag gehalten. Aber ich hab ganz gut abgeschnitten, weil viele andere Jungs abgelehnt wurden.«

»Ganz bestimmt«, erwiderte Faustina ernst und mied Quintas Blick.

»Pauline, Peters Mutter, nimmt Musik außerordentlich ernst«, sagte Quinta.

»Ist sie vom Fach?« fragte Faustina.

»War sie früher mal. Zumindest hat sie am College Musik studiert, aber sich nach der Heirat mehr oder weniger davon verabschiedet. Die musische Erziehung ihrer Kinder liegt ihr sehr am Herzen.«

»Ich verstehe«, sagte Faustina. »Tja, Peter, ich fürchte, Milo hat für Musik nicht besonders viel übrig.«

»Ich eigentlich auch nicht«, sagte Peter mit umwerfender Offenheit. »Ich finde sie langweilig.«

»Warum willst du dann Chorknabe sein?« fragte Phoebe und maß ihn mit finsterem Blick.

»Das ist was anderes«, erwiderte Peter mit unerschütterlicher Gelassenheit.

»Wie blöd«, murmelte Phoebe und erntete einen scharfen Blick von Quinta.

»Komm, Milo«, sagte Faustina. »Quinta, ich bin so froh, daß wir uns begegnet sind. Ich rufe Sie an. Milo und Phoebe wollen sich vor dem Ende der Ferien bestimmt noch mal treffen.«

»Ich auch«, warf Peter ein.

Quinta schob Phoebe vor sich her zur Tür, bevor sie etwas dazu sagen konnte.

»Stehen Sie im Telefonbuch?«

»Ja«, sagte Quinta. »Unter Praetorius. A, nicht S.«

»Natürlich«, sagte Faustina. »Ich freue mich schon darauf, dich bald wiederzusehen, Phoebe.«

»Tschüs, Milo.« Phoebe winkte. »Das nächste Mal machen wir ihn endgültig platt.«

Nachdem alle die Hoffnung auf einen echten Sommer aufgegeben hatten und ins Ausland geflüchtet waren oder sich zu Hause verkrochen hatten, um die Wintergarderobe herauszuholen, klarte das Wetter auf. Über Eyot schien die Sonne, der Fluß war zu seinem normalen Pegelstand zurückgekehrt, und die Leute kamen in leichter, farbenfroher Sommerkleidung nach draußen und bevölkerten die Straßen der Altstadt oder planten Ausflüge an die Küste.

»Viel zu spät, um dir noch was zu nützen, Süße«, sagte Sam, als er Quinta zufällig draußen vor Gumble's begegnete.

»Aber du hast aufregende Dinge erlebt, und ich kann's kaum erwarten, daß du wieder in den Laden kommst und uns alles darüber erzählst. Um Phoebe habe ich mir große Sorgen gemacht, das kann ich dir sagen, aber Denzil, mein Friseur – na ja, er macht auch Mrs. Thrumby das Haar, und sie hat ihm erzählt, daß ihre Tochter Lara bei der Ausgrabung dabei war und sich um die Kleinen gekümmert hat. Und einem Kind, das in ihrer Obhut ist, sagte sie, könne nichts und niemand etwas anhaben. Willst du reingehen?« Er zeigte auf den Eingang zum Laden.

»Wo denkst du hin«, erwiderte Quinta. »Sobald ich auch nur einen Fuß in das Geschäft setze, geht das Haushaltsgeld einer Woche flöten.«

»Ich geb dir was aus«, bot Sam an.

»O nein, das kommt nicht in Frage. So mies bin ich auch wieder nicht dran, denn wenn Alban einkaufen geht, kommt er immer hierher und bringt alle möglichen exotischen Delikatessen mit.«

»Wie nett von ihm«, sagte Sam. »Wo steckt Alban eigentlich? Er war schon ewig nicht mehr in Gustavs Laden. Normalerweise kommt er auf ein kleinen Schwatz vorbei, wenn du nicht da bist. Er fühlt sich einsam ohne dich.«

»Oje«, sagte Quinta. »Er ist jetzt in Spanien, glaube ich. Er will dort Material sammeln, Lieder und so weiter, um ein Gitarrenkonzert zu schreiben.«

»Spanien! Stell dir nur mal vor, wie knackig braun er sein wird, wenn er zurückkommt. Beneidenswert!«

Sam, der ein Herz aus Gold hatte, wäre im Urlaub liebend gern mal ins Ausland gefahren. Aber seine betagte Mutter, an der er sehr hing, vermochte fremden Ländern nichts abzugewinnen, und als pflichtbewußter Sohn hielt er es für seine Aufgabe, den Urlaub mit ihr zu verbringen.

»Ich habe ihr vorgeschlagen, sich eine bessere Wohnung zu suchen«, berichtete Sam. »Leisten könnte sie es sich durchaus, und mit Scarborough geht es in letzter Zeit wirklich bergab, der ganze Abschaum zieht dorthin. Aber sie ist an ihre Umgebung gewöhnt, alle ihre Freunde leben dort, und überdies sollte man alte Leute nicht entwurzeln.«

»Du bist so lieb«, sagte Quinta gerührt. »Dein Urlaub ist im Oktober, nicht wahr? Vielleicht wird es ja noch mal schön. Schau dir nur an, wie sich das Wetter geändert hat!«

»Ja, ich freue mich wirklich auf die Ferien.«

»Hattest du denn viel zu tun hier?« erkundigte sich Quinta. »Muß schwierig gewesen sein, allein die Stellung zu halten.«

»Nein, Gustav war vierzehn Tage da. Übrigens schwärmt er in den höchsten Tönen von deinem Kontrabaß.«

Quinta blickte ihn nervös an. »Oh. Ich wollte eigentlich gar nicht, daß er ihn zu sehen bekommt, zumindest jetzt noch nicht.«

Sam lachte. »Das Riesending kann man ja schlecht übersehen. Er sagt, wenn das Instrument so gut wird, wie es ausschaut, kann er dir noch andere Aufträge verschaffen. Ich habe ihm gleich gesagt, daß er dann eine angemessene finanzielle Regelung mit dir treffen muß.«

»Oh, Sam, das kann nicht dein Ernst sein!«

»Und ob es mein Ernst ist. Reparaturen auszuführen und im Laden auszuhelfen ist längst keine so qualifizierte Arbeit wie Instrumente zu bauen. Im übrigen wird es mehr Kundschaft anlocken, wenn du dir einen guten Ruf erwirbst.«

»Falls«, verbesserte Quinta. »Und es ist ein sehr großes Falls. Na ja, ich freu mich jedenfalls schon darauf, nächste Woche wieder loszulegen.«

»Da ist ja Phoebe«, sagte Sam, als die Kleine aus dem Schreibwarengeschäft geschossen kam, wo sie einen Stift ausgesucht hatte, den sie Sylvester schenken wollte.

»Hallo, Sam«, sagte Phoebe. »Wie geht's?«

»Gut, danke. Jetzt mußt du aber schön auf deine Mum aufpassen, Phoebe. Sorg dafür, daß sie den Rest ihrer Ferien richtig genießt.«

»Ich hab auch Ferien«, wandte Phoebe ein.

»Ja, aber du hast immer hübsche Rosenwangen.« Sam kniff

ihr zärtlich in die Backen. »Und deine Mum soll doch auch welche kriegen, oder.«

»Na schön, Kumpel«, sagte Phoebe gutmütig.

»Und wenn Alban auftaucht, sag ihm, daß die Noten, die er bestellt hat, eingetroffen sind«, fügte Sam noch hinzu, bevor er die Tür zu Gumble's aufschob.

»Was für ein Duft«, sagte Quinta, als das würzige Aroma von Käse, Schinken und frischgeröstetem Kaffee zu ihnen hinauswehte.

»Bah, ekelhaft«, sagte Phoebe und zog ihre Mutter am Ärmel. »Komm, wir können gehen. Ich hab ein Geschenk für Sylvester gefunden.«

»Was für ein hübsches Geschenk«, sagte Sylvester, als Phoebe es ihm schwungvoll überreichte. »Das ist für deine Noten, damit du tolle Schnörkel malen kannst«, erklärte Phoebe. »Siehst du, da ist Beethovens Unterschrift – ich wußte, daß es dir gefallen würde. Und ein Radierer an dem einen Ende, wenn du mal einen Fehler machst.«

»Was sehr häufig vorkommt«, warf Lily ein. »Und jetzt gehen wir nach oben, Phoebe, damit ich dir und deiner Mum eure Zimmer zeigen kann.«

Lily hatte Sylvester vorgeschlagen, Quinta und Phoebe einzuladen, und er hatte die Idee begeistert aufgegriffen. Gabriel war in Spanien, wo er an einem Festival mitwirkte, und er konnte es nicht leiden, wenn das Haus leer war.

»Hier kann Quinta endlich mal abschalten«, sagte Lily. »Phoebe kann mir zur Hand gehen, hier gibt's jede Menge für sie zu tun, da wird sie sich ganz bestimmt nicht langweilen. Und Quinta kann auf der Terrasse oder im Garten sitzen und mal gar nichts tun, wozu sie sonst vermutlich so gut wie nie Gelegenheit hat.«

Sylvester entführte Phoebe, um ihr etwas vorzuspielen, während Quinta angenehm benommen auf der Terrasse saß.

»Weißt du, daß ich so was sonst nie mache?« sagte sie zu

Lily. »Einfach nur so dazusitzen und an gar nichts zu denken?«

»Nein, aber du würdest dir viel weniger Sorgen machen, wenn du dir öfter die Zeit dazu nehmen würdest«, sagte Lily, während sie ein eiskaltes Getränk neben sie auf den Tisch stellte. »Es ist schwer, allein ein Kind großzuziehen, vor allem so einen kleinen Racker wie Phoebe. Und dieser Alban setzt dir auch ganz schön zu, nicht wahr? Vermutlich will er heiraten. Hör auf meinen Rat und schlag dir das sofort aus dem Kopf.«

Quinta lachte. »Woher weißt du nur so viel, Lily?«

»Ich hab schließlich Augen im Kopf, und mit Männern kenn ich mich aus. Vor allem mit Künstlern. Ich hatte immer viel mit Künstlern zu tun, und ich sag dir, von denen läßt man am besten die Finger, die taugen nichts als Ehemänner. Manche sind ganz gut im Bett, aber damit hat sich's auch schon.« Sie hielt inne und blickte Quinta an. »Und so umwerfend ist das bei euch auch wieder nicht, oder? Du ständig müde und Alban mit seinem Egoismus und seiner penetranten Eifersucht – nicht die besten Voraussetzungen für Spaß im Bett. Du solltest dir einen jüngeren Mann suchen, jemanden mit viel Schwung, deine Jugend in vollen Zügen genießen.«

»Ich mag reifere Männer – wenn ich Männer überhaupt mag, was ich manchmal ernsthaft bezweifle«, sagte Quinta nachdenklich.

»Das liegt nur daran, daß du nie darüber hinweggekommen bist, was Phoebes Vater dir angetan hat. Du hoffst immer noch, daß eines Tages eine Art Doppelgänger von ihm des Weges kommt. Aber einer von der Sorte reicht fürs ganze Leben, das kannst du mir glauben. Schau dir nur an, wie er dein Leben ruiniert hat, und vermutlich ist es ihm schnurzegal.«

»Er hat mein Leben nicht ruiniert«, wandte Quinta trotzig ein. »Ich möchte Phoebe um keinen Preis der Welt missen.«

»Nein, natürlich nicht. Aber niemand kann in dem Alter, in dem er es dir aufgehalst hat, ein Baby gebrauchen, und sei es auch noch so süß. Mit einem vierzehnjährigen Mädchen anzubändeln ist einfach niederträchtig. Und ich nehme an, daß du nicht die einzige warst. Wenn es das ist, was ihn hochbringt, dann wird er sich wohl kaum mit einer begnügt haben.«

»Woher weißt du, daß ich erst vierzehn war?« fragte Quinta.

»Ich kenne Harriet sehr gut, und sie hat es mir damals im Vertrauen erzählt. Keine Sorge, ich hab sonst mit niemandem drüber geredet, und sie auch nicht. Sie hat mich nur darauf angesprochen, weil sie sich fragte, ob es nicht ratsam wäre, Phoebes Vater ausfindig zu machen und ihn zu zwingen, dir finanziell unter die Arme zu greifen.«

»Ich habe ihr nie gesagt, wer der Vater ist.«

»Nein, natürlich hast du das nicht getan, Mädchen wie du sind immer loyal, ganz besonders Männern gegenüber, die es nicht verdienen. Aber es gibt Mittel und Wege, über fast jeden Menschen Erkundigungen einzuziehen. Wir hätten es jederzeit herausfinden können. Darauf haben wir allerdings verzichtet. Ich sagte, es wäre am besten, die Sache auf sich beruhen zu lassen, und Harriet war meiner Meinung. Sie ist sehr vernünftig, diese Harriet. Wohnt sie noch bei dir?«

»Mal ja, mal nein.« Quinta lehnte sich wieder zurück und schloß die Augen. »Diese Woche ist sie in Cambridge, aber am Wochenende kommt sie zurück. Sie hat ein Haus gefunden und zieht bald dort ein.«

»Na ja, jedenfalls ist es gut für dich, noch eine Freundin in Eyot zu haben«, sagte Lily. Sie bückte sich, um die Zeitung aufzuheben, die von Quintas Schoß geglitten war. »Deine andere Freundin, Lydia, ist sehr nett. Wie ich höre, steckt sie tief in der Tinte. Sie wird bald dringend auf die Unterstützung ihrer Freunde angewiesen sein, gar keine Frage.«

Sylvester sagt, sie sei eine Hexe, dachte Quinta. Da hat er wirklich recht. Sie döste ein, heimgesucht von der Erinnerung an Phoebes Vater, der zu ihr hinunterschaute wie damals, als sie sich so selbstvergessen geliebt hatten.

Komisch, dachte Quinta im Halbschlaf, daß meine erotischen Phantasien sich immer noch um ihn drehen. Seltsam, wie weich Gesicht und Mund des Mannes beim Liebesakt werden, so hart sie sonst auch sind. Überhaupt komisch, diese ganze Sache – die körperliche Liebe. Geradezu bizarr, wenn man mit kühlem Kopf darüber nachdachte. Was man natürlich so gut wie nie tat, und das war ja gerade das Problem.

Phoebes Stimme, die schon aus der Ferne ihr Kommen ankündigte, riß sie aus ihren Träumereien. Gähnend setzte sie sich auf, als Phoebe auch schon auf ihrem Schoß landete.

»Gott, Phoebe, du bist ganz schön schwer!«

»Entschuldige, Q. Hör mal, Sylvester hat mich auf seinem Cello spielen lassen – ja, wirklich. Es ist phantastisch, die Töne gehen einem direkt durch den Bauch. Q, hör mal«, fuhr Phoebe fort, hielt Quintas Kopf zwischen den Händen und zwang sie, ihr ins Gesicht zu sehen. »Hör zu, ich muß Cello spielen lernen. Unbedingt.«

»Schau her, Phoebe, jetzt hast du mein Getränk über mein T-Shirt gekippt – oh, Mist. Steh bitte mal kurz auf, Phoebe, bitte.«

Quinta tupfte ziemlich unbeholfen mit den Überbleibseln eines Papiertuchs an ihrem Oberteil herum. Dann erschien Lily wie durch Zauberhand mit einem Lappen, gefolgt von dem strahlenden Sylvester.

Mühelos hob er mit einer Hand einen Stuhl hoch und ließ sich am Tisch nieder.

»Es ist noch zu früh, um ein abschließendes Urteil zu fällen, Quinta. Aber weißt du, ich glaube, Phoebe könnte eine gute Cellospielerin werden. Eine sehr gute sogar. Man merkt gleich, daß sie ein Gefühl für das Instrument hat.«

Quinta sank auf ihren Stuhl zurück und schloß kurz die Augen.

»Sag lieber gar nichts«, warf Lily ein. »Wenn Sylvester glaubt, daß sie Talent hat, und Phoebe Lust hat, es mit dem Cello zu versuchen, dann werden sie einen Weg finden. Da ist jeder Widerstand sinnlos. Vergebliche Liebesmüh. Ergib dich lieber gleich in dein Schicksal.«

»Mach die Augen auf, Q«, sagte Phoebe und zupfte an Quintas Wimpern. »Ich weiß, daß du nicht wirklich in Ohnmacht gefallen bist, stimmt's, Sylvester?«

»Schon gut, schon gut.« Quinta rieb sich die Augen. »Sylvester, das ist doch Traumtänzerei.«

»Mag schon sein«, sagte Sylvester unvermindert gut gelaunt. »Aber Musik hat immer viel mit Träumerei zu tun. Deine Phoebe ist ein musikalisches Kind, gar keine Frage, und ich glaube, daß das Cello ihr Instrument ist. Nun, normalerweise unterrichte ich keine Anfänger, vor allem keine Kinder, weil man sich mit ihren ausnahmslos entsetzlichen Eltern auseinandersetzen muß. Aber in Phoebes Fall – na ja, ich möchte nicht, daß ihr Talent verbildet wird. Ich fände es furchtbar, wenn sie Unterricht bei diesem Tolpatsch nehmen müßte, zu dem die meisten Kinder gehen.«

»Ich dachte, seine Schüler hätten alle eine wunderbare Technik«, sagte Quinta. »Das behaupten jedenfalls die Kunden, die in den Laden kommen.«

»Technik!« schnaubte Sylvester verächtlich. »Von wegen Technik. Nein, nein, das würde überhaupt nichts bringen, nicht für Phoebe. Ich werde Phoebes Unterricht selbst in die Hand nehmen.«

Seine Begeisterung entlockte Quinta ein Lächeln. »Das ist leider unmöglich«, sagte sie. »Stunden bei dir kann ich mir auf keinen Fall leisten, Sylvester. Ich wage mir nicht vorzustellen, wie hoch dein Satz ist. Ich könnte mir ja nicht mal den Cellolehrer leisten, den du so sehr verabscheust.«

»Aber natürlich kannst du es dir leisten.« Sylvester vollführte eine schwungvolle Bewegung und stieß Quintas Glas zum zweiten Mal um. »Oh, pardon«, sagte er, als er es bemerkte. »Lily! Lily! Schnell, einen Lappen!«

»Ich bin hier«, sagte Lily an seinem linken Ohr. »Und den Lappen habe ich auch schon da. Du sorgst doch immer dafür, daß ich Arbeit habe.«

Sie wischte die Lache auf, dann erhob sie sich, die eine Hand in die Hüfte gestützt, und blickte Quinta an. »Nein, Phoebe«, sagte sie, als sie sah, daß die Kleine drauf und dran war, empört ihre Meinung kundzutun. »Jetzt rede ich.«

Phoebe gab nach. Sie tat stets, was Lily ihr sagte.

»Sylvester wird ihr umsonst Unterricht geben, drei Monate lang. Dann kann er sagen, wie begabt sie wirklich ist, und wenn sie so gut ist, wie er glaubt, wird er sie weiter unterrichten. Gratis«, fügte sie hinzu.

»Genau, Lily«, sagte Sylvester beifällig. »Ich selbst hätte es nicht besser in Worte fassen können.«

»Im übrigen«, fuhr Lily fort, »steht das Ergebnis von vornherein fest, weil ich noch nie erlebt habe, daß Sylvester sich in einem Musiker geirrt hätte, egal welchen Alters. Das reicht jetzt, Phoebe, deine Mum will nicht, daß du so auf ihr herumkrabbelst. Du kommst jetzt mit mir, es ist Zeit für dein Abendessen. Nein, du wirst nicht mit den Erwachsenen zusammen essen. Deine Mum und Sylvester wollen sich in aller Ruhe unterhalten.«

Sie wandte sich an Sylvester. »Ich decke den Tisch hier auf der Terrasse. Zum erstenmal in diesem Sommer ist es warm genug dazu.«

Quinta schaute Sylvester nur schweigend an. Der ließ derweil sein dröhnendes Lachen vernehmen.

»Sieh mich doch nicht so argwöhnisch an, kleine Quinta. Dies ist ein Grund zum Feiern und kein Anlaß zur Sorge.«

»Hör zu, Sylvester«, begann Quinta, »das ist alles sehr lieb von dir, und wahnsinnig großzügig, aber ...«

»Kein Aber. Es ist beschlossene Sache. Du hast kein Recht, Phoebe diese Chance zu verwehren, und außerdem werde ich es nicht zulassen. Ende der Diskussion. Trink doch noch was.«

»Sie wird ein Cello brauchen«, sagte Quinta verzweifelt. »Ich kann mir nicht leisten, ihr eines zu kaufen, sogar kleinere Ausführungen kosten viel Geld. Selbst wenn Gustav mir Rabatt geben würde, wovon ich mal ausgehe, könnte ich es mir immer noch nicht leisten.«

»Kein Problem«, erwiderte Sylvester. »Du kannst eines für sie bauen, wenn du diesen tollen Kontrabaß vollendet hast.

Wird nicht mal lange dauern. In der Zwischenzeit kann Gustav dir ein Cello leihen – ich rede mit ihm. Das ist gut fürs Geschäft – wenn andere Mütter sehen, daß Phoebe bei mir Unterricht nimmt und auf einem Cello spielt, das du selbst gemacht hast, werden sie alle eines haben wollen. Wart's nur ab. Na, jetzt bin ich aber mal gespannt, was Lily uns wohl heute zum Abendessen kredenzt …«

17. Kapitel

Als Quinta am folgenden Nachmittag nach Eyot zurückkehrte, war sie immer noch strahlender Laune. Von Lily nach Strich und Faden verwöhnt und von Sylvester bestens unterhalten, hatte sie den kurzen Aufenthalt bei ihnen in vollen Zügen genossen. Sylvester hatte gesagt, sie müsse unbedingt wiederkommen, möglichst oft, besonders am Wochenende, wenn Gabriel da war, oder aber wenn sie Freunde aus London zu Besuch hatten.

Und noch vor drei Monaten, dachte Quinta, ja, sogar noch vor sechs Wochen hätte ich mir nie träumen lassen, daß ich nach Midwinter Hall fahren würde, um dort jemanden zu besuchen. Jetzt würde ich jederzeit wieder hinfahren. Ja, es macht mir richtig Spaß, mit anderen Menschen zusammenzusein, eigentlich verwunderlich.

Nachdem sie Phoebes leidenschaftlich vorgetragene Bitten, jetzt gleich zum Laden zu gehen und ein Cello zu holen, abgeschmettert hatte, begab sie sich in die Küche. Essen, dachte sie. Es war noch Zeit, schnell zum Supermarkt zu gehen, bevor Phoebe ihr Bad nahm.

Phoebes Stimme erscholl aus dem Korridor. »Mum, was machst du da?«

»Ich schreibe eine Liste«, rief Quinta zurück.

Phoebe erschien in der Tür. »O nein, nicht schon wieder Listen!«

»Diesmal ist es eine ganz harmlose Liste, eine Einkaufsliste. Die schreibt doch jeder«, wandte Quinta ein.

Phoebe sah zu, wie sie den Kühlschrank öffnete und sich Notizen machte. »Milch, fast keine Butter mehr ... Phoebe, möchtest du zum Abendessen Würstchen?«

»Na gut«, sagte Phoebe. »Oh, da ist übrigens jemand am Telefon. Klingt ein bißchen merkwürdig.«

»Phoebe, du Schlingel, warum hast du das nicht eher gesagt? Er wird inzwischen aufgelegt haben.«

Quinta stürzte zum Wandtelefon in der Küche. »Hallo? Hallo? Phoebe, geh und leg im Flur den Hörer auf, ich kann ja kein Wort verstehen!«

»Merkwürdig«, wiederholte Phoebe. »Ich hab's dir ja gesagt.«

»Es tut mir sehr leid«, sagte Quinta ins Telefon. »Mr. Praetorius? Alban Praetorius? Nein, der ist leider nicht da. Kann ich ihm etwas ausrichten?«

Sie hielt den Hörer vom Ohr weg und starrte ihn einen Moment lang an. Es lag nicht am Apparat, daß die Person in der Leitung so schwer zu verstehen war, sondern an der Sprache. Sie war sich nicht schlüssig, um welche Sprache es sich handelte, aber was es auch war, verstehen konnte sie es nicht.

Französisch! Der Mann sprach zwar nicht Französisch mit ihr, aber vielleicht verstand er es ja. Andere Völker waren um vieles sprachbegabter als die Briten. Ja, sie würde es mit Französisch probieren. Stockend bat sie den Verrückten in der Leitung, sich zu erklären. Aha, er konnte es tatsächlich, nicht besser als sie zwar, aber man konnte ihn verstehen ... mehr oder weniger. Aber wer war er? Und worum ging es? Ane ... war das nicht ein Esel? Und was faselte er da von »éteindre la linge«? Quinta überlegte fieberhaft. Das hatte doch irgendwas mit Wäsche zu tun?! Jetzt sprach er von einer Person namens Achilles. Quinta seufzte tief, als Phoebe wieder in die Küche gestürzt kam, randvoll mit Neuigkeiten.

»Schsch«, machte Quinta, ohne sich umzudrehen. »Ich versuche zu verstehen, was der Mann sagt. Ich kann mir keinen Reim darauf machen. Ich glaube, er ist Spanier – so hört es sich zumindest an, wenn er nicht gerade versucht, Französisch zu sprechen –«

Eine entschlossene Hand griff nach dem Hörer. »Darf ich? Wenn es Spanisch ist, kann ich helfen.«

Es war Lucy Praetorius. Dankbar überließ Quinta ihr das Telefon und bedeutete Phoebe aufgeregt, sie solle still sein. Offenbar war irgend etwas passiert. Wenn es Spanisch war, dann rief die Person vermutlich aus Spanien an, und es mußte etwas mit Alban zu tun haben. Hatte man ihn ins Gefängnis geworfen? Wurde er vermißt? Aber wozu dann das Gebrabbel von Eseln und Wäsche?

Schließlich legte Lucy den Hörer auf die Gabel und versuchte sich von Phoebe loszumachen, um Quinta zu begrüßen. Phoebe liebte Albans Mutter abgöttisch.

Quinta küßte sie. »Was machst du denn hier?« fragte sie. »Ich dachte, du kommst erst in etwa vier Wochen. Oh, ich freue mich so sehr, dich zu sehen!«

»Eine Freundin ist hergefahren und hat sich erboten, mich mitzunehmen. Ich dachte, ich komme mal vorbei und sehe nach, wie es dir geht. Ich hatte schon so eine leise Ahnung, daß mit meinen beiden unmöglichen Söhnen nicht alles zum besten steht. Und wie man sieht, habe ich mich nicht geirrt. Ja, Phoebe, natürlich habe ich ein Geschenk für dich mitgebracht.«

»Geht es Alban gut?« fragte Quinta besorgt. »Ich konnte nicht verstehen, was dieser Mann mir zu sagen versuchte.«

»Na ja, einerseits schon, andererseits auch nicht«, sagte Lucy. »Oh, ich muß mich erst mal setzen, und ich sollte eigentlich nicht lachen. Es muß sehr schmerzhaft sein. Wirklich, es ist so albern.«

»Was ist denn passiert?«

»Alban hat sich ein Bein verletzt, eine Sehne, wie es scheint, wie unangenehm für den armen Jungen. Er saß auf einem Esel ...«

»Auf einem Esel?« fragte Quinta ungläubig. »Wieso denn das? Er wollte sich doch einen Wagen mieten.«

»Ja, aber aus irgendeinem Grund ist er auf einem Esel durch ein kleines Dorf in den Bergen geritten. Du weißt ja, wie schmal die Straßen in solchen Dörfern sind.«

»Nein, weiß ich nicht«, sagte Quinta, »da ich nie dort war, aber ich kann mir vorstellen, was du meinst.«

»Die Frauen hängen ihre Wäsche über der Straße auf. Sie haben ein Flaschenzugsystem, um die Leinen aufzuziehen und wieder einzuholen. Wie es aussieht, hat ein Flaschenzug nicht funktioniert, oder irgendwas anderes hat dazu geführt, daß die Wäscheleine runtergerasselt kam, just in dem Moment, als Alban auf dem Esel unter ihr hindurchritt. Der Esel ist in Panik geraten und hat sich in der Wäsche verfangen, Alban hat sich in der Leine verwickelt, und die hat ihn vom Esel hinuntergezogen. Er ist unglücklich gestürzt – na ja, unter diesen Umständen ist es ja wohl auch nicht anders möglich, oder? Als er aufstehen wollte, ging es nicht.«

»Oh, armer Alban«, sagte Quinta kichernd. »Oh, ich sollte nicht lachen, aber komisch ist es doch. Also ist es das, was der Mann die ganze Zeit gemeint hat – seine Achillessehne.«

Phoebe hörte ihnen mit großem Interesse zu. »Einer unserer Lehrer an der Schule hat sich mal an der Achillessehne verletzt«, teilte sie ihnen mit. »Er hat einen Gipsverband bekommen und mußte in einem Rollstuhl herumfahren. Wochenlang.«

Lucy und Quinta schauten sich mit aufkeimendem Entsetzen an.

»Im Rollstuhl!« wiederholte Quinta.

»Wochenlang! Oje«, sagte seine Mutter. »Er ist der schlimmste Hypochonder, den ich kenne.«

»Ich weiß«, sagte Quinta verdrießlich. Dann fügte sie sachlich hinzu: »Wie wird er denn hierher zurückkommen?«

»Das habe ich nicht ganz verstanden. Ich glaube, dort hält sich noch ein anderer Engländer auf, der ihn nach Hause bringen wird. Ist er versichert?«

Quinta dachte kurz nach, dann seufzte sie erleichtert auf. »Ja, ja, natürlich. Er hat sich darüber mokiert, weil jemand von der Plattenfirma, die seine Musik vermarktet, darauf bestanden hat, daß er eine Reiseversicherung abschließt. Der Vertrag erstreckt sich über ein ganzes Jahr, für den Fall, daß er kurzfristig ins Ausland fahren muß. Alban meinte, sie seien ein Haufen alter Umstandskrämer, er sei jahrelang ohne Versicherung gereist und wäre nie krank geworden oder hätte einen Unfall gehabt. Das einzige, was er jemals verloren hätte, sei ein Kulturbeutel gewesen. Den hat er in einer Hütte in Finnland liegenlassen.«

»Was wollte er denn in ...«, begann Lucy. »Ach, ist ja jetzt egal. Ob wohl jemand von der Botschaft helfen könnte? In der Nähe muß es doch ein Konsulat geben, und vermutlich liegt er im Krankenhaus. Das verschafft uns einen kleinen Aufschub, Zeit, um einen Plan zu entwerfen und alles Nötige zu veranlassen.«

Dieses Glück war ihnen nicht beschieden. Lucys Versuche, Infos bei der Botschaft einzuholen, endeten ergebnislos, aber spätabends erhielten sie einen Anruf von Sylvester. Gabriel hatte ihn angerufen. Er war beruflich in Sevilla. Jemand dort hatte ihn von Albans Unfall in Kenntnis gesetzt. Morgen würde er nach Hause kommen – mit Alban im Gepäck.

»Sylvester sagt, daß die Versicherung für den Krankentransport aufkommt, und wir brauchen uns um nichts zu kümmern«, berichtete Lucy. »Außerdem meinte er, du solltest die Ohren steifhalten und dich davon bloß nicht unterkriegen lassen«, fuhr sie lächelnd fort.

Quinta grinste zwar, doch die Unbeschwertheit des Morgens war verpufft. Alban den ganzen Tag zu Hause um sich zu haben war auch unter normalen Umständen kein Zuckerschlecken. Aber Alban mit einem Gipsbein und im Rollstuhl – das wäre die reinste Katastrophe.

Ob man mit einer verletzten Achillessehne und Gipsbein Sex haben konnte? fragte sich Quinta, als sie durch den Supermarkt ging und sich ein Menü auszudenken versuchte, das den kranken Alban aufmuntern könnte. Vermutlich ja. Nur der Tod schien Männer vom Sex abzuhalten, dachte sie bedrückt.

Irgendwas scheint den Mann in meinem Leben vom Sex abzuhalten, dachte Lydia verdrießlich, als sie noch eine Portion Mousse löffelte. Ihre Großmutter äußerte sich kritisch über Felix und Zoe; ihre Meinung hatte sich nach ein paar Tagen in ihrer Gesellschaft radikal geändert.

»Sie sind mir zutiefst suspekt«, sagte sie. »Mir ist schleierhaft, warum Adam derart viel Zeit mit ihnen verbringt, und ich finde es höchst seltsam, daß er ihnen sein Haus überlassen hat. Er verlangt nicht mal Miete von ihnen, sagt Sybil. Aber Sybil findet die beiden natürlich wunderbar.«

Sie tupfte sich mit der Serviette den Mund ab. »Iß auf, Lydia. Den Kaffee nehmen wir im Salon zu uns.«

Als sie in den großen, förmlichen Raum umgesiedelt waren und den Kaffee zu sich nahmen, griff sie das Thema wieder auf.

»Ich bin ja selten anderer Meinung als Sybil, aber von diesem Pärchen bin ich ganz und gar nicht beeindruckt. Ich weiß zwar, daß der Junge in Eton war, aber da nehmen sie heutzutage ja jeden, wie man hört, vorausgesetzt, man kann die Schulgebühren bezahlen. Und sie scheint mir leicht debil zu sein, eine kleine Zierpuppe, trotz des verschlagenen Lächelns. Seine Art, Geschäfte zu machen, behagt mir auch nicht – Nippes aus Ungarn und der Tschechoslowakei zu importieren! Scheint mir keine besonders seriöse Methode zu sein, sich seinen Lebensunterhalt zu verdienen.«

»Nein, Großmama«, sagte Lydia, die immerzu an Adam denken mußte. Seit zehn Tagen hatte sie ihn nicht gesehen, und sie war hin und her gerissen zwischen dem Vorsatz, ihn nie wiederzusehen, und dem dringlichen Wunsch, bei der erstbesten Gelegenheit mit ihm ins Bett zu springen. Jetzt, da ihre Großmutter eine tiefe Abneigung gegen die Zwillinge gefaßt hatte, wollte sie Adam nicht mehr zu sich einladen.

»Er würde mit diesen beiden im Schlepptau auftauchen, da ihm offensichtlich jegliches Gespür für gutes Benehmen fehlt«, erklärte Lady Wray gereizt. »Ich bin nur froh, daß du dich nicht so häufig mit ihm getroffen hast, Lydia. Es wäre ein Fehler gewesen, sich allzusehr auf ihn einzulassen.«

»Ja, Großmama«, sagte Lydia und stand von ihrem Stuhl auf.

»Wohin gehst du, Lydia?« fragte ihre Großmutter.

»Ich will nur eben einen Anruf erledigen, wenn es dir recht ist, Großmama.«

»Ja, natürlich, aber sprich nicht gleich stundenlang. Es ist sinnlos, auf diese Art die Zeit totzuschlagen und sich am Telefon zu verplaudern, wenn man statt dessen etwas Nützliches tun könnte.«

»Ja, Großmama, ich meine, nein, Großmama«, erwiderte Lydia.

Was hätte ich schon Nützliches zu tun? dachte Lydia, als sie aus dem Zimmer schwebte. Da ihre Großmutter nichts vom Telefonieren hielt, stand der Apparat in der Diele, daneben ein unbequemer kleiner Stuhl, der von ausgedehnten Telefonaten abschrecken sollte. Oben in ihrem Schlafzimmer stand noch ein Zweitapparat, und Lydia spielte kurz mit dem Gedanken, sich dorthin zurückzuziehen. Zumindest könnte sie es sich auf dem Bett bequem machen, zumal ihre Großmutter vorerst noch im Salon bleiben würde.

Während sie noch zögerte, läutete das Telefon, und sie nahm rasch den Hörer ab.

»Quinta!« sagte sie erfreut. »Ich wollte dich gerade anrufen.«

»Oh, gut«, sagte Quinta. »Ich muß unbedingt mal wieder mit dir reden. Wir haben uns schon ewig nicht mehr gesehen. Hier ging's furchtbar hektisch zu.«

»Wie wär's, wenn wir morgen zusammen einen Kaffee trinken gehen? Oder mußt du arbeiten?«

»Nein. Warum kommst du nicht einfach bei mir vorbei?«

»Lieber nicht. Zu viele Leute.«

Würde nicht schaden, mal ein, zwei Stunden rauszukommen, dachte Quinta.

»Gut, dann treffen wir uns gegen halb elf«, sagte Lydia. »Ich sichere uns einen Tisch.«

»Wo?«

»Im Flora's.« Sie hielt eine Hand über die Sprechmuschel. »Ja, Großmutter, ich komme ja schon. Entschuldige, Quinta, das war Großmutter. Sie hat mich heute wieder mal auf dem Kieker. Wie du siehst, kann ich am Telefon nicht richtig reden. Bis morgen dann, tschüs.«

»Puh«, sagte Quinta und ließ sich auf die Polsterbank in einer Ecke des Cafés fallen. »Welch eine Erlösung!«

»Ich dachte, hier unten können wir besser reden als oben in dem Goldfischglas. Da sitzt man ja wie auf dem Präsentierteller«, sagte Lydia. »Ich hab Kaffee bestellt, und die Kellnerin bringt den Servierwagen mit dem Gebäck. Lauter Leckereien. Mmm!«

Quinta verzog das Gesicht. »Dir kann's ja auch egal sein, Lydia, es spielt keine Rolle, was du ißt, während ich immer rundlicher werde.«

»Nun sag schon«, begann Lydia. »Wie geht's Alban? Wie kommt ihr klar?«

»Schlecht«, erwiderte Quinta.

»Er hat sich an der Achillessehne verletzt, nicht wahr?« fragte Lydia. »Eine schmerzhafte Angelegenheit. Er wird noch viel daran arbeiten müssen, wenn die Verletzung ausgeheilt ist. Mit Krankengymnastik allein ist's nicht getan, er wird schon auch in ein Fitneßcenter gehen müssen, um wieder richtig zu Kräften zu kommen. Das mußt du ihm sagen.«

Quinta lachte. »Alban hört nicht auf mich, und offen gestanden glaube ich nicht, daß ihn irgend etwas dazu bewegen könnte, den Fuß in einen Fitneßclub zu setzen. Im Augenblick kann ich ihn ohnehin nicht darauf ansprechen, da er meistens einfach nur jammert.«

»Es muß ja auch eine Qual sein«, sagte Lydia mitfühlend.

»Ja, sicher«, erwiderte Quinta skeptisch. »Obwohl er einen Haufen Schmerzmittel nimmt und der Arzt sagt, daß es eigentlich nicht mehr so weh tun sollte, jetzt, da das Bein eingegipst ist und er es hochlegen kann.«

»Jeder Mensch hat eine andere Schmerzschwelle«, sagte Lydia. »Alban ist schließlich Künstler. Vielleicht ist er empfindlicher als der Rest der Welt. Tja, jedenfalls wirst du streng mit ihm sein müssen, Quinta, sonst wird er sich nie erholen.«

»Hm«, machte Quinta wenig überzeugt.

»Danke«, sagte Lydia zu der Kellnerin, als diese den Kaffee auf den Tisch stellte. Sie inspizierte den Servierwagen und entschied sich schließlich für das üppigste Stück Kuchen, das im Angebot war. Quinta, die eine Schwäche für Schokolade hatte, erlag der Versuchung einer verführerischen Schoko-Trüffel-Torte.

»Wie ist seine Mutter denn so?« erkundigte sich Lydia undeutlich, den Mund voll mit Sahne und Mandeln.

»Lucy ist phantastisch – als Mensch, meine ich.«

»Ist sie dir eine Hilfe, oder erwartet sie, daß du sie auch von vorn bis hinten bedienst?«

»Nein, nein, so ist sie ganz und gar nicht.«

»Warum klingst du dann so skeptisch?«

»Tu ich das? Das war nicht meine Absicht.« Quinta hielt inne und schüttelte den Kopf. »Ich will nicht illoyal sein, weil sie beide so nett zu mir waren, aber leider streiten sie oft, und das belastet mich. Sie ist nicht so mitfühlend, wie er es gern hätte, ja, er wirft ihr sogar Hartherzigkeit vor. Und sie sagt wiederum, daß er seit seiner Geburt wegen jeder Kleinigkeit ein Riesentheater macht und daß es ihr daher schwerfällt, ihn ernst zu nehmen.«

»Oje«, sagte Lydia. »Das hat dir wohl gerade noch gefehlt! Was sagt Phoebe denn zu dem Ganzen?«

»Die fühlt sich pudelwohl«, berichtete Quinta. »Sie kommt prima mit Lucy aus, und die geht einfach toll mit ihr um.«

»Wie wirst du denn mit Alban klarkommen, wenn Lucy wieder nach Hause fährt und Harriet in ihr eigenes Domizil übersiedelt?« fragte Lydia. »Wenn er nicht laufen kann, wird er die ganze Zeit zu Hause herumhängen. Das wird sehr schwierig für dich werden.« Sie schwieg kurz und dachte an die praktischen Probleme, die dadurch entstehen würden.

Wie gutherzig Lydia ist, dachte Quinta, die ihren Kuchen nun längst nicht mehr so köstlich fand, da sie an all den Streß erinnert worden war, die ihr noch ins Haus stand. Lydia fragt mich nach meinen Problemen, dachte sie, obwohl sie bis zum Hals in eigenen Sorgen steckt.

»Sein Studio liegt ja im Erdgeschoß«, fuhr Lydia fort. »Das ist immerhin etwas.«

Quinta verzog das Gesicht. »Sicher. Aber du weißt ja, wie das Haus angelegt ist. Das eine Zimmer liegt höher, das andere niedriger – für einen Rollstuhlfahrer der reine Alptraum.«

Sie seufzte. »Lucy hat vorgeschlagen, daß er sich eine geeignetere Bleibe suchen sollte – nur vorübergehend –, aber das hat bei ihm sogleich einen furchtbaren Wutanfall ausgelöst – ›Ein kranker Mensch braucht seine gewohnte Umgebung‹ ... Wie er dann arbeiten solle? ... Ob sie ihn endgültig in den Wahnsinn treiben wolle ...? Jedenfalls soll heute ein Zimmermann kommen und überall im Erdgeschoß Rampen installieren, damit er sich ungehindert im Rollstuhl fortbewegen kann. Im ehemaligen Frühstückszimmer haben wir ein Bett für ihn aufgestellt – der Raum wird nie benutzt und liegt günstigerweise gleich neben dem Studio. Aber ihm gefällt es da drin nicht. Er sagt, es sei ein enges kleines Loch und die Holztäfelung mache ihn klaustrophobisch.«

»Anscheinend ist er mit den Nerven am Ende und läßt es an anderen aus«, sagte Lydia. »Das darfst du ihm nicht durchgehen lassen, es könnte sonst leicht zur Gewohnheit werden.«

»Da hast du allerdings recht«, pflichtete Quinta ihr bei. »Darauf sagte Lucy – die ihn im Grunde eher noch anstachelt –, daß er endlich aufhören müsse, sich über alles und jedes zu beschweren. Denn sonst würde er sich erst recht klaustrophobisch fühlen, weil sie ihm ein schwarzes Tuch über den Kopf stülpen würde!«

Lydia schüttelte den Kopf. »So kann man mit ihm nicht umgehen. Das sollte sie als seine Mutter eigentlich besser wissen.«

»Sie bringt eben nicht mehr die Geduld auf, die sie früher noch hatte, als er ein Kind war.«

Lydia wischte sich den Mund mit einer Papierserviette ab und seufzte zufrieden. »Ob ich noch ein Stück von einem anderen Kuchen nehmen soll? Ein ganz kleines?«

»Auf gar keinen Fall. Das wäre die pure Gier. Darf ich mich zu euch setzen?«

»Hallo, Titus«, sagte Quinta, die zu ihrer Verblüffung außerordentlich erfreut war, ihn zu sehen. »Was treibst du denn hier?«

Er faßte Lydias träges Lächeln als Zustimmung auf und zog einen Stuhl heran. »Ach, ich war in der Stadt unterwegs, um Dinge zu erledigen, die man Samstag morgens so zu erledigen hat, und dachte mir, daß ich eine Tasse Kaffee gebrauchen könnte. Oben sitzen ein paar gräßliche Leute von der Universität, deshalb bin ich nach unten geflohen, um ein bißchen Ruhe zu haben.«

»Wir sind hier unten eher bedrückt als ruhig«, sagte Lydia. »Ich habe Probleme zu Hause und mit meinem Liebesleben, die wir bis jetzt noch gar nicht erörtert haben, und Quinta muß sich mit einem tagtäglich ausrastenden Alban rumschlagen.«

Titus musterte Quinta eindringlich. Sie hatte wieder dunkle Ringe unter den Augen und sah angespannt aus. So sollte sie nicht aussehen, nicht in ihrem Alter, dachte er in plötzlich aufwallendem Zorn.

Lydia schaute von einem zum anderen, dann senkte sie rasch den Blick. Er mag sie, dachte sie. Er mag sie sogar sehr. Und Quinta? Schwer zu sagen. Sie wußte ihre Gefühle immer gut zu verbergen, ganz besonders was Männer betraf.

Würde dir guttun, Titus, sagte Lydia sich, dich mal richtig zu verlieben, zumal in eine Frau, die jünger ist als du. Und Quinta konnte sich kaum einen Besseren wünschen – er sah nicht nur umwerfend aus, sondern war auch noch hochintelligent. Viel besser für sie als Alban, entschied Lydia. Alban hingegen brauchte eine Frau, die härter im Nehmen war als Quinta, jemanden, der sich gegen ihn zu behaupten wußte.

Eine Frau wie mich, dachte sie und fragte sich dann, ob Titus wohl wirklich drauf und dran war, sich in Quinta zu verlieben … Nicht, daß es ihm etwas bringen würde; denn Quinta würde sich so bald in niemanden verlieben, nicht, solange sie an ihrer Vergangenheit festhing.

Titus erkundigte sich höflich nach ihren Problemen. Charme in rauhen Mengen, dachte Lydia, als sie ihm von Adam und seiner Großmutter und den Geschwistern Fürchterlich erzählte. Er zeigte reges Interesse, das Leben anderer Menschen faszinierte ihn geradezu, und er war gern dabei behilflich, verzwickte private Probleme zu lösen. »Solange ich da nicht reingezogen werde«, erklärte er. »Die Beratung ist gratis, aber bitte keine Beschwerden, wenn ich mit meinem Urteil falsch liegen sollte. Also, Onkel Titus wird in sich gehen und anschließend brillante Lösungen für eure jeweiligen Dilemmas aus dem Hut ziehen.«

Quinta grinste. »Die praktische Anwendung der Chaosforschung – bist du deswegen so ein Fachmann auf diesem Gebiet?«

»Du hast es erfaßt«, entgegnete er. »Darf ich euch noch einen Kaffee bestellen?«

Lucy Praetorius bereitete Harriet einen herzlichen Empfang. »Es ist so lange her, seit wir uns das letzte Mal gesehen haben – und jetzt kommen Sie wieder nach Eyot, um auf Dauer hierzubleiben, sagt Quinta.«

»Ja, und es war sehr freundlich von Alban und von Ihnen, mich hier wohnen zu lassen, während ich auf Haussuche war. Ich war eine Zeitlang in Cambridge, aber dann habe ich von der Sache mit Alban gehört und bin gleich zurückgekommen, um zu sehen, ob ich irgendwie behilflich sein kann.«

»Hallo, Harriet«, sagte Quinta, die mit gequälter Miene hereinkam. »Lucy, Alban sagt, daß sich jemand an seinen Unterlagen zu schaffen gemacht hätte und er jetzt nichts mehr wiederfindet.«

»Überlaß das nur mir«, sagte Lucy energisch.

»Hast es nicht leicht zur Zeit, hm?« fragte Harriet mitfühlend. »Kann ich irgendwas tun?«

Quinta ließ sich auf einen Stuhl fallen und verzog das Gesicht. »Das ist lieb von dir, aber du mußt dich um dein Haus kümmern, und in Kürze fängt ja auch die Schule an.« Sie setzte sich auf. »Es klingt vielleicht undankbar – du weißt, wie gut Alban zu mir war, als Phoebe zur Welt kam –, aber er ist zur Zeit wirklich unerträglich.«

Sie fuhr sich aufgeregt durchs Haar, bis es ihr wild und wirr vom Kopf abstand. »Und im Moment ist es gerade noch erträglich, weil Lucy da ist. Sie ist eine echte Stütze und läßt sich von ihm nichts gefallen. Aber viel länger kann sie nicht bleiben, und ich weiß wirklich nicht, wie es dann weitergehen soll.«

»Ihr werdet eine Pflegerin einstellen müssen«, sagte Harriet entschlossen. »Er ist doch versichert, oder?«

»Ja, und vermutlich würde die Versicherung auch die Kosten für eine Pflegerin übernehmen, aber würde die Schwester es mit ihm aushalten? Das ist doch die Frage. Richtig schwer krank ist er ja nicht, bloß übellaunig und anmaßend.«

»Niemand, der halbwegs bei Verstand ist, würde es mit ihm aushalten«, sagte Lucy, die wieder zu ihnen stieß. »Welch ein Lärm um nichts! Er kann sich schlicht nicht mehr erinnern, wo er ein bestimmtes Dokument abgelegt hat, und deshalb muß er eine Szene machen und allen anderen die Schuld geben. Du meine Güte, ich hatte vergessen, wie anstrengend er ist.«

»Ich weiß eine Lösung«, sagte Quinta mit boshafter Miene. »Wir lassen Hermione aus London kommen! Soll sie sich doch um ihn kümmern. Wenn sie ihn so vergöttert, wie du sagst, dann fährt sie ihn bestimmt mit Freuden im Rollstuhl spazieren und bedient ihn von früh bis spät.«

»Hermione aus London?« fragte Harriet.

»Seine Londoner Freundin«, sagte Quinta munter. »Ich hier, Hermione in London. Ein vorteilhaftes Arrangement, findest du nicht auch?«

Harriet hob die Augenbrauen. »Zumindest recht originell.«

»Wo ist Phoebe?« fragte sie dann. »Ich höre sie gar nicht. Macht sie ihre Hausaufgaben? Muß sie diese Woche nicht wieder zur Schule?«

»Ja«, sagte Quinta. »Seit heute, um genau zu sein. Louise, ihre Freundin, fängt jetzt an deiner Schule an, Harriet. Sie hat noch Ferien, und ihre Mutter hat Phoebe abgeholt, damit sie zusammen spielen können. Ihr fangt erst in ein paar Tagen an, nicht wahr?«

»Nächste Woche«, sagte Harriet. »Warst du schon in der Schule, um die Sache mit Phoebe zu regeln?«

Quinta schüttelte den Kopf. »Nein, dazu bin ich noch gar nicht gekommen, wegen des ganzen Wirbels um Alban. Aber ich hab der Direktorin geschrieben, um ihr mitzuteilen, daß ich ihren Rat befolgt und Phoebe zu einer Psychologin geschickt hätte. Den Bericht habe ich beigefügt, mit der Bemerkung, daß die Probleme ja vielleicht doch andere Gründe hätten, als sie annimmt. Ich hoffe, damit ist die Sache vom Tisch.«

»Muß eine Vollidiotin sein, diese Direktorin«, warf Lucy ein. »Man sieht doch auf Anhieb, daß Phoebe ein helles Köpfchen ist. Jammerschade, daß sie nicht Ihre Schule besuchen kann, Harriet. Sie wüßten, wie man richtig mit ihr umgeht.«

»Ja«, sagte Harriet. »Ich würde Phoebe liebend gern unterrichten. Aber ich bin sicher, letztlich wird sie sich durchsetzen, egal welche Schule sie besucht.«

Lucy wirkte skeptisch. »Ich denke, an Ihrer Schule wäre sie weit besser aufgehoben, Harriet. Wußten Sie, daß Alban sich erboten hat, für die Schulgebühren aufzukommen?« Sie warf Quinta einen Seitenblick zu. »Aber Quinta will anscheinend nichts davon hören.«

»Das kommt gar nicht in Frage.« Quinta stand auf. »Wie wär's, wenn ich uns jetzt einen Tee mache?«

Es klopfte an der Tür. »Oh, das muß Phoebe sein. Sie ist aber früh zurück.«

Zu ihrer Überraschung war es nicht Phoebe, die die Küche betrat, sondern Maria Latimer – sonnengebräunt, gepflegt, wohlhabend sah sie aus, dachte Quinta neiderfüllt. Warum kann ich nicht so aussehen?

»Hallo, Maria«, sagte sie. »Ist alles in Ordnung? Wo steckt Phoebe?«

»Sie ist gleich auf ihr Zimmer gegangen. Nein, mach dir keine Sorgen, sie war ganz lieb«, fügte sie hinzu, als sie Quintas erschrockenes Gesicht sah. »Du weißt, wie gern wir sie bei uns haben. Ich wollte dich nur warnen, daß in der Schule scheinbar irgendwas nicht stimmt. Sie ist ziemlich durcheinander und glaubt, daß du böse auf sie sein wirst. Anscheinend hat sie sich geprügelt. Ich muß mich beeilen, Louise wartet im Wagen, und sie macht bestimmt ein Riesentamtam, wenn ich sie noch länger warten lasse.«

»Oh, Maria«, begann Quinta, aber nachdem Maria ihnen noch einmal zugewinkt hatte, war sie auch schon verschwunden. Quinta sah Harriet und Lucy an.

»Geh lieber nachsehen, was los ist«, sagte Harriet besonnen. »Es wird schon nichts Schlimmes sein, du weißt ja, wie gern Kinder in ihrem Alter aus allem ein Mordsdrama machen.«

Quinta stieß draußen im Korridor beinahe mit Alban zusammen, der sich mühsam in seinem Rollstuhl vorwärtsschob.

»Ich werde nie dahinterkommen, wie dieses verflixte Ding funktioniert«, grummelte er. »Wo seid ihr denn alle? Vermutlich hockt ihr gemütlich tratschend in der Küche, und derweil heult Phoebe sich die Augen aus.«

Quinta rannte zu Phoebes Zimmer. Die Tür war geschlossen, aber Quinta hörte sie weinen. »Phoebe«, sagte sie und drückte gegen die Tür. Sie blieb geschlossen. Quinta war verdutzt. An Phoebes Tür befand sich kein Schloß – was hatte sie nur gemacht?

Phoebe hatte kurzerhand die Kommode vor die Tür geschoben, und erst nachdem Harriet und Lucy sie bekniet hatten, war sie dazu bereit, die Barrikade zu entfernen. Ein kläglich trauriges, zerknirschtes Gesichtchen spähte durch den Türspalt.

»Phoebe!« rief Quinta entsetzt. »Dein Auge!«

»Sag jetzt lieber gar nichts«, zischte Harriet, die erkannte, daß Phoebe drauf und dran war, sich schnell wieder in ihr Zimmer zu verziehen. »Na komm schon, Phoebe, es wird alles wieder gut. Was auch geschehen ist, Quinta wird nicht böse auf dich sein.«

Lucy streckte die Arme nach dem Kind aus, und Phoebe stürzte zu ihr und vergrub ihr nasses Gesicht in Lucys sündhaft teuren Kaschmirpulli.

»Da hast du ein Taschentuch«, sagte Harriet. »Schneuz dir erst mal kräftig die Nase, und dann komm mit und erzähl uns, was los ist. Schau mal, da ist Alban. Er hat sich solche Sorgen um dich gemacht, daß er ohne fremde Hilfe sein Zimmer verlassen hat.«

18. Kapitel

»Tja«, sagte Harriet, nachdem sie Phoebe beruhigt und aufgemuntert hatten und die Kleine endlich im Bett lag.

»Sie schläft«, sagte Quinta, als sie mit angespanntem Gesicht ins Zimmer zurückkam. »Alban, sie hat den spanischen Hut ans Fußende gelegt, und deine Puppe hält sie fest im Arm. Das war perfektes Timing!«

»Ich hatte ganz vergessen, daß ich ihr die Sachen mitgebracht hatte«, sagte Alban freimütig. »Daß ihr der Hut gefallen würde, wußte ich, aber bei der Señorita hatte ich meine Bedenken. Ich weiß ja, was sie im allgemeinen von Puppen hält.«

»Ja, aber es ist wohl kaum eine gewöhnliche Puppe, mit diesem exotischen Gesicht und den ausgefallenen Klamotten.«

»Ich hab ihr auch Kastagnetten mitgebracht«, fügte Alban hinzu.

Als Quinta das Gesicht verzog, zwinkerte er ihr zu, gutgelaunt wie schon lange nicht mehr. »Die hebe ich dann lieber mal für später auf.«

»Also, Quinta«, begann Lucy sachlich. »Was wirst du jetzt mit dem Kind anfangen? Du willst ja wohl nicht mehr behaupten, daß sie an dieser Schule gut aufgehoben ist, nicht nach diesem Vorfall.«

»Ich begreife nicht, wie diese schreckliche Frau so etwas tun konnte!« sagte Quinta. »Sie ein Jahr zurückzustufen, so daß sie mit viel jüngeren Kindern in einer Klasse ist und von ihren Freunden getrennt wird! Ich dachte, es würde immer darauf geachtet, daß die Kinder gleich alt sind. Und dabei hatte ich ihr doch den Bericht geschickt! Warum hat sie mich nicht wenigstens angerufen, um es mit mir zu besprechen?«

»Sie wird sagen, daß sie es versucht hätte«, bemerkte Harriet trocken. »Und daß die Entscheidung vom gesamten Lehrkörper gefällt wurde, zu Phoebes Bestem, und daß sie nichts von Intelligenztests hält ... und so weiter und so fort.«

»Du kannst sie morgen nicht zur Schule schicken«, sagte Lucy, die vom Anblick von Phoebes geschwollenem Auge und ihrer von blauen Flecken übersäten Beine zutiefst schockiert war. »Du kannst unmöglich riskieren, daß sie in diesem Zustand nach Hause kommt!«

»Sie hatte bestimmt einen Wutanfall«, meinte Quinta. »Dann stürzt sie sich auf jeden, der sie provoziert. Und wenn jemand gesagt hat, sie sei dumm und ein Baby, weil sie zu den Kleinen muß, dann wundert es mich nicht, daß sie ausgerastet ist.«

»Diese verflixte Schule«, sagte Alban. »Ohne dieses blöde Gipsbein würde ich morgen höchstpersönlich dort aufkreuzen und diesen Idioten von Lehrern sagen, was ich von ihnen halte!«

»Zumindest das bleibt uns erspart«, flüsterte Quinta Lucy zu.

»Lucy hat recht«, warf Harriet ein. »Phoebe kann nicht mehr dorthin gehen, bevor die Sache nicht endgültig geklärt ist. Ich fürchte, dir steht einiges bevor, Quinta. Unter Umständen mußt du eine Dienstaufsichtsbeschwerde einreichen. Und der Weg durch die Instanzen ist beschwerlich.«

»Kann ich sie nicht einfach auf eine andere Schule schicken?« fragte Quinta erschöpft. »Das scheint mir die unkomplizierteste Lösung zu sein.«

Harriet schüttelte den Kopf. »Ganz so einfach ist das nicht. So wie die Dinge liegen, wird man sie als Problemkind oder verhaltensgestört abstempeln, und vor solchen Schülern schreckt jede Schule zurück. Du kannst überdies sicher sein, daß die Schule ihr Vorgehen in dieser Affäre in einem Licht darstellen wird, das dich und Phoebe ins Unrecht setzt. Es könnte sehr schwierig werden, eine andere Schule dazu zu bewegen, die Kleine aufzunehmen.«

Was soll ich nur tun? überlegte Quinta verzweifelt. Ich kann es mir nicht leisten, für ihre Schulausbildung zu bezahlen, und ich kann auch nicht zulassen, daß Alban oder meine Eltern für sie aufkommen. Meine Eltern würden sie wie ihr Eigentum behandeln, und wenn ich Alban zahlen lasse, komme ich nie mehr von ihm los. Außerdem erwartet er bestimmt von mir, daß ich zu Hause bleibe und mich um ihn kümmere, solange er hier festsitzt, und das heißt, daß ich meinen Job verlieren würde. Gustav würde jemand anders einstellen müssen – die Arbeit kann nicht warten. Ich könnte den Kontrabaß nicht vollenden und auch nicht das Cello für Phoebe bauen – nicht, daß ich mir den Cello-Unterricht leisten kann, so großzügig Sylvester auch sein mag. Ach, verdammt.

»Da ist jemand an der Tür«, sagte Alban. »Kopf hoch, Quinta, wir regeln das schon. Schau dir nur an, wie viele Leute die kleine Phoebe hinter sich stehen hat. Wir lassen nicht zu, daß diese schäbigen Bürokraten sie niedermachen.«

Quinta wollte aufstehen, doch Lucy drückte sie wieder auf ihren Stuhl.

»Ich gehe schon«, sagte sie. Quinta lächelte ihr matt zu. Sie fühlte sich völlig ausgelaugt und unfähig, auch nur einen klaren Gedanken zu fassen.

»Jetzt ist es zu spät für den Tee, den du kochen wolltest«, bemerkte Harriet. »Alban, wo bewahrst du den Wein auf? Und gegessen haben wir auch alle noch nichts. Ich gehe mal eben schnell zu Gumble's. Die haben heute doch länger auf, oder? Jemand hat mir erzählt, daß sie köstliche Grillhähnchen im Angebot haben.«

»Habe ich soeben das Zauberwort Gumble's vernommen?« fragte Titus, der hinter Lucy das Zimmer betrat. »Hallo, Harriet. Wie geht's mit dem Ausmisten des Augiasstalls voran?«

»Des Augiasstalls?«

»Die Cathedral School.«

»So schlimm ist es auch wieder nicht«, sagte Harriet perplex.

»Na, warten Sie's nur ab«, erwiderte Titus geheimnisvoll.

Er begrüßte die übrigen, bemerkte Quintas bedrückte Miene, enthielt sich jedoch jeglichen Kommentars. »Ich bin gerade Simon begegnet«, fuhr er fort. »Er will später vorbeikommen.«

»O nein«, sagten Lucy und Quinta im Chor.

Titus lachte. »Ich habe ihm auch davon abgeraten. Ich hab ihm gesagt, daß Quinta im Moment genug um die Ohren hat, auch ohne Besucher, selbst wenn es sich um Familienangehörige handelt, und daß sie sich ausnahmsweise auf einen geruhsamen Abend freut.«

»Danke«, sagte Lucy. »Das war sehr nett von Ihnen. Was hat er gesagt?«

»Er sagte ›Oh, heute ist ja Dienstag‹, dann ging er beleidigt von dannen.«

»Ich rufe ihn später an«, sagte Lucy. »Wie Sie sehen, verläuft Quintas Abend alles andere als geruhsam. Harriet geht eben zu Gumble's, um Nahrung zu besorgen. Haben Sie schon gegessen? Wenn nicht, leisten Sie uns doch Gesellschaft.«

»Nein, ich hab noch nicht gegessen. Ich bin eigentlich vorbeigekommen, um Alban zu fragen, ob er Lust hätte, sich zu einem gemütlichen Restaurant chauffieren zu lassen. Statt dessen werde ich Harriet jetzt zu Gumble's begleiten und ihr tragen helfen.«

»Danke«, sagte Harriet. »Gebt Quinta schon mal was zu trinken, wir sind gleich wieder da.«

»Tja«, begann Pauline, »ich habe gehört, wie unmöglich sich Phoebe in der Schule aufgeführt hat. Sie hat die Enkelin von Mrs. Gridlock ziemlich fest auf den Arm geschlagen. Ihr könnt euch glücklich schätzen, wenn die Schule sie überhaupt noch haben will. Es wundert mich nicht, daß du beschlossen hast, sie vorläufig zu Hause zu behalten. Wirklich, Quinta, es ist höchste Zeit, dir einzugestehen, daß du dieses Kind nicht allein aufziehen kannst. Du mußt akzeptieren, daß du die Hilfe deiner Eltern brauchst. Ich hab dir ja von Anfang an gesagt, daß es so nicht funktioniert, aber du weißt ja immer alles besser. Ich habe selbstverständlich vollstes Mitgefühl mit dir. Ich kann mir nicht mal ansatzweise vorstellen, wie es ist, ein zurückgebliebenes Kind zu haben. Meine sind für ihr Alter ja auch so erstaunlich weit entwickelt. Wir haben wirklich großes Glück. Der Rückhalt, den nur eine intakte Familie bieten kann, spielt eben eine wichtige Rolle, wenn es auch altmodisch klingen mag, so etwas zu sagen.«

»Phoebe ist nicht zurückgeblieben«, sagte Quinta mit zusammengebissenen Zähnen. Am liebsten hätte sie einfach aufgelegt, um Paulines Geschnatter und ihre quäkende Stimme nicht mehr hören zu müssen, doch aufgeschoben war nicht aufgehoben.

»Natürlich denkt keine Mutter, daß ihr Kind zurückgeblieben ist, all unsere häßlichen Entlein sind ja im Grunde stolze Schwäne, nicht wahr? Aber du mußt der Wahrheit ins Auge blicken, Quinta – was dir immer schon sehr schwer gefallen ist. Ihre Schule stellt vom Stoff her doch wirklich keine allzu großen Anforderungen, oder? Die Kinder, die von dort zur Cathedral School überwechseln, brauchen anfangs immer Nachhilfeunterricht, um wenigstens mit dem Durchschnitt mitzuhalten. Den Stand, den man braucht, um ein Stipendium zu bekommen, erreichen sie nie, nicht mal annähernd. In Mathematik und Englisch hinken sie mindestens ein Jahr hinterher, wenn Phoebe also dort schon ein Jahr hinterherhinkt … na ja, ich weiß wirklich nicht, was du jetzt mit ihr vorhast.«

»Ganz zufällig ist sie sehr gescheit«, entgegnete Quinta gereizt. »Die Schulpsychologin, zu der ich sie geschickt habe, hat das offiziell bestätigt.«

Schweigen.

»Du hast mir gar nicht erzählt, daß du sie zu einer Psychologin schicken wolltest. Ich nehme an, die Schule hat das veranlaßt. Das ist gewöhnlich der erste Schritt, den man ergreift, um Problemkindern zu helfen.«

»Phoebe ist kein Problemkind.«

»Schrei mich nicht an«, wies Pauline sie ärgerlicherweise

zurecht. »Du verlierst immer gleich beim geringsten Anlaß die Beherrschung, und ich versuche schließlich nur, dir zu helfen. Übrigens, der Grund, warum ich angerufen habe – könntest du heute nachmittag Peter für mich abholen? Er wartet dann in der Kathedrale auf dich. Er hat jetzt als Chornovize angefangen, und es macht ihm großen Spaß. Gavin muß bis zur Abendandacht bleiben, aber Peter hat nur Probe, er singt noch nicht in der Messe. Obwohl ich ja sagen muß, daß er den anderen Novizen weit voraus ist, ich bin überzeugt, daß Simon Praetorius ihn eher in den Chor aufnehmen wird als alle anderen. Wenn du ihn mit zu dir nach Hause nimmst und ihn zum Tee dabehältst, komme ich später vorbei, nachdem ich Gavin um Viertel nach sechs abgeholt habe. Ich kann Peter nicht früher abholen, weil ich tagsüber in Leeds bin, wegen einer Komiteesitzung.«

Quinta fragte nicht nach Einzelheiten. Pauline mußte während einer Komiteesitzung zur Welt gekommen sein, dachte sie gehässig, so unerbittlich tüchtig und energisch schritt sie durchs Leben – ekelhaft.

»Tut mir leid«, sagte sie, »aber das geht nicht. Phoebe hat heute Musikunterricht, und da will ich zu Hause sein.«

»Unsinn, das kann gar nicht sein«, gab Pauline zurück. »Simon Praetorius ist doch ihr Lehrer, oder nicht? Ich muß sagen, es ist sehr großzügig von ihm, sich diese Mühe zu machen. Normalerweise nimmt er nur erstklassige Klavierschüler, mußt du wissen. Heute nachmittag probt er mit den Jungen in der Kathedrale. Du mußt da was durcheinandergebracht haben.«

»Sie nimmt Cello-Unterricht«, sagte Quinta.

»Cello-Unterricht! Seit wann spielt Phoebe denn Cello? Das kannst du dir doch gar nicht leisten, und außerdem ist es dem armen Kind gegenüber nicht fair. Sie leidet an Konzentrationsschwäche, und Saiteninstrumente verlangen besondere Fähigkeiten. Meine Jungs müssen hart arbeiten, um ihre Instrumente zu beherrschen, und sie sind beide musikalisch hochbegabt.«

Quinta holte tief Luft und trat grimmig nach einem Holzscheit, das vor ihr auf dem Fußboden lag.

»Wie dem auch sei, Phoebe hat heute Cello-Unterricht, und den Termin kann ich nicht verschieben, weil wir uns danach richten müssen, wann Sylvester in Eyot ist ...«

In der Leitung gab es eine mittlere Explosion.

»Sylvester? Sylvester Tate?« fragte Pauline ungläubig. »Der gibt Phoebe Unterricht? Ist ja nicht zu fassen!«

»Ganz zufällig hält er dieses begriffsstutzige, zurückgebliebene Kind für ein vielversprechendes Talent, und der Anstoß zu dem Unterricht ging von ihm aus, nicht von mir«, sagte Quinta. »Kurz und gut, es gut mir sehr leid, aber ich kann dir Peter heute nachmittag nicht abnehmen.«

Kurz darauf kam Sam in die Werkstatt, wo Quinta aufgebracht Papierblätter zerknüllte und damit die Zimmerdecke bombardierte.

»Ein stressiger Anruf?« erkundigte er sich.

»Pauline«, sagte Quinta. »Sie wollte mich mal wieder dazu nötigen, ihr einen Gefallen zu tun. Sie vollzieht auf die Minute genau meinen Tagesablauf nach, und anschließend zwingt sie mich zu tun, was immer ihr gerade in den Kram paßt. Ich will Peter nicht von der Kathedrale abholen, ich hab mit Alban und Phoebe schon genug am Hals. Aber sie hört einfach nicht zu. Sie redet immer weiter, bis man aus schierer Verzweiflung nachgibt.«

»Die werte Pauline sollte in die Politik gehen«, bemerkte Sam.

»Ich hasse sie«, sagte Quinta leidenschaftlich.

»Na bravo! Du machst dich, Quinta, bisher hast du dich noch nie dazu durchringen können, das zuzugeben. Komm, wir gehen ein Sandwich essen. Mittagspause.«

In der Kathedrale fühlte Quinta sich immer unwohl. Sie war eine Außenseiterin, gehörte nicht hierher. Nervös wich sie einem arroganten Kanonikus aus, der mit einem aufgesetzten Lächeln an ihr vorbeischwebte. Sein Blick ging durch jeden, der seinen Weg kreuzte, einfach hindurch.

Oje, dachte Quinta und tauchte hinter eine Säule ab. Eine der wartenden Mütter, die sie flüchtig kannte, kam zu ihr.

»Hallo, Quinta, was machen Sie denn hier? Ach, Sie holen bestimmt Paulines Kleinen ab. Warum haben Sie sich denn hinter der Säule versteckt, haben Sie Angst, gesehen zu werden? Wie geht's Phoebe?«

Quinta blickte sie argwöhnisch an, riß sich dann jedoch zusammen. Olivias Sohn war mit Phoebe zur Schule gegangen, bevor er in den Chor eintrat, und Olivia war immer nur freundlich zu ihr gewesen. Sie durfte sich nicht einreden, daß alle Mütter von Chorknaben so waren wie Pauline. Das war auch kaum möglich – eine Frau wie Pauline gab es gottlob nur einmal.

»Phoebe geht's bestens«, brachte sie mit annähernd normaler Stimme heraus. »Wie gefällt es Alexander im Chor?«

»Scheint ganz gut zu laufen, aber« – sie senkte die Stimme und schaute sich um, ob sie auch niemand hören konnte – »einige der anderen Eltern sind ziemlich merkwürdig, muß ich sagen.«

»Pauline zum Beispiel«, flüsterte Phoebe.

»Ja, sie ist ein ziemlich harter Brocken«, sagte Olivia. Sie hielt kurz inne. »Ähm – ich habe gehört, daß Phoebe in der Schule Ärger hat.«

»Scheint sich schnell rumgesprochen zu haben«, sagte Quinta traurig.

»Nehmen Sie es sich nicht so zu Herzen«, erwiderte Olivia. »Mit der Schulleiterin kommt keiner aus. Als ihr Vorgänger noch da war, gab's fast nie Probleme, mit ihm wäre Phoebe bestimmt gut ausgekommen. Aber, worauf ich eigentlich hinauswollte – Sie sollten Phoebe von dieser Schule runternehmen. Dort wird man ihr nur schaden.«

»Ja, Sie haben recht, ich bin zu derselben Überzeugung gelangt. Ich weiß bloß nicht, wo ich sie sonst hinschicken soll.«

»Die Cathedral School ist auch nicht der Weisheit letzter Schluß, die Leute schwören nur auf sie, weil die Kinder Schuluniformen tragen und die Lehrer mit Sir anreden. Wir sind ziemlich enttäuscht, bis auf den Gesangsunterricht. Allerdings geht das Gerücht, daß die neue stellvertretende Direktorin einige grundlegende Reformen durchsetzen wird.«

»Das freut mich für Sie und Alexander. Nur leider ändert das für mich nichts. Ich kann mir die Gebühren nicht leisten.«

»Nein, natürlich nicht. Vielleicht kann Phoebe sich ja für ein Stipendium bewerben, wenn sie größer ist. Sie ist doch ein helles Köpfchen, hab ich recht?«

»Die Schule ist nicht dieser Meinung, und Pauline auch nicht.«

»Pauline! In deren Augen ist doch keiner intelligent, ausgenommen ihre eigenen kleinen Lieblinge. Oh, da kommen sie ja. Rufen Sie mich doch mal an, Quinta. Ich weiß, daß Sie viel um die Ohren haben, aber es spricht doch nichts dagegen, daß wir uns samstags vormittags mal auf einen Kaffee treffen, oder?«

»Danke«, sagte Quinta. »Mache ich gern.«

Und das ist nicht nur so dahingesagt, dachte Quinta, während sie unter den kleinen Jungen, die durch das nördliche Querschiff zockelten, nach Peter Ausschau hielt. Olivias aufrichtige Freundlichkeit war erfrischend. Ich muß echt aufpassen, ich werd langsam paranoid, sagte sie sich, es gibt sehr viele Menschen, die an Phoebe glauben.

Peter kam zaghaft auf sie zu. »Hallo«, sagte er.

»Hallo, Peter«, erwiderte Quinta beschwingt. »Hat deine Mum dir gesagt, daß ich dich abholen komme?«

»Ja, sie sagte, daß sie bei Ihnen anruft, um Ihnen zu sagen, wann Sie da sein müssen. Können wir gehen? Am besten jetzt sofort, weil nämlich gleich die richtigen Chorknaben kommen.«

Er packte Quintas Hand und zerrte sie beinahe ins Freie. Dann ging er stumm neben ihr her, den Blick auf seine Schuhe geheftet. Als sie um die Ecke bogen, spürte Quinta dann, wie sich seine kleine Hand in die ihre schob. Aufmunternd drückte sie seine Finger. Auf einmal tat er ihr entsetzlich leid.

»Hast du was zum Umziehen dabei?« fragte sie, als sie bei ihr zu Hause ankamen. Sie musterte seine Schuluniform in ihrer ganzen Pracht. »Müßt ihr denn das ganze Jahr über diese Shorts tragen?«

»Ja, bis ich elf bin«, erwiderte Peter.

»Da wirst du im Winter aber ganz schön frieren.«

»Ja. Ich hab frische Klamotten in meinem Rucksack. Soll ich mich jetzt gleich umziehen?«

»Ja. Dann hättest du es bequemer. Phoebe ist gleich zurück, sie ist nur eben mit Mrs. Praetorius einkaufen gegangen.«

»Ist das die Mutter von Mr. Praetorius? Von unserem Mr. Praetorius?«

»Ja.«

»Oh«, sagte Peter.

»Ah, da sind sie ja schon.«

Quinta machte Peter und Lucy miteinander bekannt. Ernst schüttelte der Junge ihr die Hand. »Ich kenne Mr. Praetorius. Er arbeitet in der Kathedrale.«

»Ja, richtig.« Lucy warf einen Blick auf seine Shorts und runzelte die Stirn. »Was ist denn mit deinem Bein passiert, Peter? Hast du dich verletzt?«

Quinta trat zu ihnen und ging in die Hocke, um es sich anzusehen. An seinem Schienbein prangten dunkelrote Striemen. Bei diesem Anblick schrie sie leise auf.

»Peter, das muß ja furchtbar weh tun! Wie hast du denn das gemacht? Sieh mal, es blutet ja noch – oh, und auf deinem Strumpf sind auch Blutflecken.«

»Das ist in der Schule passiert«, berichtete Peter. »Tut ziemlich weh, ja.«

»Hat die Schulschwester dich denn nicht verarztet?« erkundigte sich Lucy.

»Ich war gar nicht bei ihr.« Peter senkte den Kopf. »Sie sagten, wenn ich das tue, dann … dann …«

Seine Stimme brach, und zwei dicke Tränen liefen ihm über die Wangen. Er schniefte heldenmütig. »Ist nicht weiter schlimm.«

»Komm schon«, sagte Quinta. »Raus mit der Sprache. Du bist jetzt nicht mehr in der Schule, und deiner Mutter wirst du es ohnehin sagen müssen. Ihr entgeht so was nie.«

»Ich sage ihr, daß ich ausgerutscht und hingefallen bin.«

»Und, war's so?«

Er schüttelte den Kopf. »Nein. So was machen sie im Chor immer. Sie tragen Schuhe mit Metallspitzen an der Sohle, manche jedenfalls, und sie halten dich fest und kratzen dir damit das Bein blutig.« Er schluckte tapfer. »Sie haben gesagt, wenn ich nur einen Mucks von mir gebe oder irgendwas verrate, kommt das andere Bein auch noch dran.«

Quinta sah Lucy entsetzt an. »Komm mit, Peter«, sagte sie. »Wir gehen jetzt mal ins Bad und schauen nach, ob wir eine Salbe dahaben.«

Als Peter brav hinterdreintrottete, kam Phoebe aus ihrem Zimmer herbeigestürzt.

»Hallo, Peter«, sagte sie. »Was ist denn mit deinem Bein los? Sieht ja scheußlich aus!«

»Dein Auge aber auch.« Interessiert musterte Peter ihr Auge, das sich mittlerweile violett verfärbte. »Wo ist das denn passiert?«

»In der Schule«, sagte Quinta.

»Bei mir auch«, sagte Peter.

Lucy nahm mit einer Tasse Tee Platz und schlug die Abendzeitung auf. »Hör dir das an«, sagte sie, als Quinta zurückkam. »Laut Kinderschutzbund gibt es immer mehr Fälle von Kindesmißhandlung.«

»Es ist nicht zu fassen«, erwiderte Quinta. »Und dabei weiß der Kinderschutzbund vermutlich nicht mal über sämtliche Spielarten Bescheid!«

»Du solltest Harriet von der Sache mit Peter erzählen«, riet Lucy nach einer Weile.

»Hältst du das wirklich für klug?«

»Ja. Ich glaube nicht, daß Harriet derlei Schikanen an ihrer Schule dulden wird, und so was scheint dort ja gang und gäbe zu sein.«

»Mmm. Peter sagt, Gavin hätte ihm erzählt, daß es allen so ergeht. Er freue sich schon darauf, zu den älteren Chormitgliedern zu gehören, weil er es dann den Kleinen so richtig zeigen könnte.«

»Du mußt Harriet auf jeden Fall einweihen«, sagte Lucy.

Phoebe schob Peter vor sich her ins Zimmer.

»Peter und ich wollen mit dem neuen Spiel spielen, das Harriet mir geschenkt hat. Wir wollen nicht draußen rumlaufen. Wegen unserer Wunden«, fügte sie wichtigtuerisch hinzu. »Und Peter will mir von dem Chor erzählen. Er sagt, daß die Priester in der Kathedrale alle total abgedreht sind.«

Peter nickte. »Das stimmt. Im Moment sind alle ganz aufgeregt, weil in vierzehn Tagen ein Bischof kremiert wird.«

»In vierzehn Tagen?« fragte Lucy überrascht. »Welcher Bischof ist denn gestorben? Ist es nicht etwas ungewöhnlich, vierzehn Tage mit der Beerdigung zu warten?«

Peter dachte angestrengt nach, dann hellte sich sein Gesicht plötzlich auf.

»Er wird nicht kremiert, sondern kastriert«, sagte er triumphierend.

Als Quinta und Lucy losprusteten, wirkte er gekränkt. »Es findet eine große Messe statt. Im Münster von York, und der Erzbischof hält sie.«

»Du bist wirklich zu blöde, Peter«, sagte Phoebe verächtlich. »Der Bischof wird *konsekriert*, das heißt geweiht. Ich hab's in der Zeitung gelesen. Komm mit.«

Quinta und Lucy lachten laut los, als die beiden Kinder verschwanden.

»Es geht um den neuen Bischof von Eyot«, sagte Lucy. »Simon sagte, die Inthronisation fände gegen Ende des Monats statt, aber natürlich muß er vorher noch geweiht werden.«

»Sylvester wäre die Kremierung mit Sicherheit lieber«, sagte Quinta. »Er hat nichts übrig für Bischöfe.«

»Gott, wie langweilig wird mir das Leben in Frankreich nach all dem erscheinen«, meinte Lucy.

Mir ganz bestimmt nicht, dachte Quinta bedrückt. Was sollte sie nur ohne Lucy anfangen? Harriet hatte versprochen, ihr zu helfen, wo sie nur konnte, aber sie hatte nicht nur ihre Arbeit, sondern auch ihr Lauftraining zu bewältigen, zwei bis drei Stunden täglich, wie sie Quinta erzählt hatte. Ihr kam das wie der reine Wahnsinn vor, und Alban hatte sich über die Sinnlosigkeit dieses Sports ereifert, aber Harriet hatte nur lachend erwidert, daß manche Menschen sich ihren Kick durch Komponieren verschafften und andere eben durch Laufen – und wie öde es wäre, wenn alle das gleiche mit ihrer Zeit anfangen wollten.

Alban hatte sich noch unleidlicher aufgeführt als sonst, und als seine Mutter ihn darauf einschwören wollte, sich eine Pflegerin zu nehmen, ging er in die Luft.

»Nein, ich will keine Pflegerin im Haus haben – irgend so eine dumme Person, die ich nicht kenne und die mit mir redet, als wäre ich ein Fünfjähriger, mir sagt, wann ich was tun darf … Nein, nein und abermals nein. Quinta kann zu Hause bleiben und sich um mich kümmern. Ich brauche jemanden, der mich und meine Arbeit versteht.«

»Quinta hat schon einen Job«, wandte Lucy ein.

»Den kann sie an den Nagel hängen. Phoebe ist momentan ja auch zu Hause. Quinta kann hierbleiben und sich um uns beide kümmern. Ich begreife nicht, warum du solch einen Wirbel machst.«

»Alban«, begann Quinta, bemüht geduldig. »Ich kann meinen Job nicht einfach so aufgeben. Gustav würde sich Ersatz suchen, und dann hätte ich keine Arbeit mehr, wenn du wieder auf den Beinen bist. Und was soll ich dann anfangen?«

»Mich heiraten«, sagte Alban aufgebracht. »Ich weiß nicht, warum du dich nach all diesen Jahren so anstellst, wo es doch so einfach ist. Wenn du mich heiratest, brauchst du deinen erbärmlichen kleinen Job nicht mehr. Ich verdiene genug Geld, du brauchst nicht unbedingt zu arbeiten. Und Phoebe könnte eine ordentliche Schule besuchen.«

»Aber ich will dich nicht heiraten«, schrie Quinta. Sie holte tief Luft, um die Beherrschung wiederzuerlangen. »Und für dich mag es vielleicht ein ›erbärmlicher kleiner Job‹ sein, aber ich verdiene damit genug zum Leben, und die Arbeit macht mir Spaß. Und jetzt, wo ich selbst Instrumente baue ...«

»Ach, werd endlich erwachsen«, sagte Alban gereizt. »Niemand will kaufen, was du herstellst – du lebst doch in Wolkenkuckucksheim. Na schön, Lydia hat dich gebeten, einen Baß für sie zu bauen – na und? Das war doch bloß aus Mitleid. Ich habe dir ja gesagt, daß es reine Zeitverschwendung ist, wieder aufs College zu gehen, aber du bist ja so verflixt stur. Du weißt es immer besser.«

»Genau so ist es«, warf Lucy gleichmütig ein. »Sie weiß am besten, was gut für sie ist; was nicht unbedingt bedeutet, daß es auch das beste für dich ist. Du bist genau wie dein Vater – ein Egoist durch und durch. Und nein, daß du Komponist bist, entschuldigt dein verheerendes Benehmen keineswegs. Ich schäme mich für dich. Wenn du dir keine Pflegerin suchst, dann werde ich es tun, aber ich lasse nicht zu, daß du Quinta derart schikanierst.«

Sowohl Lucy als auch Quinta wußten nur zu gut, daß Lucy so viele Pflegerinnen engagieren konnte, wie sie nur wollte – Alban würde sie sich vom Hals schaffen, sobald sie nach Frankreich zurückgekehrt war, und Quinta so lange unter Druck setzen und quälen, bis sie ihren Job aufgab.

Quinta versuchte, vernünftig zu argumentieren. »Phoebe ist ja nicht die ganze Zeit zu Hause«, wandte sie ein. »Morgens geht sie zu Mrs. Maddox, um Mathe und Physik zu lernen. Außerdem hat die gesagt, daß sie Phoebe auch an einem oder zwei Nachmittagen die Woche nehmen kann. Bleiben nur noch drei oder vier Nachmittage übrig, an denen wir sie unterbringen müssen; dann kann sie auch in den Laden kommen. Sam hat nichts dagegen.«

»Oh, äußerst professionell«, höhnte Alban, »seine Kinder mit zur Arbeit zu nehmen!«

Quinta errötete. »Ich versuche nur, alles zu deinem Vorteil zu regeln. Mrs. Gridlock ist bereit, morgens um acht zu kommen, damit ich frühzeitig losfahren kann, und …«

»Ich dulde dieses geschwätzige Weib nicht in meiner Nähe«, erklärte Alban. »Diese Vereinbarung kannst du gleich wieder aufkündigen.«

Hilfesuchend wandte Quinta sich an Lucy, die nur die Augen verdrehte und vielsagend die Achseln zuckte.

»Wir sprechen später noch mal darüber«, sagte sie und hielt Quinta die Tür auf.

»O nein, wir sprechen nicht mehr darüber, weil es nichts mehr zu besprechen gibt«, rief Alban ihnen nach.

In der Küche fanden sie Titus vor. »Hallo«, sagte er. »Ihr habt mich nicht kommen hören, weil Alban so gebrüllt hat. Die Tür war nicht abgesperrt, deshalb bin ich einfach reingekommen. Ich hoffe, es stört euch nicht.«

»Nein, natürlich nicht«, sagte Lucy. »Ach, Alban ist einfach unmöglich. Er besteht darauf, daß Quinta ihren Job aufgibt. Denn das wäre die Konsequenz, wenn sie zu Hause bliebe, um ihn in seinem Rollstuhl herumzukutschieren und Botengänge für ihn zu erledigen. Er sagt, daß den ganzen Tag jemand um ihn sein müsse, vielleicht solle er ja lieber nach London gehen. Die Arme täten ihm weh, wenn er den Rollstuhl selbst fortbewegt, und was, wenn er etwas braucht und das Haus nicht verlassen kann …«

»Ja, das habe ich bedauerlicherweise mitbekommen«, sagte Titus. »Man hätte es schwerlich überhören können«, fügte er dann trocken hinzu. Sein Ton war zwar höflich, sogar freundlich, aber innerlich schäumte er vor Wut. Diesmal hatte es ihm noch mehr zugesetzt.

Er konnte es nicht ertragen, mit anzusehen, was Quinta hier durchmachen mußte.

Zum ersten Mal in seinem Leben setzte ihm das Leiden eines anderen Menschen wirklich zu – und das ist viel schlimmer, als wenn ich selbst traurig wäre, dachte er, denn was kann ich schon dagegen tun?

Er zog einen Stuhl für Lucy heran. »Nehmen Sie Platz«, sagte er. »Ich habe eine Idee.«

»Genial, Titus ist einfach genial«, schwärmte Lydia. Sie drehte das Telefonkabel zu einem festen Knoten. »Das ist die ideale Lösung.«

»Ja, nicht wahr?« sagte Quinta fröhlich. »Obgleich du nach ein paar Tagen in Albans Gesellschaft vielleicht anders darüber denkst. Hör mal, ich rufe Titus an und frage ihn, ob er dich jetzt gleich abholen kann, ja? Er hat es angeboten. Ob deine Großmutter etwas dagegen haben wird?«

»Das ist dann ihr Problem«, entgegnete Lydia. »Aber wenn Titus mich abholt, wird sie sich schon wieder abregen. Er hat so viel Charme, daß er Großmama mit Leichtigkeit um den kleinen Finger wickeln kann.«

»Gut«, sagte Quinta. »Na, dann hoffe ich nur, daß er nicht gerade mit einer seiner reiferen Frauen beschäftigt ist.«

»Bestimmt nicht«, meinte Lydia. »Es geht das Gerücht, daß er auf die Frau des Bischofs scharf sein soll ...«

»Oh.« Quinta versetzte es einen Stich ins Herz. »Auf Faustina? Sie ist sehr attraktiv.«

»Ja, aber trotzdem zu alt für ihn«, fuhr Lydia fort. »Offenbar sind sie schon sehr lange befreundet. Was wohl der Bischof davon halten mag? Na ja, vermutlich ist es ohnehin nur böswilliger Klatsch, ich finde, sie wirkt viel zu vernünftig, um in einer Stadt wie Eyot über die Stränge zu schlagen. Da könnte man seine Geschichte ebensogut gleich an die *News of the World* verkaufen! Dann gehe ich jetzt mal und verklickere Großmama die erfreuliche Neuigkeit. Bis später.«

»Tschüs.«

»Du bist fast so chaotisch wie ich«, sagte Quinta später an diesem Abend, als sie die Schnallen eines zum Bersten vollen Koffers öffnete. Der Deckel sprang hoch, und mehrere Bücher glitten auf den Boden.

Darunter lagen ein Stapel Unterwäsche, weitere Bücher, Noten und Modeschmuck.

»Und diverse Paar Wollsocken«, sagte Quinta und hielt sie in die Höhe.

»Ich hab die Sachen einfach wahllos in den Koffer gestopft. Ich wollte meine Zeit nicht damit verschwenden, erst noch zu sortieren, zumal hinterher ohnehin alles wieder ausgepackt wird. Hier, wirf das alles einfach in eine Schublade, ich schaffe dann später Ordnung.«

»Wer's glaubt«, sagte Quinta.

»Doch, spätestens dann, wenn ich etwas brauche und es nicht finden kann«, erwiderte Lydia gutgelaunt. »Oh, welch großes Glück – ich kann's nicht fassen, daß ich Großmama entkommen bin. Und dann noch an einen Ort, wo ich mich mit Adam treffen kann. Bravo, Titus. Ein genialer Vorschlag!«

»Freu dich nicht zu früh, vielleicht wirst du es ja noch bereuen«, sagte Quinta.

Quinta war ungeheuer erleichtert, daß Lydia gekommen war, um sich an ihrer Stelle um Alban zu kümmern. Es machte ihr nicht mal etwas aus, daß Lydia ständig über das Problem Adam brütete. Kaum hatte sie das Haus ihrer Großmutter verlassen, war Adam wieder aufgetaucht. »Was eigentlich schade ist«, meinte Harriet hintergründig.

Lydia war zwar nicht sicher, ob sie mit Adam wieder an dem Punkt anknüpfen wollte, an dem sie sich getrennt hatten, aber es freute sie doch. »Siehst du!« jubilierte sie. »Wußte ich's doch! Er hat sich nur von Großmama ins Boxhorn jagen lassen. Sie hinkt ihrer Zeit hoffnungslos hinterher; sie versteht einfach nichts von jungen Menschen.«

»Ich dachte, sie mag Felix und Zoe nicht«, warf Quinta ein.

»Zeugt das nicht von einem gewissen Verständnis für die jüngere Generation?«

»Nein, das war ein Ergebnis des Scharfblicks und der Urteilsfähigkeit, die man sich automatisch mit den Jahren erwirbt.«

»Du legst dir alles so zurecht, wie es dir gerade in den Kram paßt«, sagte Quinta.

»Papperlapapp«, gab Lydia zurück. »Auf jeden Fall ist Adam im Moment der einzige Mann in meinem Leben, also will ich auch was von ihm haben. Er hat mich für morgen abend zu einer Party eingeladen. Ich brauche unbedingt was Tolles zum Anziehen. Ich glaube, ein Einkaufsbummel ist fällig.«

Sie schaute in Quintas besorgtes Gesicht. »Nein, keine Angst, Alban hat gesagt, daß er mich morgen abend nicht braucht, und außerdem kommt Harriet, um Phoebe Englischunterricht zu geben. Das heißt, daß ich morgen nicht die Aufgaben mit ihr durchgehen muß, die Mrs. M. ihr aufgedrückt hat.«

»Das habe ich nicht gewollt«, sagte Quinta schnell. »Ich bin dir so dankbar für alles – du brauchst Phoebe nicht noch zu unterrichten.«

»Es macht mir aber Spaß«, sagte Lydia. »Es gefällt mir, ihr was über Geschichte und Geographie beizubringen. Ja, ich denke inzwischen, daß es mir gefallen würde, als Lehrerin zu arbeiten, zu meinem eigenen Erstaunen. Dennoch gehe ich mal davon aus, daß diese Anwandlung vorübergehen wird, wenn ich eine Zeitlang gar nichts tue. Das geht all meinen guten Vorsätzen und Interessen so.«

Quinta lachte. »Mach dich nicht schlechter, als du bist, Lydia. Es wird sicher Spaß machen, durch die Läden zu ziehen und Klamotten anzuprobieren.«

»O ja«, sagte Lydia. »Es muß ein ganz schrilles Outfit sein. Adam hat gesagt, ich soll mich auf eine ziemlich wilde Party gefaßt machen.«

»Im Ernst?« fragte Daphne. »Davon höre ich zum ersten Mal.«

»Ich auch.« Marjories Ton besagte, daß nicht stimmen konnte, was sie nicht gehört hatte.

»Sie ist gestern mit Sack und Pack bei ihnen eingezogen. Sogar ihren Kontrabaß hatte sie dabei – welch ein merkwürdiges Instrument für ein junges Mädchen. Mehrere Taschen und Kisten ... Titus Croscombe hat ihr geholfen, alles in seinen schicken Wagen zu laden, und sie anschließend nach Manor House gefahren.«

Marjorie warf Wyn einen kurzen Blick zu und schnippelte energisch an einem großen Zweig Grün. »Soso«, sagte sie und beförderte die Überreste in den großen Eimer für den Biomüll. »Wenn Lucy Praetorius nach Frankreich zurückkehrt, wohnt Alban Praetorius demnach allein mit zwei jungen Mädchen zusammen. Falls zutrifft, was du sagst.«

»Es ist wahr«, sagte Wyn fest. »Die Schraube an diesem Ständer hier klemmt. Ist ein Küster hier irgendwo in der Nähe? Vielleicht hat einer von ihnen WD40 zur Hand.«

»Was ist denn WD40?« fragte Daphne, die am Spülbecken stand und eine Armee hoher Vasen säuberte. »Das ist das Problem, wenn wir richtig große Sträuße zusammenstellen müssen: Alles ist staubig oder verrostet, weil es so selten benutzt wird.«

»Vermutlich war der Blumenschmuck im College, das der neue Bischof in Cambridge geleitet hat, eher dürftig«, gab Marjorie zu bedenken. »Wenn er hier eintrifft, wird er den Unterschied bemerken.«

»WD40 ist ein Spray, das man benutzt, wenn etwas klemmt«, erklärte Wyn. »Ah, da kommt ja ein Küster.«

»Ich bringe noch Blumenständer«, sagte der schwitzende Mann. Er stellte sie scheppernd auf den Fußboden. »Haben Sie schon das Neuste von Lady Wrays Enkelin gehört? Sie ist ihr ausgebüxt.«

»So kann man das wohl kaum ausdrücken«, sagte Marjorie. »Lydia ist zu Quinta gezogen, einer alten Schulfreundin.«

»Ich weiß, ich weiß.« Der Küster zwinkerte ihnen zweideutig zu. »Die Kleine, die mit dem Komponisten zusammenlebt. Sieht übrigens nicht schlecht aus. Ich hätte nichts dagegen, wenn sie bei mir unterschlüpfen würde, das kann ich Ihnen sagen.«

Er war entschieden zu weit gegangen. Drei Augenpaare durchbohrten ihn mit vorwurfsvollen Blicken, und er trat hastig den Rückzug an.

»Also wirklich! So etwas zu sagen, und obendrein in der Kathedrale!« empörte sich Daphne.

»Da sieht man mal wieder, wohin ein lockerer Lebenswandel führt«, sagte Marjorie mit Genugtuung. »Das hat einen schädlichen Einfluß auf das ganze Umfeld. Zwei Menschen leben in wilder Ehe zusammen, und schon glauben ungebildete Leute wie der Küster, es sei zulässig, geschmacklose Bemerkungen zu machen ... Man weiß nie, wie weit sich die Seuche ausbreitet.«

»Wie im Harem«, sagte Wyn verträumt, die wieder einmal in ihrem orientalischen Palast weilte.

»Im Harem?« fragte Marjorie streng.

»Ja, Alban Praetorius und die beiden jungen Frauen ... der Prinz und die Jungfrauen ...«

»Wyn, ich muß mich wirklich wundern! Siehst du? Sittenlosigkeit, moralischer Verfall, das ist das Problem. Niemand ist davor gefeit.«

»Außerdem glaube ich nicht, daß sie noch Jungfrauen sind«, warf Daphne ein. »Aber ich weiß, was du meinst, Wyn. Hast du *Die Wüstenprinzessin* gelesen? Oh, es ist eine hinreißende Geschichte. Ich leihe es dir, wenn du es noch nicht kennst.«

»Daphne!« Marjories Aufschrei hallte in dem kleinen Blumenzimmer wider. Daphne zuckte schuldbewußt zusammen, schniefte und entschuldigte sich. Dann schrubbte sie so eifrig an den Vasen herum, daß das schmutzige Spülwasser über den Rand des Spülbeckens schwappte.

Marjorie rümpfte die Nase. »Ich denke, jetzt sollten wir erst mal einen Kaffee trinken und später dann in die Bischofskapelle gehen, um ein kurzes Gebet zu sprechen, bevor wir uns dem

Blumenschmuck zuwenden«, sagte sie. »Die Weihe eines neuen Bischofs heiligt jede Kathedrale, und ich finde, der Blumenschmuck sollte nur von jenen gestaltet werden, die keine unreinen Gedanken hegen.«

»Da könnte in der Kathedrale leicht gähnende Leere herrschen«, murmelte Wyn.

»Wie bitte?« fragte Marjorie. »Was hast du gesagt? Sprich lauter.«

»Ich sagte, ich nehme heute mal zwei Stück Zucker – danke, Marjorie. Ich muß bei Kräften bleiben.«

19. Kapitel

Lydia schob Alban im Affentempo über die kopfsteingepflasterten Straßen. Er hielt sich grimmig fest und rief ihr zu, sie solle endlich langsamer gehen und um Gottes willen aufpassen. Lydia dachte nicht daran, ihm zu gehorchen.

»Wenn ich langsamer gehe, kommen wir zu spät zu deinem Termin, und die Ärzte und Physiotherapeuten haben Besseres zu tun, als auf dich zu warten und Däumchen zu drehen.«

»Da sieht man mal wieder, daß du nie krank warst. Es ist genau andersrum. Die Patienten sind es, die stundenlang warten müssen, nicht das Krankenhauspersonal«, entgegnete Alban aufgebracht.

Mit einem letzten energischen Schlenker beförderte Lydia den Rollstuhl durch die Schwingtür des Eyot General Hospital und stellte Alban am Empfang ab. Die alte Dame, die dort Dienst tat, war ein Fan von ihm und strahlte ihn freudig an.

»Wie schön, Sie wiederzusehen, Mr. Praetorius – und obendrein pünktlich auf die Minute. Sie sind wirklich ein braver Junge.«

Alban war sprachlos. Er warf ihr einen finsteren Blick zu, als sie Lydia mitfühlend zunickte. »Ich schätze, er hat Schmerzen? – Na ja, heute ist die Physiotherapie dran, nicht wahr? Danach wird es Ihnen viel besser gehen.«

»Ich glaube, vorher hat er noch einen Termin bei seinem Arzt«, sagte Lydia, die sich das Lachen verbeißen mußte.

»Ja, Sie haben recht, meine Liebe. Wollen Sie ihn begleiten?«

»Nein. Ich habe leider noch etwas zu erledigen.«

»So ist's richtig«, sagte Alban gereizt. »Laß mich ruhig im Stich, wenn ich am hilflosesten bin.«

»Unsinn. Hier kommst du hervorragend klar. Es sind jede Menge Leute da, um dich in der Gegend rumzuschieben, wenn du Hilfe brauchst. Aber das schaffst du auch prima allein. Du hast doch ein Buch dabei für den Fall, daß du irgendwo warten mußt?«

»Natürlich werd ich warten müssen – vermutlich den lieben langen Tag. Du kannst mir eine Zeitung besorgen, bevor du gehst.«

»Bitte reiß dich zusammen«, zischelte Lydia, lächelte ihn jedoch zuckersüß an. Sie wollte vor der Empfangsdame nicht das Gesicht verlieren.

»Sie können ihn gegen fünf wieder abholen«, sagte die Frau. »Und keine Sorge, er ist bei uns in guten Händen.«

»Davon bin ich überzeugt«, erwiderte Lydia.

Lydia ging leidenschaftlich gern einkaufen, und obwohl die Läden von Eyot nicht die breite Auswahl von London oder Oxford zu bieten hatten, brachte sie einen vergnüglichen Tag zu. Sie suchte etwas Besonderes, um Adam von dieser gräßlichen kleinen Zoe wegzulocken. Nachdem sie fündig geworden war, trieb sie sich noch lange in der Stadt herum, auf der Suche nach Kleinigkeiten, die ihren Aufzug ergänzen konnten.

Es war feucht, die Luft warm und schwer. Ein Gewitter, dachte Lydia, als sich mit verblüffender Geschwindigkeit dunkle Wolken über der Stadt zusammenballten. Hilfe! dachte sie dann, als dicke Regentropfen auf den Gehsteig klatschten.

Zusammen mit mehreren anderen Leuten, denen die dunklen Wolken und immer dichter herabfallenden Regentropfen nicht geheuer waren, sprintete sie zur Kathedrale. Sie schaffte es gerade noch die Stufen hinauf zum Westportal, bevor die Schleusen sich öffneten und ein wahrer Wolkenbruch herunterkam.

Lydia tauchte in die stille Dunkelheit des Kirchenschiffs ein. Hoch oben konnte sie den Regen aufs Dach trommeln hören. Ein Wärter hinter einem Schreibtisch, auf dem ein großes Willkommensschild stand, schaute auf und musterte sie argwöhnisch. Hastig flüchtete Lydia den Mittelgang entlang und wich dort einer Gruppe verwirrter japanischer Touristen aus, die soeben über die schicklicheren Details von Guilleberts Lebensweg informiert wurden.

Sie blickte sich nach einer Sitzgelegenheit um, doch die Bänke im Kirchenschiff waren mittels einer Kordel abgesperrt. Als sie langsam weiterging, gab ihr ein freundlicher Küster den Tip, daß der Chor geöffnet war. Dort könne die Miss die erlesenen Miserikordien bewundern; die wollten alle sehen.

Als Tochter eines Architekten wußte Lydia alles über Miserikordien und hatte nicht die Absicht, sich damit zu beschäftigen. Aber wo es Miserikordien gab, gab es auch Sitzplätze, deshalb betrat sie den Chor. Die Stühle der Kanoniker im Hintergrund sahen einladend aus, versprachen Ruhe und Abgeschiedenheit. Sie ließ sich in einem dunklen Winkel nieder, froh, daß sie die Beine ausstrecken konnte, und blickte zufrieden zu dem hohen Deckengewölbe hinauf.

Tief in ihre Gedanken versunken, merkte sie gar nicht, wie der Küster zurückkam, um vor der Chorprobe die Touristen zu verscheuchen. Sie erwachte erst aus ihrer Trance, als die Orgel grollend ertönte. Ruckartig kam sie zu sich und setzte sich auf, als eine Gruppe kleiner Jungen im Chorhemd hereindrängte und sich im Chor verteilte. Eine laute, herrische Stimme war zu vernehmen: Der älteste Chorknabe wies soeben einen sehr kleinen Jungen zurecht, weil eine Troddel an dessen Chorhemd lose herabhing.

Die Männer kamen hereingeschlendert, elegant und würdevoll in ihren dunkelroten Roben. Jetzt müßte Quinta hier sein, dachte Lydia, Titus sieht hinreißend aus in Rot. Er sollte sich einen Morgenmantel in diesem Stil zulegen – sehr flott. Als spüre er, daß er beobachtet wurde, schaute Titus plötzlich von den Notenblättern auf, die er sortierte, und begegnete Lydias Blick. Er hob eine Braue, zwinkerte ihr zu und konzentrierte sich dann wieder auf seine Noten. Simon kam flinken Schritts hereinspaziert und steckte seine Noten an dem Ständer fest.

»Wir beginnen mit dem ersten Psalm für heute abend,

meine Herren«, sagte er und hob die Hand als Zeichen für den Organisten.

Lydia sah und hörte zu, fasziniert von der Professionalität, mit der die kleinen Jungen sich vor ihren Augen in geschulte Sänger verwandelten. Von Zeit zu Zeit schlug einer von ihnen auf das Pult vor sich und hob die Hand, während die anderen weitersangen. Das tun sie, wenn sie wissen, daß sie einen Fehler gemacht haben, erkannte Lydia. Wahnsinn!

»Nein«, rief Simon. »So nicht! Nein, nein und nochmals nein. Konzentriert euch. Ihr habt gerade gesungen ›Der Herr ist grau, und ewiglich währt seine Gnade.‹ Der Himmel mag grau sein, mein Haar mag grau sein – natürlich ist es das geworden, da ich ja mit euch arbeiten muß –, aber der Herr ist GROSS. O-S-S. Noch mal!«

Gefesselt hörte Lydia zu, wie sie sich die Psalmen erarbeiteten und das Magnificat sangen. Kaum war das Amen des Gloria verklungen, schlugen alle ein neues Notenheft auf, blätterten und fanden die richtigen Stellen schneller, als Lydia es jemals für möglich gehalten hätte. Vier Jungen eilten aus dem Chor und nahmen ihre Noten mit. Vermutlich gehen sie aufs Klo, dachte Lydia.

Eine Reihe von dissonanten Orgelakkorden kündigte einen Stimmungswechsel an; eine schaurige Stimme erhob sich zu einem seltsamen, bruchstückhaften Kyrie, der Chor erging sich in eindringlichem Rhythmuswechsel. Was war das? Lydia war wie elektrisiert, noch nie hatte sie in der Kirche derart aufregende Musik gehört. Eine Trompetenfanfare erscholl. Erschrocken blickte Lydia zur Orgelempore hinauf, wo ein einsamer Musiker stand, die Trompete in der Hand. Vier helle Stimmen wehten durch den Chor. Die vier Jungs von vorhin waren mitnichten aufs Klo gegangen. Sie standen in einer kleinen Galerie unter dem Triforium und behielten Simon Praetorius scharf im Auge. Vollendet, dachte Lydia.

Titus war nicht dieser Meinung. Er gab Simon ein Zeichen, der den Sängern aufzuhören bedeutete. »Was ist denn jetzt wieder?« wollte er wissen. »Müßt ihr immer unbedingt unterbrechen? Uns bleibt ohnehin nicht genug Zeit für die Proben.«

»Das Tempo«, sagte Titus kurz. »Ich glaube nicht, daß dieses Tempo paßt.«

»Ich habe das Tempo vorgegeben«, sagte Simon und warf einen Blick auf seine Partitur.

Lydia sah, wie einige der Männer die Köpfe zusammensteckten. Einer der Chorknaben lachte und wurde sogleich von einem größeren Jungen, der neben ihm stand, zum Schweigen gebracht.

»Ich habe das hier mit Alban zusammen gesungen«, fuhr Titus fort. »Er hat es viel schneller gespielt. Und es steht auch ›mit mehr Tempo‹ drauf.«

Simon schob sich hektisch das Haar aus der Stirn. »Oh, na schön, wie du meinst«, sagte er gereizt. »Schließlich bin ich ja nur der Chorleiter, schaffen wir einen demokratischen Chor, wo jeder seinen Senf dazugibt.«

Er hob erneut die Hände. »Noch mal von vorn ...«

Schneller gespielt, klang es besser. Offenbar hatte Titus recht gehabt, dachte Lydia zerstreut. Ihr Inneres war in heillosem Aufruhr: Hatte Alban dieses Stück geschrieben? Sie war überwältigt. Natürlich hatte sie schon andere Werke Albans gehört, auf Schallplattenaufnahmen, aber das hier war anders. Weil sie ihn jetzt kannte? Oder weil die Musik so überwältigend war und sie Alban für einen interessanten Mann hielt, ja, und für attraktiv obendrein, ihm aber nie und nimmer solch emotionalen Tiefgang, solche Ausdrucksfähigkeit zugetraut hätte.

Irrtum, sagte sie sich. Da hast du dich völlig verschätzt.

»Tut mir sehr leid«, sagte Titus nach der Probe in der Sakristei zu Simon, als sie sich für die Abendandacht umkleideten.

»Nein, ist schon gut«, sagte Simon finster. »Du hattest recht. Ich war nicht ganz bei der Sache. Ich weiß auch nicht, warum der Präzentor darauf bestanden hat, daß wir Albans

Venezianische Messe singen. Sie ist zu schwierig, die Leute werden nichts damit anfangen können. Und ich hasse sie leidenschaftlich. Ich hasse alles, was Alban jemals geschrieben hat.«

»Im Gegenteil, die Musik wird ihnen guttun, sie ein bißchen aufrütteln«, sagte Titus. »Liegt dir was Bestimmtes auf der Seele? Kann ich irgendwie helfen?«

»Nein«, sagte Simon schroff. Er spielte mit der weißen Seidenkapuze an seiner Robe. »Nein, verflixt noch mal. Es geht um Quinta, ich muß immerzu an sie denken, es treibt mich noch in den Wahnsinn. Und wenn ich so weitermache, wird mich das noch meinen Job kosten.« Er schaute Titus an. »Du verbringst viel Zeit dort – bist du nicht auch hingerissen von ihr?«

»Ich besuche Alban, um Schach mit ihm zu spielen«, erwiderte Titus ausweichend.

»Ja, und du darfst zu Besuch kommen. Vermutlich darfst du sogar am heiligen Dienstag und Donnerstag kommen, wenn sie mit Alban schläft. Ach, ich kann es nicht mehr ertragen!«

»Falls es dich irgendwie tröstet«, sagte Titus fast beiläufig, »ich glaube nicht, daß dienstags und donnerstags noch was passiert.«

»Wegen seines Beins?« fragte Simon. »Na, das ist ja wenigstens mal eine erfreuliche Nachricht.«

»Ich glaube eher, weil Quinta nicht will«, sagte Titus nachdenklich. »Und weil Alban eventuell anderweitig interessiert ist.«

»Was, an einer dritten, neben Quinta und Hermione?« fragte Simon bitter. »Na, großartig. Mir ist zwar daran gelegen, daß er sie in Ruhe läßt, aber einfach wegwerfen soll er sie auch nicht. Was soll dann aus ihr werden? Ich würde überall mit ihr hingehen, für sie sorgen, ihr geben, was immer sie will, aber davon will sie ja nichts wissen. Sie spricht nur immerzu davon, daß ich ein verheirateter Mann und Familienvater wäre. Natürlich bin ich das, aber ich glaube nicht, daß es eine Rolle spielen würde, wenn sie nur halb soviel für mich empfände wie ich für sie. Oder überhaupt irgend etwas.«

»Quinta hätte bestimmt Skrupel, mit einem verheirateten Mann auf und davon zu gehen«, sagte Titus, der flüchtig an all die verheirateten Frauen denken mußte, mit denen er ins Bett gestiegen war.

»Sie wird ohne Obdach dastehen, wenn sie nicht bei Alban bleiben will«, bemerkte Simon. »Dann wäre da noch Phoebe, sie würde nie etwas tun, das Phoebe Kummer bereitet. Außerdem kriegt sie ein mickriges Gehalt, sie kommt im Moment nur zurecht, weil sie für Alban den Haushalt schmeißt – aber was soll werden, wenn all das wegbricht? Sag du's mir.«

»Ich weiß es nicht«, erwiderte Titus und zog seine eigene Kapuze zurecht. »Ich habe nicht die geringste Ahnung.«

Auf das Unwetter am Vortag folgte ein wunderschöner Herbstmorgen. Die Farben des Laubs spiegelten sich in dem ruhigen Wasser, als Titus über die Brücke in die Altstadt schlenderte. Als er auf den St. Wulfstan's Platz gelangte, sah er eine vertraute Gestalt vor sich.

»Guten Morgen, Fausty.« Als Titus sie eingeholt hatte, ging er langsamer, um sich ihrem Schritt anzupassen. »Wieso bist du so früh schon unterwegs?«

»Ich habe Milo gerade zur Schule gebracht«, sagte Faustina. »Und jetzt gehe ich einkaufen.«

Lächelnd grüßte sie eine Frau in mittlerem Alter, die ihnen entgegenkam, einen hübschen runden Korb am Arm und in der anderen Hand eine Leine, an der sie einen hübschen kleinen Hund spazierenführte.

»Wer war das?« fragte Titus. »Kommt mir bekannt vor. Hab ich sie vielleicht mal irgendwann in der Kathedrale gesehen?«

»Schon möglich«, sagte Faustina. »Sie ist mit einem der Kanoniker verheiratet.«

»Ah, ja. Zuerst hab ich gedacht, sie wäre eines von den Kathedralen-Groupies.«

»Groupies?«

»Ja, du weißt schon, die Frauen jedweden Alters, die sich aus irgendeinem unerfindlichen Grund zu Männern im Priestergewand unwiderstehlich hingezogen fühlen. Eine schwarze Soutane versetzt sie in einen Zustand hilfloser Bewunderung, und angesichts eines Pluvials überläuft sie ein Schauer des Entzückens. Ja, Fausty, ich kann guten Gewissens behaupten, daß der Anblick selbst des unansehnlichsten Mannes in voller Kanonikermontur die niedrigsten Instinkte in ihnen weckt.«

Faustina mußte lachen. »Titus, du wirst immer alberner. Ich weiß Bescheid über Frauen, dic Geistliche bewundern, das kannst du mir glauben. Lennox hat stets etliche Anhängerinnen um sich. Er geht sehr geschickt mit ihnen um und ist sehr lieb zu ihnen.«

»Bist du nicht eifersüchtig, wenn du deinen Mann mit so vielen anderen teilen mußt?«

Faustina warf ihm einen blick zu. »Überhaupt nicht. Zumeist sind sie nicht mehr ganz jung, so daß er ohnehin nicht interessiert wäre, selbst wenn seine Position es erlauben würde.«

»Nein«, sagte Titus nachdenklich. »Er hatte immer schon eine Schwäche für die ganz Jungen, nicht wahr?«

»In den letzten paar Jahren hat er sich gebessert. Ich schätze mal, er hat gemerkt, wie hart am Wind er segelt.« Sie blieb stehen, um an einer Kreuzung den Knopf für die Fußgängerampel zu drücken.

»In welche Richtung gehst du, Titus?«

»In deine«, erwiderte er prompt.

»Ich will zu Marks & Spencers, um neue Unterwäsche für Milo zu kaufen. Er befürchtet, daß er sich das falsche Zeug besorgt hat und die anderen Jungs ihn im Duschraum auslachen werden.«

»O Gott, die Schrecken des Schuljungendaseins!« sagte Titus. »Hat es dir das Herz zerrissen, als du ihn am Schultor verlassen mußtest?«

»Überhaupt nicht«, sagte Faustina fröhlich. »Ich mag Milo, aber die Sommerferien sind für uns beide viel zu lang.«

»Und wohin soll's von M&S aus gehen?« erkundigte sich Titus.

»Zu einem Musikaliengeschäft«, sagte Faustina.

»Gut«, sagte Titus. »Dann ist Gustav dein Mann. Ich war auch gerade auf dem Weg zu seinem Laden.«

»Warum?« fragte Faustina argwöhnisch.

»Um zu stöbern«, sagte Titus neutral. »Bei der Gelegenheit können wir Quinta hallo sagen. Vielleicht zeigt sie uns ja, wie weit Lydias Kontrabaß gediehen ist.«

Faustina dachte, welches Glück Titus hatte, sein Leben so unbeschwert zu genießen. Ihn schien nichts aus der Ruhe zu bringen, er hatte keinerlei Sorgen. Mit seinem scharfen Verstand, der interessanten Arbeit, der glücklichen Fähigkeit, mit seinen Mitmenschen gut auszukommen, und einem lebhaften Interesse an allem, was um ihn herum vor sich ging, führte er ein angenehmes Leben. Das sagte sie ihm auch, und er lachte.

»Ach, aber du ahnst ja nichts von den drängenden Zweifeln, die im Morgengrauen mein Herz befallen. Wenn du dann nur bei mir wärst, Fausty, um meine gequälte Stirn zu kühlen ...«

»Ist ja alles schön und gut, Titus«, sagte Faustina, plötzlich ernst geworden. »Aber so kann es nicht weitergehen.«

»Wieso denn nicht?« Titus war ausnahmsweise beunruhigt.

»Weil man das Rad nicht zurückdrehen kann«, sagte Faustina. »Wie der Philosoph sagt: Man kann nicht zweimal denselben Fluß durchschwimmen.«

»Ich bin zutiefst skeptisch, was die Aussprüche von Philosophen anbelangt.«

»Ich weiß, daß du mühelos eine andere Frau finden kannst, der man ihr Alter nicht ansieht, Titus, aber ist es auch das, was du wirklich willst? Bist du nicht manchmal einsam bei dem doch recht seltsamen Leben, das du führst?«

»Fortwährend«, erwiderte Titus prompt, »wenn du nicht da bist.«

»Nein, spiel jetzt nicht den Frivolen. Denk mal darüber nach. Jetzt ist es natürlich noch schön und gut, aber wie wird es in zehn Jahren aussehen? Wirst du dann mit Endfünfzigerinnen schlafen? Werden die dann noch Interesse an dir haben, wenn sie so gepolt sind? Oder werden sie nicht vielmehr ein niedliches Spielzeug Anfang Zwanzig bevorzugen, rundum fest und straff und muskulös?«

»Ich bin kein Spielzeug«, sagte Titus, ernsthaft gekränkt.

»Nein, noch nicht, aber allmählich wird es so kommen.« Faustina hielt inne, um ein besonders hinreißendes Abendkleid im Schaufenster eines Ladens zu bewundern.

»Das Kleid würde dir prima stehen«, sagte Titus, um vom Thema abzulenken.

Aber Faustina ließ sich nicht beirren. »Meinst du nicht, daß du irgendwann mal ganz gern eine Frau, eine Familie haben würdest?«

Titus verzog das Gesicht. »Ich fürchte, ich bin für das stressige Leben eines Familienvaters nicht geschaffen. Ich finde Kinder zwar aus der Ferne wunderbar, habe aber beobachtet, daß sie von nahem äußerst anstrengend sind.«

»Eines Tages wirst du dich Hals über Kopf verlieben«, warnte Faustina. »In eine Frau, die noch jung genug ist, um einen ganzen Stall voller Kinder zu kriegen, und dann werden all deine raffinierten Liebschaften mit Frauen in einem gewissen Alter nur noch eine flüchtige Erinnerung sein. Außerdem ist es gut möglich, daß du schon Vater bist«, fuhr Faustina unerbittlich fort. »Woher willst du das wissen, bei deinem so bewegten Liebesleben?«

Titus blickte sie nachdenklich an.

»Da wären wir«, sagte Faustina.

»Dann gehe ich mal meine Zeitung holen«, sagte Titus artig, »anschließend warte ich hier auf dich. War das mit der Unterwäsche wörtlich gemeint, oder hast du vor, eine Zeitlang nach diesem und jenem zu stöbern?«

»Wörtlich«, sagte Faustina.

»Dann warte ich hier.«

Auf der Brücke blieben sie stehen, blickten zum Fluß hinunter und über das Bischofspalais und die Sportanlagen der Schule hinweg zu den fernen Hügeln.

»Herrlich.« Faustina seufzte tief, als sie weitergingen. »Ich liebe diese alten Kopfsteinpflastergassen. Hoffentlich werden sie nie asphaltiert.«

»Eyot hatte Glück. Das Herz der Stadt ist von der Manie der Sechziger, alles umzugestalten, verschont geblieben«, sagte Titus. »Sogar die Universität hat sehr wenig häßlichen Beton aus dieser höchst unerfreulichen Epoche brutaler Zerstörung vorzuweisen.«

»Hier geht's wohl sehr altmodisch zu.«

»Wenn es altmodisch ist, Kopfsteinpflaster zu erhalten, dann habe ich nichts dagegen«, meinte Titus.

»Fühlst du dich hier denn nicht eingeengt?« wollte Faustina wissen. »Nach Amerika oder auch nach Cambridge?«

»Ganz und gar nicht. Ich finde, daß diese Stadt erstaunlich lebendig ist, viel zu bieten hat – die Kathedrale, die Universitat, das Stadtzentrum. Man müßte schon ziemlich abgestumpft sein, um keinen Gefallen daran zu finden.«

Er blieb vor der Musikalienhandlung stehen. »Da wären wir. Dies ist Gustavs Laden.« Er hielt ihr die Tür auf.

Die Glocke bimmelte scheppernd, als sie hineingingen. Sam schaute auf und lächelte ihnen zur Begrüßung zu.

»Dies ist Faustina Lennox-Smith«, begann Titus. »Sie will sich an der Universität einschreiben, also seien Sie besonders nett zu ihr. Sie könnten eine gute Kundin gewinnen.«

Faustina war Titus dankbar dafür, daß er sie nicht als die Frau des Bischofs vorgestellt hatte. Sie vermutete zwar, daß Sam nur zu gut wußte, wer sie war, doch es war schön, wenigstens ein paar Minuten lang einfach nur eine Musikstudentin zu sein, statt ein bischöfliches Anhängsel.

»Ist Quinta da?« fragte Titus.

»Ich glaube nicht. Sie ist vor ein paar Minuten weggegangen. Sie mußte irgendwas besorgen, eine Chemikalie oder so.«

»Wie schade. Wir wollten uns Lydias Kontrabaß ansehen.«

Sam geriet ins Schwärmen. »Er ist fast fertig – ein prächtiges Instrument mit einer zauberhaften Schnecke! Sicher, man weiß nie, wie gut es ist, bevor nicht jemand darauf spielt. Bis dahin ist völlig offen, wie es klingt. Aber ich habe volles Vertrauen zu Quinta. Ich denke, daß der Klang dem äußeren Eindruck entsprechen wird. Geht ruhig nach oben und seht ihn euch an, wenn ihr hier fertig seid. Quinta wird sicher nichts dagegen haben.«

Titus lehnte sich gegen den Tresen und plauderte mit Sam, während Faustina ihre Liste konsultierte.

»Kommt Quinta jetzt besser zurecht, seit Lydia in Manor House logiert und als Rollstuhlschieberin des großen Komponisten fungiert?«

»Ja, klar. Sonst hätte sie schlecht arbeiten können, und diesen Job darf sie auf keinen Fall aufgeben. Heutzutage findet man in ihrem Beruf nur schwer Arbeit, selbst hier in Eyot, wo es so einige Musikalienhandlungen gibt.« Sam hielt inne und schüttelte den Kopf. »Andererseits kann ich nicht behaupten, daß sie so munter wie früher ist. Sie macht sich Sorgen um Phoebe, und außerdem hat sie das Gefühl, daß sie auf Dauer nicht bei Alban bleiben kann ...«

Faustina beobachtete sie aus den Augenwinkeln. »Was für Klatschbasen ihr Männer doch seid«, sagte sie. »Viel schlimmer als Frauen!«

»Ein bißchen Klatsch tut doch niemandem weh«, erwiderte Sam ernst. »Es ist doch positiv, sich dafür zu interessieren, wie es im Leben von Freunden aussieht.«

»Meinen Sie wirklich?« Faustina war skeptisch. »Vielleicht kommt es darauf an, welcher Natur dieses Interesse ist.«

»So lange man nicht schlecht über andere spricht, kann es nur Gutes bewirken«, sagte Sam.

»Leider ist Klatsch meiner Erfahrung nach meistens gehässig«, wandte Faustina ein.

»Ich habe noch nie irgendwas Gehässiges über Quinta gesagt«, beteuerte Sam. »Dazu habe ich sie viel zu gern.«

»Du auch?« fragte Faustina und musterte Titus forschend.

Sam fragte sich, was in ihr vorging. Den gleichen Gesichtsausdruck hatte er oft an seiner Mutter und seinen Schwestern gesehen, allesamt Frauen von geradezu ehrfurchtgebietender Resolutheit.

»Selbstverständlich«, erwiderte Titus leichthin.

»Hm. Ich habe, was ich brauche«, sagte Faustina. »Bist du auch soweit?«

Titus trat zu ihr. »Dann gehen wir nach oben, um einen Blick auf Quintas Baß zu werfen – wenn Sam sicher ist, daß Quinta nichts dagegen hat.«

»Kein Problem«, sagte Sam. »Geht ihr nur hoch und seht euch den Drachenbaß an.«

»Den Drachenbaß?« wiederholte Faustina, als sie Titus die Treppe hinauf folgte. »Was meint er damit?«

Als sie dann oben ankam und die Werkstatt betrat, war ihr sofort klar, wie er das gemeint hatte.

»Meisterhaft«, sagte sie. »Ich hatte ja keine Ahnung, daß Quinta dermaßen künstlerisch begabt ist.«

Titus ging schweigend um den Baß herum, der in der Mitte des Raums an einen Ständer gelehnt war.

»Genial«, sagte er schließlich. »Ich möchte nur zu gern wissen, was ihr durch den Kopf gegangen ist, als sie das Instrument gebaut hat.«

Sam war ihnen in die Werkstatt gefolgt. Er war neugierig auf ihre Reaktion.

»Das kann ich Ihnen sagen«, erwiderte er. »Quinta hat bei Joseph Campbell gelesen, daß wir alle unsere eigenen Drachen erschlagen müßten. Keine wirklichen Drachen natürlich, davon gibt's in Eyot ja gottlob nicht so viele. Nein, innere Drachen: Ängste, Unsicherheiten und so weiter, die uns daran hindern, uns zu entfalten. So ging es Quinta mit dem Instrumentenbau. Sie dachte, sie könne es nicht, jedenfalls nicht professionell. Als sie schließlich den Mut aufbrachte, ein Projekt in Angriff zu nehmen, hat sie deshalb die Schnecke in Form eines Drachenkopfes geschnitzt.«

Zärtlich fuhr er mit der Hand über das glänzende Holz.

»Dies wird immer ein ganz besonderes Instrument für Quinta sein. Und es ist ein Segen, daß es für eine Freundin bestimmt ist. So wird sie es nicht ganz und gar verlieren, verstehen Sie. Und ich bin überzeugt, daß es auch einen wunderbaren Klang haben wird, wenn es erst besaitet ist. Kann gar nicht anders sein, es steckt so viel Herzblut darin.«

»Keine sehr wissenschaftliche Annahme«, sagte Titus. »Zumal Klang eine Frage der Physik ist, nicht der Kunst.«

»Ich würde sagen, beides«, erklärte Faustina entschlossen. Sie schaute sich die Zeichnung des Bischofskopfes an, die Quinta an ein Schwarzes Brett geheftet hatte. »Titus, sieh dir das mal an.«

»Erinnert mich an irgend jemanden«, sagte Titus.

»Ja«, sagte Faustina. »An Lennox.«

»An Lennox?« Titus war ganz baff. Er trat einen Schritt zurück und kniff die Augen zusammen, um die Zeichnung genauer in Augenschein zu nehmen. »Großer Gott, du hast recht. Sie muß irgendwo ein Bild von ihm gesehen haben. Sie hat ihn so gezeichnet, wie er nach seiner Amtseinführung aussehen wird, komplett mit Mitra.«

»Ja«, sagte Faustina. »Oder aber sie ist ihm begegnet.«

»Wäre durchaus möglich. Aber ich bezweifle es. Sie kommt nicht viel herum.« Er lachte. »Es ist ein Meisterwerk, Faustina. Du solltest es kaufen, rahmen lassen und Lennox zu Weihnachten schenken!«

»Ich glaube nicht, daß Lennox sich gern als Wasserspeier sehen würde«, erwiderte Faustina ein wenig zerstreut.

Titus warf ihr einen Blick zu. »Ich finde, es ist eher eine Groteske.«

»Stimmt, der Begriff paßt besser.«

Als sie zur Tür gingen, blieb sie noch einmal stehen und warf einen letzten Blick auf den Kontrabaß und auf die Zeichnung des Bischofskopfs.

»Da fällt mir was ein«, sagte sie. »Titus, wie alt ist Quinta eigentlich?«

»Sechsundzwanzig, glaube ich. Es muß so sein, weil Phoebe

etwa acht Jahre alt ist. Von ihrem Aussehen her läßt sich das schwer einschätzen. Man achtet mehr auf ihre Fröhlichkeit, ihre Ausstrahlung, ihre Persönlichkeit als auf ihr Alter. Aber für ihr Alter hat sie ein sehr reifes Gesicht. Viel interessanter als Lydia.«

»Lydia ist eine Schönheit«, sagte Faustina. »Quinta ist ein Original. Du meine Güte, so jung und so begabt. Ich beneide sie richtig, weißt du. Trotz allem, was sie durchgemacht hat.«

»Ich weiß zwar nicht genau, was du meinst«, erwiderte Titus liebenswürdig, »aber ich bin ganz deiner Meinung. Ich bin ein glühender Bewunderer Quintas.«

Faustina lächelte ihn liebevoll an. »Einer von vielen, nehme ich an.«

»Oh«, sagte Titus. »Meinst du?«

»Ja.«

Sie verabschiedeten sich von Sam und gingen zurück zur Brücke.

»Quinta wird bestimmt einmal heiraten«, sagte Faustina. »Nicht Alban, dazu ist sie zu klug. Sie braucht einen Mann etwa in ihrem Alter, wenn auch nicht zu jung, einen, der nicht so selbstsüchtig ist wie Alban.«

»Ein Glückspilz, wer immer es sein mag«, sagte Titus leichthin.

»O ja«, pflichtete Faustina ihm bei. »Ein richtiger Glückspilz.«

Quinta schrie begeistert auf, als Lydia in ihrem Party-Aufzug in die Küche kam. Die Aussicht, den Abend mit Adam zu verbringen, verlieh ihrer ohnehin einschüchternden Schönheit zusätzlichen Glanz.

Quinta tat ihre aufrichtige Bewunderung kund und sagte ihr, wie phantastisch sie aussah. Alban knurrte nur. Ihm paßte es ganz und gar nicht, daß sie ausging, wenn er zu Hause bleiben mußte, und er hatte sein Mißfallen bereits laut und deutlich zum Ausdruck gebracht.

»Nur gut, daß man dich nicht auch eingeladen hat«, sagte er zu Quinta. »Du hättest nicht gehen können.«

»Und ob ich gegangen wäre«, erwiderte Quinta prompt. Ich hätte Harriet gebeten, sich um dich und Phoebe zu kümmern – oder aber Mrs. Gridlock«, fügte sie boshaft hinzu.

Titus kam später auf eine Partie Schach vorbei. Er bestand darauf, in Quintas Wohnraum neben der Küche zu spielen, wo es nach seinen Worten viel gemütlicher war als in Albans kargem, unordentlichem Studio. Seine Einwände ließ er nicht gelten, statt dessen meinte er, daß es kein Schachspiel mehr geben würde, wenn Alban immer so eigensinnig war.

Quinta wartete auf einen Wutanfall ob dieser provozierenden Bemerkung, aber Alban grinste nur und drohte Titus mit Vergeltung, sobald er wieder auf den Beinen wäre. Mehrere Partien lang lieferten sie sich weiterhin freundliche Wortgefechte, bis das Telefon klingelte. Titus hatte Alban gerade schachmatt gesetzt.

»Hallo«, sagte Quinta. Die beiden Männer unterbrachen ihre Partie und schauten auf, als Quinta den Hörer vom Ohr hielt und die Achseln zuckte.

»Ich glaube, es ist irgend so ein Spinner. Im Hintergrund ist ein Riesenkrach, Geschrei, Musik ... Hallo? Ja, hier ist Quinta, wer ... was? Ach, Lydia, du bist's!«

Verwirrt drehte sie sich zu Titus und Alban um. »Es ist Lydia, zumindest glaube ich, daß sie es ist. Ich kann kein Wort verstehen. Ob sie wohl betrunken ist?«

»Bring das Telefon her«, sagte Alban.

»Lydia?« brüllte er ins Telefon. »Ja? Was? Ja, natürlich, sofort.«

Er knallte den Hörer auf die Gabel. »Los, holt sie ab«, befahl er schroff. »Quinta, nimm ein paar Kleider für sie mit.«

»Kleider?« fragte Quinta verblüfft. »Was für Kleider? Wieso braucht sie was zum Anziehen?«

»Ich weiß es nicht, aber sie hat gesagt, jemand soll kommen und sie abholen und Kleider mitbringen. Also hör auf, Fragen zu stellen, und tu, was ich sage.«

»Na schön«, sagte Quinta. »Ich bin gleich wieder da. Wie lautet die Adresse?« fragte sie im Hinauslaufen.

Alban sah Titus an und schlug sich mit der Hand vor die Stirn. »Scheiße, ich hab ganz vergessen, danach zu fragen.«

Binnen kurzem war Quinta zurück. Sie stopfte eine Hose und ein Sweatshirt in eine Plastiktüte.

»Quinta, weißt du, wo Lydia ist?« fragte Titus.

Quinta blickte ihn überrascht an. »Auf einer Party. Ich weiß nicht genau, wo die stattfindet. Hat sie das nicht gesagt?«

»Ich hab nicht gefragt«, sagte Alban. »Du erinnerst dich doch bestimmt ... Sie ist zu Fuß gegangen, nicht wahr?«

»Ja, natürlich«, sagte Quinta erleichtert. »Dann kann es ja nicht weit sein.«

»Hier in der Gegend gibt's viele Häuser«, sagte Titus wenig hilfreich. »Hast du keinen Anhaltspunkt? Wer gibt die Party denn? Adam selbst? Bloß, sein Haus liegt ganz woanders.«

»Nein, ich glaube, sie wollte sich dort mit Adam treffen. Warte mal, an die Adresse kann ich mich zwar nicht erinnern, aber die Gastgeberin ist eine Mrs. ... Mrs. ... Der Name war ein wenig seltsam ... Dixon? Nein, nicht Dixon, aber so ähnlich.«

Titus starrte sie entgeistert an. »Nicht zufällig Mrs. Doxyn?«

»Doxyn! Genau, Mrs. Doxyn«, sagte Quinta triumphierend. »Kennst du sie?«

»Ich hab von ihr gehört«, erwiderte Titus düster. »Und ganz zufällig kenne ich ihr Haus, weil man es mir erst neulich gezeigt hat. Falls Lydia wirklich dort ist, sollte ich lieber gleich gehen. Gib mir die Klamotten.«

»Nein, ich komme mit«, sagte Quinta.

»Lieber nicht«, wehrte Titus ab. »Nach allem, was ich über Mrs. Doxyn und ihre Partys weiß – reines Hörensagen natürlich –, könnte es dort äußerst unappetitlich zugehen.«

Alban runzelte die Stirn. »Unappetitlich? Was macht Lydia dann um Himmels willen dort?«

»Sie wußte natürlich nichts davon.«

»Ist vielleicht besser, wenn Quinta mitgeht. Vielleicht braucht Lydia sie«, meinte Alban.

»Ich habe nichts dagegen einzuwenden«, sagte Quinta, der offenbar nicht auffiel, daß Alban besorgter um Lydia war als um sie. »Aber sollte nicht jemand hier bei dir bleiben?«

»Nein«, sagte Titus. »Alban hat recht. Vielleicht braucht Lydia moralische Unterstützung. Wir sind sowieso gleich wieder da.«

Im Affentempo eilte Titus die Straße hinunter, so daß Quinta ihm beinahe hinterherrennen mußte.

»Wieso müssen wir uns denn gar so beeilen?« keuchte sie.

»Das wirst du gleich sehen«, sagte er und blieb vor einer eleganten schwarzen Haustür stehen. »Hier ist es.«

Nachdem er der Form halber ein paarmal leise geklopft hatte, schob er die Tür auf. »Bei solchen Partys lassen sie die Tür unverschlossen«, erklärte Titus. »Es sei denn, das Haus ist voll.«

»Was für Partys denn?« fragte Quinta.

»Du wirst schon sehen«, wiederholte er.

20. Kapitel

Im Innern des Hauses fühlte man sich in einen drittklassigen Film über das antike Rom versetzt. Als Quintas Augen sich an das Dämmerlicht gewöhnt hatten, konnte sie allmählich erkennen, was rings um sie vor sich ging. Schnell schloß sie die Augen wieder. »Komm mit«, sagte Titus. »Wir müssen Lydia suchen.«

»Was für eine Art Party ist das nur?« fragte Quinta, als ein hochgewachsener Mann in mittleren Jahren splitternackt und sichtlich erregt an ihnen vorbeilief. Er warf Quinta einen prüfenden Blick zu, aber Titus versperrte ihm den Weg, woraufhin er prompt in einen der Räume abtauchte, die sich auf die geräumige Diele öffneten.

»Was wollte er?« fragte Quinta.

»Was meinst du denn wohl? Er hat nach einem Parkplatz für seinen Pimmel Ausschau gehalten«, erwiderte Titus gereizt.

Gebannt starrte Quinta auf ein sich windendes Paar auf einem zierlichen Sofa. Titus nahm ihre Hand und zog sie in eines der Zimmer.

»Lydia könnte überall und nirgendwo sein«, sagte er leise an ihrem Ohr. »Halt die Augen offen.«

»Lieber nicht«, gab Quinta zurück, als sie sich so überlegte, wo »überall« sein könnte. Titus stieg über ein nacktes Hinterteil hinweg, das sich geschäftig über einem anderen Körper von nicht bestimmbarem Geschlecht auf und ab bewegte. Quinta folgte ihm, wich strampelnden Beinen aus und murmelte »Pardon, pardon«, als sie spürte, daß unter ihren Füßen etwas nachgab.

»Hier ist sie nicht«, sagte Titus. »Versuchen wir's oben.«

Im nächsten Zimmer, in dem es höchst eigenartig roch,

herrschte eine besonders schummrige Beleuchtung. Über eine riesige Videoleinwand flimmerte ein Pornofilm. Auf dem Boden lagen dicke Kissen mit Quasten. Auf mehreren wälzten sich Paare, die den unterschiedlichsten Aktivitäten nachgingen. Eins der Kissen war sogar die Spielwiese für einen flotten Dreier, wie Quinta verdutzt feststellte.

»Wie schaffen sie es nur, sich alle gleichzeitig an solch einem … Ort einzufinden?« flüsterte sie Titus zu.

»Keine Ahnung. Ich hab keine Erfahrung in diesem Bereich.« Er ging zum Treppenabsatz hinaus. »Einfach widerlich.«

»Warum sind hier lauter alte Männer?« wollte Quinta wissen. »Die Mädchen sind fast alle blutjung.«

»Deshalb sind die Männer ja hier – geile alte Böcke. Die sollten was Besseres zu tun haben«, sagte Titus angeekelt. In diesem Moment eilte ein Richter, den er kannte, an ihnen vorüber, die Hand am blanken Hintern eines Mädchens mit langen dunkelroten Haaren. Sie sah aus, als sei sie keine fünfzehn.

»Das war Zoe!« sagte Quinta verblüfft.

Titus wirkte nicht sonderlich überrascht. »Hast du Felix unten nicht gesehen? Oder vielleicht hast du ihn ja nicht erkannt, weil dir sein nacktes Hinterteil nichts sagt.«

»Wie hast du ihn denn erkannt?«

»Er hat kurz in seinen Aktivitäten eingehalten und zu mir hochgeschaut. Sogar zugezwinkert hat er mir – ekelhaft, dieser Typ.«

»Hier drin ist ja ein Hund!« Quinta hatte die nächste Tür geöffnet. »Er muß der Besitzerin gehören, armes Ding – ihn einfach einzusperren.«

»Ein großes Tier?« Titus schob sich an ihr vorbei.

»Ja«, erwiderte Quinta, als Titus die Tür auch schon von außen zuzog.

»Da ist sie, glaub ich, nicht«, sagte er nur.

Plötzlich weckten erstickte Laute ihre Aufmerksamkeit. Sie kamen von einer kleinen Tür am Ende des Korridors. Mittlerweile konnte Quinta nichts mehr erschrecken. Sie fing zu kichern an.

»Ich glaube, das ist das Klo«, sagte sie. »Ich kann mir beim besten Willen nicht vorstellen, was man da anfangen kann.«

»Schsch.« Titus hämmerte gegen die Tür.

»Laßt mich in Ruhe!« kreischte jemand.

»Lydia!« rief Quinta. Sie bückte sich und sprach am Schlüsselloch. »Lydia, ich bin's, Quinta. Mach auf.«

»Quinta?«

Die Tür ging einen Spalt auf, und Lydias verängstigtes Gesicht spähte hindurch. »Gott sei Dank! Habt ihr Kleider mitgebracht?«

»Hier.« Quinta reichte ihr die Plastiktüte.

Wenig später kam die völlig zerzauste Lydia aus dem Waschraum.

»Ob wir es schaffen, hier rauszukommen?« fragte sie. Quinta nahm ihren Arm und spürte, daß sie zitterte.

»Keine Sorge«, sagte Titus. »Ich kenne so einige von diesen Leuten und brauche nur den einen oder anderen beim Namen zu nennen oder zu sagen ›Guten Abend, Euer Ehren/Mylord/Erzdiakon/Doktor‹. Die Hälfte von ihnen würde in Panik geraten, weil sie auf keinen Fall erkannt werden wollen.«

Er ging ihnen voran die Stufen hinunter und stieß unsanft zwei mit Peitschen bewaffnete Männer zur Seite, die ihnen entgegenkamen.

»Da oben ist der sogenannte SM-Raum«, sagte Lydia schaudernd.

»Wie unzivilisiert«, bemerkte Titus gelassen. »Jetzt aber schnell, ihr beiden.«

In der Diele wurden sie von einem dicken Mann mit blonder Perücke aufgehalten, der eine Hand nach Quinta ausstreckte.

»Supertitten.« Er grinste anzüglich. »Ist deine Muschi genauso rot wie dein Haar? Laßt die Hüllen fallen, Schätzchen, das ist Vorschrift hier. Entweder macht ihr es selbst, oder ich rufe ein paar von den Jungs, damit sie euch helfen.«

Titus rammte ihm das Knie in die schmerzempfindlichste Stelle und zog Quinta und Lydia mit sich zur Tür hinaus.

»Was für ein gräßliches Haus«, sagte Quinta. »Allein der Geruch!«

»Drogen, Hormone und Schweiß«, bemerkte Titus. »Keine sehr angenehme Mischung. Lydia, geh ein bißchen schneller, um dich aufzuwärmen, du zitterst ja am ganzen Leib.«

»Kommt von der Angst, nicht von der Kälte«, warf Quinta ein. »Geht's einigermaßen, Lydia?«

Ihre Freundin nickte. »Ich hab mich gerade noch rechtzeitig in der Toilette eingeschlossen.«

»Wo ist denn dein schönes Kleid?« fragte Quinta. »Das kannst du doch nicht dort zurücklassen.«

»Und ob ich das kann«, sagte Lydia bestimmt. »Keine zehn Pferde kriegen mich da noch mal rein.«

»Wo war Adam?« Quinta legte schützend den Arm um sie.

»Er war nicht da«, sagte Lydia schnell. »Ich muß ihn mißverstanden und die falsche Party erwischt haben.«

Quinta öffnete schon den Mund, um zu sagen, wenn Felix und Zoe dort gewesen waren, könne auch Adam nicht weit gewesen sein, doch Titus schüttelte den Kopf, also schwieg sie und hüstelte nur.

»Da wären wir.« Titus ging voran ins Haus. »Alban, wo hast du den Brandy? Lydia ist soeben knapp einer Orgie entkommen. Ich glaube, sie braucht jetzt erst mal was Starkes zu trinken.«

»Einer Orgie?« fragte Alban streng. »In Eyot? Was um alles in der Welt wolltest du da? Hat es dir etwa noch gefallen?«

»Nein, es war absolut gräßlich und ich hab Todesängste ausgestanden!« Lydia brach in Tränen aus.

Die Abenteuer dieser Nacht waren noch nicht vorbei. Alban steigerte sich in den schlimmsten Wutanfall hinein, den Quinta je erlebt hatte. Ihr wurde bewußt, wie selten sie ihn während ihrer langen Freundschaft gereizt hatte, und war froh darüber. Sie hätte ungern als Anlaß eines solchen Ausbruchs herhalten wollen. Lydia war viel besser imstande, damit umzugehen, bot ihm tapfer Paroli und weigerte sich standhaft, seine harsche Kritik an ihrem Urteilsvermögen und ihrer Moral zu akzeptieren.

Schließlich gelang es Quinta mit Titus' Hilfe, Alban zu beruhigen. Sie schickte die erschöpfte Lydia mit einer Tasse Kamillentee und leichter Lektüre ins Bett. Schließlich legte sie sich selbst hin, zu müde, um noch zu lesen oder Radio zu hören. Sie schlief sofort ein.

Eine Stunde später wurde sie von seltsamen Geräuschen an ihrem Fenster aus dem Tiefschlaf gerissen. Verwirrt setzte sie sich im Bett auf und sah sich im Zimmer um. Da, schon wieder! Sie träumte nicht, da war tatsächlich ein Geräusch am Fenster.

Sie öffnete es und blickte nach draußen. Zu ihrer Überraschung entdeckte sie Zoe, die nur in einen Duschvorhang eingewickelt war und ein kleines Abendtäschchen in der Hand hielt. Sie lächelte zu Quinta hinauf.

»Hallo«, sagte sie. »Habe ich dich geweckt? Es hat ewig gedauert, bis du ans Fenster gekommen bist.«

»Ja, du hast mich allerdings geweckt«, erwiderte Quinta. »Was willst du? Was hast du da gegen mein Fenster geworfen?«

»Das waren Pfefferminzdrops«, sagte Zoe. »Ich hab immer welche bei mir. Auf einer Party muß man doch frischen Atem haben, meinst du nicht auch? Kann ich reinkommen?«

»Nein.«

»Dann muß ich wohl weiter Lärm schlagen«, erklärte Zoe gleichmütig.

»Na schön, komm rein«, sagte Quinta unwirsch.

Sie griff nach ihrem Morgenmantel, tapste die Treppe runter und durch den dunklen Kreuzgang und hoffte nur, daß Alban nicht aufwachte. Nachdem sie die Riegel an der Haustür aufgeschoben hatte, kam Zoe auf leisen Sohlen hereingeschlichen.

»Ich war auf einer Party«, sagte sie.

»Ich weiß.«

»Ach, warst du auch da? Ich hätte nicht gedacht, daß so was dein Ding ist. Jedenfalls mußte ich ziemlich überstürzt das Haus verlassen, als die Polizei kam.«

»Nur in einen Duschvorhang eingewickelt«, ergänzte Quinta.

»Ja, ich bin durchs Fenster entwischt«, berichtete Zoe. »Ich war mit ein paar Gynäkologen im Bad, und …«

»Gynäkologen?« fragte Quinta ungläubig.

»Ja, die tummeln sich immer auf solchen Partys. Sie haben irgendwie eine komische Einstellung zu Frauen. Deshalb zieht es sie ja zur Gynäkologie.«

»Alle?« fragte Quinta wider Willen fasziniert.

»Nein, natürlich nicht, aber meistens sind sie schon ziemlich merkwürdig, ist dir das noch nicht aufgefallen? Jedenfalls bin ich rechtzeitig entkommen. Was aus ihnen geworden ist, weiß ich nicht. Kann ich hier schlafen?«

»Kommt nicht in Frage«, entgegnete Quinta.

»Na gut. Kannst du mir dann wenigstens ein paar Klamotten leihen? Macht keinen besonders guten Eindruck, wenn ich in diesem Aufzug durch die Straßen ziehe.«

»Ja, ja, ich such dir was raus.« Quinta ärgerte sich über Zoes Einstellung. Sie tat so, als ob sie kein Wässerchen trüben könnte, und ging wie selbstverständlich davon aus, daß selbst oberflächliche Bekannte ihr aus der Bredouille halfen.

»Darf ich mir einen Drink mixen?« Zoe steuerte bereits auf das Tablett zu, auf dem noch die Brandyflasche und andere Alkoholika standen.

»Nein. Was immer du sonst noch willst, die Antwort lautet nein. Bleib hier und rühr dich nicht vom Fleck, ich hol dir was zum Anziehen.«

Im Nu war sie zurück und warf Zoe ein paar Kleidungsstücke zu. »Du wirst barfuß gehen müssen. In diesem Haushalt hat niemand eine so kleine Schuhgröße wie du.«

Zoe blickte selbstgefällig auf ihre winzigen Füße. »Ja, sie sind sehr zierlich, nicht wahr? Was ist mit Phoebe – kann ich mir nicht ein Paar Turnschuhe oder so von ihr leihen?«

Nur über meine Leiche trägt die etwas von Phoebe, dachte Quinta. »Nein«, entgegnete sie. »Sie hat sehr große Füße, Größe vierzig.«

»Hey, das ist aber enorm für ein Mädchen in ihrem Alter«, meinte Zoe. »Du solltest etwas dagegen tun, Männer mögen keine großen Füße.«

»Soll ich sie einschnüren? Ich kann wohl kaum etwas dagegen ausrichten, selbst wenn ich wollte – was nicht der Fall ist«, sagte Quinta. »Da ist die Garderobe, zieh dich jetzt bitte an und geh.«

Ein paar Minuten später kam Zoe heraus und drehte ihr Haar zu einem Zopf. »Hast du zufällig eine Spange da?«

Quinta griff in die Schublade des Tisches in der Diele und holte eine Haarspange heraus.

»Da«, sagte sie.

»Toll, danke. Hast du Verwendung für den Duschvorhang?«

»Nein«, sagte Quinta. Das Ganze kam ihr allmählich surreal vor.

Zoe zuckte die Achseln. »Ich schatze mal, ich auch nicht, also lasse ich ihn einfach hier. Bis dann!« Ein flüchtiges Winken, und weg war sie.

Quinta atmete erleichtert auf. »Tja. Ich kann's kaum erwarten, Titus davon zu erzählen, er wird sich kaputtlachen.«

Sie schaltete das Licht in der Diele aus und ging wieder ins Bett.

»Wir haben sehr gute Arbeit geleistet, meine Damen.« Marjorie strahlte vor Stolz. »Alle haben gesagt, sie hätten noch nie so wunderschöne Blumen gesehen.«

»Und dem Bischof gefielen sie auch«, sagte Daphne. »Daß er extra gekommen ist, um sich bei uns zu bedanken!«

»Er ist ein großartiger Mensch, äußerst beeindruckend«, erklärte Marjorie. »Aber Wyn, meine Liebe, warum hast du uns denn gar nicht erzählt, daß du die Frau des Bischofs schon kennst?«

»Es ist schon lange her«, sagte Wyn. »Außerdem kannte ich sie eher nur flüchtig.«

»Ihr ist offenbar daran gelegen, den Kontakt mit dir aufzufrischen. Das könnte sehr nützlich sein«, sagte Marjorie beifällig.

Wyn erwiderte nichts. Sie freute sich darauf, Faustina wiederzusehen.

Es war etliche Jahre her, seit sie als Sekretärin für den Finanzverwalter eines theologischen Colleges gearbeitet und durch Zufall Freundschaft mit der einsamen, leidgeprüften Frau des Leiters geschlossen hatte. Faustina hatte sich mit unverwüstlichem Humor in ihr schweres Leben gefügt, und es hatte Wyn in gewisser Weise leid getan, als sie durch eine Erbschaft von ihrer stumpfsinnigen Arbeit erlöst wurde und Cambridge verlassen konnte, um nach Eyot zu ziehen.

Jetzt hatte sie das Gefühl, daß sie an ihre alte Bekanntschaft anknüpfen könnten, doch sie würde dafür sorgen, daß nicht der kleinste Hinweis auf Klatsch über Faustina oder den Haushalt des Bischofs zu Marjorie und Daphne drang. Ja, sie konnte Faustina vielleicht sogar helfen, dachte sie – und zwar durch gezielte Desinformation, so nannten es doch die Thriller-Autoren.

»Wir mögen ja nur eine unbedeutende Kathedrale im Norden sein, die sich mit ihren vornehmeren Schwestern im Süden nicht messen kann, aber ich glaube kaum, daß jemand unsere Dekorationen übertreffen könnte«, fuhr Marjorie selbstzufrieden fort.

»Das Pluviale des Bischofs hat mir Rätsel aufgegeben«, sagte Daphne. »Was sollte denn dieser seltsame Vogel darstellen?«

»Sah aus wie ein Phoenix«, sagte Wyn. »Ein Symbol für Auferstehung und neues Leben.«

»Meines Wissens ist der Phoenix kein christlicher Vogel«, meinte Marjorie. »Wahrscheinlich sollte es eher eine Taube darstellen. In meinen Augen sah er allerdings mehr nach der Weihnachtsgans des Bischofs aus. Ich mache mir nichts aus diesen ultramodernen Pluviale. Wir sind eine traditionsbewußte Gemeinde, und ich finde, er hätte gut daran getan, sich etwas weniger Ausgefallenes auszusuchen.«

»Ein wahrer Farbenrausch«, warf Wyn ein.

»Ich glaube nicht, daß er es noch mal tragen wird«, meinte Daphne beschwichtigend. »Man paßt sich doch meist der neuen Umgebung an, oder nicht? Und hier wird er so viele herrliche Gewänder vorfinden, daß er wohl kaum auf diese spezielle Robe angewiesen ist.«

»Wohl wahr, Daphne«, sagte Marjorie. »So, jetzt müssen wir aber an die Arbeit. Wyn, du überprüfst sämtliche Blumen. Wir müssen alles, was schon welk ist, beseitigen, und mehrere Gestecke werden aufgefrischt werden müssen. Daphne, Mrs. Jonquil müßte den neuen Plan für den Blumenschmuck haben. Hol du ihn, dann können wir nachsehen, wer was macht. Diese Mrs. Norris sagte, sie habe die Schule um eine Woche Aufschub gebeten, und ich will nur sichergehen, daß niemand auf sie gehört hat.«

In keilförmiger Formation begaben sie sich ins südliche Kirchenschiff, Marjorie voran, Daphne und Wyn ein kleines Stück hinter ihr. Dort hielten sie kurz inne, um der morgendlichen Chorprobe zu lauschen.

»Bei der Bischofsweihe haben die Jungs wunderbar gesungen«, bemerkte Marjorie. »Unser Chor gehört gewiß zu den besten Englands.«

Außer daß manche von ihnen anscheinend F nicht von Fis unterscheiden können, sagte sich Wyn, die ein äußerst feines Gehör hatte. Hinzu kam, daß einer der Jungen offenbar den Text eines ganz anderen Psalms gesungen hatte. Und sie hatte mit eigenen Augen gesehen, wie ein älterer Knabe dem kleinen Novizen, der während der Fürbitten neben ihm stand, einen festen Tritt gegen das Schienbein verpaßt hatte.

»Sie sahen sehr niedlich aus«, sagte sie diplomatisch.

»Nur schade, daß die meisten von ihnen nicht singen können«, bemerkte eine sarkastische Stimme hinter ihnen.

»Oh, Mr. Praetorius, Sie haben uns aber einen Schrecken eingejagt!« sagte Marjorie unwirsch ob seiner Bemerkung. »Sieht Ihnen mal wieder ähnlich, einen Witz über Ihre begabten Chorknaben zu machen!«

»Die würd ich alle in einen Sack stecken und in den Fluß schmeißen, wenn's nach mir ginge«, sagte Simon mißmutig. »Schauen Sie sie sich nur an – das reine Chaos. O Gott, da ist Tomkins. Egal, wie oft ich es ihm erkläre, er kann den Unterschied zwischen einer Viertelnote und einer halben Note nicht begreifen. ›Aber es war doch die richtige Melodie, Sir, oder nicht?‹, fragt er nur jedesmal.«

Simon stürzte in den Chor und brüllte den nichtsahnenden Tomkins an. »Die ausgefüllten schwarzen mit dem Notenhals sind Viertelnoten, du Unglücksrabe. Die unausgefüllten sind *halbe Noten*, Tomkins, *halbe Noten.*«

»Ja, Sir«, sagte der glücklose Tomkins.

»Und die sind zweimal so lang wie die Viertelnoten, Tomkins!«

Der Hilfsorganist kletterte wieder auf seine Empore, und Simon begann mit der täglichen Routine.

»Das Innenleben einer Kathedrale ist etwas ganz Besonderes, nicht wahr, meine Damen?« sagte Marjorie selbstgefällig. »Alle arbeiten harmonisch zusammen zum Ruhme Gottes. Und dazu leisten auch wir unseren bescheidenen Beitrag. Blumen scheinen vielleicht auf den ersten Blick nicht viel herzumachen, aber es ist unser kleiner Gottesdienst, unsere Liebesgabe, und nichts ist zu gering, um nicht Gottes Aufmerksamkeit zu finden. Und jetzt an die Arbeit, meine Lieben.«

»Und die mit den kleinen Schwänzen, Tomkins, sind *Achtelnoten* …«

Faustina bog im Affentempo von der Leofric Street in eine der zahlreichen abzweigenden Gassen ein. In der Eile stieß sie mit einer Frau zusammen und begann sich zu entschuldigen.

»Keine Panik«, sagte Harriet. »Vor wem sind Sie denn auf der Flucht?«

»Ist mir das so deutlich anzusehen?« fragte Faustina. »Vor der Frau des Dekans. Eine achtbare Frau, aber du meine Güte – so was von versessen auf Komitees und Arbeitsgruppen! Ich tue ja, was ich kann, aber ich kann so etwas auf den Tod nicht leiden.«

Harriet stand vor einer frisch in Dunkelgrün gestrichenen Haustür. »Treten Sie doch ein«, sagte sie und steckte einen Schlüssel ins Schloß. »Trinken Sie eine Tasse Kaffee mit mir, wenn Sie einen Moment Zeit haben.«

»Sehr gern«, erwiderte Faustina, der aufging, daß dies das Haus war, das Harriet gerade bezogen hatte. Sie wurde neugierig. »Dieses Haus ist sehr alt, kaum einer kommt noch an solche Behausungen heran. Wie haben Sie das geschafft?«

»Ach, ich habe durch Mundpropaganda davon erfahren und gleich mein Interesse angemeldet. Es ist wirklich sehr alt, ein Teil stammt aus derselben Zeit wie die Kathedrale. Und auf der Rückseite liegt ein kleiner ummauerter Garten, ein wahres Wunder mitten im Stadtzentrum.«

Faustina äußerte ihr Entzücken über die niedrigen, holzgetäfelten Räume, die alten Kamine und die antiken Holztreppen. Harriet ging voran nach oben. »Ich benutze diesen Raum hier als Wohnzimmer, weil es hier heller ist.«

Sogleich sank Faustina auf ein weiches, äußerst bequemes Sofa. »Wie ungewöhnlich«, sagte sie. »Nur wenige alleinstehende Akademikerinnen legen soviel Wert auf häusliche Annehmlichkeiten. Aber hier ist alles wunderbar gemütlich.«

»Ja, das brauche ich auch, wenn ich erschöpft vom Lauftraining nach Hause komme.«

»Ich bewundere Sie«, sagte Faustina. »Ich war nie im Leben sportlich.«

»Das sind Musiker meiner Erfahrung nach auch in den seltensten Fällen«, erwiderte Harriet. »Um so besser, sonst wären die besten Laufstrecken hoffnungslos überfüllt.«

»So habe ich das nie gesehen.« Faustina mußte bei der Vorstellung von mit athletischen Musikern überlaufenen Wäldern und Parks lachen.

Genüßlich biß sie in einen Ingwerkeks. »Quinta«, sagte sie. »Ich wollte mit Ihnen über Quinta sprechen.«

Sie bemerkte Harriets leicht abwehrenden Blick und beeilte

sich, sie zu beruhigen. »Nein, es ist keine gewöhnliche Neugier. Mir ist nur eine Idee gekommen. Ich finde sie sehr sympathisch, und mir scheint, sie hat im Moment ziemlich zu kämpfen. Vielleicht kann ich ja irgendwie helfen.«

Harriet entspannte sich. »Ja, sie hat es schon nicht leicht«, pflichtete sie ihr bei.

»Sie war mit Lydia zusammen auf der Schule, nicht wahr?« fuhr Faustina fort.

»Ja, in Grisewood. Eine sehr gute Schule, obwohl ich mir nicht vorstellen kann, daß es Quinta da gefallen hat.«

»Dort legt man viel Wert auf Disziplin, oder? Und dazu noch an einem so abgelegenen Ort. Ich war nur einmal dort, als Lennox in der Nähe arbeitete und ich ihn besuchte. Ein Alptraum, diese Reise. Ich hatte meinen Sohn dabei, er war damals fünfzehn oder sechzehn, und ich weiß noch, daß er sich die ganze Zeit beschwerte und sich mehrmals übergeben mußte.«

»Eine denkwürdige Reise.« Harriet schenkte Kaffee nach.

»Vielen Dank«, sagte Faustina geistesabwesend. »Ich frage mich ... Harriet, wie alt ist Quinta eigentlich? Sie kann nicht älter als zweiundzwanzig oder dreiundzwanzig sein, stimmt's?«

Harriet schaute sie an. »Stimmt, aber Phoebe zuliebe macht sie sich älter.«

»Das hatte ich mir schon gedacht.« Faustina stellte ihre Tasse auf dem Tisch ab. »Danke, Harriet. Ich bin sicher, daß ich etwas für sie und Phoebe tun kann. Ich weiß nur noch nicht, wie ich es am besten anstelle.«

»Hoffentlich fällt Ihnen was ein«, sagte Harriet. »Obwohl ich glaube, daß Sie nicht die einzige sind, die sich im Moment um Quintas Wohlergehen sorgt.«

»Oh, nein, sicher nicht«, sagte Faustina. »Und ich nehme mal an, daß Sie nicht von Simon sprechen.«

»Genau.« Harriet lächelte.

Faustina seufzte. »Ja, aber es wird vielleicht nicht viel nützen, solange Quinta nicht ihren emotionalen Ballast abgeworfen hat. Meine Hilfe wird eher praktischer als gefühlsmäßiger

Natur sein. Ich weiß aus eigener Erfahrung, wie anstrengend ein achtjähriges Kind sein kann, besonders ohne Vater – der ihr natürlich schon die ganze Zeit unter die Arme hätte greifen sollen.«

»Männer!« sagte Harriet aus tiefstem Herzen.

»Ich muß ins Palais zurück«, sagte Faustina. »Wir haben diese entsetzlichen Zwillinge bei uns zu Gast – oje, wie sehr ich den Tag ihrer Abreise herbeisehne! Nicht einmal Lennox ist angetan von ihnen, obwohl er anfangs natürlich entzückt war, daß ein so junges, hübsches Mädchen unter seinem Dach weilt.«

»Ich bringe das hier nur eben weg, dann begleite ich Sie ein Stück des Weges.« Harriet trug das Geschirr nach nebenan in ihre winzige blitzsaubere Küche. »Ich habe Quinta versprochen, ihr Phoebe eine Stunde abzunehmen.«

»Sollten Sie jetzt nicht trainieren?« erkundigte sich Faustina, während sie draußen in beide Richtungen blickte, um sich zu überzeugen, daß die Luft rein war.

»Später«, sagte Harriet.

Sie war überrascht, als Lucy ihr die Tür zu Manor House öffnete.

»Hallo, Lucy«, sagte Harriet, als sie sich zur Begrüßung umarmten. »Ich wußte gar nicht, daß Sie wieder in England sind!«

»Bloß eine Stippvisite, um zu sehen, wie es Alban geht, und um bei der Betreuung meiner Enkel zu helfen. Evie hat sich ein paar Rippen gebrochen – sie ist gegen eine Mülltonne geprallt, als sie in spirituelle Exerzitien versunken die Straße entlangging. Ist mal wieder typisch für sie! Mir fehlt die Geduld für derlei religiösen Unfug. Ich habe ihr ordentlich die Leviten gelesen, ihr gesagt, sie solle sich mehr um Simon kümmern, sonst wird er ihr noch mit dem nächstbesten Flittchen durchbrennen, dann habe ich eine dümmliche Cousine aufgetrieben, die ihr im Haushalt hilft, solange sie in Gips liegt, und bin schließlich hergekommen, um ein wenig zu verschnaufen.«

Quinta rief Harriet zu, sie solle hereinkommen.

»Ich kann nicht zur Tür kommen«, sagte sie. »Albans Rollstuhl klemmt, und ich versuche grad, ihn zu reparieren.«

»Und zwar vergeblich«, ergänzte Alban, während er zu dem Rad hinunterspähte.

»Wo ist Lydia?« fragte Harriet, die daran gewöhnt war, sie in der Nähe des Rollstuhls vorzufinden.

»Die ist heute von ihren Rollstuhl-Pflichten entbunden«, erwiderte Lucy. »Nur bis sie für ihre Großmutter etwas im Bischofspalais erledigt hat. Der Ärmsten geht es nicht gut.«

»Hoffen wir, daß sie dort nicht den gräßlichen Zwillingen Felix und Zoe über den Weg läuft«, bemerkte Quinta.

»Ist Lady Wray krank?« fragte Harriet und ging neben dem Rollstuhl in die Hocke, um Quinta zu helfen. »Schau mal, ich glaube diese Mutter hier ist das Problem. Hast du eine Zange da?«

»Sie ist im Moment wegen ihrer arthritischen Hüfte ans Haus gefesselt«, erklärte Lucy, während Quinta die Zange suchen ging.

»Oje. Hat Lydia das Gefühl, daß sie sich lieber um ihre Großmutter kümmern sollte statt um Alban?«

»Sie fühlt sich schon ein wenig schuldig«, gab Quinta zur Antwort. »Aber ihre Großmutter ist offenbar noch reizbarer und nörgeliger als gewöhnlich, wenn ihre Hüfte weh tut, und Lydia sagt, es sei schließlich ihr Job, Alban zu versorgen, und das stünde an erster Stelle.«

Lucy hob die Augenbrauen. »Ich kann mir nicht vorstellen, daß Wilhelmina das gut aufgenommen hat.«

»Mrs. Gridlock kommt öfter vorbei und geht ihr zur Hand, das ist sowieso viel besser. Lydia hat nicht die geringste Ahnung, wie man mit Kranken umgeht.«

»Das kannst du laut sagen«, warf Alban aus tiefstem Herzen ein.

»Du bist nicht krank«, sagte seine Mutter unbeeindruckt. »Bloß vorübergehend verkrüppelt. Ich kann gut nachvollziehen, was Wilhelmina empfindet. Eine junge, lebhafte Person, die ständig um einen herumtänzelt, wenn es einem nicht gut geht – das kann einen ganz schön fertig machen. So, und jetzt erzählt mir mal, warum diese tizianroten Zwillinge im Palais residieren.«

»Es liegt an den Regenrinnen, glaube ich«, sagte Quinta ausweichend, als sie sah, wie Harriet mit einem letzten entschlossenen Ruck die Mutter anzog. »Adam hat Probleme mit seinen Regenrinnen – es stinkt geradezu gemein, sagt Lydia. Lady Wray wollte sie nicht mehr bei sich haben, deshalb sind sie zu ihrem Onkel übergesiedelt.«

Eine Tür fiel krachend ins Schloß. »Da ist Lydia schon«, sagte Quinta. »Das ging aber schnell.«

Sie steckte den Kopf durch die Tür und rief in den Korridor: »Lydia? Bist du das?«

»Du meine Güte«, rief Lucy, als Lydia schleppenden Schritts hereinkam. »Was ist denn mit dir los, Kind? Du machst ein Gesicht, als hättest du ein Gespenst gesehen!«

»Ich wußte nicht, ob ich etwas sagen, lachen oder weinen sollte«, sagte Lydia später Quinta im Vertrauen. »Ich muß sagen, der Bischof hat vollendete Selbstbeherrschung an den Tag gelegt. ›Tut mir leid, daß ich so hereingeplatzt bin‹, hat er nur gesagt. ›Laßt euch von mir nicht stören.‹«

Lydias Gesicht fiel in sich zusammen. »Im Grunde ist es wohl zum Totlachen, Quinta, aber ich bin völlig fertig. Wie konnte ich diesem Mann nur jemals vertrauen? Warum habe ich nicht gesehen, was für eine Sorte Mensch er ist? Ich meine, alle wußten es! Der Bischof und seine Frau ahnten, wie er gestrickt ist, und Titus hat mir mehrmals einen Wink mit dem Zaunpfahl gegeben, was für einen miserablen Ruf Adam in Cambridge hätte.«

Sie schniefte. »Anscheinend wäre er in Eton um ein Haar geflogen, wegen der Dinge, die er mit Felix getrieben hat – und mit anderen Jungs. So weit kam's dann doch nicht, weil die Schule wohl nahezu leer stünde, wenn sie jeden rauswerfen würden, der so was tut. Außerdem war er schlau, deshalb hat er es überstanden … Ach, Quinta, ich war ja so dumm. Ich werde nie mit Männern klarkommen. Angus ist schon wie verrückt fremdgegangen, und dann gehe ich hin und lasse mich mit Adam ein! Du hattest recht – während der Ausgrabung hast du gesagt, er wäre ein Ungeheuer, und genau das ist er. Und was Zoe und Felix betrifft …!«

Lydia holte tief Luft und schüttelte ungläubig den Kopf. »Bruder und Schwester! Inzest! Es ist so was von widerlich! Das einzig Gute daran ist – außer daß ich Adam endlich durchschaut habe –, daß die zwei verschwinden müssen. Der Bischof hat zwar sehr an sich gehalten, um mich nicht zu erschrecken, glaube ich, aber man sah ihm an, daß er vor Wut kochte. Er wird sie bestimmt an die Luft setzen. Schließlich ist er in einer sehr heiklen Lage – ein Mann in seiner Position, und sein Neffe und seine Nichte treiben es vor seinen Augen in seinem Palais! Wenn das herauskäme, gäbe es einen handfesten Skandal, und auf den Ruf eines Bischofs oder seiner Familie darf vermutlich nicht mal der leiseste Hauch eines Verdachts auf sexuelle Unregelmäßigkeiten fallen.«

»Was ist denn eigentlich genau passiert?« wollte Quinta wissen. »Na los, sag schon, raus damit. Was haben sie denn gemacht?«

»Sie haben ein Sandwich gemacht«, sagte Lydia. »Der Bischof gab mir das Buch für Großmama, und dann fragte er, ob ich nicht auch an der Ausgrabung mitgewirkt hätte, sein Neffe und seine Nichte seien bei ihm zu Besuch, ob ich ihnen nicht guten Tag sagen wolle? Ich konnte ja schlecht nein sagen, deshalb ging er zu ihrem Zimmer, öffnete die Tür, und da lagen sie. Ein Sandwich!«

»Und was ist das?« fragte Quinta verwirrt.

»Ach, denk doch mal scharf nach«, sagte Lydia. »Streng deinen Kopf an. Zoe lag unten, dann kam Felix, und obendrauf Adam. Alle drei natürlich splitterfasernackt.«

Quinta blickte sie aus großen Augen an und gab sich alle Mühe, ernst zu bleiben. Umsonst. Ihre Lippen zuckten, und sie brach in schallendes Gelächter aus. »Ja, ich weiß, es ist schrecklich, und obendrein so pervers, daß es zum Himmel schreit – aber Zoe muß förmlich zerquetscht worden sein!«

»Geschieht ihr nur recht«, stieß Lydia gehässig hervor. »Hoffentlich hat sie mehrere gebrochene Rippen, so wie Albans Schwägerin.«

Sie hielt inne. »Quinta, Adam war neulich auch auf der Party, nicht wahr?«

Quinta nickte. »Titus sagte später, er hätte ihn gesehen.«

»Das hab ich mir schon gedacht. Wie blöd ich war. Ich habe ihn danach gefragt, als ich ihn das nächste Mal getroffen habe, und seine Reaktion war mir irgendwie verdächtig. Er war so dreist, mir vorzuwerfen, ich sei prüde, die Party wäre bestimmt nicht halb so schockierend gewesen, wie ich behaupte. Ich solle mich nicht so anstellen, endlich lockerer werden, meine Hemmungen ablegen.«

»Jetzt weißt du, was er mit Hemmungen ablegen meint. Ich würde sie lieber behalten«, sagte Quinta und versuchte sich zusammenzureißen. »O Mann, was manche Leute so treiben. Da komme ich mir richtig alt vor. Tja, Lydia, du kannst jedenfalls nicht behaupten, daß deine Zeit in Eyot ereignislos gewesen wäre.«

»Nein. Eines weiß ich jedoch genau: Mit Männern läuft bei mir nichts mehr.«

Quinta lachte. »Bis zum nächsten.«

»Für dich ist er noch nicht gekommen, oder?« fragte Lydia.

»Nein.«

»Du bist immer noch in Phoebes Vater verliebt, hab ich recht?«

»Vermutlich«, sagte Quinta wehmütig. »Ich bin eine Ein-Mann-Frau.«

»So was gibt's nicht«, widersprach ihre Freundin. »Wenn du meine Meinung hören willst, so denke ich, daß diese Seite von dir zu Eis erstarrt ist, als er dich fallenließ, und seitdem lebst du in einem Kühlschrank. Eines Tages wird etwas geschehen, das den Bann bricht. Dann trittst du nach draußen in die Sonne, fragst dich, was du jemals in ihm gesehen hast, und beginnst, ein normales Leben zu führen. Zusammen mit einem anderen Mann – und ich meine damit nicht eine so merkwürdige Beziehung wie die mit Alban.«

»Mag sein«, sagte Quinta skeptisch. »Aber die Sache mit Alban ist Vergangenheit. Endgültig zu Ende. Keine Dienstage und Donnerstage mehr.«

»Hm. Soviel hatte ich mir schon zusammengereimt.«

21. Kapitel

»Lebst du eigentlich hier?« fragte Faustina, als Titus auf ihr Läuten die Tür zu Manor House öffnete. »Ich weiß, daß du gestern schon hier warst, weil ich auf dem Weg hierher eine der drei Grazien getroffen habe, und die hat mir alles brühwarm erzählt. Oh, sieh an, noch mehr Besuch, da kommt Sylvester.«

»Dann kennst du Sylvester also schon?« erkundigte sich Titus.

»O ja, seit Jahren. Und Lily, was für eine Freude!«

Sylvester begrüßte Faustina herzlich. »Spielst du den Butler, Titus?« fragte er höflich, als er sich in die Diele zwängte. »Schnell, geht weiter, bei den vielen Leuten kriege ich kaum Luft.«

»Das liegt an dir, nicht an uns«, gab Lily zurück. »Was findet denn hier statt – eine Konferenz?«

»Nein, Lily«, sagte Titus. »Ich bin hier, um mit Alban Schach zu spielen, mein Wohltätigkeitsprojekt, weißt du. Ich versuche jeden Tag herzukommen, das hält ihn bei Laune. Aber heute ist der Vogel ausgeflogen und hat Lydia gleich mitgenommen.«

»Er ist nach London gefahren, nicht wahr?« Sylvester ließ sich auf einen großen Lehnsessel plumpsen. »Das muß ich Alban lassen, er hat Möbel von akzeptabler Größe.«

»Besser wäre es, wenn seine Freunde ein akzeptables Gewicht hätten«, warf Lily ein.

»Diese Bemerkung will ich überhört haben«, sagte Sylvester.

»Ja, er ist nach London gefahren«, berichtete Titus. »Ein spontaner Entschluß scheinbar. Eines seiner Werke wird auf CD verewigt. Ursprünglich wollte er nicht dabeisein, nicht im Rollstuhl; aber gestern abend hat er seine Meinung doch noch geändert. Ich vermute, er versucht Lydia auf andere Gedanken zu bringen, sie von ihrem Liebeskummer abzulenken, was ich sehr nett von ihm finde.«

»Dann muß ihn sein Leid wohl zu einem besseren Menschen gemacht haben«, sagte Sylvester. Lily wirkte skeptisch. Sie sagte, wenn niemand zu Hause sei, um ihnen eine Tasse Tee oder Kaffee anzubieten, dann würde sie eben selbst etwas in der Sache unternehmen.

»Wo ist Phoebe?« fragte Faustina. »Mit der Frau unterwegs, die ihr morgens Unterricht gibt?«

»Nein, heute nicht.« Titus griff geschickt nach den Tassen und Untertellern im Regal hinter Lilys Sessel. »Lucy Praetorius ist zu Besuch. Sie ist mit Phoebe unterwegs. Aber Quinta ist da. Sie arbeitet im Bad.«

Die anderen starrten ihn nach dieser ungewöhnlichen Verkündigung verdutzt an. Nur Sylvester wirkte nicht überrascht. Er nickte wissend.

»Am Lackieren, nicht wahr? Der Kontrabaß? Dann muß er wohl fast fertig sein.«

»Im Bad?« fragte Faustina.

»Ja, man füllt es mit Dampf. Der saugt den ganzen Staub aus der Luft, so daß man eine makellose Lackschicht bekommt. Alter Trick.«

»Stinkt entsetzlich«, sagte Titus. »Ich habe durch die Tür mit ihr gesprochen. Ich muß zugeben, ich möchte nicht gern da drin sein.«

»Wenn sie fertig ist, sag ihr, daß ich Kaffee aufgesetzt habe«, verkündete Lily. »Ich habe gehört, daß es ein wunderschönes Instrument sein soll, und ich kann mir denken, daß es Lydia gefallen wird, obgleich ich persönlich mit diesen riesigen Dingern nichts anzufangen weiß. Cellos sind wahrlich anstrengend genug.«

Dankbar ließ Quinta sich mit dem Glas Wasser nieder, das Lily ihr angeboten hatte, als sie ihr rotes, schweißüberströmtes Gesicht sah. Sie trug ein klatschnasses altes T-Shirt und Shorts von Alban, die ihr fast bis zu den Knien reichten.

Titus blickte sie bewundernd an. »Du siehst aus wie ein durchgeknallter Pfadfinder«, sagte er schließlich. »Jetzt verstehe ich, warum du es vorziehst, zu Hause zu arbeiten – du würdest Gustavs Kunden verscheuchen, wenn sie dich so sähen.«

»Sehr professionell«, sagte Sylvester anerkennend. »Wenn auch nicht besonders vorteilhaft.«

Ist es nicht seltsam, überlegte Quinta, während sie gierig das Wasser trank, wie gleichgültig mir mein Äußeres ist? Spricht das für einen Hormonmangel? Hat Lydia recht? Sind all meine normalen Gefühle eingefroren? Wahrscheinlich eher ein für allemal abgestorben, dachte sie bedrückt.

»Dann mache ich mich besser mal wieder an die Arbeit«, sagte sie und reckte sich.

»Es geht voran, nicht wahr?« fragte Sylvester.

»Ich hoffe es.«

»Komm um eins wieder, dann lade ich dich zum Mittagessen ein«, sagte Titus.

»O nein«, widersprach Sylvester. »Ich lade sie ein.«

»Wir können doch alle zusammen gehen«, warf Lily ein.

»Ich glaube, ich gehe lieber gleich in den Laden, wenn ich hier fertig bin«, sagte Quinta. »Trotzdem vielen Dank.«

»Nein, ich bestehe darauf«, sagte Sylvester. »Sollte Gustav sich quer stellen – was er nicht tun wird, weil er ja gar nicht hier ist –, kannst du ihm sagen, daß ich dich ausgeführt habe, um einen neuen Auftrag mit dir zu besprechen. So!«

Quinta lächelte ihm zu und kehrte ins Bad zurück.

»Wollen Sie ein Cello bei Quinta bestellen?« fragte Faustina.

»Nicht für mich. Aber Phoebe braucht ein anständiges Instrument, jedenfalls in naher Zukunft. Gustav sollte sich wirklich schämen: Das Cello, auf dem sie jetzt spielt, ist das beste, das bei ihm zu mieten ist, und es ist schaurig. Ich werde mal mit ihm darüber reden müssen.«

»Sind kleine Cellos sehr teuer?« erkundigte sich Titus.

»Die kosten jedenfalls mehr, als Quinta bezahlen kann. Ich

weiß von einem kleinen deutschen Cello, ein wunderschönes Instrument, das für Phoebe jetzt genau das richtige wäre. Anschließend könnte Quinta das nächstgrößere für sie bauen. Aber es ist zu teuer, Quinta könnte vermutlich nicht mal die Hälfte des Betrages aufbringen.«

»Das wichtigste ist, daß Phoebe wieder zur Schule geht«, sagte Lucy, die gerade mit der Kleinen zur Tür hereinkam. »Dieses Zu-Hause-Herumhocken tut ihr nicht gut. Sie ist unbändiger denn je.«

»Kein Wunder«, erwiderte Sylvester. »Sie braucht Trabanten, die sie herumkommandieren kann. Ich arbeite daran – vor ein paar Tagen habe ich mir den Schulleiter schon vorgeknöpft, diesen aufgeblasenen Hohlkopf Poughley. Ich hab ihm gesagt, er solle neben den Chorstipendien gefälligst noch andere Musikstipendien vergeben. Er faselte erst mal drauflos, wie es so seine Art ist, aber dann hat er zugegeben, daß es da etwas gibt, das sich bischöflicher Fonds nennt. Der ist eigentlich dazu bestimmt, Kindern zu helfen, die nicht dem Chor angehören, aber er hat das Geld trotzdem immer an irgendwelche Günstlinge im Chor ausbezahlt.«

»Darf er das überhaupt?« fragte Lucy.

Sylvester schüttelte empört den Kopf. »Nein, bestimmt nicht, aber er hat es einfach getan. Genau das Verhalten, das man von einem Schulleiter erwarten würde, der eng mit der Kirche verbandelt ist. Ich dachte, da wir ihm auf die Schliche gekommen waren, könnten wir ihn dazu bringen, allein schon aus Verlegenheit etwas Vernünftiges mit dem Geld anzufangen – zum Beispiel Phoebe ein Stipendium zu geben. Aber er sagte, daß der Betrag des Fonds nicht mal Musikstunden decken würde, ganz zu schweigen von Schulgebühren.«

»Es wird schon jemand auftauchen und mehr Geld einzahlen«, sagte Lily im Brustton der Überzeugung.

»Hast du das im Kaffeesatz gelesen, Lily?« fragte Titus belustigt.

»Spotte nicht«, mahnte Sylvester. »Ich habe noch nie erlebt, daß Lily sich geirrt hätte. Wenn sie denkt, daß genug Geld in die Kasse kommen wird, um Phoebe auf eine angemessene Schule zu schicken, dann wird es auch so sein.«

»Die drei Grazien sind sehr besorgt um Phoebe«, sagte Faustina.

»Die drei Grazien?« wiederholte Sylvester.

»Die Blumenfrauen«, sagte Titus. »Entsetzliche Klatschbasen, wissen alles über jeden. Eine von ihnen ist ja ganz nett, aber die beiden anderen – o Gott!«

»Wyn ist ganz in Ordnung«, pflichtete Faustina ihm bei. »Ich kenne sie von früher, von Cambridge. Sie ist neugierig, will gern wissen, was so läuft, kann aber durchaus auch den Mund halten. Was man von den beiden anderen allerdings nicht behaupten kann.«

»Was machen sie eigentlich so?« fragte Titus. »Abgesehen davon, daß sie die Säulen der Blumenschmuck-Brigade der Kathedrale sind? Werden sie jede Nacht in die Sakristei eingeschlossen? Existieren sie überhaupt außerhalb der Kathedrale?«

»Marjorie Jessop ist mit einem Mann verheiratet, der meist im Ausland arbeitet«, berichtete Lily. »Was man ihm schwerlich verdenken kann. Und Daphne hat ihren Mann vor ein paar Jahren verloren.«

»Sie hat ihn wohl versehentlich in ein Blumengebinde gesteckt, wie?« frotzelte Titus.

»Und Wyn hat ein wenig Geld von einer Tante geerbt«, fuhr Lily fort. »Zusammen mit einem Haus in Eyot. Sie arbeitet ein paar Stunden in einem Oxfam-Shop.«

»Woher weißt du das alles?« fragte Titus.

»Lily weiß eben alles«, erklärte Sylvester. »Na ja, wenn Alban nicht da ist und daher keiner Aufmunterung meinerseits bedarf, dann mache ich mich mal auf den Weg. Sag Quinta, sie soll um eins zu uns ins Vicenza kommen, Titus. Sie natürlich auch, Faustina.«

»Diesmal nicht, trotzdem vielen Dank«, sagte Faustina und stand auf. »Ich habe immer noch stapelweise Kartons auszupacken. Ich bin heute morgen nur vorbeigekommen, um zu sehen, wie es Lydia geht.«

»Sagen Sie bloß, sie ist auch krank!« sagte Sylvester.

»Nein, nein. Sie hat gestern nur einen schlimmen Schock erlitten, das ist alles. Sie hat ihren Freund in flagranti im Bischofspalais ertappt, mit meinem Neffen und meiner Nichte, die offenbar nicht einen Funken Anstand im Leib haben.«

»Ich glaube nicht, daß dieses Mädchen Ihre Nichte ist«, verkündete Lily wie aus heiterem Himmel.

»Tja, Felix ist allerdings mein Neffe, dessen bin ich mir ganz sicher«, sagte Faustina. »Und er hat auch eine Zwillingsschwester namens Zoe, obwohl ich sie zugegebenermaßen seit ihrem zwölften Lebensjahr nicht mehr gesehen habe. Und dieses Mädchen sieht Felix so ähnlich – sie muß einfach sein Zwilling sein.«

»Nein«, sagte Lily entschlossen. »Diese beiden haben es nur darauf angelegt, alle zu schockieren. Sie lachen sich ins Fäustchen, weil ihr ihnen allesamt auf den Leim gegangen seid. Rufen Sie doch mal die Schwester des Bischofs in Amerika an, Sie werden sich wundern.«

Faustina blickte sie nachdenklich an. »Ich glaube, das werde ich tun«, sagte sie langsam. »Ich muß sagen, ich wäre sehr froh, wenn Sie recht hätten. So könnte eine überaus peinliche Angelegenheit möglicherweise entschärft werden.«

»Ja, davon gibt's schon genug, ohne daß man noch weitere konstruieren muß«, sagte Lily. »Komm jetzt, Sylvester, vor dem Mittagessen haben wir noch viel zu tun.«

»Ich weiß nicht, warum ich mich von dir so tyrannisieren lasse«, grummelte Sylvester. »Du hast mich gezwungen herzukommen, ich könnte jetzt zu Hause sein und arbeiten …«

»Tschüs, Quinta«, rief Faustina durch die Tür zum Bad. »Lösen Sie sich da drinnen nur nicht auf, und halten Sie mich auf dem laufenden, wie es Lydia geht.«

Lydia schob in diesem Moment Alban in das Londoner Studio. Während er sogleich in dringliche Gespräche über technische und musikalische Fragen verwickelt wurde, hielt sie sich diskret im Hintergrund. Die Musiker kamen zu ihm getrottet, klopften ihm auf die Schulter und gaben ihrem Mitgefühl ob seiner Behinderung Ausdruck, bevor sie sich an ihre Plätze setzten.

Lydia bemerkte mit ehrfürchtiger Scheu, wie ein berühmter Dirigent hereinkam und mit der Partitur in der Hand auf Alban zusteuerte. Der reizbare, selbstsüchtige Mann, den sie kannte, verwandelte sich vor ihren Augen in den Inbegriff eines Vollblutmusikers. Ich nehme hier nur Platz weg, dachte sie.

Alban rief nach ihr.

»Lydia«, sagte er gebieterisch. »Ich habe ein paar Notenblätter in meiner Wohnung vergessen. Ich dachte, sie wären hier. Spring schnell in ein Taxi, ja? Hermione wird dort sein, und die Unterlagen liegen in meinem Schreibtisch. Sie wird sie für dich heraussuchen. Sag ihr, es ginge um meine neue Suite. Sie weiß dann schon Bescheid.«

Er wandte sich ab und war sogleich wieder ins Gespräch vertieft. Lydia hastete durch das Labyrinth von Gängen nach draußen und hielt ein Taxi an. Du meine Güte, dachte sie und ließ sich auf den Sitz plumpsen, als das Taxi losbrauste. Ob Quinta überhaupt bewußt ist, was für ein großes Tier Alban ist? Und wie diese Hermione wohl sein mag? Vermutlich interessiert es Quinta gar nicht. Wie konnte sie die ganze Zeit mit Alban zusammenleben und zweimal in der Woche mit ihm ins Bett steigen, ohne mehr als mäßige Zärtlichkeit für ihn zu empfinden? Wie konnte man einem Mann wie Alban gegenüber überhaupt mäßige Empfindungen hegen?

Zum Glück hatte Alban ihr den Schlüssel zu seiner Wohnung mitgegeben, denn Hermione war nicht zu Hause. Ja, sie hatte sogar endgültig die Segel gestrichen, wie Lydia sehr schnell klarwurde. Und das schon vor ein paar Tagen, dachte Lydia, die zurückschauderte, als sie den Kühlschrank öffnete.

Sie schaute sich in der Wohnung um, in der ein heilloses Durcheinander herrschte. Hermione war offenbar mit Sack und Pack ausgezogen, nach den leeren Regalen und Schubfächern und dem allgemein unbewohnten Aussehen der Wohnung zu urteilen.

Das wird Alban nicht gefallen, dachte Lydia, als sie den großen Rollschreibtisch öffnete. Darin lag ein zugeklebter Umschlag, in schnörkeliger Handschrift an Alban adressiert. Lydia betrachtete ihn und überlegte, ob sie ihn einfach dort liegenlassen sollte, doch nach kurzem Zögern steckte sie ihn in ihre Tasche. Alban würde vermutlich wissen wollen, warum Hermione das Weite gesucht hatte.

Sie kramte in den Papieren in seinem Schreibtisch. Dort lagen nur wenige Notenblätter, nur ein schmaler Hefter, der nicht beschriftet war – das mußte es wohl sein, was er brauchte. Sie klemmte sich den Hefter unter den Arm und verließ die Wohnung.

Alban nahm den Hefter entgegen und bedankte sich flüchtig. Lydia konnte ihn gerade noch fragen, wie lange er voraussichtlich noch beschäftigt sein würde. Gut, dachte sie. Auf zum Shopping. Mehrere himmlische Stunden ganz für sich allein.

Sie hatte damit gerechnet, daß sie den Sechs-Uhr-Zug erwischen würden, doch um halb neun Uhr abends wußte sie, daß sie heute überhaupt nicht mehr nach Eyot zurückkommen würden. Sie rief Quinta an, um ihr Bescheid zu sagen, und erzählte ihr von Hermiones Verschwinden.

»Ihren Brief hat er noch nicht gelesen«, sagte sie.

»Woher weißt du das?«

»Weil ich ihn ihm noch nicht gegeben habe. Er ist komplett in seine Musik vertieft, ehrlich, er würde es nicht mal bemerken, wenn die Welt unterginge, während er da drin ist. Die müssen ein Vermögen für Überstunden bezahlen – du weißt ja, wie Musiker sind, wenn sie länger arbeiten müssen.«

»Bei den Aufnahmen mit Alban überziehen sie immer«, sagte Quinta. »Sie sind schon daran gewöhnt. Wo werdet ihr übernachten?«

»Keine Ahnung. Ich habe meine Schlüssel dabei, wir könnten also zu mir nach Hause gehen. Mum hätte bestimmt nichts dagegen.«

»Da wird Alban bestimmt nicht mitspielen«, wandte Quinta ein.

Sie hatte recht. »Meine Wohnung ist doch wohl gut genug«, sagte Alban. »Du kannst das Schlafsofa benutzen. Hermione wird sicher nichts dagegen haben.«

»Tja«, sagte Lydia. »Ich glaube nicht, daß Hermione da sein wird.«

»Natürlich ist sie da. Sie ist immer da.«

»Sie ist weg«, erklärte Lydia entschlossen.

»Oh, Mist. Wohin kann sie gegangen sein?«

Das fand er bald heraus, als er in wachsendem Zorn ihren Brief las. »Na so was, sie ist nach Amerika abgehauen. Mit irgend so einem elenden Perkussionisten. Einem Schlagzeuger! Da hätte sie genausogut mit der zweiten Trompete durchbrennen können, diese Närrin!«

Sein Ärger steigerte sich ins Unermeßliche, als er seiner Wohnung ansichtig wurde. »Hier sieht's aus wie im Schweinestall«, sagte er. »Sah es schon so aus, als du heute morgen hier warst?«

»Ja.«

»Und warum hast du dann nicht aufgeräumt?« wollte er wissen.

»Wieso sollte ich?« gab Lydia gleichmütig zurück. »Ich war einkaufen.«

»Einkaufen? Du wirst doch nicht bezahlt, um einzukaufen!«

»Nein, ich werde bezahlt – und zwar sehr schlecht, wie ich hinzufügen möchte –, um dich durch die Gegend zu kutschieren. Heute brauchte dich niemand zu schieben, im Studio war ich überflüssig, und deshalb habe ich ein paar eigene Dinge erledigt. Auf jeden Fall werde ich nicht dafür bezahlt, für dich und deine schlampige Freundin sauberzumachen.«

Wäre Alban nicht an den Rollstuhl gebunden gewesen, dann wäre er erregt auf und ab gegangen. So mußte er sich damit begnügen, ihr erzürnte Blicke zuzuwerfen, die Lydia geflissentlich übersah.

»Es macht mir nichts aus, heute nacht hier zu schlafen, da es schon spät ist. Aber wenn du morgen auch hierbleiben willst, dann muß hier Ordnung geschaffen werden.«

»Aha, du bist zur Vernunft gekommen, wie schön.«

»O nein – falls du damit meinst, daß ich selbst aufräume. Ich werde nichts dergleichen tun. Ich werde bei einer dieser Reinigungsfirmen anrufen. Die schicken jemanden.«

Alban forschte in ihrem gleichmütigen Gesicht und mußte einsehen, daß er seine Meisterin gefunden hatte. »Na schön«, gab er nach. »Aber es wird ein Vermögen kosten.«

»Du kannst es dir leisten, nach dem Betrag auf dem Tantiemenscheck zu urteilen, der in deinem Schreibtisch liegt.«

»Oh, da habe ich ihn also liegenlassen?«

Er schaute sich im Zimmer um und verzog das Gesicht. »Sieht ziemlich trostlos aus, oder? Und es wird sehr einsam sein, allein in dem großen Bett. Ich schätze, du möchtest nicht zufällig …«

»Ich«, verkündete Lydia resolut, »werde auf dem Sofa schlafen. Heute abend darfst du mich zum Essen einladen, da ich hier nichts zu mir nehmen werde. Und schlag dir jeden Gedanken, daß ich die Nachfolgerin deiner Hermione oder von Quinta werde, schleunigst aus dem Kopf. Ich bin nämlich keine schmachtende Flötistin, die in ihrer Entwicklung stehengeblieben ist, und ich muß auch keine Dankesschuld abtragen, wie Quinta immer dachte. »Wenn du mit mir ins Bett gehen willst, wirst du dich viel mehr ins Zeug legen müssen.«

»Oh.« Alban grinste. »Weißt du, vielleicht bin ich gar nicht so erpicht auf Dankbarkeit und Schmeichelei, wie du denkst.«

»Was ich denke« – Lydia blickte ihn nachdenklich an – »ist, daß dir unbedingt mal jemand Paroli bieten muß. Man hat dir viel zu lange viel zu viele Frechheiten durchgehen lassen.«

»Feiern wir irgendwas?« fragte Alban und blickte sie spöttisch unter seinen wilden Brauen hervor an. »In diesem Falle hol mir bitte das Telefon, dann bestelle ich uns einen Tisch.«

»Es wird dir noch leid tun, daß du so früh aus London zurückgekommen bist«, sagte Quinta warnend zu Lydia. »Lucy besteht darauf, daß wir alle zusammen die Messe in der Kathedrale besuchen. Ich habe schon seit neun Jahren keinen Gottesdienst mehr besucht, lange vor Phoebes Geburt …«

»Und ich tue es auch jetzt nur äußerst widerwillig«, murmelte sie unwirsch, als sie später Phoebe davon zu überzeugen versuchte, daß sich ihre achtundzwanzig Stoffeulen nicht im Stich gelassen fühlen würden, wenn diese sie nicht zur Messe begleiten durften. Zu dem ausgefallenen Hut, den Phoebe tragen wollte, verkniff sie sich jeden Kommentar. Ebenso zu den nicht zueinander passenden Socken und der riesigen, alten ausgebeulten schwarzen Strickjacke, die früher mal ihr gehört hatte. Wo hatte sie die nur ausgegraben?

Lucy, die den gemeinsamen Ausflug zur Kathedrale initiiert hatte, blinzelte, als sie Phoebes Aufzug gewahr wurde, nahm jedoch ebenfalls davon Abstand, ihre Meinung zu äußern.

»Ich habe dich gewarnt«, sagte Quinta. »Warum gehst du nicht allein, und ich bleibe mit Phoebe zu Hause? Ich muß ohnehin das Mittagessen vorbereiten. Wir haben tausend Gäste, die verköstigt sein wollen.«

Lucy und Alban hatten einige Freunde zum Einweihungskonzert von Lydias Kontrabaß eingeladen.

»Eine Kontrabaß-Party«, hatte Sylvester begeistert gemeint. »Das ist eine Premiere – natürlich bin ich dabei.« Lucys Vorschlag, sich der Gruppe anzuschließen und die Messe zu besuchen, hatte er unter schallendem Gelächter abgelehnt.

»Auf meine Anwesenheit wirst du leider verzichten müssen, Lucy. Du weißt, was ich von dem Haufen halte – lauter Heuchler. Nein, da muß ich passen.«

»Also wäre es doch viel besser«, fuhr Quinta jetzt fort, »wenn ich hierbliebe und mich um das Essen kümmern würde.«

»Das kannst du getrost mir überlassen«, sagte jemand hinter Quinta.

Es war Lily.

»Mich kriegen keine zehn Pferde in eine Messe«, sagte sie. »Und Sylvester kommt in etwa einer Stunde auch her, dann kann er mir zur Hand gehen. Nein, du brauchst mir nicht zu zeigen, wo alles ist, Phoebe, ich finde mich schon zurecht.«

Lucy verfrachtete den murrenden Alban, der inzwischen vom Rollstuhl auf Krücken umgestiegen war, zusammen mit der gähnenden Lydia, der lärmenden Phoebe und der widerstrebenden Quinta in den Wagen.

»Liebste Mutter, du bist wahnsinnig geworden«, sagte Alban. »Ich war seit Jahren nicht in der Kirche.«

»Das kann ich mir denken«, erwiderte Lucy. »Um so mehr Grund, heute hinzugehen. Der Bischof predigt zum ersten Mal, deshalb ist es allein schon eine Geste der Höflichkeit Faustina gegenüber. Außerdem wird deine Venezianische Messe zum besten gegeben, Alban.«

»O nein, verschon mich damit«, sagte Alban. »Es wird gräßlich sein. Simon hat nicht den blassesten Schimmer.«

»Sei nicht so überheblich«, wies Lydia ihn zurecht. »Simon ist auf seinem Gebiet ebenso angesehen wie du auf deinem. Ich freue mich jedenfalls schon darauf.«

Mit verschränkten Armen ließ sich Alban auf seinen Sitz sinken. »Familien«, sagte er.

»Du kannst froh sein, daß du eine so große Familie hast«, sagte Phoebe mißbilligend. »Statt dessen meckerst und nörgelst du nur immerzu rum.«

Lucy mußte lachen. »Ja, zeig's ihm, Phoebe.«

Die Kleine war aufgeregt bei der Aussicht, eine Messe zu besuchen. »Können wir in der allerersten Reihe sitzen?« fragte sie. »Ich möchte an einem Platz sitzen, von dem aus ich Gavin und besonders Peter sehen kann, dann kann ich ihnen Grimassen schneiden.«

»Du wirst niemandem Grimassen schneiden«, sagte Quinta. »Gibt's irgendwelchen Ärger, auch nur den allerkleinsten, fliegst du raus. Ich hab's dir ja gesagt, Lucy, das war keine besonders gute Idee.«

»Unsinn«, sagte Lucy lebhaft. »Es wird uns allen guttun.«

Quinta war erleichtert, als sie feststellte, daß sich die Kirche bereits füllte, obwohl sie relativ früh dran waren. Also blieb ihnen ein Platz in der vorderen Reihe erspart. Sie zeigte Phoebe die Kirchenlieder in ihrem Gesangbuch.

»Davon kenne ich kein einziges«, sagte Phoebe enttäuscht.

»Das macht nichts«, erwiderte Alban. »Die Melodien von Kirchenliedern sind alle gleich. Die lernt man beim Singen.«

»Warum sind sie alle gleich?« fragte Phoebe interessiert.

»Mangel an Phantasie«, sagte Alban. »Langweiliger Text, langweilige Melodien.«

»Und warum schreibst du dann nicht ein unlangweiliges?« wollte Phoebe wissen. »Im übrigen sind sie nicht alle langweilig, schau her, im Gesangbuch stehen auch Weihnachtslieder. Ich mag Weihnachtslieder.«

»Manche Weihnachtslieder sind ganz nett, wenn man so was mag«, sagte Alban widerwillig. »Lydia, wenn du weiter so den Hals reckst, verwandelst du dich noch in eine Giraffe!«

»Ich schaue mich nur um, ob irgendwelche Bekannten von uns da sind«, sagte Lydia. »Huch, da ist Großmama, sieh mal, sie sitzt neben Sybil Stixwould. Sie müssen sich wohl wieder vertragen. Ich gehe lieber mal zu ihr rüber, guten Tag sagen.«

»Nicht jetzt.« Alban hielt sie zurück. »Ich glaube, es geht gleich los. Komm, Phoebe, steh auf.«

»Warum?« fragte Phoebe, nahm ihren Hut ab und hängte ihn behutsam an den kleinen Haken an der Bank vor ihnen. »Seht mal, ein Haken für Hüte!«

»Weil man das eben so macht, wenn alle reinkommen«, sagte Harriet, die auf den leeren Stuhl neben ihr geglitten war. »Schau da drüben hin, dann wirst du gleich den Chor sehen.«

Quinta warf Harriet einen dankbaren Blick zu. Wenn es jemanden gab, der Phoebe in den wildesten Momenten bremsen konnte, dann Harriet. Vermutlich muß sie jede Woche zur Messe gehen, dachte Quinta. Gehört zu ihrem Job.

Sie erhob sich mit dem Rest der Gemeinde, mußte sich dann jedoch bücken, um die Bücher aufzuheben, die Phoebe vor lauter Aufregung zu Boden gefegt hatte, als sie Gavin und Peter in der Einzug haltenden Prozession entdeckte.

Phoebe hatte die beiden noch nie in ihren Roben gesehen und war ganz hin und weg. Sie zupfte Harriet am Ärmel. »Guck mal«, sagte sie eindringlich. »Da sind meine Freunde!«

»Ich weiß«, flüsterte Harriet. »Ich unterrichte die beiden.«

Quinta richtete sich mit den restlichen Büchern in der Hand auf und wandte sich zur Seite, um sie an ihren Platz zurückzulegen. In diesem Moment erreichte der Bischof ihre Reihe. Er trug ein verbindliches Lächeln zur Schau, das nicht über seinen Mund hinausging; das höfliche, pflichtbewußte Gesicht eines Mannes, der mit gebührendem Ernst seinem Beruf nachgeht.

Dann erblickte er Quinta. Zunächst glitt sein Blick gleichgültig über sie hinweg, dann kehrte er plötzlich mit erschreckender Intensität zu ihr zurück. Er erstarrte kurz. Dann schoß sein Blick zu Phoebes flammendrotem Haar neben ihr. Sein Kaplan fuhr herum, um zu sehen, warum der Bischof stehengeblieben war. Sein Kreuz baumelte bedrohlich auf und ab. Der Rest der Prozession hinter dem Bischof geriet aus dem Tritt, da der hintere Teil weiterging, bis die Teilnehmer mit den stillstehenden Geistlichen und Meßdienern zusammenprallten.

Mit ungeheurer Selbstbeherrschung richtete der Bischof den Blick auf die Leute, die auf der anderen Seite des Mittelganges standen, entdeckte Gott sei Dank ein bekanntes Gesicht und schenkte ihm ein wohlwollendes Lächeln. Dann setzte er sich wieder in Bewegung.

Er hatte sich hervorragend aus der Affäre gezogen, dachte Harriet. Kaum jemand hatte bemerkt, daß Quintas – und Phoebes – Anblick den Bischof um seine Fassung gebracht hatte. Der Eingangsgesang war zu Ende, und Kanonikus Feverfew erhob seine dünne Stimme, um das Tagesgebet zu sprechen. Harriet, die fieberhaft nachdachte, schenkte seinem flüssigen Vortrag keine Beachtung. Quinta stand völlig reglos neben ihr – blaß, schwer atmend, als hätte sie einen furchtbaren Schock erlitten.

Und das hat sie wohl auch, dachte Harriet grimmig. Aber welch vollendete Selbstbeherrschung, fügte sie im stillen hinzu, als Quinta sich mechanisch zu Phoebe beugte, um ihr zu helfen, die richtige Stelle in der Liturgie zu finden.

Harriet blickte zu der Bank, in der Faustina mit Milo saß. Ihr Ausdruck war gelassen, reserviert, verriet nichts, und doch wäre Harriet jede Wette eingegangen, daß sie das Stocken des Bischofs mitbekommen hatte. Dann schreckte eine mächtige Baßstimme Harriet auf. Ihr Blick glitt zu dem Sänger – Titus. Sie schaute wieder zu dem kleinen Milo, der mit seinem Gesangbuch spielte, während er offensichtlich zutiefst gelangweilt neben seiner Mutter saß.

Titus.

Titus. Milo. Faustina. Der Bischof. Quinta. Phoebe.

Du lieber Himmel, dachte Harriet. Was für ein heilloses Durcheinander. Ein einziges Chaos.

Phoebe griff hinter Quintas Rücken nach Albans Mantel. Er beugte sich zu ihr. »A-dur«, sagte Phoebe in normaler Lautstärke. »Es ist in A-dur.«

Alban zog die Brauen hoch, nickte jedoch nur und legte den Finger auf die Lippen. Mit zusammengekniffenen Augen lauschte Phoebe der Musik. Als Harriet aus den Augenwinkeln sah, daß sie noch etwas sagen wollte, legte sie ihr rasch die Hand auf den Mund.

»Phoebe«, sagte sie leise. »Du darfst nicht sprechen. Wenn du schön brav bist, kaufe ich dir auch die kleine flauschige Stoffeule, die ich im Museumsshop gesehen habe.«

Phoebes Augen leuchteten, und sie preßte fest die Lippen zusammen.

Obgleich Harriets Gedanken fiebrig um die neuen Enthüllungen kreisten, registrierte die Lehrerin in ihr die Jungen im Chor. Wie nervös Peter wirkt, dachte sie. Lucys Bericht über die Schikanen, die Peter erleiden mußte, hatte sie nicht überrascht. Wie sie zu Lucy gesagt hatte, waren Schikanen jeglicher Art an der Schule gang und gäbe; im Chor vermutlich am schlimmsten, aber auch sonst nicht ohne. Mr. Poughley war da anderer Meinung. Er hatte sie belehrt, daß es keine derartigen Vorkommnisse an der Schule gebe, nur Kinder, die solche Vorfälle erfanden, um Unruhe zu stiften und die Aufmerksamkeit auf sich zu ziehen.

»Wir sind eine christliche Lehranstalt«, hatte er feierlich erklärt. »Schikanen haben an solch einer Schule keinen Platz.«

Als Harriet die kleinsten Jungen im Chor betrachtete, fragte sie sich – nicht zum ersten Mal –, warum scheinbar so verantwortungsbewußte Erwachsene Kinder so entsetzlich schlecht behandelten. Viel zu viele Eltern, Lehrer, Sozialarbeiter – fast jeder, der irgendwie Macht über Kinder hatte, betrachtete die armen Wichte als Gegenstände, nicht als menschliche Wesen.

Sah so das Los der meisten Kinder aus? dachte Harriet. Zur Welt zu kommen, um von eben jenen Personen manipuliert und mißhandelt zu werden, die eigentlich für sie sorgen sollten? Taten Eltern überhaupt jemals, was das beste für ihre Kinder war? Harriet beantwortete diese Frage mit einem zynischen Nein. Sie taten immer nur das, was ihnen in den Kram paßte. Befriedigten ihren Egoismus, versteckten ihre eigene Unzulänglichkeit. Wie selten fragen wir die Kinder eigentlich selbst, wie sie darüber denken? überlegte sie traurig. Und würden sie es uns denn sagen, wenn wir es täten?

Welche Konsequenzen hatte dies alles, wenn man schließlich erwachsen wurde und all dem entkommen konnte, fragte sie sich und dachte dabei an Quinta. Ihre Freundin war von den ach so verantwortungsbewußten Erwachsenen schmählich im Stich gelassen worden, als sie kaum älter war als der älteste der Jungen, die heute morgen hier im Chor sangen.

Als Phoebe sie schmerzhaft in die Rippen stach, merkte sie, daß nur sie allein noch stand. Der Rest der Gemeinde hatte zur Predigt Platz genommen. Eine ältere Dame mit einem schaurigen Hut funkelte sie vorwurfsvoll an, und sie setzte sich schnell. Dann blickte sie an Phoebe vorbei zu Quinta. Sie saß zurückgelehnt mit geschlossenen Augen da.

Der Bischof begann mit seiner Predigt. Es ging darum, daß die Menschen alte Sünden in ein neues Leben mitnähmen, es sei denn, man gestand seine Verfehlungen ein, konfrontierte sich mit ihnen, beichtete und leistete Wiedergutmachung, um letztlich Vergebung zu erlangen. Bei diesen Worten schlug Quinta die Augen auf und schaute zu ihm nach oben auf die Kanzel. Ihr Gesichtsausdruck war schwer zu deuten. Harriet stupste sie an. »Alles in Ordnung mit dir?« flüsterte sie.

»Was? Oh, ja, ja, natürlich.«

Harriet musterte ihren stocksteifen Körper. Alban schien nichts bemerkt zu haben. Lucy, die neben ihm saß, hörte aufmerksam zu. Phoebe war damit beschäftigt, die Troddeln an dem Betkissen vor ihr zu flechten und wieder zu entwirren.

Die Predigt näherte sich ihrem Ende, und als der Bischof zu seinem Stuhl zurückkehrte, ließ Quinta ihn nicht aus den Augen.

Der Gottesdienst ging weiter seinen Gang. Wie ein Automat stand Harriet auf und kniete nieder, in Gedanken ganz woanders. Und sie war nicht die einzige, die nicht ganz bei der Sache war, sagte sie sich leicht amüsiert. Sie war sicher, daß die Frau da drüben mit dem merkwürdigen pinkfarbenen Hut tief und fest schlief, und der Mann in dem zerknitterten Leinenanzug dachte nach seiner Miene zu urteilen an nichts Spirituelleres als an das Roastbeef, das er zum Mittagessen verspeisen würde.

Harriet stand auf, um mit Lucy zusammen die Kommunion zu empfangen. Alban blieb entschlossen auf seinem Platz sitzen, ebenso wie Quinta.

Phoebe schnitt Grimassen und zeigte auf das Gesangbuch. Dort stand geschrieben, daß Kinder während der Messe nach vorn an den Altar treten dürften, um den Segen zu empfangen. Harriet nahm sie bei der Hand, um mit ihr zu gehen, aber Quinta schüttelte den Kopf und bedeutete ihr, Phoebe loszulassen. Als Harriet an Alban vorbeikam, bemerkte sie, daß er Quinta verstohlen musterte. Konzentriert zog er seine buschigen Brauen zusammen.

Er weiß Bescheid, dachte sie.

Schließlich wurde das letzte Kirchenlied angestimmt, der Segen wurde erteilt, die Fahnen und Kreuze wurden in die

Höhe gehalten, und dann schritt die lange Prozession wieder den Mittelgang entlang.

Harriet schaute Quinta an, als der Bischof auf sie zukam. Sie wirkte erschöpft, jedoch gelassen und beherrscht. Mit klarem, kühlem, abschätzendem Blick sah sie den Bischof an. Er biß sich auf die Unterlippe und wandte sich ab.

Der Chor zog ins nördliche Kirchenschiff, um dort eine erhebende Version des 150. Psalms anzustimmen. Das war alter Brauch in manchen Kathedralen, allerdings nicht in Eyot. Aber der Bischof hatte eigens angeordnet, daß er während seiner ersten Eucharistiefeier auf dem Programm stand.

»Lobt ihn für seine großen Taten; lobt ihn in seiner gewaltigen Größe«, sang der Chor. »Lobt ihn mit dem Schall der Hörner; lobt ihn mit Harfe und Zither.«

Epilog

Als sie aus dem Westportal ins Freie traten und die Stufen hinuntergingen, blieb Quinta stehen und schaute zurück. Ein strahlendes Lächeln trat auf ihr Gesicht, und sie winkte ausgelassen der Westfront zu, die über ihr emporragte.

»Hallo, Gott«, sagte sie. »Erinnerst du dich noch an mich?«

Sie sprang die übrigen Stufen hinunter, dann bemerkte sie, wie Phoebe sie mißbilligend betrachtete.

»Wieso bist du so glücklich, Q?« fragte sie.

»Ach, einfach nur so«, sagte Quinta. »Geh du schon mal vor, ich warte noch auf Titus.«

»Ja«, sagte Alban. »Tu das, Quinta. Nein, Phoebe, keine Widerrede, du kommst mit uns. Deine Ma braucht mal ein paar Minuten für sich. Laß sie jetzt in Ruhe.«

Faustina fand den Bischof in seinem blauen Arbeitszimmer hinter dem Schreibtisch sitzend vor.

»Ich habe gerade noch ein paar Kisten ausgepackt«, begann sie fröhlich. »Und da habe ich diese reizende Bleistiftskizze eines Kindes gefunden. Sie zeigt deine Tante als kleines Mädchen, nicht wahr? Deine Tante Leonora. Seltsam, sie sieht Quintas kleiner Tochter verblüffend ähnlich. Du bist ihr nie begegnet, oder? Nein, natürlich nicht. Aber vielleicht ist sie dir ja heute morgen in der Kathedrale aufgefallen. Sie springt einem gleich ins Auge mit diesem flammendroten Haar.«

Faustina legte die Skizze auf einen kleinen Tisch in der Nähe des Schreibtischs. »Nur hatte deine Tante dunkles Haar, aber darüber gibt eine Bleistiftzeichnung ja keinen Aufschluß. Ich glaube allerdings nicht, daß ich sie aufhängen werde, auch wenn das Bild sehr hübsch ist.«

Der Bischof sagte nichts.

»Apropos, deine Tante«, fuhr Faustina in demselben munteren Ton fort. »Wir haben uns nie entschieden, was wir mit dem Geld machen wollen, das sie dir hinterlassen hat. Es ist eine ansehnliche Summe, selbst nach Abzug der Steuern und so, nicht wahr? Ich weiß, du hattest vor, es in einen Pensionsfonds einzuzahlen oder vielleicht noch ein Haus zu kaufen, aber weißt du, ich finde, wir brauchen es im Grunde nicht. Ich habe eine andere Idee – an der Cathedral School gibt es einen sogenannten bischöflichen Fonds. Damit soll eigentlich ein Stipendium für ein musikalisch begabtes Kind finanziert werden, das nicht an eine Mitgliedschaft im Chor gebunden ist. Nur leider ist im Moment nicht annähernd genug Geld in der Kasse.«

Faustina strich mit den Fingern über die Tasten des Klaviers.

»Das ist jammerschade, weil Quintas kleine Tochter hochmusikalisch ist und ihre Mutter es sich nicht leisten kann, Musikunterricht für sie zu bezahlen. Sie kann auch nicht auf eine ordentliche Schule wie zum Beispiel die Cathedral School gehen, wo sie besser abschneiden würde als an der Grundschule. Also, ich hab mir folgendes überlegt: Wenn mehr Geld im bischöflichen Fonds vorhanden wäre, vielleicht in Form einer großzügigen Schenkung des neues Bischofs, dann könnte Phoebe – so heißt das Kind, Phoebe – sie ist genauso alt wie Milo, was für ein Zufall –, dann könnte Phoebe ein Stipendium bekommen. Und vielleicht ein Treuhandkonto für spätere Zeiten. Sylvester glaubt, daß sie das Zeug zur Musikerin hat, und wenn sie diesen Beruf später ergreifen will, könnte es, na ja, sehr teuer werden.«

Der Bischof schwieg immer noch.

»Ach, übrigens habe ich den Geldbetrag, den du mir freundlicherweise zu meinem vierzigsten Geburtstag geschenkt hast, damit ich mir selbst etwas kaufe, nie ausgegeben. Ich habe ihn in Aktien angelegt, die erfreulicherweise im Wert gestiegen sind. Inzwischen habe ich mich entschieden, was ich damit anfangen will. Ich werde ein Cello kaufen. Nicht für mich, falls du dich wundern solltest, sondern für Phoebe. Sie braucht ein anständiges Instrument, und ich habe keine Verwendung für das Geld, von daher …«

Sie küßte den Bischof auf den Kopf. »Außerdem denke ich, daß wir sehr bald mal für ein paar Tage nach London fahren sollten. Ich möchte, daß du dort mit jemandem sprichst. Im Speisezimmer steht ein kalter Imbiß für dich bereit. Ich gehe zum Mittagessen zu Alban, Milo ist auch eingeladen. Wir sehen uns dann später, angenehmes Grübeln noch.«

Quinta ging zum Nordeingang hinüber und genoß es in vollen Zügen, die warme Sonne im Gesicht zu spüren. Sie fühlte sich frei und unbeschwert, wie ausgewechselt. Der freundliche Küster hatte am Eingang Dienst. Quinta war nicht überrascht, ihn dort zu sehen. An einem Tag wie diesem konnte unmöglich der finstere Wärter da sein.

»Kommen die Chormitglieder hier heraus?« fragte sie.

Der Küster sah ihr hinreißendes Lächeln und dachte an die sonnigen Tage seiner eigenen Jugend zurück. »Gehen Sie nur rein, Miss«, sagte er. »Die ziehen sich da drin gerade um.«

Quinta stand da und blickte in die Richtung, in die der Küster gezeigt hatte. In der Ferne entdeckte sie Titus' hochgewachsene Gestalt, den langen weißen Chorrock hatte er über seinen Arm drapiert. Als er sie sah, kam er sofort auf sie zu.

»Quinta!«

»Ich dachte, wir könnten zusammen zu Manor House gehen.«

»Warte hier, ich bin gleich soweit.«

Tatsächlich kam er kurz darauf zurück, nahm ihren Arm und führte sie durch den Kapitelsaal hinaus. »So geht's schneller.«

»Ich will mich gar nicht beeilen«, sagte Quinta. »Ich möchte so lange wie möglich die Sonne genießen. Laß uns einen

Umweg machen, am Fluß entlang und über die Martyr's Bridge.«

»Dann mal los«, sagte Titus, der sich fragte, warum sie so überströmend glücklich wirkte.

»Ich habe heute morgen eine Offenbarung erlebt«, fuhr Quinta fort, als sie friedlich weitergingen. »Ich habe jemanden gesehen, dem ich schon lange Zeit nicht mehr begegnet bin.«

»Jemanden?«

»Ihm natürlich«, sagte Quinta. »Phoebes Vater. Stell dir vor, ich habe mir fast neun Jahre lang eingebildet, daß ich noch in ihn verliebt wäre!«

Sie hielt inne.

»Es ist der Bischof, nicht wahr?« fragte Titus.

»Ja. Nur damals war er noch kein Bischof.«

»Hast du es nicht gewußt, als du seinen Namen gehört hast?«

»Nein. Alle nennen ihn Lennox. Als ich ihn kennenlernte, nannte er sich Jon. Jon Smith.«

»Natürlich. Damals war er schlicht und einfach Reverend J. L. Smith. Ich war überrascht, als ich aus den Staaten zurückkam und erfuhr, daß er seinen Namen jetzt mit Bindestrich schreibt.«

»Wie lächerlich«, sagte Quinta kühl. »Er wird sich wohl gedacht haben, daß das bei einem Mann, der aufs Bischofsamt zusteuert, mehr hermacht.«

»Liebst du ihn immer noch, jetzt, da du ihn wiedergesehen hast?«

Quinta wandte sich ihm zu. Ihr Blick war nachdenklich. »Nein, natürlich nicht. Damals habe ich ihn geliebt. Damals war es echte Leidenschaft, und ich bedaure es auch nicht, weil Liebe etwas Wunderbares ist, sowenig sie auch erwidert wird. Weißt du, ich hatte noch nie zuvor jemanden geliebt.«

»Was, nicht mal deine Familie?« fragte Titus überrascht.

»Nein.« Quinta schüttelte den Kopf. »Sie haben mich nicht geliebt, und ich sie auch nicht.«

»Wie lautet dein richtiger Name? Nicht Simpson, oder?«

»Nein, ich habe ihn ändern lassen, als ich hierherkam, damit meine Eltern mich nicht finden konnten. Eigentlich heiße ich Malplass.«

»Hast du einen Bruder namens George?«

Quinta starrte ihn verblüfft an. »Ja. Woher weißt du das?«

»Weil ich ihn mal flüchtig gekannt habe. In Cambridge. Er erzählte mir, er habe eine jüngere Schwester, die von zu Hause weggelaufen sei. Seine Eltern hätten die Sache ziemlich übel aufgenommen. Er sieht dir sehr ähnlich.«

»Ja, stimmt«, erwiderte Quinta langsam. »Früher jedenfalls, ich habe ihn schon lange nicht mehr gesehen. Warum hat er sich nicht bei mir gemeldet?«

»Wie du gerade sagtest, du hast dir einen neuen Namen zugelegt. Haben deine Eltern dich denn irgendwann aufgestöbert?«

»Ja. Sie haben eine Weile gebraucht, aber ja. Ich hätte eben auch meinen Vornamen ändern sollen. Quinta ist zu ungewöhnlich. Aber das wäre mir vorgekommen, als würde ich nicht mehr existieren. Viel mehr war mir nicht geblieben.« Sie blickte in den Fluß, der heute bei dem klaren Himmel fast blau war. »Vielleicht haben sie George nie gesagt, daß sie mich gefunden hatten.«

»Vermutlich«, sagte Titus grimmig. »Er schien nicht viel Kontakt mit ihnen zu haben. Du könntest ja auch von dir aus auf ihn zugehen.«

Quinta blieb stehen und sah ihn an. »Natürlich! Und das werde ich auch tun. Es wäre herrlich, wieder einen Bruder zu haben.«

Titus lächelte über ihre kindliche Freude bei der Aussicht, ihren Bruder wiederzufinden.

»Ich habe heute morgen auch einen Schock erlitten«, vertraute er ihr an.

»Ach?«

»Ja.« Titus holte tief Luft. »Ich habe entdeckt, daß ich Vater bin.«

Quinta war zumute, als wäre die Sonne plötzlich erloschen.

»Du und Vater?« brachte sie schließlich mit annähernd normaler Stimme heraus.

»Ja, ich. Der Kleine von Faustina. Milo. Wir hatten mal eine Affäre. Ist schon eine Weile her. Fast neun Jahre, um genau zu sein.«

»Hast du vorher denn nichts geahnt? Daß er dein Sohn ist, meine ich?« Quinta war wider Willen fasziniert – seltsam, Erwachsene, die genauso gefährlich gelebt hatten wie sie als Mädchen.

»Nein, ich bin damals nach Amerika gegangen. Ich hab zwar erfahren, daß Faustina noch ein Kind bekommen hatte, aber ich hätte nie gedacht ... Dann, vor ein paar Tagen, hat Faustina etwas gesagt, das mich stutzig gemacht hat. Und als ich heute Milo neben ihr in der Kathedrale sitzen sah, fiel mir plötzlich auf, daß er meiner Mutter sehr ähnlich sieht.«

Quinta zupfte an ihrer Unterlippe. »Ist ... ich meine, seid ihr, du und Faustina ...?«

»Nein.« Titus wandte sich ab. »Ich dachte, daß sich vielleicht ... sie ist eine sehr attraktive Frau, und ich habe sie sehr gern ... Aber nein, man kann das Rad nicht zurückdrehen. Außerdem gibt es da eine andere.«

»Wieder eine andere ältere Frau?« rief Quinta. »Oh, Titus, du bist unverbesserlich!«

»Und du auch. Hast du immer noch eine Schwäche für ältere Männer, Quinta? Was ist mit mir? Wäre ich alt genug für dich?«

Quinta schaute zu ihm auf. »Und was ist mit mir? Bin ich denn alt genug für dich?«

»Du hast genau das richtige Alter.« Titus' Stimme ging in ihrem roten Haar unter.

Beim Mittagessen in Albans Haus ging es wesentlich lebhafter zu als im Bischofspalais. Der vollendete Kontrabaß, glänzend, majestätisch, wurde der Runde präsentiert. Lydia spielte zum ersten Mal auf ihm.

»Ausgezeichnet«, sagte Sylvester. »Ein herrlicher Klang, Quinta, du bist ein hochpatentes Mädel. Die Musik kenne ich nicht, was war das?«

»Alban hat es für mich geschrieben«, sagte Lydia und lockerte ihren Bogen.

»Als Verlobungsgeschenk«, sagte Alban halb stolz, halb verlegen. »Sonst nimmt sie mich nicht, deshalb ...« Er humpelte zu ihr und legte besitzergreifend den Arm um sie.

»Ich heirate dich nur, weil du so groß bist«, witzelte Lydia.

»Was auch kein schlechterer Grund ist als andere«, warf seine Mutter ein. »Tja, Lydia, mit dir werde ich jedenfalls wesentlich besser auskommen als mit meiner anderen Schwiegertochter.«

»Es wird dir guttun, verheiratet zu sein«, meinte Lydia an Alban gewandt. »Du wirst dich viel besser benehmen müssen als bisher. Du schikanierst mir so schnell keinen mehr, und es wird auch auf gar keinen Fall mehr irgendwelche Flittchen in deiner Londoner Wohnung geben. Dafür werd ich schon sorgen. Unter all das wird ein Schlußstrich gezogen.«

Faustina unterhielt sich unter vier Augen mit Titus. Die beiden saßen zusammen auf einem kleinen Sofa, die Champagnergläser in der Hand.

»Auf dein Wohl, Titus«, sagte Faustina gedämpft. »Und auf deinen Sohn.«

»Ah«, sagte Titus. »Ja. Milo.«

»Du hast es also erraten.«

»Tut mir leid, mir ist es erst heute aufgegangen, als ich mir dachte, wie wenig er Lennox ähnelt und daß er mich an meine Mutter erinnert. Weiß Lennox Bescheid?«

Faustina lachte und schüttelte den Kopf. »Himmel, nein, und er wird es auch nie erfahren! Meinst du, ich gebe die Position moralischer Überlegenheit auf, die ich mir so hart erkämpft habe? Kommt gar nicht in Frage. Der Ruf des Bischofs steht jetzt auf dem Spiel – sein Benehmen, und auch meins, muß über jeden Vorwurf erhaben sein.«

»Aha, er weiß über Quinta und Phoebe Bescheid.«

Faustina nickte. »Er hat immer Bescheid gewußt, war jedoch zu feige, um etwas zu unternehmen. Er hat einen sehr hohen Preis dafür bezahlt, und er wird eventuell noch mehr bezahlen müssen, je nachdem, wieviel durchsickert. Aber vielleicht hat er ja auch diesmal Glück. Jedenfalls habe ich ihn gezwungen, für Phoebes Ausbildung zu sorgen. Das ist das Mindeste, was er tun kann. Und ich werde ihn zu einem Spezialisten in London bringen, der ihm vielleicht bei der Lösung seines kleinen Problems helfen kann.«

»Gut«, sagte Titus. »Und was ist mit Zoe und Felix?«

Sie lachte. »Weißt du, daß Lily vollkommen recht hatte? Ich habe Lennox' Schwester in Kalifornien angerufen. Zoe ist natürlich dort. Sie ist tatsächlich Juristin und sehr beschäftigt obendrein. Dieses Naturwesen hat sich als eine entfernte Cousine entpuppt, daher das tizianrote Haar. Eine langjährige Freundin von Felix.«

»Bleiben sie etwa in Eyot?«

»Vermutlich nicht. Hier gibt's nicht genügend Spielraum für sie, sagt Felix. Das kann ich mir denken.«

Titus lachte, und sein Blick wanderte zum anderen Ende des Zimmers, wo Quinta mit Sylvester herumalberte. Ihre gute Laune schäumte über wie der Champagner in ihrem Glas.

»Ich glaube, Quinta hat ihre Vorliebe für ältere Männer überwunden«, sagte er.

»Für einen älteren Mann«, sagte Harriet im Vorbeigehen.

»Hm.« Titus stand auf.

Lily erschien neben ihm. »Du hast alles mit Quinta geklärt, nicht wahr?« fragte sie.

Titus schaute sie fragend an. »Merkt man das so deutlich?«

»Die, die Bescheid wissen, schon«, erwiderte Lily. »Halt dich ran! Jetzt, da Quinta den Baß vollendet und den acht Jahre alten Gefühlsballast abgeworfen hat, ist sie zu allem bereit. Vergiß nicht, sie braucht ein Dach über dem Kopf. Such dir ein anständiges Haus mit viel Platz für sie und Phoebe und ihre nervtötenden Instrumente. In deiner Wohnung an der Uni wird sie nicht glücklich – zu viele neugierige Dons.«

Lachend ging Titus zu Quinta und legte den Arm um ihre Taille. »Lily sagt, ich soll mir ein Haus kaufen«, sagte er mit samtweicher Stimme. »Aber du wirst es aussuchen müssen.«

Quinta schenkte ihm ein hinreißendes, glückstrahlendes Lächeln. »Hör mal.« Phoebe, die eine ausgezeichnete Stimme hatte, brachte Milo den 150. Psalm bei. »Nein«, sagte sie. »Es endet mit einem hohen G – etwa so: ›Alles, was atmet, lobe den Herrn‹«, sang sie.

»Hoffentlich hört der Bischof zu«, sagte Faustina.

Binnie Kirshenbaum im dtv

»Wer etwas vom Seiltanz über einem Vulkan lesen will, also von den Erfahrungen einer kühnen Frau mit dem männlichen Chaos, dem sei Binnie Kirshenbaum nachdrücklich empfohlen.«
Werner Fuld in der ›Woche‹

Ich liebe dich nicht und andere wahre Abenteuer
dtv 11888
Zehn ziemlich komische Geschichten über zehn unmögliche Frauen. Sie leben und lieben in New York, experimentierfreudig sind sie alle, aber im Prinzip ist eine skrupelloser als die andere … »Scharf, boshaft und irrsinnig komisch.« (Publishers Weekly)

Kurzer Abriß meiner Karriere als Ehebrecherin
Roman · dtv 12135
Eine junge New Yorkerin, verheiratet, linkshändig, hat drei außereheliche Affären nebeneinander. Sie lügt, stiehlt und begehrt andere Männer. Daß sie ein reines Herz hat, steht außer Zweifel. Wenn sie nur wüßte, bei wem sie es verloren hat, gerade. »In diesem unkonventionellen Roman ist von Skrupeln keine Rede. Am Ende fragt sich der Leser amüsiert: Gibt es eine elegantere Sportart als den Seitensprung?« (Franziska Wolffheim in ›Brigitte‹)

Ich, meine Freundin und all diese Männer
Roman · dtv 24101
Die beiden Freundinnen Mona und Edie haben sich im College kennengelernt und sofort Seelenverwandtschaft festgestellt. Sie sind entschlossen, ein denkwürdiges Leben zu führen. Und dabei lassen sie nichts aus … »Teuflisch komisch und frech. Unbedingt lesen!« (Lynne Schwartz)

Keinen Penny für nichts
dtv 24128
Verrückte Geschichten von verletzlichen Frauen, leichtsinnig und mit abgrundschwarzem Humor.

Frances Fyfield im dtv

»Sie hat den Rang von P. D. James und Ruth Rendell.«
Daily Mail

Schatten im Spiegel
Kriminalroman
dtv 11371
Die Anwältin Sarah Fortune ist jung, schön, erfolgreich – und rothaarig. Was sie für einen ihrer Klienten ganz besonders interessant zu machen scheint …

Feuerfüchse
Kriminalroman
dtv 11451
Eine Leiche im Wald, und der Täter scheint schnell gefunden. Aber Helen West gibt sich nicht mit einfachen Lösungen zufrieden.

Im Kinderzimmer
Roman · dtv 20143
Katherines Leben in ihrem luxuriösen Zuhause hat seinen Preis: Sie versucht sich die Liebe ihres Mannes durch Anpassung und Unterwerfung zu erhalten, seine grausamen Spielchen stumm zu ertragen. Doch damit ist ihre kleine Tochter Jeanetta dem Sadismus des Vaters hilflos ausgeliefert …

Dieses kleine, tödliche Messer
Kriminalroman
dtv 11536
Der Täter ist geständig. Und er belastet die bis dato unbescholtene Antiquitätenhändlerin schwer. Die Staatsanwältin Helen West setzt alles daran, die wahre Schuldige vor Gericht zu bringen – aber deren krankhafte Rachsucht sucht bereits das nächste Opfer … Der psychologisch raffinierte, spannungsgeladene Roman einer mörderischen Obsession.

Tiefer Schlaf
Kriminalroman
dtv 20192
Niemand interessiert sich besonders dafür, was der ehrbare Apotheker in seinem Hinterzimmer treibt. Als seine Frau tot aufgefunden wird, will die Staatsanwältin Helen West als einzige die Version des »natürlichen Todes« nicht akzeptieren. Ein kriminalistisch-psychologisches Kabinettstück von tödlicher Intelligenz.

Georgette Heyer im dtv

»Georgette Heyer schreibt witzig, scharfsinnig, manchmal boshaft, graziös und mit Zärtlichkeit.«
Die Welt

Die drei Ehen der Grand Sophy
Roman · dtv 20101
Charmant ignoriert Sophy alle Regeln der guten Gesellschaft und entwirrt dabei ein Knäuel von fehlgeratenen Verlöbnissen.

Herzdame
Roman · dtv 20102
Annis hat gegen den arroganten Mr. Carleton eine heftige Abneigung gefaßt. Doch noch nie konnte sie mit jemand so herrlich streiten...

Die bezaubernde Arabella
Roman · dtv 20154
Ausgerechnet dem begehrtesten Junggesellen der Stadt erzählt Arabella, sie sei eine reiche Erbin. Nun betet ganz London sie an, doch jeden Moment kann alles herauskommen...

Die spanische Braut
Roman · dtv 20155
Juana ist das Symbol des Befreiungskampfes gegen Napoleon. Im Nu liegt ihr Wellingtons ganze Armee zu Füßen.

Penelope und der Dandy
Roman · dtv 20156
Penelope flieht gemeinsam mit Sir Richard Wynham nach Bristol, um ihrer Zwangsehe zu entkommen.

Verlobung zu dritt
Roman · dtv 20157
Eustacie ist knapp der Französischen Revolution entkommen. Sie ahnt noch nicht, was für Abenteuer das englische Landleben für sie bereithält...

Damenwahl
Roman · dtv 20158
Um nicht Opfer eines infamen Brauthandels zu werden, flieht Kitty nach London. Dort will sie auf eigene Faust den Mann ihres Herzens finden.

Der Unbesiegbare
Roman · dtv 20159
Der Ritter Simon von Malvallet hat noch jeden Gegner geschlagen. Aber dann sieht er sich einer Frau gegenüber, einer wunderschönen Amazone...

Catherine Gaskin im dtv

»Gehobene Unterhaltung nach einem geradezu perfekten Rezept: ein Hauch von Märchen, viel Gefühl, ein bißchen historischer Hintergrund und harte Schicksalsschläge.«
Margarete v. Schwarzkopf in der ›Welt‹

Ein Windspiel im Nebel
Roman
dtv 12079
Die junge Kunstexpertin Joanna Roswell stößt in Schloß Thirlbeck auf zahlreiche Rätsel und Widersprüche, als sie den Auftrag erhält, die Schätze zu ergründen, die das alte Gemäuer birgt.

Das große Versprechen
Roman
dtv 12179
England um 1900. Ein reicher Fabrikant nimmt ein armes Mädchen auf... Der Roman über das schicksalhafte Versprechen einer Frau, ihre Familie nie im Stich zu lassen.

Das Familiengeheimnis
Roman
dtv 20005
Die schöne, kluge Kelly Anderson ist »nur ein einfaches Mädchen« von einer australischen Farm, als sie in das mondäne Londoner Leben gerät...

Ein Falke für die Königin
Roman
dtv 8382
Auf ein paar Worte hin, an den Rand einer Schriftrolle gekritzelt, war sie gekommen: ungebeten, unerwartet und – wie sie ahnte – unerwünscht...

Liebe auf Schloß Lynmara
Roman
dtv 20124
Kann die Emigrantentochter Nicole für sich und ihre Kinder erreichen, wovon sie als junges Mädchen geträumt hat: Glück und Geborgenheit auf Schloß Lynmara?

Das Erbe der Marquesa
Roman
dtv 20196
Zwei Frauengestalten stehen im Mittelpunkt dieser Familienchronik: die Marquesa, deren Liebe zu einem irischen Lord einst in tödlichen Haß umschlug, und Charlotte, die Enkelin jenes Mannes.

Nina Bawden im dtv

»Kaum jemand kann weibliche Lebenssituationen sensibler darstellen als Nina Bawden.«
The Times Literary Supplement

Griechischer Kaffee
Roman · dtv 24145
Urlaub in Griechenland: Eine Handvoll Engländer, zufällig im selben Hotel abgestiegen, hält vornehmen Abstand zum Rest der Menschheit, bleibt aber nicht von Erschütterungen verschont ...

Eine Frau in meinen Jahren
Roman
dtv 8415
Eine Urlaubsreise nach Marokko wird für Elizabeth Anlaß, den eigenen Lebenslügen nachzuspüren.

Das Eishaus
Roman
dtv 12177
Ruth und Daisy sind Freundinnen fürs Leben. Die Entdeckung, daß ihr Mann eine Affäre hat, bringt Ruth jedoch völlig aus dem Gleichgewicht.

Ein Flamingo im Regen
Kriminalroman
dtv 12314
Ein Mädchen wird tot aus der Themse gefischt. In ihrer Tasche findet man Briefe, die den Schuldirektor Humphrey schwer belasten.

Schwarzer Mann
Roman · dtv 12633
Als der Afrikaner Jay nach London kommt, um eine Zeitlang bei einer befreundeten Familie zu wohnen, sorgt er ungewollt für Aufregung.

Ein Haus mit Garten
Roman · dtv 24103
Fanny Pye stellt sich auf der Straße einer Gruppe von Gewalttätern in den Weg. Sie erwacht im Krankenhaus, und ihr Leben verändert sich auf eine Weise, die ihre Familie einigermaßen in Bestürzung versetzt.